dtv

Was im Hafen von Bangkok als einfache Geschichte beginnt, führt in tödliche Gefahr. Tropenfieber und eine endlose Flaute stellen den jungen Kapitän vor eine Herausforderung, auf die er nicht vorbereitet ist. Als sich in den Chininfläschchen kein Medikament, sondern nur weißes Pulver findet und sein Erster Offizier das Schiff im Delirium vom bösen Geist des alten Kapitäns bedroht sieht, kommt es zur Bewährungsprobe, der sich der unerfahrene Mann fast ganz allein gegenübersieht. Die »Schattenlinie« – das ist für Joseph Conrad der schmale Grat zwischen Jugend und Erwachsensein. Jetzt muss einer ganz allein entscheiden, sonst hat die Besatzung keine Überlebenschance mehr.

Daniel Göskes beeindruckende Neuübersetzung enthält dazu noch »Der geheime Teilhaber«, eine der berühmtesten Geschichten Joseph Conrads, in der sich das große Thema der »Schattenlinie« bereits ankündigt.

Joseph Conrad wurde 1857 in Berdytschiw (damals Russisches Kaiserreich) geboren und starb 1924 in Bishopsbourne/England. Conrad fuhr bereits als Siebzehnjähriger zur See. Viele Schauplätze und Figuren seiner Romane und Erzählungen entstammen diesem abenteuerlichen Leben.

Joseph Conrad

Die Schattenlinie

Ein Bekenntnis

Herausgegeben und
aus dem Englischen übersetzt
von Daniel Göske

Titel der Originalausgabe:
The Shadow-Line
1917

Von Joseph Conrad ist bei <u>dtv</u> außerdem lieferbar:
Herz der Finsternis (13338 und 25321)

**Ausführliche Informationen über
unsere Autoren und Bücher
www.dtv.de**

2018 dtv Verlagsgesellschaft mbH & Co. KG, München
Lizenzausgabe mit Genehmigung des
Carl Hanser Verlag
© 2017 Carl Hanser Verlag München
Umschlaggestaltung: Alexandra Bowien/dtv
Satz: C.H.Beck.Media.Solutions, Nördlingen
(Satz nach einer Vorlage des Carl Hanser Verlag)
Druck und Bindung: Druckerei C.H.Beck, Nördlingen
Gedruckt auf säurefreiem, chlorfrei gebleichtem Papier
Printed in Germany · ISBN 978-3-423-14657-9

DIE SCHATTENLINIE

Ein Bekenntnis

»Meiner unvergänglichen Hochachtung wert«

Borys und allen anderen
die wie er die Schattenlinie ihrer Generation
in früher Jugend überquerten
in Liebe gewidmet

… D'autres fois, calme plat, grand miroir
De mon désespoir!

Baudelaire

Nur die Jungen kennen solche Momente. Ich meine nicht die ganz Jungen. Nein. Die ganz Jungen kennen eigentlich gar keine Momente. Es ist das Vorrecht der frühen Jugend, ihren Tagen voraus zu sein, in der herrlichen Fortdauer einer Hoffnung zu leben, die kein Innehalten kennt und keine Selbstbetrachtung.

Man schließt hinter sich das kleine Tor der bloßen Knabenzeit – und betritt einen verzauberten Garten. Schon seine Schatten leuchten vor Verheißung. Jede Wendung des Weges birgt seine eigene Verführung. Und dies nicht, weil es ein noch unentdecktes Land ist. Man weiß sehr gut, dass alle Menschen in diese Richtung getrieben worden sind. Von ebendiesem Zauber einer universellen Erfahrung erwartet man aber eine ungewöhnliche, eine ganz persönliche Ahnung – etwas ganz Eigenes.

Man geht weiter, erkennt erregt oder amüsiert die Spuren all der Vorgänger, nimmt die Pechsträhnen wie die Glücksfälle – die Tritte und den Groschen, wie das Sprichwort sagt –, das bunte, allen gemeine Schicksal, das so viele Chancen bietet für die Wackeren oder die vielleicht nur Glücklichen. Ja, man schreitet voran. Und die Zeit schreitet auch voran – bis man nicht weit voraus eine Schattenlinie sichtet, die einen mahnt, man müsse auch das Reich der frühen Jugend hinter sich lassen.

Damit beginnt der Lebensabschnitt, in dem wohl jene Momente auf uns zukommen, von denen ich gesprochen habe. Welche Momente? Nun ja, die der Langeweile, der Ermüdung, des Verdrusses. Unbedachte Momente. Ich meine jene Momente, in denen die noch Jungen geneigt sind, so unbedachte Dinge zu tun wie plötzlich zu heiraten oder ohne jeden Grund eine Stelle aufzugeben.

Dies ist nicht die Geschichte einer Heirat. So schlimm stand es um mich noch nicht. Meine Tat, unbedacht, wie sie war, glich eher einer Scheidung – beinahe einer Fahnenflucht. Ohne einen Grund, den ein vernünftiger Mensch hätte genau bezeichnen können, gab ich meine Stelle auf – warf meinen Posten hin –, verließ das Schiff, von dem man schlimmstenfalls sagen konnte, dass es eben nur ein Dampfer war, der daher nicht jene blinde Loyalität einfordern konnte, die … Aber es bringt nichts, nachträglich eine Erklärung zu liefern für das, was mir schon damals fast vorkam wie eine bloße Laune.

Es war in einem Hafen des Fernen Ostens. Weil es sich um ihren Heimathafen handelte, gehörte sie zu den Schiffen des Ostens. Sie trieb ihren Handel zwischen dunkelgrünen Inseln auf einer blauen, von Riffs vernarbten See, mit ihrer roten Flagge über der Heckreling und einer ebenfalls roten Kontorflagge am Masttopp, die jedoch einen grünen Rand trug und einen weißen Halbmond. Denn ihr Eigner war ein Araber, noch dazu ein Syed (daher der grüne Flaggenrand). Er war das Oberhaupt einer großen Sippe von Arabern in dieser Gegend, und dennoch gab es östlich des Suezkanals keinen loyaleren Untertanen des komplexen britischen Weltreichs. Weltpolitik kümmerte ihn nicht im mindesten, aber unter seinen eigenen Leuten besaß er eine große, okkulte Macht.

Für uns war es egal, wer der Eigner des Schiffs war. Er musste für die Schiffsabteilung seines Unternehmens weiße Männer anheuern, und viele von denen, die er dort beschäftigte, hatten ihn von ihrem ersten bis zum letzten Tag nie gesehen. Ich selbst bekam ihn nur einmal ganz zufällig auf einem Kai zu Gesicht: ein altes, dunkles Männlein, auf einem Auge blind, in schneeweißem Gewand und gelben Pantoffeln. Seine Hand wurde von einer Menge malaiischer Pilger ausgiebig abgeküsst, denen er wohl einen Beweis seiner Gunst hatte zugutekommen lassen, Essen oder Geld. Ich habe gehört, dass sich seine äußerst großzügigen Almosen über fast den ganzen Archipel erstreckten. Denn heißt es nicht: »Der Barmherzige ist der Freund Allahs«?

Ein vortrefflicher (und pittoresker) arabischer Reeder, der einem keine Sorgen machen musste, ein höchst vortreffliches schottisches Schiff – denn das war sie, vom Kiel aufwärts –, vortrefflich für die hohe See, leicht sauber zu halten, in jeder Hinsicht bestens zu handhaben und – von ihrer eingebauten Maschine abgesehen – der Liebe eines jeden Mannes wert: Bis auf den heutigen Tag gedenke ich ihrer mit tiefem Respekt. Was die Art des Handels, in dem sie eingesetzt war, und den Charakter ihrer Mannschaft anbelangt, so hätte ich nicht glücklicher sein können, wären mir das Leben und die Männer an Bord nach meinen Wünschen von einem gütigen Zauberer angefertigt worden.

Und all das ließ ich plötzlich fahren. Ich ließ es fahren in jener für uns so widersinnig wirkenden Weise, mit der ein Vogel von einem gemütlichen Zweig abschwirrt. Es war, als hätte ich, ganz unbewusst, ein Flüstern vernommen oder irgendetwas gesehen. Na ja – so ungefähr! Am Vortag noch war ich völlig zufrieden gewesen, und am nächsten war alles vorbei – der Zauber dieses Lebens, sein Aroma, mein Interesse und Behagen – alles. Ihr wisst schon, es war einer jener Momente. Die Bleichsucht der späten Jugend packte mich und raffte mich hinweg. Raffte mich von jenem Schiff hinweg, meine ich.

Wir waren nur vier Weiße an Bord, mit einer großen Mannschaft aus Kalaschen und zwei malaiischen Maaten. Der Kapitän starrte mich lange an, als fragte er sich, was mir wohl fehle. Aber er war schließlich Seemann, und auch er war einmal jung gewesen. Bald zeigte sich unter seinem dichten eisengrauen Schnauzbart ein verstohlenes Lächeln, und er bemerkte, dass er mich, wenn ich denn partout abmustern wollte, natürlich nicht mit Gewalt halten konnte. Und so wurde vereinbart, dass ich am folgenden Morgen meine Heuer bekommen würde. Als ich den Kartenraum verließ, setzte er, in einem seltsam wehmütigen Ton, hinzu, er hoffe, ich würde finden, wonach ich so sehnsüchtig suchte. Eine leise, rätselhafte Äußerung, die tiefer einzudringen schien als jedes diamantharte Werkzeug. Ich bin sicher, er verstand, was mit mir los war.

Der Zweite Maschinist jedoch sprang ganz anders mit mir um. Er war ein handfester junger Schotte mit glattem Gesicht und hellen Augen. Erst erschien sein aufrichtiges, gerötetes Gesicht aus dem Niedergang zum Maschinenraum, dann folgte der stämmige Kerl selbst, indem er sich, die Ärmel hochgekrempelt, langsam die muskulösen Unterarme mit einem Ballen Putzwolle abwischte. Bitterer Abscheu lag in seinen hellen Augen, als hätte sich unsere Freundschaft in Asche verwandelt. Mit Nachdruck sagte er: »Aha! Na klar! Hab ich mir doch gedacht; war ja höchste Zeit, dass du dich nach Hause verziehst und irgend so ein dämliches Mädchen heiratest!«

Im Hafen herrschte stillschweigende Einigkeit, dass John Niven ein grimmiger Frauenfeind war, und die Absurdität seines Ausbruchs bewies mir, dass er gehässig, äußert gehässig klingen wollte – und das Übelste sagen, was er sich nur ausdenken konnte. Mein Lachen klang versöhnlich. Denn nur ein Freund konnte so wütend werden. Ich war etwas bedrückt. Auch unser Erster Maschinist reagierte typisch auf mein Verhalten, freilich in etwas freundlicherer Weise.

Er war ebenfalls jung, aber sehr dünn, und sein hageres Gesicht war eingehüllt vom Dunst eines flaumigen braunen Barts. Den ganzen Tag lang, ob auf See oder im Hafen, konnte man ihn hastig auf dem Achterdeck auf und ab gehen sehen, mit konzentriertem, fast verzücktem Gesichtsausdruck, der dem andauernden Bewusstsein unangenehmer Empfindungen in seinem inneren Haushalt geschuldet war. Denn er war ein überzeugter Dyspeptiker. Seine Beurteilung meines Falles war sehr einfach. Es sei, meinte er, natürlich nichts als eine gestörte Leber. Ich solle noch eine weiteren Törn mitmachen und mir dabei eine Arznei verabreichen, an die er unerschütterlich glaubte. »Ich sage Ihnen, was ich machen werde. Ich kaufe Ihnen zwei Fläschchen, von meinem eigenen Geld. So! Besser geht's doch nicht, oder?«

Er hätte diese Greueltat (oder Generosität) wohl tatsächlich begangen, hätte ich auch nur das kleinste Anzeichen von Schwäche gezeigt. Zu diesem Zeitpunkt war ich allerdings unzufriedener, verdrossener und störrischer denn je. Die letzten achtzehn Monate, so reich an neuen, vielfältigen Erfahrungen sie gewesen waren, kamen mir vor wie eine öde, prosaische Vergeudung von Tagen. Ich hatte – wie soll ich es ausdrücken? – das Gefühl, als enthielten sie kein Körnchen Wahrheit.

Welche Wahrheit? Ich hätte es nicht erklären können. Hätte man mich gedrängt, ich wäre wahrscheinlich einfach in Tränen ausgebrochen. Ich war dafür noch jung genug.

Am nächsten Tag erledigten der Kapitän und ich im Hafenamt das Geschäftliche. Der hohe, große, kühle weiße Raum war vom abgeblendeten Tageslicht sanft ausgeleuchtet. Jedermann – Angestellte und Besucher – war weiß gekleidet. Nur die schweren, polierten Tische im Mittelgang schimmerten dunkel; einige der Papiere, die auf ihnen lagen, waren blau. Riesige Punkahs sandten von oben einen leichten Luftzug durch den makellosen Raum herab auf unsere schweißnassen Köpfe.

Der Angestellte hinter dem Tisch, dem wir uns näherten, grinste freundlich und behielt diese Miene, bis mein Kapitän auf die geschäftsmäßige Frage »Ab- und wieder anmustern?« antwortete: »Nein! Endgültig abmustern.« Da verschwand sein Grinsen, und er wurde plötzlich ernst. Er sah mich nicht mehr an, bis er mir mit kummervoller Miene meine Papiere aushändigte, als handelte es sich um meinen Reisepass für den Hades.

Als ich sie einsteckte, murmelte er dem Kapitän eine Frage zu, worauf ich diesen gutmütig sagen hörte:

»Nein. Er verlässt uns und geht nach Hause.«

»Ach!« rief der andere aus und nickte, bekümmert über meine traurige Lage.

Ich war ihm außerhalb des Gebäudes nie begegnet, doch er lehnte sich über den Tisch, um mir voller Mitleid die Hand zu schütteln, wie einem armen Teufel auf seinem letzten Gang zum Galgen, und ich fürchte, ich spielte meine Rolle ohne jeden Anstand, wie ein hartgesottener, verstockter Verbrecher.

In den nächsten drei oder vier Tagen sollte kein Postschiff mit Kurs auf die Heimat auslaufen. Da ich nun zu keinem Schiff mehr gehörte und für eine Zeit jede Verbindung zur See abgebrochen hatte, ja eigentlich nur ein potentieller Passagier geworden war, wäre es vielleicht angemessener gewesen, ich wäre in einem Hotel abgestiegen. Und da gab es ja eines, nur einen Steinwurf entfernt vom Hafenamt, ein niedriges, aber irgendwie palastartiges Gebäude, mit weißen, säulengesäumten Pavillons, gesäumt von säuberlich gemähten Rasenflächen. Da hätte ich mich wirklich wie ein bloßer Passagier gefühlt! Ich schenkte dem Hotel einen feindseligen Blick und machte mich auf zum Seemannsheim für Offiziere.

Ich schritt im Sonnenschein dahin, ohne ihn zu beachten, und im Schatten der großen Bäume auf der Esplanade, ohne ihn zu genießen. Die Hitze des tropischen Ostens, die unter den laubreichen Ästen döste, umhüllte meinen leichtbekleideten Leib und klammerte sich an meinen rebellischen Verdruss, als wollte sie ihm seine Freiheit rauben.

Das Offiziersheim war ein großer Bungalow mit einer breiten Veranda, von der Straße durch ein seltsam kleinstädtisch anmutendes Vorgärtchen mit Büschen und ein paar Bäumchen getrennt. Das Gebäude wirkte wie eine Art Club mit Wohnbereich, hatte aber einen behördlichen Anstrich, denn verwaltet wurde es vom Hafenamt. Man bezeichnete seinen Geschäftsführer offiziell als Chief Steward. Er war ein trübseliger, runzliger kleiner Mann und hätte, entsprechend ausstaffiert, einen perfekten Jockey abgegeben. Doch es war offensichtlich, dass er irgendwann in seinem Leben auf die eine oder andere Art beruflich mit der See zu tun gehabt hatte. Vermutlich in der Art eines völligen Versagers.

Seine Tätigkeit kam mir eigentlich sehr leicht vor, aber er behauptete aus dem einen oder anderen Grund stets, der Dienst würde ihn eines Tages umbringen. Das Ganze war ziemlich geheimnisvoll. Vielleicht war ihm von Natur aus alles zu mühselig. Jedenfalls hasste er es offenbar, Gäste im Haus zu haben.

Als ich eintrat, dachte ich noch, er müsse doch wohl erfreut sein. Das Haus war still wie ein Grab. In den Wohnräumen konnte ich niemanden entdecken, und die Veranda war ebenfalls leer, nur in ihrem hinteren Winkel döste auf einer Liege ein Mann vor sich hin. Als er meine Schritte hörte, öffnete er ein grauenhaft fischartiges Auge. Er war mir unbekannt. Ich zog mich zurück, durchquerte den Speisesaal – ein sehr kahler Raum, von dessen Decke ein regloser Punkah über dem Tisch in der Mitte hing – und klopfte an eine Tür, auf der mit schwarzen Lettern stand: »Chief Steward«.

Als Antwort auf mein Klopfen vernahm ich ein mürrisches, klägliches Jammern: »Oje! Oje! Was ist denn jetzt schon wieder?« Sofort ging ich hinein.

Für die Tropen war es ein seltsamer Raum. Hier herrschten Zwielicht und Stickluft. Der Bursche hatte seine verschlossenen Fenster mit riesenhaft bauschigen, staubigen, billigen Spitzengardinen drapiert. Stapel von Pappkartons, wie sie die Putzmacherinnen und Schneider Europas benutzen, türmten sich in den Ecken, und irgendwie hatte er sich Möbel besorgt, die aus einer guten Stube des Londoner East End hätten stammen können – ein Sofa und ein paar Armsessel aus Rosshaar. Mein Auge fiel auf schmierige Antimacassars, die auf den scheußlichen Polstern verstreut lagen – ein furchterregender Anblick, denn man mochte sich nicht ausmalen, welche geheimnisvollen Zufälle, Bedürfnisse oder Launen sie hier versammelt hatten. Ihr Besitzer hatte seinen Rock abgelegt, strich in weißen Beinkleidern und einem dünnen, kurzärmeligen Hemd hinter den Arm-sesseln herum und rieb sich die mageren Ellbogen.

Ihm entfuhr ein Ausruf des Schreckens, als er hörte, dass ich eine Unterkunft wollte, aber er konnte nicht ab-streiten, dass viele Zimmer nicht belegt waren.

»Schön. Können Sie mir dasselbe geben, das ich schon mal hatte?«

Hinter dem Stapel Pappkartons auf dem Tisch, die Handschuhe oder Schnupftücher oder Krawatten ent-halten mochten, ließ er ein schwaches Gejammer hören. Ich frage mich, was der Bursche wohl darin aufbewahrte? In seiner Höhle roch es nach vergammelten Korallen, nach dem Staub des Orients, nach irgendwelchen zoo-logischen Präparaten. Ich konnte nur die obere Hälfte seines Kopfes und seine Augen sehen, die er über die Bar-riere hinweg trübselig auf mich richtete.

»Es ist nur für ein paar Tage«, sagte ich, um ihn ein wenig aufzuheitern.

»Vielleicht möchten Sie im Voraus bezahlen?« fragte er gleich.

»Auf keinen Fall!« entfuhr es mir, als ich die Sprache wiedergefunden hatte. »So was habe ich ja noch nie ge-hört! Zum Teufel, so eine Frechheit …«

Er vergrub seinen Kopf in beide Hände – eine Geste der Verzweiflung, die meine Empörung sofort zügelte.

»Oje! Oje! Regen Sie sich doch nicht so auf! Ich frage jeden danach.«

»Glaube ich nicht«, knurrte ich barsch.

»Na, das werde ich aber tun. Und wenn Sie und die

anderen Herren alle einverstanden wären, im Voraus zu zahlen, könnte ich auch Hamilton rumkriegen, dass er bezahlt. Er ist immer abgebrannt, wenn er hier ankommt, und selbst wenn er etwas Geld hat, begleicht er seine Schulden nicht. Ich weiß nicht mehr, was ich mit ihm machen soll. Er beleidigt mich und sagt mir, ich könnte doch einen Weißen hierzulande nicht einfach auf die Straße werfen. Wenn Sie also nur …«

Ich war verblüfft. Und glaubte ihm kein Wort. Ich hatte den Burschen im Verdacht, einfach nur grundlos impertinent zu sein. Mit allem Nachdruck bedeutete ich ihm, dass ich ihn und Hamilton lieber hängen sehen wollte, und ersuchte ihn, er möge mich ohne weiteres Gequatsche zu meinem Zimmer geleiten. Er kramte einen Schlüssel hervor und führte mich aus seiner Höhle, wobei er mir einen giftigen Seitenblick zuwarf.

»Jemand hier, den ich kenne?« fragte ich, bevor er mein Zimmer verließ.

Er fiel wieder in seinen gequält ungeduldigen Ton und erklärte mir, Kapitän Giles wohne wieder hier, nach seiner Rückkehr von einer Fahrt in die Sulusee. Außerdem gebe es zwei weitere Gäste. Er hielt inne. Und Hamilton natürlich, fügte er hinzu.

»Ach ja! Hamilton!« sagte ich, worauf der erbärmliche Wicht mit einem letzten Aufstöhnen entfleuchte.

Mein Ärger über seine Unverschämtheit war noch nicht verraucht, als ich für das Gabelfrühstück den Speisesaal betrat. Er versah dort seinen Dienst und überwachte die chinesischen Aufwärter. Das Essen war nur an dem einen Ende eines langen Tisches hergerichtet, und der Punkah rührte lustlos die schwüle Luft – meist über der leeren Ödnis blankpolierten Holzes.

Wir saßen zu viert um den Tisch. Da war zunächst der dösende Fremde aus dem Liegestuhl. Er hatte jetzt beide Augen halb geöffnet, doch sie wirkten blicklos. Schlaff hing er auf seinem Stuhl. Die würdevolle Gestalt neben ihm, mit kurzem Backenbart und sorgsam geschabtem Kinn, war natürlich Hamilton. Nie habe ich einen Menschen gesehen, der so erfüllt war von der Würde jener Stellung, welche die Vorsehung geruht hatte ihm zuzuweisen. Er hielt mich, hatte man mir erzählt, für einen krassen Außenseiter. Als ich geräuschvoll meinen Stuhl zurückzog, hob er nicht nur den Blick, sondern auch seine Augenbrauen.

Kapitän Giles saß am Kopfende. Ich wechselte einen Gruß mit ihm und setzte mich zu seiner Linken. Stämmig, blass und mit der großen, glänzenden Kuppel seiner Halbglatze und den vorstehenden braunen Augen hätte er alles Mögliche sein können, nur kein Seemann. Es hätte einen nicht überrascht, wäre er Architekt gewesen. Für mich (ich weiß, das klingt absurd) sah er aus wie ein Kirchenvorsteher. Er wirkte wie ein Mann, von dem man einen vernünftigen Rat und moralische Ansichten erwarten konnte, vielleicht mit einer dann und wann eingestreuten Platitude, die aber keiner Geltungssucht entstammte, sondern ehrlicher Überzeugung.

Obwohl er in der Welt der Schifffahrt überall bekannt und geschätzt war, hatte er keine reguläre Stellung. Die wollte er auch nicht. Er besetzte seine eigene, spezielle Position. Er war ein Fachmann. Ein Fachmann in – wie soll ich mich ausdrücken? – komplizierter Navigation. Er wusste angeblich mehr über ferne und nur unvollkommen kartierte Teile des Archipels als sonst ein Sterblicher. Sein Hirn muss ein wahrer Speicher gewesen sein, voller Riffs, Positionen, Peilungen, Abbildungen von Landzungen, Umrissen unbekannter Küsten, Merkmalen unzähliger, verlassener oder bewohnter Inseln. Jedes Schiff auf dem Weg nach Palawan zum Beispiel oder einem anderen Ziel in dieser Gegend pflegte ihn an Bord zu haben, entweder als Schiffsführer auf Zeit oder »um den Kapitän zu unterstützen«. Man munkelte, er bezöge für diese Dienste ein Honorar von den wohlhabenden Eignern einer chinesischen Dampfschifffahrtsgesellschaft. Zudem war er jederzeit bereit, einen Mann abzulösen, der für einige Zeit Landurlaub nehmen wollte. Es gab keinen Reeder, der sich einem derartigen Arrangement widersetzte, denn man war im Hafen offenbar allgemein der Ansicht, dass Giles so gut war wie der beste Kapitän, wenn nicht noch ein wenig besser. In Hamiltons Augen aber war er ein »Außenseiter«. Ich glaube, Hamilton empfand uns alle in Bausch und Bogen als »Außenseiter«, obgleich er insgeheim wohl ein paar Unterschiede machte.

Ich versuchte nicht, mit Kapitän Giles, dem ich erst ein- oder zweimal in meinem Leben begegnet war, eine Unterhaltung zu beginnen. Doch er wusste natürlich, wer ich war. Und nach einer Weile neigte er sein großes, glänzendes Haupt in meine Richtung und sprach mich freundlich an. Da er mich hier antreffe, vermute er, ich sei für ein paar Tage Urlaub an Land gegangen.

Er sprach gewöhnlich sehr leise. Ich erhob meine Stimme etwas und entgegnete, nein, ich hätte ganz abgemustert.

»Ein freier Mann, für eine Weile?« vermutete er.

»So könnte ich mich wohl bezeichnen – seit elf Uhr«, sagte ich.

Als er unsere Worte vernahm, hatte Hamilton aufgehört zu essen. Sanft legte er Messer und Gabel ab, erhob sich und murmelte etwas wie »Höllische Hitze, kein Appetit mehr« und verließ den Raum. Kurz darauf hörten wir ihn über die Veranda aus dem Haus gehen.

Sogleich bemerkte Kapitän Giles beiläufig, der Bursche habe sich ohne jeden Zweifel aufgemacht, um sich um meine alte Stelle zu bemühen. Der Chief Steward, der bisher an der Wand gelehnt hatte, bewegte sein trübseliges Ziegengesicht näher zum Tisch und richtete sich an uns mit seiner klagenden Stimme, in der Absicht, sich seines ewigen Grolls gegen Hamilton zu entbürden. Seinetwegen sitze er ständig wie auf Kohlen wegen der Abrechnungen mit dem Hafenamt. Er bete zum Himmel, dass er meine Stelle bekäme, aber würde das wirklich etwas nutzen? Höchstens für eine Weile.

Ich sagte: »Keine Bange. Der kriegt meine Stelle nicht. Mein Nachfolger ist schon an Bord.«

Das erstaunte ihn, und mir kam vor, als mache er ein langes Gesicht. Kapitän Giles ließ ein leises Lachen hören. Wir erhoben uns, gingen hinaus auf die Veranda und überließen den schlaffen Fremden den Chinesen. Ich sah gerade noch, dass sie ihm einen Teller mit einer Scheibe Ananas vorgesetzt hatten und zurückgetreten waren, um zu beobachten, was nun geschehen würde. Aber das Experiment war offenbar misslungen. Er rührte sich nicht.

Mit leiser Stimme teilte mir Kapitän Giles mit, der Mann sei als Offizier auf einer Jacht angestellt, die irgendeinem Rajah gehörte und unseren Hafen angelaufen hatte, um ins Trockendock zu gehen. Der habe wohl letzte Nacht »das volle Leben« ausgekostet, fügte er hinzu, indem er auf höchst ungezwungene und vertrauliche Weise seine Nase kräuselte, was mir ungemein gefiel. Denn Kapitän Giles hatte Prestige. Man munkelte, er habe wundersame Abenteuer bestanden und irgendeine geheimnisvolle Tragödie erlebt. Und niemand konnte irgendetwas gegen ihn sagen. Er fuhr fort:

»Ich weiß noch, wie er vor einigen Jahren zum ersten Mal hier an Land ging. Als wär's gestern gewesen. Er war ein netter Junge. Ach, diese netten Jungs!«

Ich konnte nicht anders als laut loslachen. Er zuckte zusammen; dann fiel er in mein Lachen ein. »Nein! Nein, so hab ich das nicht gemeint!« rief er aus. »Ich meinte nur, einige von denen werden hier draußen verdammt schnell weich.«

Die erste Ursache dafür sei doch wohl die verfluchte Hitze, scherzte ich. Kapitän Giles jedoch zeigte sich als Anhänger einer tiefsinnigeren Philosophie. Hier draußen im Osten würde es den Weißen leicht gemacht. Das

sei eigentlich ganz in Ordnung so. Aber die Schwierigkeit liege darin, weiß zu bleiben, und einige dieser netten
Jungs wüssten nicht, wie. Er blickte mich forschend an;
dann fragte er unverblümt, wenn auch in gütig onkel-
haftem Ton:

»Wieso haben Sie Ihren Posten hingeworfen?«

Sofort wurde ich wütend. Denn ihr könnt bestimmt
verstehen, wie eine derartige Frage jemanden in Wal-
lung bringen kann, der die Antwort selbst nicht kennt.
Ich nahm mir vor, diesen Moralisten zum Schweigen
zu bringen, und versetzte mit herausfordernder Höflichkeit:

»Wieso? … Ist Ihnen das nicht genehm?«

Er war so bestürzt, dass er nur verwirrt vor sich hin
murmelte: »Mir!? … Na, im Allgemeinen …« Dann gab
er auf. Aber er trat den geordneten Rückzug an, nämlich
unter dem Schutz der forciert humorigen Bemerkung, er
sei wohl auch etwas weich geworden und halte um diese
Zeit gewöhnlich – wenn er denn an Land war – seine
kleine Siesta. »Üble Angewohnheit. Sehr übel.«

Das schlichte Wesen dieses Mannes hätte selbst die
Gereiztheit eines jüngeren entwaffnet. Als er mir also am
folgenden Tag beim Gabelfrühstück sein Haupt zuneigte
und bedeutete, er habe am vergangenen Abend meinen
früheren Kapitän getroffen, dabei in gedämpftem Ton
hinzufügte: »Tut ihm sehr leid, dass Sie gegangen sind.
Er hatte noch nie einen Ersten, der ihm so gut gefallen
hätte«, da antwortete ich ihm in vollem Ernst und ohne
jede Heuchelei, ich hätte mich ganz bestimmt in all mei-

nen Jahren zur See auf keinem Schiff und unter keinem Kapitän so wohlgefühlt.

»Na, dann –«, murmelte er.

»Haben Sie, Kapitän Giles, nicht gehört, dass ich zurückwill in die Heimat?«

»Ja«, sagte er gütig. »Gehört habe ich so was schon sehr oft.«

»Ja und?« rief ich aus. Er kam mir vor wie der dümmste, phantasieloseste Mensch, dem ich je begegnet war. Ich weiß nicht, was ich sonst noch gesagt hätte, wäre nicht just in diesem Moment Hamilton – reichlich verspätet – eingetreten und hätte sich auf seinen Stammplatz gesetzt. Also senkte ich meine Stimme und murmelte nur:

»Egal. Diesmal werden Sie's erleben.«

Hamilton, tadellos rasiert, nickte Kapitän Giles kurz zu, ließ sich aber noch nicht einmal dazu herab, mich mit einem Zucken seiner Brauen zur Kenntnis zu nehmen, und als er seine Stimme erhob, geschah es nur, um dem Chief Steward mitzuteilen, das Essen auf seinem Teller sei eines Gentlemans unwürdig. Das derart angeredete Individuum wirkte zu trübselig, um auch nur aufzustöhnen. Er hob seine Augen zum Punkah hinauf; das war alles.

Kapitän Giles und ich erhoben uns vom Tisch, und der Fremde neben Hamilton folgte unserem Beispiel, indem er sich mühsam auf die Füße stellte. Der arme Kerl hatte versucht – nicht aus Hunger, sondern um seine Selbstachtung wiederzugewinnen, wie ich wahrlich glaube –, sich etwas von jenem unrühmlichen Essen in den Mund zu schieben. Als ihm jedoch zweimal die Gabel entglitten und überhaupt alles misslungen war, hatte er nur still dagesessen, mit tief beschämter Miene und einem starren, grässlich glasigen Blick. Giles und ich hatten es beide vermieden, während des Essens zu ihm hinüberzusehen.

Auf der Veranda hielt er inne, um mit großer Eindringlichkeit eine lange Bemerkung an uns zu richten, doch ihr Sinn blieb mir völlig unverständlich. Was er sagte, klang wie eine grauenhafte, unbekannte Sprache. Als ihm jedoch Kapitän Giles, nach nur einem kurzen Moment des Nachdenkens, mit schlichter Freundlichkeit entgegnete: »Aye, aber klar. Sie haben völlig recht«, schien er höchlich zufrieden und stelzte davon (fast ohne zu schwanken), um eine entferntere Liege aufzusuchen.

»Was hat er denn gerade sagen wollen?« fragte ich mit Abscheu.

»Keine Ahnung. Wir dürfen es so einem Burschen nicht allzu übel nehmen. Er fühlt sich ziemlich mies, da können Sie sicher sein, und morgen fühlt er sich noch mieser.«

Das schien unmöglich, so wie der Mann aussah. Ich fragte mich, was für eine komplizierte Form von Ausschweifung ihn in diesen unbeschreiblichen Zustand hatte versetzen können. Kapitän Giles' gütige Ausstrahlung krankte an einem seltsam selbstgefälligen Ton, der mir missfiel. Ich lachte kurz:

»Na, er hat ja Sie. Sie werden schon auf ihn achten.«

Er machte eine wegwerfende Handbewegung, nahm Platz und griff nach einer Zeitung. Ich tat dasselbe. Die Zeitungen waren alt, uninteressant und größtenteils angefüllt mit öden, immer gleichen Beschreibungen der Feierlichkeiten zu Königin Victorias erstem Jubiläum. Wahrscheinlich hätte uns der tropische Nachmittag schnell eingeschläfert, wäre nicht Hamiltons Stimme aus dem Speisesaal zu hören gewesen. Er beendete dort gerade sein Gabelfrühstück. Die großen Doppeltüren waren wie immer weit offen, und er ahnte wohl nicht, wie nahe unsere Stühle standen. Man konnte hören, wie er, laut und in hochmütigem Tonfall, auf eine Bemerkung antwortete, die sich der Chief Steward gestattet hatte.

»Ich werde mich zu überhaupt nichts drängen lassen. Sie werden sicher froh sein, einen Gentleman zu bekommen. Das hat keine Eile.«

Darauf folgte das halblaute Geflüster des Chief Steward, wonach sich wiederum Hamilton hören ließ, mit noch gesteigerter Verachtung.

»Was? Dieser junge Esel, der sich wer weiß wie vorkommt, weil er so lange Erster Offizier unter Kent war? Lächerlich!«

Giles und ich sahen uns an. Da Kent der Name meines früheren Vorgesetzten war, erschien mir Kapitän Giles' geflüstertes »Er redet von Ihnen!« wie bloße Vergeudung von Atemluft. Aber der Chief Steward hatte wohl nicht lockergelassen, denn Hamilton ließ sich wieder hören, womöglich noch hochmütiger und ebenfalls mit großem Nachdruck:

»Unsinn, Mann! Mit so einem krassen Außenseiter *konkurriert* man doch nicht! Die ganze Sache hat endlos Zeit.«

Dann hörte man Stühlerücken, Schritte im Nachbarraum und die kläglichen Vorwürfe des Chief Steward, der Hamilton sogar noch durch den Haupteingang ins Freie verfolgte.

»Das ist wirklich ein höchst unverschämter Mensch«, bemerkte Kapitän Giles – ganz unnötigerweise, wie mir schien. »Höchst unverschämt. Sie haben ihn doch nicht irgendwie beleidigt, oder?«

»In meinem ganzen Leben nie mit ihm geredet«, knurrte ich. »Keine Ahnung, was er mit Konkurrieren meint. Er hat sich um meine Stelle bemüht, als ich schon weg war – und sie nicht gekriegt. Aber das hat doch wohl mit Konkurrenz wenig zu tun.«

Kapitän Giles wiegte nachdenklich sein großes, gütiges Haupt. »Er hat sie nicht gekriegt«, wiederholte er sehr bedächtig. »Nein, das wäre bei Kent auch nicht wahrscheinlich. Kent tut es überaus leid, dass Sie ihn verlassen haben. Er bezeichnet Sie zudem als tüchtigen Seemann.«

Ich schleuderte die Zeitung, die ich noch in den Händen hatte, von mir. Ich setzte mich gerade, ich schlug mit der flachen Hand auf den Tisch. Ich wollte wissen, wieso er immer weiter auf dieser Sache herumritt, meiner absolut privaten Angelegenheit. Das war empörend, wirklich.

Kapitän Giles' vollkommen gleichmütiger Blick ließ mich verstummen. »Kein Grund, sich aufzuregen«, murmelte er gelassen, in der offensichtlichen Hoffnung, jene kindische Gereiztheit zu besänftigen, die er ausgelöst hatte. Und weil er wirklich ein Mann war, der einen nicht beleidigen konnte, versuchte ich mein Benehmen so gut wie möglich zu erklären. Ich sagte, ich wolle nichts mehr über all das hören, was aus war und vorbei. Es war sehr schön gewesen, solange es gedauert hatte, aber nun, da es vorbei war, zöge ich es vor, nicht mehr darüber zu sprechen oder auch nur daran zu denken. Ich hätte den Entschluss gefasst, in die Heimat zurückzukehren.

In einer kuriosen, ohrneigenden Haltung lauschte er der ganzen Tirade, als versuche er irgendwo eine falsche Note in meinem Wortschwall zu entdecken; dann richtete er sich auf und schien die ganze Sache mit allem Scharfsinn zu durchdenken.

»Jaja. Sie haben mir gesagt, Sie beabsichtigten in die Heimat zurückzukehren. Irgendwas in Aussicht dort?«

Anstatt ihm zu bedeuten, das ginge ihn nichts an, murmelte ich mürrisch:

»Nicht, dass ich wüsste.«

Ich hatte in der Tat diese etwas öde Kehrseite der Lage schon erwogen, in die ich mich gebracht hatte, als ich meinen so schönen Posten so plötzlich aufgab. Und sie gefiel mir nicht besonders. Mir lag schon die Antwort auf der Zunge: Meine Aktion habe mit gewöhnlichem Alltagsverstand nichts zu tun und verdiene daher das Interesse nicht, das Kapitän Giles ihr offenbar entgegenbringe. Aber er paffte bereits an einer kurzen Holzpfeife und sah so arglos aus, so beschränkt und gewöhnlich, dass es nicht zu lohnen schien, ihn durch Wahrheit oder Sarkasmus in Verwirrung zu bringen.

Er erzeugte eine große Rauchwolke; dann überraschte er mich mit einem abrupten »Überfahrt schon bezahlt?«

Überwältigt von der schamlosen Hartleibigkeit eines Mannes, dem rüde zu begegnen ziemlich schwer war, erwiderte ich mit übertriebener Sanftmut, ich hätte das noch nicht getan. Dafür sei auch morgen noch Zeit.

Und ich wollte mich gerade abwenden, um mein Privatleben vor seinen albernen, ziellosen Versuchen zu schützen, mit denen er prüfen wollte, aus welchem Zeug es war, da legte er seine Pfeife nieder – mit einer höchst bedeutungsschwangeren Geste, so als sei der kritische Moment gekommen – und beugte sich seitwärts zu mir über den Tisch.

»Aha! Sie haben's also noch nicht getan!?« Geheimnisvoll senkte er die Stimme. »Na, ich denke, dann sollten Sie eigentlich wissen, dass hier was im Gange ist.«

Nie in meinem Leben hatte ich mich derart abgesondert gefühlt von allem irdischen Treiben. Für eine Weile vom Leben auf See befreit, bewahrte ich mir zugleich das seemännische Bewusstsein einer völligen Unabhängigkeit von allen Vorgängen an Land. Was konnten sie mich angehen? Ich betrachtete Kapitän Giles' Erregung eher mit Verachtung als mit Neugier.

Auf seine offensichtlich einleitende Frage, ob unser Steward mich an diesem Tag schon angesprochen habe, sagte ich, das habe er nicht. Und außerdem hätte er wohl wenig Ermunterung erfahren, wenn er es getan hätte. Ich hatte keine Lust darauf, dass der Kerl mich auch nur anredete.

Kapitän Giles, den meine verdrießliche Laune nicht kümmerte, hub an, mit dem Anschein unermesslicher

Klugheit, mir in allen Einzelheiten die Geschichte über einen Boten des Hafenamts zu erzählen. Sie hatte überhaupt keine Pointe. Der Bote war an diesem Morgen mit einem Brief in der Hand auf der Veranda erschienen. Es war ein offizielles Schreiben, im Umschlag des Hafenamts. Wie bei diesen Burschen üblich, hatte er es dem erstbesten Weißen gezeigt, dem er begegnete. Und dieser Mann war unser Freund aus dem Liegestuhl. Der war, wie ich ja wisse, nicht in der Verfassung, an irgendwelchen irdischen Dingen Anteil zu nehmen. Er konnte den Boten nur mit einem Wink wegschicken. Der Bote wanderte also weiter die Veranda entlang und traf auf Kapitän Giles, der dank eines außergewöhnlichen Zufalls gerade zugegen war ...

An diesem Punkt hielt er inne und schenkte mir einen abgründigen Blick. Der Brief, fuhr er fort, war an den Chief Steward adressiert. Aber wieso hätte Kapitän Ellis, der Chef des Hafenamts, an den Steward schreiben wollen? Der Kerl ginge doch ohnehin jeden Morgen hinüber zum Hafenamt, um seinen Bericht abzugeben und seine Anweisungen oder was auch immer abzuholen. Er war gerade erst vor einer Stunde zurückgekehrt, bevor ihm der Bote des Hafenamts mit einer Botschaft nachjagte. Was also konnte das bedeuten?

Und er begann zu spekulieren. Deswegen konnte es nicht sein – und deshalb aber auch nicht. Und schon gar nicht wegen dieser anderen Sache. Undenkbar.

Ich konnte ihn nur anstarren, so albern wirkte das alles. Wäre der Mann nicht eine irgendwie mitfühlende Person gewesen, ich hätte es als Beleidigung empfunden. Doch so tat er mir einfach nur leid. Irgendetwas auffallend Ernstes in seinem Blick hinderte mich, ihm ins Gesicht zu lachen. Oder zu gähnen. Ich starrte ihn nur an.

Seine Stimme wurde eine Spur geheimnisvoller. Als der Kerl (gemeint war der Steward) das Schreiben in die Hände bekam, griff er sofort nach seinem Hut und rannte aus dem Haus. Allerdings nicht, weil ihn das Schreiben ins Hafenamt beordert hätte. Dahin war er nicht gerannt. Dafür war er nicht lange genug weg. Er war im Nu wieder zurückgeflitzt, hatte seinen Hut von sich geschleudert, sich vor die Stirn geschlagen und war jammernd im Speisesaal umhergelaufen. Kapitän Giles hatte all diese aufregenden Fakten und Kundgebungen genau beobachtet. Und seitdem hatte er offenbar gründlich über sie nachgedacht.

Allmählich fühlte ich tiefes Mitleid für ihn. Und ich sagte in einem Ton, der so wenig sarkastisch wie möglich klingen sollte, ich sei froh, dass er eine Beschäftigung für seine Morgenstunden gefunden habe.

Mit der ihm eigenen entwaffnenden Schlichtheit und als spielte das eine gewichtige Rolle bat er mich zu bedenken, es sei doch seltsam, dass er den ganzen Vormittag im Hause zugebracht habe. Üblicherweise sei er doch in der Zeit vor Tisch unterwegs, besuche verschiedene Kontore, treffe sich mit Freunden im Hafen und so weiter. Aber beim Aufstehen habe er sich ein wenig unpass gefühlt. Nichts Ernstes. Nur gerade so viel, dass er etwas träge sei.

All dies mit unverwandt auf mich gerichtetem, starrem Blick, der zusammen mit der allgemeinen Fadheit seines Geschwafels wirkte wie eine milde, öde Form von Irrsinn. Und als er dann seinen Stuhl ein wenig näher rückte und seine Stimme geheimnisvoll noch weiter senkte, kam mir jäh der Gedanke, dass hohes professionelles Ansehen nicht notwendig auch die Garantie ist für einen gesunden Verstand.

Damals war mir gar nicht bewusst, worin genau ein gesunder Verstand eigentlich besteht und was für eine heikle und letztlich unwichtige Frage das ist. Da ich seine Gefühle nicht verletzen wollte, kniff ich die Augen zusammen und schaute ihn betont interessiert an. Doch als er mich daraufhin geheimnisvoll fragte, ob ich mich noch erinnere, was gerade zwischen dem Steward und »diesem Hamilton da« vorgegangen war, knurrte ich nur zustimmend und wandte mich ab.

»Aye. Aber erinnern Sie sich noch an jedes Wort?« beharrte er behutsam.

»Weiß ich nicht. Geht mich auch nichts an«, schnappte ich und überantwortete den Steward und Hamilton laut der ewigen Verdammnis.

Damit wollte ich die ganze Sache energisch und endgültig abtun, aber Kapitän Giles betrachtete mich weiter nachdenklich. Nichts konnte ihn beirren. Er wies mich darauf hin, dass in dieser Unterredung meine Person eine Rolle gespielt hatte. Als ich immer noch einen völlig gleichgültigen Eindruck zu machen versuchte, wurde er regelrecht grob. Ich hätte doch gehört, was der Mann gesagt habe? Oder? Was ich denn darüber dächte? – Er wolle es wissen.

Da Kapitän Giles' ganze Erscheinung jeden Verdacht einer bloß hinterhältigen Bosheit ausschloss, kam ich zu dem Schluss, er sei einfach nur der taktloseste Idiot auf Erden. Fast verachtete ich mich selbst für meine schwächlichen Versuche, seinen Alltagsverstand zu erleuchten. Ich begann ihm also darzulegen, dass ich rein gar nichts dächte. Hamilton verdiene keinen einzigen Gedanken. Was so ein widerlicher Nichtsnutz – »Aye! Das ist er wirklich!« warf Kapitän Giles ein – dachte oder sagte, sei nicht einmal der Verachtung eines anständigen Menschen wert, und ich beabsichtigte nicht, ihn auch nur im Geringsten zu beachten.

Meine Haltung erschien mir so einfach und offensichtlich, dass ich wirklich verwundert war, als Giles kein Zeichen von Zustimmung zu erkennen gab. Solch vollkommener Stumpfsinn war fast schon wieder interessant.

»Was soll ich denn Ihrer Ansicht nach tun?« fragte ich lachend. »Ich kann doch wegen der Meinung, die er von mir hat, keine Prügelei mit ihm anfangen! Natürlich hab ich gehört, wie verächtlich er von mir spricht. Aber er drängt mir seine Verachtung nicht auf. Nie hat er sie in meiner Gegenwart geäußert. Auch vorhin wusste er ja nicht, dass wir ihn hören konnten. Ich würde mich nur lächerlich machen.«

Doch Giles, dieser hoffnungslose Kerl, zog weiter verdrossen an seiner Pfeife. Plötzlich erhellte sich seine Miene, und er nahm wieder das Wort.

»Sie haben meine Pointe missverstanden.«

»Hab ich das? Na, das hör ich gern«, versetzte ich.

Mit wachsender Erregung wiederholte er, ich hätte seine Pointe missverstanden. Völlig missverstanden. Und im Ton wachsender Selbstgefälligkeit bedeutete er mir, seiner Aufmerksamkeit entginge nur ganz wenig, er habe sich angewöhnt, alles gründlich zu durchdenken, und ziehe wegen seiner Lebenserfahrung und Menschenkenntnis gemeinhin die richtige Schlussfolgerung.

Dieser Anfall von Selbstlob passte natürlich bestens zu der angestrengten Nichtigkeit der ganzen Unterredung. Die ganze Sache bestärkte in mir das dunkle Gefühl, das Leben sei nichts als eine einzige Vergeudung von Tagen, ein mir nur halb bewusstes Gefühl, das mich von einer behaglichen Stelle und von Menschen, die ich mochte, fortgetrieben hatte; ich hatte vor der drohenden Leere fliehen wollen – und nach der ersten Wendung nur Nichtigkeit gefunden. Hier saß ein wegen seines Charakters und seiner Leistungen weithin anerkannter Mann und entpuppte sich als öder, absurder Schwätzer. Und so war es wohl überall – von Ost nach West, auf der untersten bis zur obersten Sprosse der sozialen Leiter.

Mich befiel eine große Mutlosigkeit. Eine seelische Erschlaffung. Selbstgefällig plapperte Giles' Stimme weiter, die Stimme der hohlen, universalen Eitelkeit. Und sie empörte mich nicht mehr. Von der Welt war nichts Originelles zu erwarten, nichts Neues, Erregendes, Lehrreiches: keine Gelegenheit, um etwas über sich selbst herauszufinden, keine Weisheit, die zu erwerben, kein Spaß, der zu genießen wäre. Alles war stumpfsinnig, alles wurde überschätzt, so wie Kapitän Giles. Sei's drum.

Der Name Hamilton drang plötzlich an mein Ohr, und ich rappelte mich auf.

»Ich dachte, den hätten wir erledigt«, sagte ich mit größtmöglichem Ekel.

»Ja. Aber wenn man bedenkt, was wir gerade zufällig mit angehört haben, dann sollten Sie es eigentlich tun.«

»Sollte ich es tun?« Verwirrt setzte ich mich auf. »Was soll ich tun?«

Kapitän Giles sah mich höchst überrascht an.

»Na, Sie sollen das versuchen, was ich Ihnen die ganze Zeit geraten habe. Sie gehen los und fragen den Steward, was drinstand im Brief vom Hafenamt. Fragen Sie ihn ohne Drumherum.«

Eine Weile blieb ich sprachlos. Das war völlig unerwartet, ganz eigenartig und deshalb schier unbegreiflich. Ich murmelte fassungslos:

»Aber ich dachte, Sie hätten gesagt, dass Hamilton …«

»Ganz genau. Lassen Sie's nicht zu. Sie tun, was ich gesagt habe. Sie knöpfen sich den Steward vor. Ich wette, Sie bringen ihn zum Tanzen«, betonte Kapitän Giles und zielte auf mich mit seiner qualmenden Pfeife. Dann nahm er drei rasche Züge.

Der Ausdruck von triumphierender Schläue auf seiner Miene war unbeschreiblich. Dennoch war der Mann ein seltsam mitfühlendes Geschöpf. Er strahlte eine milde Güte aus, die lachhaft wirkte und eindrucksvoll zugleich. Aufreizend auch. Aber wie einer, der mit dem Unbegreiflichen konfrontiert ist, wies ich ihn kühl darauf hin, dass ich keinen Grund sah, mir von diesem Kerl eine Abfuhr einzuholen. Er sei ja als Steward höchst unfähig und zudem ein erbärmlicher Wicht, und eher würde ich auf die Idee verfallen, ihn in die Nase zu kneifen.

»In die Nase kneifen?« entgegnete Kapitän Giles empört. »Das würde Ihnen aber viel nützen!«

Diese Bemerkung war so abwegig, dass man nichts erwidern konnte. Allmählich aber bewirkte die Ahnung des Absurden ihre wohlbekannte Faszination. Mir wurde klar, ich durfte den Mann nicht weiter auf mich einreden lassen. Ich erhob mich und sagte brüsk, dass er mir zu hoch sei – ich würde nicht schlau aus ihm.

Noch bevor ich mich entfernen konnte, entgegnete er – nervös paffend – in einem ganz neuen, beinah starrsinnigen Ton:

»Sicher – er ist – ein wertloser Kerl – zweifellos. Aber Sie – fragen ihn einfach. Mehr nicht.«

Sein neuer Ton beeindruckte mich – oder ließ mich doch wenigstens innehalten. Doch der gesunde Menschenverstand gewann sogleich die Oberhand; ich schenkte ihm ein freudloses Lächeln und verließ die Veranda. Nach wenigen Schritten fand ich mich wieder in dem nun aufgeräumten und leeren Speisesaal. In dieser kurzen Zeit waren mir jedoch allerlei Gedanken gekommen, zum Beispiel, dass Giles mich zum Narren gehalten und sich auf meine Kosten amüsiert hatte, dass ich wohl ziemlich albern und leichtgläubig aussah, dass ich sehr wenig wusste vom Leben …

Zu meiner größten Überraschung flog plötzlich die gegenüberliegende Tür des Speisesaals auf. Es war die mit der Aufschrift »Steward«, und dieser Kerl höchstselbst brach wie ein gehetztes Tier aus seiner stickigen Spießerhöhle und stürzte hinüber zur Gartentür.

Bis zum heutigen Tag ist mir schleierhaft, warum ich ihm nachrief: »Halt! Warten Sie!« Vielleicht war es der scheele Blick, den er mir zuwarf, oder ich stand womöglich noch unter dem Einfluss von Kapitän Giles' geheimnisvoll ernstem Gehabe. Wie auch immer, es war irgendein Impuls, etwas von jener Macht, die unser Leben formt, in diese oder jene Richtung. Denn wären mir diese Worte nicht entschlüpft (mein Wille hatte nichts damit zu tun), dann wäre mein Dasein zwar noch immer das eines Seemanns geblieben, aber in eine mir heute völlig unvorstellbare Bahn gelenkt worden.

Nein. Mein Wille hatte damit nichts zu tun. Im Gegenteil. Kaum ausgestoßen, bereute ich schon jene verhängnisvollen Worte. Hätte der Mann innegehalten und mir ins Gesicht gesehen, ich hätte den ungeordneten Rückzug antreten müssen. Denn ich hatte nicht die Absicht, Kapitän Giles' idiotischen Scherz auszuführen, weder auf meine Kosten noch auf die des Stewards.

Jetzt aber kam der alte Jagdinstinkt des Menschen ins Spiel. Der Steward stellte sich taub, und ich stürmte, ohne eine Sekunde zu überlegen, an meiner Seite des Esstischs entlang und verstellte ihm an der Tür den Weg.

»Wieso geben Sie keine Antwort, wenn man Sie anredet?« fuhr ich ihn an.

Er stützte sich gegen den Türrahmen. Er wirkte überaus erbärmlich. Die menschliche Natur ist, fürchte ich, im Kern nicht besonders nett. Es gibt da hässliche Flecken. Ich spürte meine wachsende Wut, und offenbar nur, weil meine Beute so jämmerlich aussah. Elender Wicht!

Ich ging direkt auf ihn los. »Wie ich höre, kam heute Morgen ein offizielles Schreiben vom Hafenamt an das Seemannsheim. Ist dem so?«

Anstatt mir zu sagen, ich möge mich um meine eigenen Dinge kümmern, was er hätte tun können, fing er an zu winseln, mit leicht unverschämtem Unterton. Er habe mich heute Morgen nirgendwo finden können. Man könne von ihm doch nicht erwarten, dass er mir durch die ganze Stadt nachlaufe.

»Erwartet das jemand?« rief ich. Und dann wurden meine Augen aufgetan, und ich blickte ins Innere der Dinge und der Gespräche, deren Trivialität mir so verwirrend und lästig erschienen war.

Ich sagte ihm, ich wolle wissen, was in diesem Brief stand. Meine Strenge in Ton und Auftreten war nur halb gespielt. Neugier kann eine ziemlich grimmige Empfindung sein – manchmal.

Er zog sich zurück auf ein albernes, mürrisches Gemurmel. Das gehe mich nichts an, grummelte er. Ich hätte ihm doch gesagt, ich wolle zurück in die Heimat. Und weil ich zurück in die Heimat fuhr, sehe er nicht ein, warum er …

Das war seine Argumentation, und sie war so abwegig,

dass sie beinah beleidigend wirkte. Ich meine, beleidigend für meine Intelligenz.

In jenem zwielichtigen Reich zwischen Jugend und Reife, in dem ich damals lebte und webte, ist man für eine solche Beleidigung besonders empfindlich. Ich fürchte, mein Betragen gegenüber dem Steward wurde nun höchst ruppig. Aber er war nicht in der Lage, irgendetwas oder irgendjemandem zu trotzen. Vielleicht Drogensucht oder einsames Picheln. Und als ich mich hinreißen ließ, ihn zu beschimpfen, knickte er ein und begann zu kreischen.

Ich meine damit nicht, dass er ein großes Geschrei veranstaltete. Es war eine zynische, kreischende Beichte, nur eben leise – erbärmlich leise. Sie war auch nicht völlig eindeutig, doch immerhin so klar, dass es mir zunächst die Sprache verschlug. In meiner berechtigten Empörung wandte ich mich ab und erblickte Kapitän Giles im Ausgang zur Veranda, der ruhig diesen ganzen Auftritt betrachtete – sein eigenes Werk, wenn ich mich so ausdrücken darf. Die schwarze, qualmende Pfeife in seiner großen, väterlichen Pranke war sehr gut zu sehen. Auch das glitzernde Gold der schweren Uhrkette auf der Brust seines weißen Rocks. Er atmete eine Aura von rechtschaffener Klugheit, die so verlässlich wirkte, dass sich jede unschuldige Seele vertrauensvoll zu ihr flüchten musste. Ich flüchtete mich zu ihm.

»Sie werden es nie glauben!« rief ich. »Es war die Mitteilung, dass der Kapitän für ein Schiff gesucht wird. Da gibt's offenbar das Angebot für ein Kommando, und dieser Kerl da steckt es einfach in die Tasche!«

»Sie bringen mich noch ins Grab!« kreischte der Steward in lauter Verzweiflung.

Das mächtige Klatschen, als er sich gegen die erbärmliche Stirn schlug, war ebenfalls sehr laut. Doch als ich mich zu ihm umdrehte, war er weg. Er hatte sich flugs verdrückt. Sein jähes Verschwinden brachte mich zum Lachen.

Und damit war die Sache vorbei – für mich. Nicht aber für Kapitän Giles, der auf die Stelle starrte, wo eben noch der Steward gestanden hatte, und nun bedächtig seine prächtige Goldkette einholte, bis schließlich die Uhr aus seiner tiefen Tasche auftauchte wie die reine Wahrheit aus einem Brunnen. Er senkte sie feierlich wieder hinab; dann sagte er:

»Gerade erst drei. Sie kommen noch rechtzeitig – das heißt, wenn Sie nicht trödeln.«

»Rechtzeitig wohin?« fragte ich.

»Gütiger Gott! Ins Hafenamt! Man muss der Sache nachgehen.«

Streng genommen hatte er recht. Doch Untersuchungen mit dem Ziel, Leuten auf die Schliche zu kommen und so weiter, sind in ethischer Hinsicht zweifellos verdienstvoll, waren aber nie nach meinem Geschmack. Und meine Sicht auf diese Episode war rein ethischer Natur. Wenn denn jemand den Steward ins Grab bringen musste, sah ich nicht ein, warum es nicht Kapitän Giles selbst sein sollte, ein Mann von reifem Alter und Ansehen, zudem ortsansässig. Dagegen fühlte ich mich, verglichen mit ihm, in jenem Hafen eher wie ein Zugvogel.

Wirklich, man hätte sagen können, dass ich schon alle meine Verbindungen abgebrochen hatte. Ich murmelte, dass ich nicht glaubte – dass es mir nichts bedeutete …

»Nichts!?« entgegnete Kapitän Giles mit Anzeichen einer stillen, fast bedächtigen Empörung. »Kent hat mich schon gewarnt, dass Sie ein seltsamer junger Bursche sind. Als Nächstes werden Sie mir wohl weismachen, dass Ihnen ein Kommando nichts bedeutet – und das nach all der Mühe, die ich mir gemacht habe!«

»Mühe?« murmelte ich verständnislos. Welche Mühe? Ich konnte mich nur erinnern, wie sehr mich sein Gerede nach dem Frühstück eine geschlagene Stunde verwirrt und gelangweilt hatte. Und er sprach von großer Mühe.

Er betrachtete mich mit einer Selbstgefälligkeit, die bei jedem anderen abstoßend gewirkt hätte. Und plötzlich, als hätte in einem Buch eine neue Seite jenes Wort offenbart, das alles Vorangehende klar erhellte, erkannte ich, dass diese Angelegenheit nicht nur einen ethischen Aspekt hatte.

Und ich rührte mich noch immer nicht. Nun verlor Kapitän Giles ein wenig die Geduld. Er nahm einen ärgerlichen Zug aus seiner Pfeife und zeigte meiner Zauderei den Rücken.

Doch ich hatte gar nicht gezaudert. Mein Verstand war, wenn ich mich so ausdrücken darf, ausgekuppelt worden. Aber sobald ich mich überzeugt hatte, dass diese schale, unersprießliche Welt meines Missvergnügens auch so etwas anzubieten hatte wie ein Kommando, das man sich sichern konnte, gewann ich meine Mobilität zurück.

Es war ein gutes Stück Wegs vom Offiziersheim zum Hafenamt; aber mit dem magischen Wort »Kommando« im Kopf fand ich mich am Kai wieder, als sei ich plötzlich, in einem Augenblick, dorthin entrückt worden, vor ein weißes Steinportal, zu dem hinauf ein paar flache, weiße Stufen führten.

Es war, als glitte all dies ganz rasch auf mich zu. Die weite Reede zu meiner Rechten war nur ein flirrendes Blau, und erst als mich die schattige kühle Halle verschluckte, wurden mir die Hitze und das grelle Gleißen bewusst, denen ich gerade entgangen war.

Die breite Innentreppe schmeichelte sich mir irgendwie unter die Füße. Das Wort Kommando besitzt eine starke Magie. Seit ich Kapitän Giles' empörten Rücken hinter mir gelassen hatte, waren die ersten menschlichen Gestalten, die ich deutlich wahrnahm, einige Leute von der Hafenbarkasse auf dem breiten Treppenabsatz, wo sie vor dem vorhangbewehrten Bogengang des Heuerkontors herumlungerten.

Da verließ mich mein Schwung. Die Atmosphäre von Amtsstuben tötet alles, was die Luft menschlichen Unternehmungsgeists atmet, erstickt in ihrer Allmacht von Papier und Tinte sowohl Hoffnung wie Furcht. Bedrückt beugte ich mich unter dem Vorhang hindurch, den der malaiische Vormann der Hafenbarkasse für mich anhob. Im Saal war niemand außer den Angestellten, die in zwei fleißigen Reihen vor sich hin schrieben. Nur der Erste

Heuerbaas hüpfte von seiner Höhe herab und hastete mir auf den dicken Matten des breiten Mittelgangs entgegen.

Er hatte einen schottischen Namen, aber sein Gesicht war olivbraun, der kurze Bart kohlschwarz, und in den ebenfalls schwarzen Augen lag ein matter Ausdruck. Vertraulich fragte er:

»Sie wollen Ihn sprechen?«

Mir war beim ersten Anhauch von Bürokratie jeder seelische und leibliche Schwung abhandengekommen; ich starrte den Schreiberling unbewegt an und entgegnete meinerseits etwas müde:

»Was meinen Sie? Nützt es denn was?«

»Meine Güte! Schon zweimal hat Er heute schon nach Ihnen gefragt!«

Dieser nachdrücklich betonte Er war die höchste Autorität, der Reedereiinspektor, der Hafenmeister – in den Augen eines jeden Federfuchsers im Saal eine überaus erhabene Person. Das war jedoch gar nichts gegen die Ansicht, die er von seiner eigenen Größe hegte.

Kapitän Ellis betrachtete sich als eine Art göttliche (heidnische) Emanation: als Provinzposeidon der umliegenden Meere. Gebot er auch nicht wirklich über die Wellen, so gab er doch vor, dem Schicksal jener Sterblichen zu gebieten, die da über das Wasser fahren müssen.

Diese erhebende Einbildung verlieh ihm ein entschiedenes, ja inquisitorisches Gehabe. Und da er ein durchaus cholerisches Temperament hatte, gab es Leute, die ihn wirklich fürchteten. Er war ein gestrenger Herr, nicht wegen seines Amtes, sondern kraft seiner unberechtigten Anmaßung. Ich hatte bisher noch nie mit ihm zu tun gehabt.

Ich entgegnete: »Aha! Zweimal hat er nach mir gefragt. Dann sollte ich wohl besser hineingehen.«

»Sie müssen! Sie müssen!«

Mit gezierten Schritten führte mich der Heuerbaas durch das ganze System aus Tischen und Pulten zu einer hohen und imposant aussehenden Tür, die er mit unterwürfiger Armbewegung öffnete.

Er trat sogleich ein (aber ohne den Griff fahren zu lassen) und winkte mich, nachdem er ein Weilchen andächtig in den Raum gespäht hatte, mit einer stummen Kopfbewegung über die Schwelle. Dann schlüpfte er sofort wieder hinaus, und mit allergrößter Behutsamkeit schloss er hinter mir die Tür.

Drei hohe Fenster blickten auf den Hafen. In ihnen war nichts zu sehen als die dunkelblau glitzernde See und das blassere Blau des Himmels. In der fernen Tiefe dieser Blautöne konnte ich den weißen Fleck eines großen Schiffs ausmachen, das gerade eingelaufen war und auf der äußeren Reede vor Anker ging. Ein Schiff aus der Heimat – nach vielleicht neunzig Tagen auf See. Es liegt etwas Anrührendes in einem Schiff, das von der hohen See hereinkommt und, indem es die weißen Schwingen faltet, zur Ruhe kommt.

Was ich als Nächstes sah, war der silberne Haarschopf über Kapitän Ellis' glattem, rotem Gesicht, das man hätte

47

apoplektisch nennen können, hätte es nicht so frisch ausgesehen.

Unser Provinzposeidon trug am Kinn keinen Bart, und nirgendwo stand da ein Dreizack in einer Ecke wie ein Schirm. Aber in seiner Hand lag ein Federhalter – der amtliche Federhalter, der, weit mächtiger noch als das Schwert, über das Wohl und Wehe einfacher, geplagter Männer entschied. Er sah über die Schulter, während ich näher kam.

Als ich in Schussweite war, feuerte er einen markerschütternden Salut: »Wo waren Sie denn die ganze Zeit?«

Da ihn das nichts anging, nahm ich von seinem Geschoss nicht die leiseste Notiz. Ich entgegnete schlicht, ich hätte gehört, man suche einen Kapitän, und bei meiner Vorliebe für Segelschiffe wollte ich meine Bewerbung …

Er unterbrach mich. »Was? Zum Teufel! *Sie* sind der Richtige für den Posten – auch wenn sich da noch zwanzig andere beworben hätten. Aber keine Bange. Die haben alle zu viel Angst zuzupacken. So liegt die Sache!«

Er war sehr aufgebracht. Mit Unschuldsmiene sagte ich: »Wirklich, Sir? Warum bloß?«

»Warum?!« fauchte er. »Angst vor den Segeln! Angst vor einer weißen Mannschaft! Zu viel Ärger. Zu viel Arbeit. Zu lange schon hier draußen. Lotterleben und Decksstühle, das passt denen! Hier hocke ich mit dem Kabel vom Generalkonsul, und der einzige für den Posten geeignete Mann ist nicht aufzufinden. Ich hab schon gedacht, auch Sie hätten Schiss …«

»Ich habe nicht lang gebraucht bis hierher«, bemerkte ich ruhig.

»Sie haben hier draußen doch einen guten Ruf«, grollte er roh, ohne mich anzusehen.

»Ich freue mich sehr, das von Ihnen zu hören, Sir«, sagte ich.

»Na gut. Aber Sie sind nicht zur Stelle, wenn man Sie braucht. Sie waren's nicht, das wissen Sie. Ihr Steward da würde doch nicht wagen, eine Botschaft aus diesem Amt liegen zu lassen. Wo zum Teufel haben Sie sich den ganzen Vormittag versteckt?«

Ich lächelte nur freundlich auf ihn hinab, und er schien sich zu besinnen und bat mich, Platz zu nehmen. Er erklärte mir, der Kapitän eines britischen Schiffes in Bangkok sei gestorben, und da habe ihm der Generalkonsul gekabelt, er brauche einen fähigen Mann, um das Kommando zu übernehmen.

Offenbar hatte er mich von Anbeginn dafür vorgesehen, obwohl die Anfrage an das Seemannsheim ganz allgemein gehalten war. Ein Vertrag war bereits aufgesetzt. Er gab ihn mir zu lesen, und als ich ihm das Papier mit der Bemerkung wieder einhändigte, ich stimme den Bedingungen zu, signierte und stempelte es der Provinzposeidon mit seiner eigenen erlauchten Hand, faltete es zweimal (es war ein großer, blauer Bogen) und präsentierte es mir – eine Gabe von außerordentlicher Wirkkraft, denn als ich es in meine Tasche steckte, wurde mir ein wenig schwindelig.

»Dies ist Ihre Ernennung für das Kommando«, bemerkte er mit einer gewissen Feierlichkeit. »Eine offizielle Ernennung, die die Eigner an die Bedingungen bindet, denen Sie zugestimmt haben. Also – wann sind Sie zur Abfahrt bereit?«

Ich sagte, wenn nötig, wäre ich es noch am gleichen Tag. Er nahm mich mit großer Bereitschaft beim Wort. Am gleichen Abend gegen sieben sollte der Dampfer *Melita* nach Bangkok auslaufen. Er würde den Kapitän offiziell bitten, mich mitzunehmen und bis zehn Uhr zu warten.

Dann erhob er sich aus seinem Amtssessel, und auch ich stand auf. Kein Zweifel, mir schwindelte und meine Glieder fühlten sich schwerer an, als wären sie noch gewachsen, seit ich auf dem Stuhl Platz genommen hatte. Ich machte meine Verbeugung.

Da bemerkte ich eine leise Verwandlung in Kapitän Ellis' Betragen, so als hätte er den Dreizack des Provinzposeidons beiseitegelegt. In Wirklichkeit aber hatte er nur seinen offiziellen Federhalter fahren lassen, während er sich erhob.

Er reichte mir die Hand: »Nun, dann sind Sie jetzt Ihr eigener Herr, offiziell und unter meiner Verantwortung ernannt.«

Und er begleitete mich doch tatsächlich bis zur Tür. Wie weit entfernt sie mir schien! Ich bewegte mich wie ein Mann in Ketten. Aber endlich war sie erreicht. Ich öffnete sie mit dem Gefühl, als hantierte ich mit bloßem Zeug aus Träumen. Und dann, im letzten Moment, behauptete sich die Kameradschaft der Seeleute, die stärker ist als der Unterschied von Alter und Rang. Sie behauptete sich in Kapitän Ellis' Stimme.

»Leben Sie wohl – und viel Glück!« sagte er so herzlich, dass ich ihm nur mit einem dankbaren Blick antworten konnte. Dann drehte ich mich um und ging hinaus; ich habe ihn nie wiedergesehen. Ich hatte kaum drei Schritte in den vorderen Teil des Amts getan, als ich hinter mir eine barsche, laute, herrische Stimme vernahm, die Stimme unseres Provinzposeidons.

Sie richtete sich an den Ersten Heuerbaas, der mich eingelassen hatte und seitdem offenbar in gebührender Entfernung ausharrte.

»Mr. R., setzen Sie die Hafenbarkasse unter Dampf, damit sie den Kapitän hier an Bord der *Melita* bringt, halb zehn heute Nacht.«

»Jawohl, Sir!« Ich war erstaunt, wie erschrocken R. klang. Er eilte mir auf den Treppenabsatz voraus. So leicht lag meine neue Würde auf mir, dass mir nicht bewusst war, dass dieser letzte Gnadenerweis mir galt, dem Kapitän. Es schien, als wären mir auf den Schultern ganz plötzlich Flügel gewachsen. Ich schwebte geradezu über das polierte Parkett. R. aber war schwer beeindruckt.

»Meine Güte!« rief er auf dem Treppenabsatz, wo die malaiische Mannschaft der Hafenbarkasse herumstand und mit versteinerter Miene den Mann musterte, wegen dem sie so spät noch Dienst tun sollte, der sie abhielt von ihrem Glücksspiel, ihren Mädchen oder ihren schlichten häuslichen Freuden. »Meine Güte! Seine eigene Barkasse! Was haben Sie bloß mit ihm gemacht?«

Er starrte auf mich mit respektvoller Neugier. Ich war ziemlich verwirrt.

»Hat er mich gemeint? Ich hatte nicht die geringste Ahnung«, stammelte ich.

Er nickte mehrmals mit dem Kopf. »Ja doch. Und der Letzte, der sie vor Ihnen benutzen durfte, war ein Herzog. Da können Sie mal sehen!«

Er erwartete wohl, ich würde auf der Stelle in Ohnmacht fallen. Aber ich hatte keine Zeit für Gefühlsausbrüche. Ich war innerlich schon derart aufgewühlt, dass diese umwerfende Nachricht auch nichts mehr ausmachte. Sie versank im kochenden Kessel meines Hirns, und ich trug sie mit mir fort, nach einem kurzen, aber überschwenglichen Abschied von R.

Die Gunst der Großen verleiht den glücklich Auserwählten eine Aureole. Und so erkundigte sich dieser vortreffliche Mann, ob er irgendetwas für mich tun könne. Er hatte mich vormals nur von ferne erblickt, und er wusste nur zu gut, er würde mich nie wiedersehen; wie die anderen Seeleute in diesem Hafen war ich ja nur ein Gegenstand des amtlichen Schriftverkehrs und irgendwelcher Formulare, die er ausfüllte mit all der künstlichen Erhabenheit des Mannes von Feder und Tinte, jenen Männern überlegen, die mit Realitäten jenseits der geheiligten Mauern von Amtsgebäuden kämpfen. Wie Phantome müssen wir ihm vorgekommen sein! Bloße Symbole, mit denen man in Büchern und schweren Registerbänden herumjongliert, ohne Hirne und Muskeln und Verwirrungen, etwas, was wohl kaum von Nutzen war und ganz sicher von untergeordnetem Rang.

Und er wollte – außerhalb der Dienstzeit – wissen, ob er mir irgendwie nützlich sein könne!

Das hätte mich, ehrlich gesagt – das hätte mich zu Tränen rühren müssen. Aber auf diesen Gedanken kam ich gar nicht. Es war nur eine weitere wunderbare Offenbarung an diesem Tag der Wunder. Ich trennte mich von ihm, als sei er ein bloßes Symbol. Ich schwebte über die Treppe. Ich schwebte durch das prächtige Portal des Amtes. Ich schwebte weiter.

Ich benutze bewusst dieses Wort anstelle des Wortes »flog«, denn ich erinnere mich deutlich, dass meine Bewegungen, trotz des Überschwangs meiner erregten Jugend, ziemlich bedächtig waren. Den bunt gemischten weißen, braunen und gelben Teilen der Menschheit, die dort ihren Angelegenheiten nachgingen, bot ich den Anschein eines Mannes, der ziemlich gelassen seinen Weg geht. Und keine Art von Geistesabwesenheit wäre ihr gleichgekommen – meiner völligen Absonderung von den Formen und Farben dieser Welt. Sie war sozusagen absolut.

Und dennoch fiel mir plötzlich Hamilton ins Auge. Ich erkannte ihn ohne Mühe, ohne zu erschrecken, ohne zu stutzen. Dort schlenderte er, im Vollbesitz seiner steifen, arroganten Würde, zum Hafenamt. Sein rotes Gesicht war schon von weitem zu sehen. Es glühte geradezu herüber, aus dem Schatten der anderen Straßenseite.

Er hatte mich auch erkannt. Irgendetwas (vielleicht

unbewusster Gefühlsüberschwang) brachte mich dazu, ihm gönnerhaft zuzuwinken. Diese Taktlosigkeit war passiert, ehe ich auch nur wusste, dass ich ihrer fähig war.

Vor der Wucht meiner Unverschämtheit prallte er zurück, als hätte ihn eine Kugel getroffen. Wahrlich, ich glaube, er strauchelte, aber soweit ich sehen konnte, schlug er nicht hin. In einem Moment war ich vorüber und wandte nicht den Kopf. Ich hatte sein Dasein schon vergessen.

Die nächsten zehn Minuten hätten zehn Sekunden oder zehn Jahrhunderte sein können, sowenig war mir bewusst, was um mich geschah. Um mich her hätten Menschen tot umfallen können, Häuser einstürzen, Kanonen feuern, ich hätte nichts bemerkt. Ich dachte nur: »Bei Gott! Ich hab es!« *Es* war das Kommando. Es war so gekommen, wie ich es in meinen bescheidenen Tagträumen nie vorhergesehen hätte.

Ich erkannte, meine Phantasie hatte sich nur in gewöhnlichen Bahnen bewegt und meine Hoffnungen waren immer nur mausgraues Zeug gewesen. Ein Kommando hatte ich mir immer vorgestellt als Ergebnis einer langsamen Folge von Beförderungen im Dienst einer höchst angesehenen Firma. Als Lohn für treue Dienste. Na ja, treuer Dienst – das war ja ganz in Ordnung. Den leistete man schon sich selbst zuliebe, dem Schiff zuliebe, dem selbst gewählten Leben zuliebe, aber nicht wegen einer Belohnung.

Es liegt etwas Ekelhaftes im Gedanken an Belohnung.

Und da hatte ich nun mein Kommando, hatte es in

der Tasche, sozusagen unbestreitbar, aber auch gänzlich unerwartet, jenseits meiner Vorstellungen, jenseits aller vernünftigen Erwartungen und sogar trotz der Tatsache, dass man versucht hatte, es mir durch irgendeine obskure Intrige vorzuenthalten. Wohl wahr, diese Intrige war läppisch, aber sie beförderte doch das Gefühl des Wunderbaren – als sei ich für dieses Schiff, das ich nicht kannte, speziell vorhergesehen, von irgendeiner Macht, die höher war als die prosaischen Agenturen der kommerziellen Welt.

Allmählich beschlich mich ein merkwürdiges Triumphgefühl. Hätte ich für dieses Kommando zehn Jahre oder mehr gearbeitet, es hätte nichts dergleichen gegeben. Mir war ein bisschen bange.

»Nur die Ruhe!« sagte ich mir.

Vor dem Eingang zum Offiziersheim erwartete mich offenbar der erbärmliche Steward. Auf der obersten Stufe des breiten Treppenaufgangs rannte er wie an einer Kette hin und her. Ein elender Köter. Er sah aus, als sei seine Kehle zu trocken für Gebell.

Ich gestehe, dass ich innehielt, bevor ich eintrat. In meinem moralischen Empfinden hatte sich eine Revolution ereignet. Er wartete, atemlos, mit offenem Mund, während ich ihn für eine halbe Minute betrachtete.

»Und Sie dachten, Sie könnten mich da raushalten!« versetzte ich scharf.

»Sie haben gesagt, Sie wollten zurück in die Heimat«, quiekte er kläglich. »Sie haben's doch gesagt! Sie haben's gesagt!«

»Ich frage mich nur, was Kapitän Ellis zu dieser Ausrede sagen wird«, bemerkte ich gedehnt und mit unheilvollem Unterton.

Sein Unterkiefer hatte die ganze Zeit gezittert, und seine Stimme glich dem Gemecker einer kranken Ziege.

»Sie haben mich verraten! Sie haben mich fertiggemacht!«

Weder sein Elend noch die Absurdität der ganzen Sache konnte mich entwaffnen. Zum ersten Mal hatte man versucht, mir zu schaden – jedenfalls hatte ich es zum ersten Mal bemerkt. Und ich war noch jung, noch zu weit diesseits der Schattenlinie, um über derlei Dinge nicht überrascht und empört zu sein.

Ich starrte ihn unverwandt an. Dieser Lump sollte sich ruhig quälen. Er schlug sich gegen die Stirn, und ich ging hinein, während mich sein Gekreisch bis in den Speisesaal verfolgte:

»Ich hab schon immer gesagt, Sie bringen mich noch ins Grab!«

Dies Gelärm holte mich nicht nur ein, sondern eilte mir sozusagen voraus bis auf die Veranda und rief Kapitän Giles herbei.

In all seiner gediegenen Alltagsweisheit stand er vor mir im Eingang. Die Goldkette glitzerte auf seiner Brust. Seine Hand umklammerte eine qualmende Pfeife.

Ich streckte ihm freundlich die Hand entgegen, was ihn sichtlich erstaunte; er drückte sie aber dann doch herzhaft genug, mit einem leisen Lächeln überlegenen Wissens, das meinen Dank abschnitt wie ein Messer. Ich glaube, ich brachte nicht mehr heraus als ein Wort. Und sogar dieses eine Wort ließ mich, nach der Temperatur meines Gesichts zu urteilen, so rot werden, als hätte ich etwas Schlimmes verbrochen. In bemüht gelassenem Ton fragte ich, wie in aller Welt er es bloß geschafft hatte, dieses miese kleine Doppelspiel, das da vor sich gegangen war, aufzudecken.

Er murmelte selbstgefällig, es gebe nur wenige Vorgänge in der Stadt, in die er keinen Einblick habe. Und in diesem Haus sei er fast zehn Jahre lang immer wieder abgestiegen. Nichts, was sich hier zutrage, könne seiner großen Erfahrung entgehen. Es habe ihn keine Mühe gekostet. Überhaupt keine Mühe.

Dann erkundigte er sich in seiner ruhigen, schwerfälligen Art, ob ich mich offiziell über das Verhalten des Stewards beschwert hätte.

Das hatte ich nicht, sagte ich, wenn auch nicht aus mangelnder Gelegenheit. Kapitän Ellis sei in lächerlichster Weise auf mich losgegangen, weil ich nicht verfügbar gewesen wäre, als man mich brauchte.

»Komischer alter Herr«, unterbrach mich Kapitän Giles. »Was haben Sie dazu gesagt?«

»Ich habe nur gesagt, ich sei sofort losgegangen, als ich von seiner Nachricht hörte. Weiter nichts. Ich wollte dem Steward nichts antun. So einem Subjekt zu schaden wäre unter meiner Würde. Nein, ich habe mich nicht beschwert, aber er denkt wohl, ich hätte es getan. Soll er's doch denken. Er hat jedenfalls einen Schreck bekommen, den er nicht so bald vergisst, denn Kapitän Ellis würde ihm einen Tritt versetzen, dass er bis nach Zentralasien fliegt …«

»Warten Sie einen Moment«, sagte Kapitän Giles und ließ mich plötzlich stehen.

Ich setzte mich, denn ich fühlte mich sehr müde, vor allem im Kopf. Aber bevor ich auch nur einen klaren Gedanken fassen konnte, stand er wieder vor mir und murmelte entschuldigend, er habe hinübergehen müssen und den Burschen besänftigen.

Ich sah ihn überrascht an. In Wirklichkeit aber war es mir gleich. Er erklärte, er habe den Steward auf dem Rosshaarsofa liegend gefunden, mit dem Gesicht nach unten. Jetzt habe er sich wieder beruhigt.

»Der Schreck hätte ihn schon nicht umgebracht«, sagte ich verächtlich.

»Nein. Aber er hätte eine Überdosis aus einer dieser Fläschchen nehmen können, die er in seinem Zimmer versteckt«, erklärte Kapitän Giles bedächtig. »Der verfluchte Dummkopf hat schon einmal – vor ein paar Jahren – versucht, sich zu vergiften.«

»Tatsächlich?« fragte ich teilnahmslos. »Er wirkt sowieso nicht sehr lebensfähig.«

»Was das angeht, so könnte man das von ziemlich vielen sagen.«

»Übertreiben Sie doch nicht so!« protestierte ich mit gereiztem Lachen. »Was würde dieser Teil der Erde wohl tun, wenn Sie hier nicht mehr nach dem Rechten sehen, Kapitän Giles! Da haben Sie mir ein Kommando besorgt und dem Steward das Leben gerettet, an einem einzigen

Nachmittag. Warum Sie sich allerdings so für ihn und mich eingesetzt haben, das übersteigt meinen Verstand.«

Eine Minute blieb Kapitän Giles stumm. Dann sagte er feierlich:

»Er ist eigentlich kein schlechter Steward. Jedenfalls kann er einen guten Koch ausfindig machen. Und was noch mehr ist, er kann ihn auch halten, wenn er gefunden ist. Ich kann mich noch an die Köche erinnern, die wir hier hatten, bevor er kam …«

Ich muss wohl eine ungeduldige Bewegung gemacht haben, denn er unterbrach sich und bat mich um Entschuldigung, dass er mich mit seinem Seemannsgarn aufgehalten habe, wo ich doch gewiss jede Minute brauchte, um mich reisefertig zu machen.

Was ich wirklich brauchte, war eine Weile allein zu sein. Hastig nutzte ich diese Chance. Mein Schlafzimmer, ein ruhiger Rückzugsort, lag in einem offenbar unbewohnten Flügel des Gebäudes. Da mir absolut nichts zu tun blieb (denn ich hatte meine Sachen noch gar nicht ausgepackt), setzte ich mich aufs Bett und überließ mich ganz den Einflüssen der Stunde. Den unerwarteten Einflüssen …

Zuerst wunderte ich mich über meinen Gemütszustand. Warum war meine Überraschung nicht größer? Warum? Hier saß ich nun, ganz plötzlich, in einem Augenblick, mit einem Kommando betraut, und dies nicht nach Menschenart, auf die übliche Weise, sondern wie durch Zauber. Eigentlich hätte ich in tiefes Erstaunen versinken müssen. Aber das geschah nicht. Mir ging es wie den Figuren im Märchen. Nie versetzt sie etwas in Erstaunen. Als eine reich ausgeschmückte Prachtkutsche aus einem Kürbis auftaucht, um sie zu einem Ball abzuholen, entfährt Cinderella noch nicht einmal ein leiser Schrei. Still steigt sie ein und fährt davon zu ihrem großen Glück.

Kapitän Ellis (eine recht grimmige Fee) hatte so unerwartet wie im Märchen ein Kommando aus seiner Schublade geholt. Aber ein Kommando ist etwas Abstraktes, und daher erschien es mir wie eine Art »kleineres Wunder«, bis es mich durchzuckte, dass es ja das konkrete Dasein eines Schiffes einschloss.

Eine Bark! Meine Bark! Sie war mein, meiner Verantwortung und Hingabe geweiht, auf dass ich sie – wie nichts sonst auf der Welt – besitzen sollte und beschützen. Sie wartete auf mich, gebannt, unfähig sich zu rühren, ins Leben zu treten, hinaus in die Welt zu gehen (bis ich kommen würde), wie eine verzauberte Prinzessin. Ihr Ruf hatte mich erreicht wie ein Ruf aus den Wolken. Nichts hatte ich von ihrem Dasein geahnt. Ich wusste nicht, wie sie aussah, ich hatte kaum ihren Namen gehört, und dennoch waren wir nun für eine gewisse Zeit unauflöslich vereint, auf Gedeih und Verderb!

Eine jähe, leidenschaftliche Aufwallung ängstlicher Ungeduld durchströmte meine Adern, und ich verspürte wie nie zuvor oder danach eine Ahnung von der Intensität des Daseins. Ich entdeckte, wie sehr ich Seemann war, von ganzem Herzen, von ganzem Gemüt und sozusagen auch körperlich – ein Mann, der nur der See und den Schiffen gehört, der See als der einzigen Welt, die wirklich zählt, und den Schiffen, die einen Mann auf die Probe stellen, sein Temperament, seinen Mut und seine Treue – und seine Liebe.

Ein kostbarer Moment. Einzigartig. Ich sprang auf und ging lange in meinem Zimmer auf und ab. Als ich aber den Speisesaal betrat, benahm ich mich mit hinreichender Gelassenheit. Nur essen konnte ich nicht.

Ich erklärte meine Absicht, nicht zum Kai zu fahren, sondern zu Fuß zu gehen, und ich muss dem erbärmlichen Steward Gerechtigkeit widerfahren lassen, denn er beeilte sich, mir ein paar Kulis für mein Gepäck aufzutreiben. Als sie loszogen, trugen sie alle meine irdischen Besitztümer (außer dem bisschen Geld in meiner Hosentasche) an einer langen Stange baumelnd davon. Kapitän Giles erbot sich, mich bis zum Hafen zu begleiten.

Wir überquerten die Esplanade im dunklen Schatten der Allee. Unter den Bäumen war es einigermaßen kühl. Mit plötzlichem Lachen bemerkte Kapitän Giles: »Ich weiß, wer jetzt fast platzt vor Glück, dass er Sie los ist.«

Ich nahm an, er meinte den Steward. Der Kerl hatte sich mir gegenüber zuletzt ebenso mürrisch wie furchtsam benommen. Ich äußerte meine Verwunderung, dass er mir ohne jede Ursache hatte eins auswischen wollen.

»Aber merken Sie denn nicht, dass er sich nur unseren Freund Hamilton vom Hals schaffen wollte, indem er ihm diese Stelle da vor Ihnen zuschanzt? So wäre er ihn doch für immer losgeworden, verstehen Sie?«

»Lieber Himmel!« rief ich, irgendwie gedemütigt. »Das

kann doch nicht wahr sein! Was muss das für ein Dummkopf sein! Dieser überhebliche, unverschämte Nichtsnutz? Also wirklich! Der konnte doch nicht … Und doch
hätte er's wohl fast geschafft, denn das Hafenamt hätte ja
unbedingt jemanden schicken müssen.«

»Aye. Auch ein Dummkopf wie unser Steward kann
manchmal gefährlich werden«, erklärte Kapitän Giles mit
Nachdruck.»Gerade weil er ein Dummkopf ist«, fügte er
hinzu und gewährte, in leisem, selbstgefälligem Ton, weitere Belehrung.»Denn kein vernünftiger Mensch«, fuhr
er wie bei einer Beweisführung fort, »würde es riskieren, von dem Posten, der ihn vorm Verhungern rettet, ver-
jagt zu werden, nur weil er sich ein bloßes Ärgernis, eine
lästige kleine Sorge, vom Hals schaffen will. Oder?«

»Wohl nicht, nein«, gab ich zu und unterdrückte den
Drang, über den geheimniskrämerischen Ernst zu lachen,
mit dem er seine weisen Schlussfolgerungen zum Besten
gab, als seien diese die Frucht verbotener Umtriebe.»Aber
der Kerl wirkt doch, als sei er ziemlich verrückt. Er muss
verrückt sein.«

»Was das angeht, so ist wohl jeder Mensch auf Erden
ein wenig irre, denke ich«, verkündete er ruhig.

»Für Sie gibt's keine Ausnahmen?« fragte ich, nur um
seine Antwort zu hören.

Er schwieg eine Weile; dann brachte er es wirkungsvoll
auf den Punkt.

»Na ja – Kent sagt das sogar von Ihnen.«

»Ach ja?« versetzte ich, plötzlich voller Verbitterung
über meinen früheren Kapitän. »Davon schreibt er aber

nichts in dem Zeugnis, das ich hier in meiner Tasche trage. Hat er Ihnen irgendwelche Beweise gegeben für meinen Wahnsinn?«

In begütigendem Ton erklärte Kapitän Giles, es sei nur eine freundliche Bemerkung gewesen über meinen abrupten und scheinbar grundlosen Abgang vom Schiff.

»Aha! Der Abgang von seinem Schiff«, knurrte ich und beschleunigte meinen Schritt. Im tiefen Dämmerlicht der Allee blieb er unentwegt an meiner Seite, als wäre es seine Gewissenspflicht, mich wie eine unerwünschte Person aus der Kolonie hinauszugeleiten. Er keuchte ein wenig; das war irgendwie bewegend. Aber ich blieb ungerührt. Im Gegenteil. Sein Unbehagen bereitete mir ein fast boshaftes Vergnügen.

Nach einer Weile gab ich nach, ging etwas langsamer und sagte:

»Was ich wirklich wollte, war ein neuer Anfang. Ich dachte, die Zeit war reif. Ist das so völlig irre?«

Er gab keine Antwort. Wir verließen die Allee. Auf der Brücke über dem Kanal schien eine dunkle, unschlüssige Gestalt etwas oder jemanden zu erwarten.

Es war ein barfüßiger malaiischer Polizist in seiner blauen Uniform. Die silberne Kordel an seinem runden Käppchen schimmerte im Licht der Straßenlampe. Furchtsam spähte er in unsere Richtung.

Aber noch bevor wir heran waren, wandte er sich um und ging uns voraus zum Anleger. Dieser lag nur gut hundert Yards entfernt, und dort fand ich auch meine Kulis auf ihren Fersen hocken. Die Stange lag noch auf ihren Schultern, und all meine irdischen Besitztümer, die noch immer an der Stange befestigt waren, ruhten zwischen ihnen auf dem Boden. So weit das Auge reichte, war an der Mole keine Menschenseele außer dem Polizisten. Er salutierte.

Er hatte offenbar die Kulis als verdächtige Subjekte vom Anleger ferngehalten. Aber auf mein Zeichen beendete er schleunigst das Embargo. Die beiden geduldigen Burschen, die sich gleichzeitig mit einem schwachen Ächzen erhoben, trotteten über die Planken davon, und ich bereitete mich auf den Abschied von Kapitän Giles vor, der dastand in einer Haltung, als sei seine Mission bald beendet. Man konnte nicht abstreiten, dass er alles erledigt hatte. Und während ich noch über einen angemessenen Satz grübelte, ließ er sich schon vernehmen:

»Ich nehme an, Sie werden noch alle Hände voll zu tun haben mit unerledigten Geschäften.«

Ich fragte ihn, wie er darauf kam, und er entgegnete, das sei so seine allgemeine Erfahrung. Das Schiff lange vom Heimathafen weg, die Eigner per Kabel nicht zu erreichen und der einzige Mensch, der die Dinge erklären könnte, tot und bestattet.

»Und Sie sozusagen neu im Geschäft«, schloss er in einem Ton, der keine Entgegnung zuließ.

»Das brauchen Sie nicht zu betonen«, sagte ich. »Ich weiß das nur zu gut. Ich wünschte nur, Sie könnten mir noch einen kleinen Einblick in Ihre Erfahrungen gewähren, bevor ich aufbreche. Da zehn Minuten dafür nicht reichen, werde ich am besten gar nicht erst anfangen, Sie zu fragen. Zudem wartet ja auch die Hafenbarkasse da auf mich. Aber ich werde sicher nicht eher Ruhe finden, bis ich mein Schiff draußen im Indischen Ozean habe.«

Er bemerkte beiläufig, dass es von Bangkok bis zum Indischen Ozean ein gutes Stück Wegs sei. Und sein Gemurmel ließ wie im schmalen Lichtkegel einer Blendlaterne den breiten Gürtel aus Inseln und Riffs aufleuchten, der dort lag zwischen dem unbekannten Schiff, das nun mein war, und der Freiheit der großen Meere des Erdballs.

Aber ich war nicht in Sorge. Ich war mit diesem Archipel damals schon hinreichend vertraut. Äußerste Geduld und äußerste Sorgfalt würden mich durch dieses Gebiet aus zerklüftetem Land, schwachen Winden und stehenden Gewässern führen, bis dahin, wo ich endlich spüren sollte, wie sich mein Schiff auf der großen Dünung wiegen würde, im großen Atem stetiger Winde krängen, in das große, intensivere Leben einfühlen. Lang würde der Weg bis dahin sein. Alle Wege, die zum Ziel des einen Herzenswunschs führen, sind lang. Doch ich sah diesen Weg vor meinem professionellen geistigen Auge auf einer Seekarte, kompliziert, mit allerlei Tücken behaftet, aber letztlich doch auch irgendwie einfach. Entweder ist man Seemann oder man ist es nicht. Und ich zweifelte nicht, dass ich einer war.

Die einzige Gegend, der ich noch fremd war, war der Golf von Siam. Und dies sagte ich Kapitän Giles. Nicht, dass mich das sehr beunruhigte. Der Golf gehörte zu ebenjenem Gebiet, dessen Eigenheiten ich kannte, in dessen innerste Seele ich geblickt zu haben schien, in den letzten Monaten jenes Daseins, mit dem ich jetzt gebrochen hatte, ganz plötzlich, so wie man sich von einer bezaubernden Gesellschaft trennt.

»Der Golf ... Aye! Ist ein seltsames Gewässer«, sagte Kapitän Giles.

»Seltsam« war in diesem Zusammenhang ein ziemlich vages Wort. Das Ganze klang wie die Äußerung einer vorsichtigen Person, die sich vor einer Verleumdungsklage fürchtet.

Ich erkundigte mich nicht nach der Art dieser Seltsamkeit. Dazu war wirklich keine Zeit. Im allerletzten Moment jedoch gab er mir noch eine Warnung auf den Weg.

»Was immer Sie tun, bleiben Sie in jedem Fall auf der Ostseite. In dieser Jahreszeit ist die westliche Seite gefährlich. Lassen Sie sich niemals hinüberlocken. Da bekommen Sie nichts als Ärger.«

Obgleich ich mir kaum vorstellen konnte, was mich dazu verlocken mochte, mein Schiff zwischen die Strömungen und Riffs der malaiischen Küste zu manövrieren, dankte ich ihm für den Rat.

Er packte mich herzlich bei meinem ausgestreckten Arm und beendete unsere Bekanntschaft jäh mit den Worten: »Gute Nacht.«

»Gute Nacht.« Das war alles, was er sagte. Nichts sonst. Ich weiß nicht mehr, was ich sagen wollte; was immer es auch war, meine Überraschung verschlug mir die Sprache. Ich musste schlucken, dann rief ich in nervöser Hast: »Oh! Gute Nacht, Kapitän Giles! Gute Nacht!«

Seine Bewegungen waren eigentlich stets bedächtig; dennoch war seine Gestalt auf dem verlassenen Kai nur noch von ferne sichtbar, als ich mich so weit fassen konnte, dass ich seinem Beispiel folgte und mich meinerseits umdrehte und dem Anleger zuwandte.

Nur waren meine Bewegungen mitnichten bedächtig. Ich hastete die Treppen hinunter und sprang in die Barkasse. Bevor ich noch in der Achterkammer gelandet war, schoss das kleine, schlanke Boot schon mit jähem Aufwirbeln der Schraube vom Anleger weg, während mittschiffs der Qualm aus dem sanft schimmernden Messingschornstein mit hartem, hurtigem Paffen entwich.

Das lärmende Schäumen am Heck war das einzige Geräusch auf Erden. Die Küste lag schweigend versunken in tiefstem Schlaf. Ich sah zu, wie die Stadt, reglos und stumm, in der heißen Nacht verschwand, bis ein abrupter Schrei – »Dampfboot ahoi!« – mich zum Bug herumwirbeln ließ. Ein geisterhafter weißer Dampfer lag dicht vor uns. Seine Decks, seine Bullaugen waren hell erleuchtet. Und die gleiche Stimme brüllte herüber: »Ist das unser Passagier?«

»Ja!« schrie ich zurück.

Die Mannschaft war offenbar auf dem Sprung. Ich konnte hören, wie sie an Deck herumlief. Der moderne Geist der Hast wurde laut in verschiedenen Kommandos: »Anker auf!« »Fier weg das Fallreep!« Und dann, als drängende Aufforderung an mich: »Schnell, Sir! Wir sind wegen Ihnen drei Stunden zu spät … Sie wissen doch, wir laufen um sieben aus!«

Ich kletterte an Deck. »Nein, weiß ich nicht«, sagte ich. Den Geist moderner Hetze verkörperte ein dünner, langarmiger und langbeiniger Mann mit grauem, kurzgeschorenem Bart. Seine magere Hand war heiß und trocken. Hitzig zischte er:

»Der Teufel soll mich holen, wenn ich noch fünf Minuten gewartet hätte, Hafenmeister hin oder her!«

»Das ist Ihre Sache«, sagte ich. »Ich habe Sie nicht gebeten, auf mich zu warten.«

Da brach es aus ihm heraus: »Ich hoffe, Sie wollen nicht auch noch ein Abendessen! Das hier ist keine schwimmende Pension. Sie sind der erste Passagier meines Lebens – und bei Gott hoffentlich auch der letzte!«

Ich gab auf diese gastfreundliche Mitteilung keine Antwort; er erwartete auch keine, sondern stürzte auf die Brücke und setzte sein Schiff in Fahrt.

Während der vier Tage, die er mich an Bord hatte, wich er von dieser halb feindseligen Haltung nicht ab. Sein Schiff hatte wegen mir drei Stunden Verspätung, und er konnte mir nicht verzeihen, dass ich keine bedeutendere Persönlichkeit war. Er sagte das nicht direkt, aber das Gefühl verärgerter Verwunderung lugte andauernd aus seinen Bemerkungen hervor.

Er war schlicht lächerlich.

Er war zudem ein Mann von großer Erfahrung, die er nur zu gern vorführte; ein größerer Kontrast zu Kapitän Giles jedoch war nicht vorstellbar. Er hätte mich amüsiert, wenn ich das gewollt hätte. Aber ich wollte mich nicht amüsieren. Ich war wie ein frisch Verliebter, der einem Rendezvous entgegenfiebert. Menschliche Feindseligkeit kümmerte mich nicht. Ich war nur in Gedanken bei meinem unbekannten Schiff. Das war mir Amüsement, Zeitvertreib, Folter genug.

Er nahm meinen Zustand durchaus wahr, denn sein Scharfsinn reichte dafür, und so machte er sich heimlich über meine innere Unruhe lustig, wie es gehässige, zynische alte Männer tun, wenn sie herfallen über die Träume und Illusionen der Jugend. Ich meinerseits verkniff mir, ihn nach dem Aussehen meines Schiffs zu befragen, obwohl ich wusste, dass er fast jeden Monat in Bangkok war und es daher gesehen haben musste. Ich hatte nicht vor, das Schiff – mein Schiff! – irgendeiner Schmähung auszusetzen.

Er war der erste Mensch, mit dem ich je in Berührung gekommen war, der wirklich zu keinem Mitgefühl fähig schien. Meine Erziehung war noch nicht zu Ende, obwohl ich es damals nicht wusste. Nein! Das wusste ich nicht.

Ich wusste nur, dass er mich nicht leiden konnte, nur Verachtung für mich empfand. Und warum? Offenbar weil sein Schiff wegen mir drei Stunden Verspätung hatte. Wer war ich denn schon, dass man so etwas wegen mir in Kauf nehmen musste? Für ihn hatte man so etwas nie getan. Es war wohl eine Art eifersüchtiger Entrüstung.

Meine mit Furcht durchmischte Erregung war aufs äußerste gespannt. Wie langsam verliefen die einzelnen Tage der Überfahrt, und wie schnell waren sie vorüber! Eines Morgens, noch ganz früh, passierten wir die Barre, und als die Sonne in ihrer Pracht aufging über dem weiten, flachen Land, dampften wir die unzähligen Windungen hinauf, passierten den Schatten der großen, vergoldeten Pagode und erreichten die Ränder der Stadt.

Da lag sie, breit hingelagert an beiden Ufern, die orientalische Hauptstadt, die noch keinen weißen Eroberer erlitten hatte; eine riesige Fläche von Häusern und Hütten aus Bambus, Matten und großen Blättern, eine organisch wuchernde Form von Architektur, wie dem braunen Erdreich an den Ufern des schlammigen Stroms entsprossen. Der Gedanke, dass in dieser meilenweiten Ausdehnung menschlicher Behausungen wohl kaum ein halbes Dutzend Pfund Nägel steckte, war überwältigend. Einige dieser aus Stöcken und Binsen bestehenden Gebäude klammerten sich wie Nester von Wasservögeln an die flachen Uferbänke. Andere schienen aus dem Wasser zu wachsen, noch andere trieben in langen Reihen hintereinander verankert in der Strommitte.

In der Ferne ragten aus der dicht gedrängten Meute flacher brauner Dachrücken hier und da große Steinmassen hervor, der Königspalast, prächtige Tempelruinen, wie zerbröselt unter dem senkrechten Sonnenlicht, das – erbarmungslos, überwältigend, fast greifbar – mit der Atemluft durch die Nase in die Brust zu dringen und durch jede Pore der Haut bis ins Gebein zu sickern schien.

Das lächerliche Opfer der Eifersucht musste aus irgendeinem Grund genau hier die Maschine stoppen. Langsam trieb der Dampfer mit der Flut flussaufwärts. Nun schritt ich, ohne meine neue Umgebung zu beachten, auf dem Deck hin und her, in dumpfer, ängstlicher Geistesabwesenheit, einer Mischung aus romantischem Tagtraum und einer höchst nüchternen Überprüfung meiner Eignung – denn der Zeitpunkt rückte näher, dass ich mein Kommando erblicken sollte und in der höchsten Prüfung meines Berufs mein Können, meinen Wert beweisen.

Plötzlich merkte ich, dass dieser Schwachkopf mir etwas zurief. Er winkte mir, ich solle auf die Brücke kommen.

Ich hatte keine große Lust, aber da es schien, als habe er mir etwas Besonderes zu sagen, stieg ich die Leiter hinauf.

Er legte mir die Hand auf die Schulter und drehte mich leicht zur Seite, während er zugleich seinen anderen Arm ausstreckte.

»Da! Das ist Ihr Schiff, Kapitän!« sagte er.

Ich spürte einen Stoß in der Brust; nur einmal, so als hätte mein Herz in diesem Moment aufgehört zu schlagen. Da lagen zehn oder zwölf Schiffe am Ufer fest, und das, welches er meinte, war vor meinen Blicken teilweise durch das achteraus von ihm liegende verborgen. Er sagte:»Wir werden gleich an ihr vorbeitreiben.«

Was lag da in seiner Stimme? Spott? Eine Drohung? Oder nur Gleichgültigkeit? Ich konnte es nicht sagen. Ich vermutete irgendeine Bosheit hinter diesem unerwarteten Zeichen von Interesse.

Er verließ mich, und ich lehnte an der Reling der Brücke und spähte über die Bordwand. Ich traute mich nicht, den Blick zu heben. Aber es musste doch sein – und ich hätte mich auch nicht lange beherrschen können. Ich glaube, ich zitterte am ganzen Leib.

Doch sobald mein Blick auf meinem Schiff ruhte, verschwand all meine Furcht. Sie verschwand so rasch wie ein böser Traum. Nur dass ein Traum einen nicht beschämt zurücklässt, und ich schämte mich für einen Moment wegen meines unwürdigen Argwohns.

Ja, da lag sie vor mir. Ihr Rumpf, ihr Rigg waren eine Augenweide. Das Gefühl der Lebensleere, das mich in den vergangenen Monaten so unruhig gemacht hatte, verlor seine bittere Plausibilität; sein übler Einfluss löste sich auf in einem Strom freudiger Erregung.

Auf den ersten Blick erkannte ich an den Linien ihres herrlichen Leibes, am Ebenmaß ihrer langen Spieren, was für ein erstklassiges Schiff sie war: ein harmonisches Geschöpf. Welches Alter und welche Vergangenheit sie auch haben mochte, sie hatte sich das Gepräge ihrer Herkunft bewahrt. Sie war eines jener Schiffe, die dank ihrer Bauart und perfekten Verarbeitung niemals alt aussehen. Unter ihren am Ufer vertäuten Kameraden, die allesamt größer waren als sie, wirkte sie wie ein hochgezüchtetes Geschöpf – ein Araberhengst in einer Koppel von Karrengäulen.

In gehässigem Ton meinte ein Stimme hinter mir: »Na, ich hoffe, Sie sind zufrieden mit Ihrem Schiff, Kapitän.« Ich wandte noch nicht mal den Kopf. Es war der Kapitän des Dampfers, und was immer er sagen wollte, was immer er von ihr hielt, ich wusste, sie gehörte wie einige wenige Frauen zu jenen Geschöpfen, deren bloßes Dasein ein selbstloses Entzücken in einem weckt. Man spürt, wie gut es ist, in einer Welt zu sein, in der sie lebt und webt.

Sie verbreitete jene Illusion von Leben und Charakter, die uns in den schönsten Schöpfungen von Menschenhand so verzaubert. Über ihrer Ladeluke hing ein riesiger Balken Teakholz; leblose Materie, die schwerer und größer wirkte als alles, was sie an Bord hatte. Als sie anfingen, ihn zu fieren, sandte der Schrick der Talje ein Zittern durch die feinen Nervenbahnen ihres Riggs, von der Wasserlinie bis zu den Flaggenknöpfen, so als schauderte sie vor dem Gewicht. Es schien grausam, sie so zu belasten …

Als ich eine halbe Stunde später zum ersten Mal meinen Fuß auf das Deck setzte, empfing ich das Gefühl einer tiefen körperlichen Befriedigung. Nichts könnte der Fülle dieses Moments gleichkommen, der idealen Vollkommenheit jener emotionalen Erfahrung, die mir geschenkt worden war, ohne die üblichen Mühen und Enttäuschungen einer unscheinbaren Laufbahn.

Rasch glitt mein Blick über das Schiff, umfasste sie, nahm Besitz von ihrer Gestalt, in der sich die abstrakte Vorstellung von meinem Kommando konkretisierte. In diesem einen Augenblick fielen mir all jene Details auf, die ein Seemann sofort bemerkt; in allen anderen Belangen war sie für mich der materiellen Bedingungen ihres Daseins enthoben. Es war, als ob die Küste, an der sie vertäut war, gar nicht existierte. Was bedeuteten all die Länder dieser Erde schon für mich? Unsere Verbindung würde in allen von schiffbaren Gewässern umspülten Weltteilen stets die gleiche sein – und noch vertrauter, als es Worte ausdrücken können. Dagegen würde jeder Schauplatz, jedes Ereignis zu einem flüchtigen Trugbild. Selbst die Kolonne gelber Kulis, die sich am Großluk tummelten, schien unwirklicher als das Zeug, aus dem die Träume sind. Denn wer in aller Welt würde schon von Chinesen träumen …

Ich ging nach achtern und stieg auf die Poop hinauf, wo unter dem Sonnensegel das Messing der jachtähnlichen Fittings, die polierte Oberfläche der Reling, das Glas der Oberlichter schimmerten. Ganz achtern waren zwei Matrosen eifrig dabei, das Rudergeschirr zu putzen; reflektierte Lichtkräusel rieselten verspielt über ihre gebeugten Rücken, während sie weiterarbeiteten, ohne mich oder den fast vernarrten Blick zu bemerken, den ich ihnen im Vorbeigehen zuwarf, als ich auf den Kajütsniedergang zuschritt.

Die Türen standen weit offen, der Schieber war ganz zurückgeschoben. Die Drehung der Treppe verdeckte den Blick in die Lobby. Ein leises Summen drang herauf, verstummte aber jäh, als ich die Treppe hinunterstieg.

Das Erste, was ich dort unten sah, war der Oberkörper eines Mannes, der sich sozusagen rückwärts aus einer der Türen am Fuß der Treppe herausbeugte. Mit sehr großen, ruhigen Augen blickte er mich an. Die eine Hand hielt einen Teller, die andere ein Tuch.

»Ich bin Ihr neuer Kapitän«, sagte ich leise.

Im Nu, in einem Augenblick, hatte er sich des Tellers

und des Tuchs entledigt, sprang zur Tür und öffnete sie. Kaum hatte ich den Salon betreten, verschwand er, erschien aber sofort wieder und knöpfte sich eine Jacke zu, die er, fix wie ein Verwandlungskünstler, übergeworfen hatte.

»Wo ist der Erste Offizier?« fragte ich.

»Wohl im Laderaum, Sir. Ich hab ihn vor zehn Minuten ins Achterluk steigen sehen.«

»Melden Sie ihm, dass ich an Bord bin.«

Im Dämmer unter dem Oberlicht schimmerte der Mahagonitisch wie eine dunkle Lache. Das Buffet, über dem ein großer Spiegel mit Goldrahmen hing, hatte eine Marmorplatte, wo neben einigen anderen Dingen ein paar versilberte Lampen standen – offenbar Prunkstücke für die Liegezeit im Hafen. Der Salon selbst war mit zwei Sorten Holz getäfelt, nach dem schönen, schlichten Geschmack jener Zeit, als das Schiff gebaut worden war.

Ich setzte mich in den Lehnstuhl am Kopf des Tisches, den Kapitänsstuhl, über dem ein kleiner Hängekompass baumelte – eine stumme Mahnung zu dauernder Wachsamkeit.

Viele Männer waren einander auf diesem Stuhl nachgefolgt. Dieser Gedanke wurde mir so jäh und lebhaft bewusst, als hätte jeder ein Stück von sich zwischen diesen vier prächtigen Wänden hinterlassen, als hätte eine daraus geformte Seele, die Seele der Kommandogewalt, plötzlich der meinen etwas zugeflüstert von sorgenvollen Momenten und langen Tagen auf See.

»Auch du!« schien sie zu sagen. »Auch du sollst von jenem Frieden und jener Unruhe kosten, die die grübelnde Vertrautheit mit deinem eigenen Ich bewirkt, das so unscheinbar ist wie wir und ebenso erhaben im Kampf mit allen Winden und allen Meeren, in einer Unermesslichkeit, die keine Eindrücke empfängt, keine Erinnerungen bewahrt und keine Rechenschaft gibt über das Leben der Menschen.«

Mitten im matt vergoldeten Rahmen, im heißen Halblicht, das durch das Sonnensegel sickerte, sah ich mein Gesicht, in beide Hände gestützt. Und ich starrte mich an, begegnete meinem Blick aus der Distanz einer vollkommenen Absonderung, eher mit Neugier als irgendeiner anderen Empfindung, außer einem gewissen Mitgefühl für diesen jüngsten Vertreter einer Dynastie, die zu Recht nicht auf Blutsverwandtschaft beruhte, sondern auf Erfahrung, Ausbildung, Pflichterfüllung und der herrlichen Schlichtheit ihrer traditionellen Sicht auf das Leben.

Da kam mir der Gedanke, dass dieser mir ruhig entgegenstarrende Mann, den ich betrachtete als wäre er zugleich ich selbst und jemand anders, nicht wirklich einsam war. Er hatte seinen Platz in einer Reihe von Männern, die er nicht kannte, von denen er nie gehört hatte, die aber von den gleichen Mächten geformt worden waren und deren Seele für ihn, jedenfalls was das Gewerbe ihres bescheidenen Tagwerks anging, keine Geheimnisse barg.

Plötzlich nahm ich wahr, dass sich noch ein anderer Mann im Salon aufhielt; er stand etwas abseits und musterte mich gespannt. Der Erste Offizier. Sein langer roter Schnauzbart gab seiner Physiognomie ein Gepräge, das mir auf seltsam scheußliche Weise kampflustig vorkam.

Wie lange hatte er dagestanden und mich taxiert in meinem unbedachten Wachtraum? Ich wäre noch verstörter gewesen, hätte ich, die im oberen Rand des Spiegelrahmens eingearbeitete Uhr vor Augen, nicht bemerkt, dass sich ihr langer Zeiger kaum bewegt hatte.

Ich konnte nicht länger als ein oder zwei Minuten in der Kajüte gewesen sein – vielleicht auch drei … Also konnte er mich zum Glück nicht mehr als eine knappe Minute beobachtet haben. Trotzdem, die Sache war mir unangenehm. Aber ich ließ mir nichts anmerken, als ich mich gemächlich erhob (es musste gemächlich wirken) und ihn mit ausgesuchter Freundlichkeit begrüßte.

Er wirkte zugleich irgendwie widerwillig und aufmerksam. Sein Name war Burns. Wir verließen die Kajüte und machten einen gemeinsamen Rundgang durch das Schiff. Im vollen Tageslicht wirkte sein Gesicht sehr erschöpft, mager, ja abgehärmt. Ich empfand eine seltsame Scheu, ihn allzu oft anzusehen; sein Blick jedoch klebte geradezu an meinem Gesicht. Seine Augen waren grünlich und fixierten mich erwartungsvoll.

Er beantwortete meine Fragen durchaus prompt, aber mir war, als hörte ich einen widerwilligen Unterton heraus. Der Zweite Offizier war mit drei oder vier Matrosen vorn beschäftigt. Der Erste nannte seinen Namen, und ich nickte ihm im Vorübergehen zu. Er war sehr jung. Er wirkte auf mich fast wie ein Welpe.

Als wir wieder unter Deck waren, setzte ich mich ans eine Ende einer niedrigen, halbrunden oder besser halbovalen Bank, die mit rotem Plüsch gepolstert war. Sie erstreckte sich über die ganze hintere Wand der Kajüte. Als ich ihn mit einer Geste zum Sitzen aufforderte, ließ sich Burns auf einen der den Tisch umstehenden Drehstühle fallen, indem er mich noch immer unverwandt ansah und so seltsam, als wäre dies alles nur eine Komödie und als erwartete er, ich würde plötzlich aufstehen, in Gelächter ausbrechen, ihn auf die Schulter schlagen und aus der Kajüte entweichen.

Es herrschte eine merkwürdige Spannung, in der ich mich immer unbehaglicher fühlte. Ich versuchte diesem vagen Gefühl zu begegnen.

»Das ist nur meine Unerfahrenheit«, dachte ich.

Angesichts dieses Mannes, der, wie mir schien, um einiges älter war als ich selbst, wurde mir bewusst, was ich bereits hinter mir gelassen hatte: meine Jugend. Und das war wirklich alles andere als tröstlich. Die Jugend ist eine herrliche Sache, eine starke Macht – solange man nicht darüber nachdenkt. Ich spürte, wie ich immer befangener wurde. Fast gegen meinen Willen gab ich mich mürrisch und ernst. Ich sagte: »Wie ich sehe, ist das Schiff dank Ihnen in sehr gutem Zustand, Mr. Burns.«

Kaum hatte ich diese Worte ausgesprochen, fragte ich mich wütend, was zum Teufel mich dazu getrieben hatte. Als Antwort darauf zuckte Mr. Burns nur mit den Wimpern. Was in aller Welt sollte das heißen?

Ich zog mich auf eine Frage zurück, die mir seit langem durch den Kopf gegangen war; die Frage lag nahe für einen Seemann, der auf ein neues Schiff kommt. Ich stellte sie (zum Henker mit dieser Befangenheit!) in einem Ton, der *dégagé* und heiter klingen sollte: »Läuft gut am Wind, oder?«

Auf so eine Frage hätte man üblicherweise entweder in entschuldigend bekümmertem Ton oder in erkennbar unterdrücktem Stolz mit einem »Ich will nicht prahlen, aber Sie werden schon sehen!« antworten können. Es gibt auch Seeleute, die kein Blatt vor den Mund genommen hätten: »Faules Luder!« Oder, offenkundig begeistert: »Die fliegt nur so!« Zwei Aussagen, vier Ausdrucksweisen.

Mr. Burns jedoch fand noch eine andere, eine ganz eigene, die jedenfalls den Vorzug hatte, dass er für sie keinen Atemzug verschwendete.

Er sagte gar nichts, wie zuvor. Er runzelte nur die Stirn. Ein ärgerliches Stirnrunzeln. Ich wartete. Doch er blieb stumm.

»Was soll das? Nach zwei Jahren auf dem Schiff können Sie dazu nichts sagen?« fuhr ich ihn an.

Einen Moment lang machte er ein derart bestürztes Gesicht, als hätte er mich just in diesem Augenblick zum ersten Mal bemerkt. Dann fasste er sich sogleich. Er setzte eine gleichmütige Miene auf. Aber er hielt es wohl für besser, etwas zu sagen. Er sagte, ein Schiff brauche ebenso wie ein Mann die Chance, seine Klasse zu zeigen. Und diese Chance habe dieses Schiff, seitdem er an Bord sei, nie gehabt. Jedenfalls nicht, dass er wüsste. Der letzte Kapitän … Er hielt inne.

»Hat er denn so viel Pech gehabt?« fragte ich ungläubig. Mr. Burns wandte seinen Blick von mir ab. Nein, Pech habe der verstorbene Kapitän nicht gehabt. Das könne man wirklich nicht sagen. Aber er habe offenbar sein Glück nicht nutzen wollen.

Mr. Burns – ein Mann rätselhafter Launen – machte diese Aussage mit ausdruckslosem Gesicht und starrte unverwandt auf den Ruderschacht. Seine Aussage aber war schon an sich voll dunkler Andeutungen. Ich fragte leise:

»Wo ist er gestorben?«

»Hier in diesem Salon. Genau da, wo Sie jetzt sitzen«, antwortete Mr. Burns.

Den albernen Impuls aufzuspringen unterdrückte ich; immerhin war ich erleichtert zu hören, dass er nicht in dem Bett gestorben war, das nun das meine war. Ich bedeutete dem Ersten, dass ich eigentlich wissen wollte, wo er seinen verstorbenen Kapitän bestattet hatte.

Das sei am Eingang zum Golf gewesen, sagte Mr. Burns. Ein geräumiges Grab, eine hinreichende Antwort. Aber der Erste war sichtbar bemüht, irgendeinen Vorbehalt in sich zu überwinden – etwas wie den seltsamen Widerwillen, an meine Ankunft zu glauben (jedenfalls als unwiderrufliches Faktum), und er ließ es nicht dabei bewenden, sosehr er dies gewünscht haben mochte.

Und wie um seine Gefühle zu beschwichtigen, redete er weiter den Ruderschacht an, so dass er auf mich den

Eindruck eines Mannes machte, der ein einsames Selbstgespräch führt, freilich halb unbewusst.

Sein Bericht lief darauf hinaus, dass er um sieben Glasen der Vormittagswache alle Mann am Achterdeck zusammengerufen und ihnen gesagt hatte, sie sollten jetzt besser unter Deck gehen und sich vom Kapitän verabschieden.

Diese knappe Auskunft, widerwillig hervorgestoßen, wie an einen Störenfried gerichtet, reichte aus, um mir dieses seltsame Zeremoniell vor Augen zu malen: barfüßige, barhäuptige Seeleute, die sich scheu in der Kajüte drängen, ein kleiner Haufe, der sich, eher mit Unbehagen als Mitgefühl, gegen jenes Buffet drückt, mit offenem Hemd über der sonnenverbrannten Brust, wettergegerbte Gesichter – und alle starren auf den Sterbenden, mit ernstem, erwartungsvollem Blick.

»War er bei Bewusstsein?« fragte ich.

»Gesagt hat er nichts, aber er hat seine Augen bewegt, um sie anzusehen«, meinte der Erste.

Nach einem Moment hatte Mr. Burns der Mannschaft das Zeichen zum Verlassen der Kajüte gegeben, hielt aber zwei der ältesten Männer zurück, damit sie beim Kapitän blieben, während er mit dem Sextanten an Deck ging, um »die Sonne zu schießen«. Es war fast Mittag, und es war ihm wichtig, die Breite möglichst genau zu bestimmen. Als er wieder unter Deck kam, um den Sextanten zu verstauen, bemerkte er, dass sich die beiden Männer in die Lobby zurückgezogen hatten. Durch die offene Tür hatte er eine gute Sicht auf den Kapitän, der entspannt in die Kissen zurückgesunken war. Er war »von uns gegangen«, während Mr. Burns seine Peilung vorgenommen hatte, fast genau zur Mittagsstunde. Er hatte seine Lage kaum verändert.

Mr. Burns seufzte und warf mir einen forschenden Blick zu, als wolle er sagen: »Sind Sie immer noch nicht weg?« Dann wandte er seine Aufmerksamkeit von dem neuen Kapitän ab und wieder zu dem alten, der nun, da er tot war, keine Autorität mehr hatte, niemandem im Wege war und viel leichter zu behandeln.

Dazu nahm sich Mr. Burns nicht wenig Zeit. Er war ein merkwürdiger Mann gewesen – ungefähr fünfundsechzig, eisengrau, mit harten Zügen, starrsinnig und wortkarg. Aus unerforschlichen Gründen ließ er das Schiff auf See oft regelrecht herumbummeln. Kam nachts manchmal an Deck, ließ – weiß Gott warum und wozu – das eine oder andere Segel wegnehmen, ging dann wieder unter Deck, schloss sich in seiner Kajüte ein und spielte stundenlang auf seiner Geige – manchmal bis zum Morgengrauen. Wenn die Laune ihn packte. Sehr laut obendrein.

Das ging so weit, dass Mr. Burns eines Tages all seinen Mut zusammenfasste und den Kapitän ernsthaft ermahnte. Weder er noch der Zweite Offizier konnten während ihrer Freiwache wegen dieses Gekratzes eine Mütze Schlaf finden … Und wie könne man dann, klagte er, von ihnen erwarten, während ihrer Dienstzeit wach zu bleiben? Die Antwort dieses finsteren Mannes lautete, wenn er und der Zweite das Gekratze nicht schätzten, so könnten sie herzlich gern ihre Sachen packen und über Bord gehen. Als sie vor diese Wahl gestellt wurden, befand sich das Schiff ungefähr 600 Meilen vor der nächsten Küste.

An dieser Stelle blickte mich Mr. Burns neugierig an. Allmählich erschien mir mein Vorgänger wie ein höchst sonderbarer alter Mann.

Aber ich bekam noch seltsamere Dinge zu hören. Es stellte sich heraus, dass dieser finstere, grimmige, ungehobelte, windgegerbte, salzwassergetränkte, schweigsame Seemann von fünfundsechzig Jahren nicht nur Künstler war, sondern auch Liebhaber. Als sie nach einer Reihe höchst unvorteilhafter Irrfahrten (auf denen das Schiff zweimal fast verloren ging) in Haiphong einliefen, hatte er sich, so Mr. Burns, »mit so einem Weibsbild eingelassen«. Mr. Burns hatte von dieser Affäre keine persönliche Kenntnis, doch es existierte ein echtes Beweisstück in Form einer in Haiphong angefertigten Photographie. Mr. Burns hatte sie in einer Schublade in der Kajüte des Kapitäns gefunden.

Bald bekam auch ich dieses erstaunliche Dokument menschlicher Möglichkeiten zu sehen (ich habe es später sogar eigenhändig über Bord geworfen). Da saß er, die Hände auf den Knien, kahl, stämmig, grau, borstig, irgendwie wie ein Wildschwein; und an seiner Seite stand, ihn überragend, ein furchtbares, älteres, weißes Weibsstück mit raubtierhaften Nüstern und einem gemeinen, unheilvollen Starren in seinen riesigen Augen. Sie hatte sich mit einem halb orientalischen, vulgären Phantasiekostüm verkleidet und erinnerte an ein drittklassiges

Medium oder eine dieser Wahrsagerinnen, die einem für eine halbe Krone die Zukunft aus den Karten lesen. Und trotzdem, sie war beeindruckend. Eine professionelle Hexe aus der Gosse. Es war unbegreiflich. Es lag etwas Furchtbares in dem Gedanken, dass sie der letzte Abglanz aus der Welt der Leidenschaften war für jene grimmige Seele, die einem aus dem hämischen, rohen Gesicht des alten Seemanns entgegenzublicken schien. Allerdings bemerkte ich, dass sie ein Musikinstrument in der Hand hielt, eine Gitarre oder Mandoline. Vielleicht war dies das Geheimnis ihrer Magie.

Für Mr. Burns war diese Photographie die Erklärung, warum das bereits entladene Schiff noch volle drei Wochen vor Anker liegen und in diesem verpesteten, schwülheißen Hafen ohne Winde vor sich hin brüten musste. Da lagen sie nun herum und japsten. Der Kapitän, der dann und wann auf eine Stippvisite vorbeikam, murmelte Mr. Burns unglaubwürdige Geschichten zu über irgendwelche Briefe, die er noch erwartete.

Nachdem er eine ganze Woche verschwunden gewesen war, erschien er plötzlich mitten in der Nacht an Bord und führte das Schiff beim ersten Morgengrauen hinaus auf See. Im hellen Tageslicht wirkte er wild und krank. Es dauerte zwei Tage, bevor sie vom Land freikamen, und irgendwie rammten sie auch noch ein Riff. Allerdings gab es kein Leck, und der Kapitän, der bloß »Macht nichts!« knurrte, teilte Mr. Burns mit, er habe sich entschlossen, Hongkong anzulaufen und das Schiff dort ins Trockendock zu bringen.

Dies versetzte Mr. Burns in Verzweiflung. Denn bis nach Hongkong gegen einen wütenden Monsun aufzukreuzen, mit einem Schiff, das nicht genug Ballast besaß und nicht ausreichend Wasser gebunkert hatte, war ein wahnwitziger Plan.

Aber der Kapitän knurrte nur knapp »Bringen Sie sie auf Kurs!«, und Mr. Burns, entsetzt und wütend, brachte sie auf Kurs und hielt sie auf Kurs, zerfetzte dabei einige Segel, überlastete die Spieren, erschöpfte die Mannschaft – und wurde schier verrückt in der absoluten Überzeugung, dieser Versuch müsse scheitern und in einer Katastrophe enden.

Indessen hockte der Kapitän in seiner verschlossenen Kajüte und spielte, wegen des irrwitzigen Stampfens des Schiffs fest in eine Sofaecke gekeilt, auf seiner Geige – oder kratzte doch unablässig auf ihr herum.

Erschien er einmal an Deck, sagte er kein Wort und gab oft auch keine Antwort, wenn man ihn ansprach. Es war offensichtlich, er litt an irgendeiner geheimnisvollen Krankheit, und sein Zusammenbruch war nah.

Die Tage vergingen, und die Töne der Geige wurden immer leiser, bis Mr. Burns schließlich, als er im Salon vor der Tür zur Kapitänskajüte stand und lauschte, nur noch ein schwaches Schaben vernahm.

An einem Nachmittag platzte er dann aus purer Verzweiflung in die Kajüte, raufte sich die Haare und stieß derart scheußliche Verwünschungen aus, dass er den verstockten Geist des Kranken gründlich einschüchterte. Die Wasserfässer seien fast leer, sie hätten in vierzehn

Tagen kaum fünfzig Meilen geschafft. Sie würden Hongkong nie erreichen.

Es war, als kämpfe er verzweifelt um die Zerstörung des Schiffs und der Männer! Das war doch nicht zu bestreiten! Mr. Burns verlor jede Beherrschung, rückte ganz nah an den Kapitän heran und brüllte beinah: »Sir, Sie werden diese Welt bald verlassen! Aber ich kann nicht warten, bis Sie tot sind, bevor ich Leeruder gebe. Das müssen Sie selbst tun. Und das müssen Sie jetzt tun!«

Der Mann auf dem Sofa fauchte voller Verachtung: »Ach ja? Ich werde also bald diese Welt verlassen, was?«

»Jawohl, Sir – Sie haben nur noch ein paar Tage«, sagte Mr. Burns etwas ruhiger. »Man sieht es an Ihrem Gesicht.«

»Meinem Gesicht, was? ... Na, dann gib Leeruder, und zur Hölle mit dir!«

Burns flog an Deck, ließ das Schiff abfallen und vor dem Wind ablaufen und kam dann wieder nach unten, gefasst, doch entschlossen.

»Ich habe den Kurs auf Pulo Condor abgesetzt, Sir«, sagte er. »Falls Sie noch unter uns sind, wenn wir es sichten, sagen Sie mir, welchen Hafen ich ansteuern soll, und ich werde es tun.«

Der alte Mann starrte ihm mit roher Häme ins Gesicht, und langsam, mit giftigem Nachdruck, sagte er die abscheulichen Worte:

»Von mir aus erreicht das Schiff nie einen Hafen, und auch keiner von euch. Und ich hoffe, so kommt's!«

Mr. Burns war tief erschrocken. Ich glaube, er muss in

diesem Augenblick völlig verängstigt gewesen sein. Aber er schaffte es offenbar, in ein derart wirkungsvolles Gelächter auszubrechen, dass es nun der alte Mann mit der Angst zu tun bekam. Er kroch in sich zusammen und wandte ihm den Rücken.

»Und damals war er noch bei Verstand«, versicherte Mr. Burns mir erregt. »Er hat jedes Wort genau so gemeint!«

Und das war praktisch die letzte Äußerung des früheren Kapitäns. Er brachte danach keinen vollständigen Satz mehr über die Lippen. In jener Nacht raffte er seine letzte Kraft zusammen, um seine Fiedel über Bord zu werfen. Es hat ihn keiner dabei beobachtet, aber Mr. Burns konnte das Ding nach seinem Tod nirgendwo finden. Der leere Kasten war unleugbar vorhanden, aber die Fiedel war eindeutig nicht an Bord. Und wenn sie nicht über Bord gegangen war, wo konnte sie sonst sein?

»Hat seine Geige über Bord geworfen?« rief ich aus.

»Ja doch!« schrie Mr. Burns erregt. »Und ich glaube fest daran, er hätte das Schiff mit sich hinabgerissen, wenn das menschenmöglich gewesen wäre. Sie sollte die Heimat nie wiedersehen. Er schrieb nicht an seine Eigner, er schrieb auch nie an seine alte Frau – dachte gar nicht daran. Er hatte sich entschlossen, alle Bindungen zu kappen. Das war's! Es war ihm alles egal: Geschäfte, Frachtgut, das Einwerben von Überfahrten – nichts war ihm wichtig. Er wollte mit seinem Schiff durch die Welt ziehen, bis es untergegangen war mit Mann und Maus.«

Mr. Burns sah aus wie jemand, der einer großen Gefahr

entronnen war. Es fehlte nicht viel und er hätte ausgeru-
fen: »Wenn ich nicht gewesen wäre!« Und die offenkun-
dige Unschuld seiner empörten Augen wurde sonderbar
betont durch die hochmütigen Bartspitzen, die er fortwährend zwirbelte und waagerecht auszuziehen suchte.

Vielleicht hätte ich gelächelt, wäre ich nicht mit meinen eigenen Empfindungen beschäftigt gewesen, die denen von Mr. Burns keineswegs ähnelten. Denn ich hatte
das Kommando ja schon übernommen. Meine Empfindungen konnten gar nicht die sein, die irgendjemand
sonst an Bord haben mochte. In dieser Gesellschaft bildete ich einen eigenen Stand, wie ein König in seinem
Reich. Ich meine einen Erben der Krone, nicht ein bloß
gewähltes Staatsoberhaupt. Ich hatte hier die Herrschaft
übernommen, weil ich von einer Agentur entsandt worden war, die für das Schiffsvolk so fern war und fast so
unerforschlich wie die Gnade Gottes.

Und wie das Mitglied einer Dynastie, das sich auf fast
mystische Weise mit den Toten verbunden fühlt, war ich
über meinen unmittelbaren Vorgänger zutiefst erschüttert.

Der Mann war in allen wesentlichen Belangen außer
seinem Alter ein Mann wie ich gewesen. Sein Lebens-
ende jedoch war nichts als ein Akt des Verrats, des Verrats gegenüber einer Tradition, die für mich so bindend
schien, wie es ein Regelwerk auf Erden nur sein kann. Es
war, als könne ein Mann sogar auf See zum Opfer böser
Geister werden. Ich spürte auf meinem Gesicht den Atem
unbekannter Mächte, die unser Schicksal formen.

Um das Schweigen nicht allzu sehr auszudehnen, fragte ich Mr. Burns, ob er der Frau des Kapitäns geschrieben habe. Er schüttelte den Kopf. Er hatte niemandem geschrieben.

Im Nu verdüsterte sich seine Miene. Der Gedanke, jemandem zu schreiben, war ihm nie gekommen. Er hatte die ganze Zeit damit verbracht, einen verbrecherischen chinesischen Staumeister beim Beladen des Schiffes scharf im Auge zu behalten. Damit gab mir Mr. Burns einen ersten Einblick in die Seele eines echten Ersten Offiziers, die da voller Unbehagen in seinem Leibe wohnte.

Er überlegte einen Augenblick; dann fuhr er mit finsterem Nachdruck fort.

»Ja! Der Kapitän starb fast genau zur Mittagsstunde. Am Nachmittag habe ich seine Papiere durchgesehen. Bei Sonnenuntergang habe ich den Gottesdienst gehalten, und dann habe ich das Schiff auf Kurs Nord gebracht und bis hierher in den Hafen. Ich – hab – sie – herein – gebracht!«

Er hämmerte dazu mit der Faust auf den Tisch.

»Von allein wäre sie hier auch wohl kaum angekommen«, bemerkte ich. »Aber warum haben Sie nicht Singapur angelaufen?«

Sein Blick flackerte. »Der nächste Hafen«, murmelte er mürrisch.

Ich hatte meine Frage in völliger Arglosigkeit gestellt; aber seine Antwort (der Unterschied der Entfernung war bedeutungslos) und sein Betragen gaben mir einen Hinweis auf die einfache Wahrheit. Er war mit dem Schiff einen Hafen angelaufen, wo er hoffte, dass man ihm, in Ermangelung eines Vorgesetzten mit Kapitänspatent, sein einstweiliges Kommando bestätigen würde. Dagegen gab es in Singapur, wie er zu Recht annahm, viele geeignete Männer. Aber er hatte in seiner naiven Überlegung das Telegraphenkabel vergessen, tief unten auf dem Grund just jenes Golfs, den er mit dem Schiff, das vor der Vernichtung bewahrt zu haben er sich einbildete, hinaufgesegelt war. Daher also das bittere Aroma unserer Unterredung. Ich schmeckte es immer mehr heraus – und es war immer weniger nach meinem Geschmack.

»Hören Sie mir gut zu, Mr. Burns«, begann ich mit fester Stimme. »Sie können getrost davon ausgehen, dass ich diesem Kommando nicht hinterhergelaufen bin. Man hat es mir angetragen. Ich habe es angenommen. Ich bin hier, um vor allem das Schiff in den Heimathafen zu bringen, und seien Sie versichert, ich werde darauf achten, dass jeder von Ihnen hier an Bord mit diesem Ziel vor Augen seine Pflicht tut. Mehr habe ich nicht zu sagen – fürs Erste.«

Damit wollte ich ihn entlassen, doch er war schon auf den Beinen, ging aber nicht, sondern starrte mich mit vor Empörung bebenden Lippen derart unverwandt an, als gäbe es für mich *hiernach* wirklich nichts Anständigeres zu tun, als seinen erzürnten Blicken zu entschwinden. Wie alle sehr schlichten Gefühlsaufwallungen war auch dies rührend. Er tat mir leid – fast fühlte ich mit ihm, bis er (als er sah, dass ich nicht entschwand) mit mühsamer Zurückhaltung seine Stimme wieder erhob.

»Seien Sie versichert, Sir, hätte ich daheim nicht Frau und Kind, ich hätte Sie in der Minute, als Sie an Bord kamen, gebeten, mich gehen zu lassen.«

Ich antwortete ihm mit selbstverständlicher Gelassenheit, als handele es sich um eine wildfremde Person.

»Und ich, Mr. Burns, hätte Sie nicht gehen lassen. Sie haben als Erster Offizier den Heuervertrag unterzeichnet, und bis zum Ablauf der Frist bei der Abmusterung im Zielhafen erwarte ich von Ihnen, dass Sie Ihre Pflicht tun und mich nach besten Kräften mit Ihrer Erfahrung unterstützen.«

In seinem versteinerten Blick lag einen Moment noch ungläubiges Staunen; dann brach es angesichts meiner freundlichen Haltung in sich zusammen. Er warf kurz beide Arme in die Höhe (diese Geste sollte mir später noch wohlvertraut werden) und stürmte aus der Kajüte.

Dies harmlose Scharmützel hätten wir uns ruhig sparen können. Nach nur wenigen Tagen war es Mr. Burns, der mich ängstlich anflehte, ihn nicht zurückzulassen, während ich ihm keine eindeutige Antwort geben konnte. Die ganze Sache bekam nun geradezu tragische Züge.

Und dies scheußliche Problem war nur eine äußerliche Episode, eine bloße Komplikation des allgemeinen Problems, wie ich dieses Schiff – mein Eigen samt Zubehör und Mannschaft, dessen Leib und Seele hier auf diesem verpesteten Strom dahindämmerte –, wie ich es hinausbringen konnte auf See.

Mr. Burns hatte, als er noch die Rolle des Kapitäns einnahm, schleunigst einen Frachtkontrakt abgeschlossen, der in einer idealen Welt ohne Arglist ein ausgezeichnetes Dokument abgegeben hätte. Als ich es überflog, sah ich sogleich großen Ärger auf uns zukommen, es sei denn, unsere Geschäftspartner wären außergewöhnlich fair gesinnt und offen für Verhandlungen.

Als ich Mr. Burns meine Befürchtungen mitteilte, geruhte er das sehr übel aufzunehmen. Er starrte mich wie so oft ungläubig an und sagte voller Bitterkeit:

»Sie wollen damit wohl andeuten, Sir, dass ich mich wie ein Dummkopf benommen habe.«

Mit jener systematischen Freundlichkeit, die sein Erstaunen stets nur zu vergrößern schien, erklärte ich ihm, dass ich gar nichts andeuten wollte. Ich würde alles der Zukunft überlassen.

Und wirklich, die Zukunft brachte uns einen Haufen Ärger. Es gab Tage, an denen ich beinah mit Abscheu an Kapitän Giles dachte. Seine verfluchte Schläue hatte mir diesen Posten eingebrockt, und da seine Prophezeiung, ich werde »alle Hände voll zu tun haben«, nun erfüllt war, hatte er dies alles offenbar mit Absicht herbeigeführt, um meiner jungen Unschuld einen bösen Streich zu spielen.

Oh ja. Ich hatte alle Hände voll zu tun, nämlich mit Komplikationen, die als »Erfahrung« höchst wertvoll waren. Gemeinhin hat man ja eine hohe Meinung von den Vorzügen der Erfahrung. Aber in diesem Zusammenhang bedeutet Erfahrung stets etwas Unerfreuliches und steht im Gegensatz zum unschuldigen Zauber von Illusionen.

Ich muss zugeben, dass mir meine rasch abhanden-
kamen. Aber ich sollte über diese lehrreichen Komplikationen nicht mehr sagen, als dass man sie alle in einem
Wort zusammenfassen konnte: Zeitverlust.

Eine Menschheit, die das Sprichwort »Zeit ist Geld«
erfunden hat, wird meinen Verdruss verstehen. Das
Wort »Zeitverlust« drang in die geheime Kammer meines Hirns, hallte dort wider wie eine tönende Glocke, die
das Ohr irrmacht, störte alle meine Sinne und bekam
eine schwarze Färbung, einen bitteren Geschmack, eine
tödliche Bedeutung.

»Es tut mir wirklich leid, Sie derart in Sorge zu sehen.
Wirklich, es tut mir …«

Das war die einzige menschenfreundliche Äußerung,
die ich damals zu hören bekam. Und sie stammte, wie
billig, von einem Arzt.

Ein Arzt ist aus Prinzip ein Menschenfreund. Dieser
Mann war es aber auch in Wirklichkeit. Seine Bemerkung entsprang nicht seiner professionellen Praxis. Ich
war nicht krank. Aber andere waren es, und deswegen
hatte er unser Schiff aufgesucht.

Er war der Arzt unserer Gesandtschaft und natürlich
auch des Konsulats. Er kümmerte sich um die Gesund-
heit an Bord, und um die war es im Ganzen schlecht bestellt; die Mannschaft taumelte sozusagen am Rand des
Zusammenbruchs. Ja, den Männern ging es schlecht.
Und deshalb bedeutete die Zeit nicht nur Geld, sondern
auch Leben.

Noch nie hatte ich eine derart besonnene Mannschaft

erlebt. Der Arzt drückte es so aus: »Ihre Leute sind ja offensichtlich ein höchst respektabler Haufen.« Nicht nur waren sie stets nüchtern; sie wollten sogar überhaupt nicht an Land. Es wurde darauf geachtet, dass sie sich so wenig wie möglich der Sonne aussetzten. Sie sollten nur leichte Arbeiten unter den Sonnensegeln verrichten. Und der menschenfreundliche Arzt lobte mich dafür.

»Ihre Anordnungen kommen mir überaus vernünftig vor, mein lieber Herr Kapitän.«

Ich kann gar nicht sagen, wie sehr mich diese Erklärung tröstete. Das runde, volle, von einem hellblonden Backenbart gerahmte Gesicht des Arztes war das vollkommene Abbild würdevoller Freundlichkeit. Er war das einzige menschliche Wesen auf der Welt, das sich ein wenig für mich zu interessieren schien. Bei jeder seiner Visiten setzte er sich ungefähr eine halbe Stunde zu mir in die Kajüte.

An einem dieser Tage sagte ich zu ihm:

«Es ist jetzt wohl nichts anderes zu machen, als die Männer so zu versorgen, wie Sie es tun, bis ich in See stechen kann.«

Er neigte den Kopf, schloss hinter den großen Brillengläsern die Augen und murmelte:

»Die See ... jaja, zweifellos.«

Das erste Mitglied der Mannschaft, das niedergestreckt wurde, war der Steward; der erste der Männer, den ich gesprochen hatte, als ich an Bord kam. Man schaffte ihn an Land (mit Anzeichen von Cholera), und nach einer Woche starb er dort. Dann – ich stand noch immer unter dem bestürzenden Eindruck dieses ersten gut gezielten Treffers, den das Klima gelandet hatte – gab auch Mr. Burns auf und legte sich mit rasendem Fieber zu Bett, sagte aber niemandem auch nur ein Wort.

Er hatte sich zum Teil, wie ich glaube, voller Verdruss in die Krankheit hineingefressen. Den Rest besorgte das Klima, rasch zupackend wie ein unsichtbares Ungeheuer, das auf der Lauer liegt, in der Luft, im Wasser, im Schlamm des Flussufers. Mr. Burns war ein prädestiniertes Opfer.

Ich entdeckte ihn, als er, auf dem Rücken liegend, mürrisch vor sich hin starrte und Hitze ausstrahlte wie ein kleiner Ofen. Kaum dass er meine Fragen beantwortete; er grummelte nur: »Kann man sich mit bösem Kopfweh nicht mal einen Nachmittag freinehmen?«

Als ich an jenem Abend nach dem Essen noch im Salon saß, konnte ich ihn in seiner Kajüte fortwährend vor sich hin brabbeln hören. Ransome, der den Tisch abräumte, sagte:

»Sir, ich fürchte, ich werde mich nicht so um den Ersten kümmern können, wie er es wahrscheinlich braucht … Ich werde wohl einen großen Teil meiner Zeit vorn in der Kombüse verbringen müssen.«

Ransome war der Koch. Mr. Burns hatte mich am ersten Tag auf ihn aufmerksam gemacht, wie er mit über seiner breiten Brust verschränkten Armen an Deck stand und hinausblickte auf den Fluss.

Sogar von weitem fiel er einem ins Auge, durch seine ebenmäßige Gestalt und etwas typisch Seemännisches in seiner Haltung. Aus der Nähe betrachtet formte sich aus den ruhigen, gescheiten Augen, dem fein gebildeten Gesicht und der gezügelten Unabhängigkeit seines Auftretens eine anziehende Persönlichkeit. Als mir zudem Mr. Burns berichtete, er sei der beste Seemann an Bord, drückte ich mein Erstaunen aus, dass so eine Erscheinung in der frühesten Blüte seiner Jahre bloß als Schiffskoch angeheuert hatte.

»Es ist sein Herz«, hatte Mr. Burns gesagt. »Damit stimmt was nicht. Er darf sich nicht zu sehr anstrengen, sonst kippt er plötzlich tot um.«

Und er war der Einzige, den das Klima nicht angerührt hatte – vielleicht weil er, der einen tödlichen Feind in der Brust trug, sich darin geschult hatte, seine Gefühle und Bewegungen einer systematischen Kontrolle zu unterziehen. War man eingeweiht, konnte man dies in seinem Auftreten erkennen. Als sich nach dem Tod des armen Stewards in diesem orientalischen Hafen kein Weißer als Ersatz finden ließ, hatte Ransome sich angeboten, beide Aufgaben wahrzunehmen.

»Ich kann das gut schaffen, Sir, wenn ich es nur ruhig angehen lasse«, hatte er mir versichert.

Aber natürlich konnte man von ihm nicht auch noch erwarten, dass er die Betreuung der Kranken übernahm. Außerdem hatte der Arzt mit großer Entschiedenheit angeordnet, Mr. Burns an Land zu bringen.

Mürrischer als je zuvor und mit einem Matrosen an jeder Seite, der ihm unter den Arm griff, tappte der Erste Offizier über die Laufplanke. Im Gharry stützten wir ihn mit Kissen, und er raffte sich mühsam auf, um die Worte hervorzustoßen:

»Jetzt – haben Sie ja – was Sie wollten – mich – aus dem Schiff – entfernt!«

»In Ihrem ganzen Leben haben Sie sich nie gründlicher geirrt, Mr. Burns«, sagte ich ruhig und lächelte ihn an wie immer – und der Karren zockelte davon, zu einer Art Sanatorium, einem aus Backstein errichteten Pavillon auf dem Gelände des Anwesens, wo der Arzt wohnte.

Ich besuchte Mr. Burns regelmäßig. Nach den ersten paar Tagen, an denen er niemanden erkannte, empfing er mich, als sei ich entweder gekommen, um mich am Anblick eines zerschmetterten Feindes zu weiden, oder um mich einzuschmeicheln bei einem Menschen, dem schreiendes Unrecht zugefügt worden war. Mal war es das eine, mal das andere, je nachdem, welche seiner fiebrigen Krankenzimmerstimmungen gerade vorherrschte. Egal welche, er schaffte es sogar, sie mich spüren zu lassen, wenn er fast zu schwach zum Reden schien. Ich behandelte ihn mit meiner unwandelbaren Freundlichkeit.

Dann, ganz plötzlich, durchbrach eines Tages eine Woge wahrer Panik seinen Wahn.

Wenn ich ihn an diesem tödlichen Ort zurückließe, werde er sterben. Er spürte das, er war sich dessen sicher. Aber ich würde es doch nicht übers Herz bringen, ihn hier an Land zurückzulassen! Er habe doch Frau und Kind in Sydney!

Er holte seine abgezehrten Arme unter dem Laken

hervor, das ihn bedeckte, und rang seine fleischlosen Klauen. Er werde sterben! Er werde hier sterben ...

Er schaffte es sogar, sich aufzurichten, aber nur für einen Moment, und als er gleich darauf zurückfiel, dachte ich wirklich, er müsse auf der Stelle sterben. Ich rief nach dem bengalischen Pfleger und hastete aus dem Zimmer.

Am folgenden Tag stürzte er mich gründlich in Verwirrung, indem er sein Flehen erneuerte. Ich gab ihm eine ausweichende Antwort und ließ ihn zurück, ein Bild grässlicher Verzweiflung. Am Tag danach betrat ich widerwillig sein Zimmer, und sofort bestürmte er mich mit deutlich erstarkter Stimme und mit einem Schwall von Argumenten, was ziemlich aufwühlend war. Er schilderte seinen Fall mit sozusagen irrwitziger Energie und fragte mich schließlich, wie ich es empfinden würde, den Tod eines Menschen auf dem Gewissen zu haben. Er drängte mich, dass ich ihm versprach, nicht ohne ihn auszulaufen.

Ich erwiderte, ich müsse wirklich erst den Arzt konsultieren. Da schrie er auf. Den Arzt? Niemals! Das wäre sein Todesurteil.

Die Anstrengung hatte ihn erschöpft. Er schloss die Augen, brabbelte aber mit leiser Stimme weiter. Ich hatte ihn von Anfang an gehasst. Der tote Kapitän hatte ihn auch gehasst. Hatte seinen Tod gewünscht. Hatte den Tod der ganzen Mannschaft gewünscht ...

»Warum wollen Sie sich mit dieser bösartigen Leiche gemeinmachen, Sir? Der kriegt Sie auch noch dran!« Er brach ab. Seine glasigen Augen starrten ins Leere.

»Mr. Burns!« rief ich fassungslos. »Was in aller Welt faseln Sie da?«

Er schien wieder zu sich zu kommen, war jedoch zu schwach, um sich aufzuraffen.

»Ich weiß auch nicht«, sagte er matt. »Aber fragen Sie nicht diesen Arzt, Sir! Sie und ich, wir sind doch beide Seeleute. Fragen Sie ihn nicht, Sir. Eines Tages haben Sie vielleicht auch einmal Frau und Kind.«

Und wieder flehte er mich an, das Versprechen zu geben, dass ich ihn nicht zurückließ. Ich war so geistesgegenwärtig, ihm nicht nachzugeben. Später kam mir meine Härte verbrecherisch vor, denn mein Entschluss stand bereits fest. Diesem hinfälligen Mann, der kaum noch Kraft zum Atmen hatte und von einer geradezu leidenschaftlichen Furcht verwüstet wurde, konnte man nicht widerstehen. Außerdem hatte er zufällig genau die richtigen Worte gefunden. Er und ich, wir waren doch beide Seeleute. Darin lag eine Art Anrecht, denn eine andere Familie hatte ich nicht. Das Argument von Frau und Kind (eines Tages) war nicht stichhaltig. Es klang einfach nur bizarr.

Ich konnte mir kein Anrecht vorstellen, das stärker und umfassender war als das dieses Schiffs und der Männer, die durch alberne kommerzielle Komplikationen auf diesem Fluss gefangen waren wie in einer Giftfalle.

Aber ich hatte mich schon fast freigekämpft. Hinaus auf See. Die See, die unverdorben war, sicher und freundlich. Nur noch drei Tage.

Dieser Gedanke stützte und trug mich auf dem Rückweg zum Schiff. Im Salon begrüßte mich die Stimme des

Arztes, und seine kräftige Gestalt folgte dieser Stimme, als er aus der unbesetzten Steuerbordkajüte trat, wo man den Arzneischrank in der Koje festgelascht hatte.

Da er mich an Bord nicht angetroffen hatte, war er dort hineingegangen, um – wie er sagte – den Vorrat an Medikamenten, Verbandsstoff und so weiter zu inspizieren. Alles sei vollständig und in bester Ordnung.

Ich dankte ihm; ich hätte gerade vorgehabt, ihn genau darum zu bitten, denn wir wollten in wenigen Tagen, wie er ja wisse, in See gehen, wo all unsere Not ein Ende haben werde.

Er hörte mich ernst an und gab keine Antwort. Als ich ihm jedoch eröffnete, dass ich Burns mitnehmen wollte, setzte er sich neben mich, legte mir freundschaftlich die Hand aufs Knie und riet mir, doch zu erwägen, was ich damit auf mich nähme.

Der Mann sei gerade einmal stark genug, um den Transport zu ertragen – mehr nicht. Aber einen neuen Fieberanfall würde er keinesfalls verkraften. Vor mir läge eine vielleicht sechzigtägige Überfahrt, die mit vertrackter Navigation beginnen würde und wahrscheinlich mit viel schwerem Wetter enden. Ob ich wirklich das Risiko eingehen könnte, dies ganz allein durchzustehen, ohne einen Ersten Offizier und mit einem Zweiten, der doch eher ein Jüngling war?

Er hätte hinzufügen können, dass dies ja mein erstes Kommando war. Wahrscheinlich hatte er das auch im Sinn, denn er hielt inne. Mir selbst war dieser Gedanke überaus bewusst.

Er gab mir den dringenden Rat, nach Singapur zu kabeln und einen Ersten Offizier anzufordern, selbst wenn dies mein Auslaufen um eine Woche verzögern würde.

»Um keinen Tag«, sagte ich. Beim bloßen Gedanken lief es mir kalt den Rücken hinunter. Die Männer wirkten doch ziemlich gekräftigt, jeder einzelne, und es sei Zeit, sie hier fortzubringen. War ich nur erst einmal auf See, fürchtete ich nichts mehr, würde ich allem die Stirn bieten. Die See war jetzt das einzige Heilmittel für all meine Not.

Wie zwei Suchscheinwerfer waren die Brillengläser des Arztes auf mich gerichtet, als prüften sie die Echtheit meiner Entschlusskraft. Er öffnete die Lippen, so als wolle er noch ein Argument vorbringen, schloss sie aber wieder, ohne etwas zu sagen. Der arme Burns stand mir in seiner Erschöpfung, Hilflosigkeit und Qual so lebhaft vor Augen, dass mich dieses Bild mehr bewegte als die Realität, die ich nur eine Stunde zuvor wahrgenommen hatte. Es war von den Schattenseiten seiner Persönlichkeit gereinigt, und ich konnte ihm nicht widerstehen.

»Schauen Sie«, sagte ich. »Sofern Sie mir nicht offiziell mitteilen, dass der Mann transportunfähig ist, werde ich Vorkehrungen treffen, ihn morgen an Bord schaffen zu lassen, und dann wird das Schiff übermorgen früh aus dem Fluss hinausgeschleppt, selbst wenn ich ein paar Tage vor der Barre ankern muss, um sie seeklar zu machen.«

»Oh! Ich werde selbst all die Vorkehrungen treffen«, erwiderte der Arzt sogleich. »Was ich gesagt habe, habe ich als Freund gesagt – als einer, der es jedenfalls nur gut meint.«

Er erhob sich in seiner würdevollen Schlichtheit und schüttelte mir kräftig und – wie mir schien – recht feierlich die Hand. Doch er hielt sein Versprechen. Als Mr. Burns auf einer Trage an der Laufplanke auftauchte, stand der Arzt an seiner Seite. Der Plan war insofern abgewandelt worden, als man den Transport bis zum letzten Moment unserer Abreise aufgeschoben hatte.

Es war gerade eine Stunde nach Sonnenaufgang. Der Arzt winkte mir mit seinem kräftigen Arm noch einmal vom Ufer aus zu und ging dann sogleich zu seinem Karren, der ihm leer bis zum Fluss gefolgt war. Mr. Burns wirkte völlig leblos, als man ihn über das Achterdeck trug. Ransome ging mit hinunter, um es ihm in seiner Kajüte bequem zu machen. Ich musste an Deck bleiben und mich um das Schiff kümmern, denn der Schlepper hatte unser Tau schon übernommen.

Das Aufklatschen unserer Festmacher im Wasser bewirkte in mir einen völligen Gefühlsumschwung. Es war wie die noch unvollkommene Erleichterung beim Erwachen aus einem Albtraum. Doch als der Bug meines Schiffs in die Strömung des Flusses drehte, weg von jener orientalischen, schmutzigen Stadt, vermisste ich jenes Hochgefühl, das ich für diesen lang ersehnten Moment erwartet hatte. Was ich zweifellos spürte, war das Nachlassen einer Anspannung, doch es wandelte sich in das Gefühl der Ermüdung nach ruhmlosem Kampf.

Gegen Mittag warfen wir eine Meile vor der Barre Anker. Am Nachmittag gab es für die gesamte Mannschaft viel zu tun. Ich blieb die ganze Zeit auf der Poop, beobachtete die Männer und entdeckte in ihnen Spuren jener Erschlaffung, die sie während der sechs Wochen in der dampfenden Hitze des Flusses befallen hatte. Die erste Brise würde all das hinwegblasen. Jetzt aber war es vollkommen windstill. Ich dachte bei mir, dass der Zweite Offizier, ein unreifer Jüngling mit einem nicht sehr vielversprechenden Gesicht, vorsichtig gesagt nicht aus jenem unschätzbaren Zeug war, aus dem die rechte Hand eines Kapitäns eigentlich gemacht ist. Doch war ich froh, ein Lächeln in den Gesichtern einiger jener Männer auf dem Hauptdeck zu entdecken, die gründlich in Augenschein zu nehmen ich noch kaum Zeit gefunden hatte. Nun, da ich den Drang der irdischen Verwicklungen an Land abgeschüttelt hatte, fühlte ich mich mit ihnen vertraut und dennoch ein wenig fremd, wie ein lange verschollener Heimkehrer unter den Seinen.

Ransome eilte ständig zwischen Kombüse und Kajüte hin und her. Es war ein Vergnügen, ihm zuzusehen. Der Mann hatte wirklich Grazie. Als Einziger der Mannschaft war er im Hafen nicht einen Tag krank gewesen. Aber ich wusste von dem unruhigen Herz in seiner Brust und sah, wie er der natürlichen, seemännischen Gewandtheit seiner Bewegungen Zügel anlegte. Es war, als müsse er etwas sehr Zerbrechliches oder Hochexplosives mit sich herumtragen und sei sich dessen die ganze Zeit bewusst.

Ich hatte ein- oder zweimal Gelegenheit, ihn anzusprechen. Er antwortete mit seiner angenehmen, leisen

Stimme und einem schwachen, etwas wehmütigen Lächeln. Mr. Burns ruhe sich offenbar aus. Er schien sich ganz behaglich zu fühlen.

Nach Sonnenuntergang kam ich wieder an Deck und trat in eine lautlose Leere. Die dünne, konturenlose Kruste der Küste war nicht mehr zu erkennen. Die Finsternis hatte sich um das Schiff herum erhoben wie eine geheimnisvolle Emanation aus den stummen, einsamen Wassern. Ich lehnte an der Reling und wandte mein Ohr zu den Schatten der Nacht. Kein Laut. Mein Schiff hätte ein Planet sein können, der wirbelnd seine festgesetzte Kreisbahn zieht, in einem Raum aus endlosem Schweigen. Ich klammerte mich an die Reling, als sei ich dabei, für immer mein Gleichgewicht zu verlieren. Wie absurd. Nervös rief ich aus:

»Heda! Deckswache!«

»Hier, Sir!« Die sofortige Antwort brach den Bann. Der Mann von der Ankerwache hastete zackig die Stufen zur Poop herauf. Ich befahl ihm, das kleinste Anzeichen einer Brise sofort zu melden.

Als ich unter Deck ging, schaute ich bei Mr. Burns vorbei. Ich konnte dies eigentlich nicht vermeiden, denn seine Tür stand offen. Der Mann war so abgezehrt, dass mir sein roter Bart in der weiß getünchten Kajüte, unter dem weißen Laken, an seinem verkleinerten, im weißen Kissen versunkenen Kopf wie etwas Künstliches ins Auge sprang – ein Schnauzbart aus dem Schaufenster, angestrahlt vom harten Licht der am Schott befestigten schirmlosen Lampe.

Während ich ihn voller Verwunderung anstarrte, behauptete er sich, indem er seine Augen öffnete und sogar in meine Richtung bewegte. Eine winzige Regung.

»Totale Flaute, Mr. Burns«, sagte ich resigniert.

Mr. Burns hub an zu einer wirren Rede, mit unerwartet klarer Stimme. Sie klang sehr sonderbar, nicht von der Krankheit angegriffen, sondern übernatürlich – wie nicht von dieser Welt. Was nun den Gehalt des Geredes anging, so glaubte ich dies herauszuhören: Es war alles die Schuld des »Alten« – des verstorbenen Kapitäns –, der dort unten, auf dem Meeresgrund, heimtückisch im Hinterhalt lag. Eine unheimliche Geschichte.

Ich lauschte ihr bis zum Ende. Dann trat ich in die Kajüte und legte ihm meine Hand auf die Stirn. Sie war kühl. Er phantasierte also vor sich hin, aus äußerster Entkräftung. Plötzlich schien er mich zu bemerken, und in seiner eigenen, aber natürlich noch sehr schwachen Stimme fragte er kummervoll: »Gibt es überhaupt keine Chance, etwas Fahrt zu machen, Sir?«

»Was bringt es, Anker-auf zu gehen, nur um dann zu driften, Mr. Burns?«

Er seufzte, und ich überließ ihn seiner Unbeweglichkeit. Sein Leben hing an einem ebenso seidenen Faden wie sein Verstand. Mich bedrückten die Pflichten meiner einsamen Verantwortung. Ich ging in meine Kajüte, um in ein paar Stunden Schlaf etwas Erleichterung zu finden, hatte aber kaum meine Augen geschlossen, da kam die Deckswache herunter und meldete eine leichte Brise. Genug um unter Segel zu gehen, sagte er.

Und die Brise war wirklich kaum mehr als gerade genug. Ich gab meine Befehle: Ankerspill besetzen, Segel losmachen, Marssegel setzen. Doch als ich endlich das Schiff auf Kurs hatte, spürte ich kaum noch einen Hauch. Trotzdem ließ ich die Rahen trimmen und Vollzeug setzen. Ich würde den Versuch nicht aufgeben.

Mit aufgehievtem Anker und bis an die Flaggenknöpfe in Leinen gewandet, stand mein Schiff dennoch so reglos da wie ein Schiffsmodell auf dem Schimmer und Schatten von poliertem Marmor. In der rätselhaften Stille der ungeheuren Mächte dieser Welt war es unmöglich, Land und Wasser zu unterscheiden. Mich überfiel jähe Ungeduld.

»Folgt sie dem Ruder denn gar nicht?« fragte ich gereizt den Mann, dessen kräftige braune Hände, die Spaken des Steuerrads umfassend, aus der Finsternis hervorleuchteten wie das Symbol für den Anspruch der Menschheit, die Richtung ihres Schicksals selbst zu bestimmen.

Er gab mir Antwort:

»Doch, Sir. Sie luvt langsam an.«

«Anluven, bis der Bug auf Süd steht.«

»Aye, aye, Sir.«

Ich ging auf der Poop hin und her. Außer meinen Schritten gab es keinen Laut, bis der Rudergänger wieder seine Stimme erhob.

»Süd liegt jetzt an, Sir.«

Meine Brust zog sich leicht zusammen; dann rief ich den ersten Kursbefehl meines ersten Kommandos in die schweigende Nacht, die schwer war von Tau im Glitzern der Sterne. Es lag etwas Endgültiges in diesem Akt, der mich zur endlosen Wachsamkeit meiner einsamen Aufgabe verpflichtete.

»Richtung halten«, sagte ich schließlich. »Kurs Süd.«

»Süd, Sir«, echote der Mann.

Ich schickte den Zweiten und seine Wache nach unten, blieb auf dem Posten und ging die kühlen, schlaftrunkenen Stunden vor Anbruch der Morgendämmerung an Deck auf und ab.

Leichte Windstöße kamen und gingen, und wann immer sie stark genug waren, das schwarze Wasser aufzuwecken, rieselte mir das Gemurmel längsseits an der Bordwand in einem zarten Crescendo des Entzückens ins Herz, doch rasch war es wieder erstorben. Ich war todmüde. Sogar die Sterne schienen zu matt, um den Tag zu erwarten. Dann brach er endlich an, mit einem perlmutternen Schimmer im Zenit, den ich in den Tropen noch nie erblickt hatte, glanzlos, fast grau, was seltsam an höhere Breitengrade erinnerte.

Von vorn erklang die Stimme des Ausgucks:

»Land backbord voraus, Sir!«

»Gut.«

Ich lehnte an der Reling und hob nicht einmal den Blick. Das Schiff schien keine Fahrt zu machen. Bald darauf brachte mir Ransome meine allmorgendliche Tasse Kaffee. Als ich sie ausgetrunken hatte, blickte ich voraus, und in einem stillen Streifen sehr hellen, orangegelben Lichts sah ich das flache Profil des Landes: wie ein Scherenschnitt aus schwarzem Papier, leicht wie Kork, schien es auf dem Wasser zu schwimmen. Aber die aufgehende Sonne verwandelte es in dunklen Dunst, einen zwielichtigen, massiven Schatten, der zitternd dastand in dem heißen Glast.

Die Wache war mit dem Deckschrubben fertig. Ich ging hinunter und hielt an Mr. Burns' Tür inne (er ertrug es nicht, wenn sie geschlossen war), zögerte aber, ihn anzusprechen, bevor er seine Augen bewegte. Dann berichtete ich ihm die Neuigkeiten.

»Kap Liant bei Sonnenaufgang gesichtet. Ungefähr fünfzehn Meilen.«

Da bewegte er die Lippen, aber ich konnte nichts hören, bis ich mich hinabbeugte und seinen grämlichen Kommentar vernahm:

»Bloßes Gekrieche … Kein Glück.«

»Jedenfalls mehr Glück, als reglos herumzudümpeln«, bemerkte ich resigniert und überließ ihn den Gedanken und Phantasien, die ihn in seiner hoffnungslosen Hinfälligkeit heimsuchen mochten.

Am späteren Morgen, als mich der Zweite abgelöst hatte, warf ich mich auf mein Sofa und fand, für etwa drei Stunden, wirklich den Schlaf des Vergessens. Er war so vollkommen, dass ich beim Erwachen zunächst nicht wusste, wo ich war. Dann überkam mich die ungeheure Erleichterung des Gedankens: an Bord meines Schiffs! Auf See! Auf See!

Durch die Bullaugen erblickte ich einen reglosen, von der Sonne geschlagenen Horizont. Den Horizont eines windlosen Tages. Doch schon seine Weite gab mir das Gefühl einer glücklichen Flucht, eines momentanen Triumphs der Freiheit.

Ich betrat den Salon mit leichterem Herzen als in den Tagen zuvor. Ransome stand am Buffet und war dabei, den Tisch für das erste Abendessen auf See während dieser Fahrt zu decken. Er wandte den Kopf, und irgendetwas in seinem Blick dämpfte mein bescheidenes Hochgefühl.

»Was ist es jetzt?« fragte ich instinktiv und erwartete mitnichten die Antwort, die ich bekam. Ransome gab sie mit jener beherrschten Heiterkeit, die ihn auszeichnete.

»Ich fürchte, wir haben die Krankheit noch nicht ganz hinter uns, Sir.«

»Nicht? Was ist los?«

Da erzählte er mir, zwei unserer Männer hätten seit dieser Nacht schweres Fieber. Der eine glühte, der andere zitterte, aber er meinte, das laufe wohl auf das Gleiche hinaus. Das glaubte auch ich. Diese Nachricht versetzte mir einen Schock.

»Der eine glüht, der andere zittert, sagen Sie? Nein. Wir haben die Krankheit nicht hinter uns. Sehen sie sehr schlecht aus?«

»Ziemlich schlimm, Sir.«

Ransomes Augen blickten unverwandt in die meinen. Wir tauschten ein Lächeln. Ransomes war wie üblich ein wenig wehmütig, meines, zweifellos ziemlich grimmig, entsprach wohl meiner heimlichen Erbitterung.

Ich fragte:

»War heute Morgen überhaupt Wind?«

»Das kann ich nicht behaupten, Sir. Aber wir haben uns die ganze Zeit dennoch bewegt. Das Land voraus scheint jetzt ein wenig näher.«

Das war's. Ein wenig näher. Wenn wir dagegen nur ein bisschen mehr Wind gehabt hätten, nur ein ganz kleines bisschen mehr, hätten wir, müssten wir jetzt Kap Liant querab haben, und unsere Distanz zu jener verseuchten Küste wäre größer geworden. Und es ging ja nicht nur um die Distanz. Eine stärkere Brise hätte, so kam es mir vor, auch die Infektion hinweggefegt, die das Schiff im Griff hatte. Offenkundig hatte sie es noch im Griff. Zwei Männer. Der eine glühte, der andere zitterte. Ich spürte eine entschiedene Abneigung, mich aufzumachen und nach ihnen zu sehen. Was sollte das nützen? Gift ist Gift. Tropenfieber ist Tropenfieber. Aber dass es ihm erlaubt war, über die See hinweg seine Klauen nach uns auszustrecken, das schien mir ganz ungewöhnlich und geradezu unfair. Ich konnte kaum glauben, dass es mehr war als der letzte, verzweifelte Übergriff des Bösen, vor dem wir gerade flüchteten, in den reinen Atemhauch der See. Wäre nur dieser Hauch etwas stärker gewesen! Immerhin gab es gegen das Fieber ja Chinin. Ich begab mich in die Steuerbordkajüte, wo sich der Arzneischrank befand, um je eine Dosis für die beiden Kranken vorzubereiten. Voller Vertrauen öffnete ich den Schrank, wie einer, der einen Reliquienschrein öffnet. Im oberen Teil befand sich eine Ansammlung stämmiger Flaschen, die sich glichen wie eine Erbse der anderen. Unter den ordentlich aufgereihten Flaschen gab es zwei Schubläden, bis zum Rand vollgestopft mit allen nur erdenklichen Dingen: Papier-päckchen, Verbandsstoff, vorschriftsmäßig etikettierte Pappschächtelchen. Ein Fach der unteren Schublade ent-hielt unseren Vorrat an Chinin.

Die fünf Fläschchen waren allesamt rund und gleich groß. Eines war zu ungefähr einem Drittel voll. Die an-deren vier waren noch immer in Packpapier gewickelt und versiegelt. Auf ihnen lag ein Umschlag; das hatte ich nicht erwartet. Ein quadratischer Umschlag, der zum Briefpapier des Schiffes gehörte.

So wie er lag, konnte ich gleich sehen, dass er nicht verschlossen war, und als ich ihn aufnahm und umdrehte, bemerkte ich, er war an mich adressiert. Er enthielt einen halben Bogen Briefpapier. Ich entfaltete ihn in dem son-derbaren Gefühl, mit etwas Unheimlichem zu tun zu ha-ben, freilich ohne jede Erregung, ganz so, wie man im Traum außergewöhnliche Dinge erlebt oder tut.

»Mein lieber Kapitän«, begann der Brief, aber ich suchte sogleich nach der Unterschrift. Der Brief stammte von dem Arzt. Er war auf den Tag datiert, an dem ich, von meinem Besuch bei Mr. Burns im Krankenhaus zurück-kehrend, den guten Doktor angetroffen hatte, der mich in meiner Kajüte erwartet und mir erzählt hatte, er habe sich die Zeit genommen, den Arzneischrank für mich zu inspizieren. Sonderbar! Während er jeden Moment mein Eintreten gewärtigen musste, hatte er sich die Zeit damit vertrieben, mir einen Brief zu schreiben, und ihn, als ich hereinkam, hastig in die Schublade des Arzneischranks gestopft. Ein ziemlich merkwürdiges Verhalten. Verwundert widmete ich mich dem Text.

In seiner großen, flüchtigen, aber leserlichen Schrift, aus purer Güte oder wohl eher von dem unwiderstehlichen Wunsch getrieben, nun jene Ansicht zu äußern, mit der er zuvor meine Hoffnungen nicht hatte dämpfen wollen, warnte mich dieser gute, mitfühlende Mensch, mein Vertrauen nicht auf die wohltätige Wirkung eines Wechsels vom Land auf die See zu setzen. »Ich wollte Ihre Sorgen nicht noch vermehren, indem ich Sie entmutigte«, schrieb er. »Aber ich fürchte, dass Ihre Not, medizinisch gesprochen, noch nicht beendet ist.« Kurzum, er sah voraus, dass ich wohl noch mit einem erneuten Ausbruch von Tropenfieber zu kämpfen hätte. Zum Glück verfügte ich ja über einen ausreichenden Vorrat von Chinin. Darauf solle ich mein Vertrauen setzen und es unentwegt verabreichen, dann würde sich der Zustand der Mannschaft mit Sicherheit verbessern.

Ich knüllte den Brief zusammen und rammte ihn in die Tasche. Ransome brachte den beiden Männern im Vorschiff je eine große Dosis. Ich ging freilich noch nicht wieder an Deck. Stattdessen begab ich mich zur Tür von Mr. Burns' Kajüte und berichtete ihm auch diese Neuigkeit.

Man konnte unmöglich sagen, welchen Eindruck sie auf ihn machte. Erst dachte ich, er habe die Sprache verloren. Sein Kopf war im Kissen versunken. Aber er bewegte doch seine Lippen, um mir zu versichern, dass er sich schon viel kräftiger fühlte; eine allem Anschein nach erschreckend unwahre Behauptung.

Am Nachmittag übernahm ich wie geplant wieder die Wache. Eine große, überhitzte Stille umgab das reglose Schiff, schien es wie in einem Feuerkreis zu halten, gefügt aus zwei Blautönen. Dann und wann strich von den Segeln ein schwacher, heißer Hauch kraftlos herab. Und dennoch: Das Schiff bewegte sich. Musste sich bewegt haben. Denn als die Sonne sank, hatten wir Kap Liant nicht mehr querab, sondern hinter uns gelassen: ein drohender, in den letzten Strahlen des Zwielichts schwindender Schatten.

Am Abend schien Mr. Burns unter dem grellen Schein der Lampe etwas mehr aus seiner Versenkung im Bettzeug aufgetaucht, als sei eine Hand, die ihn vorher niedergedrückt hatte, von ihm genommen. Er antwortete auf meine spärlichen Worte mit einer vergleichsweise langen, zusammenhängenden Rede. Entschieden behauptete er sich. Wenn er erst der Gefahr entronnen war, in dieser drückenden Hitze zu ersticken, so sagte er zuversichtlich, könne er in ein paar Tagen an Deck kommen und mich unterstützen.

Während er sprach, bebte ich vor Furcht, die Kraftanstrengung werde ihn vor meinen Augen dahinraffen. Ich kann jedoch nicht verhehlen, dass in seiner Bereitwilligkeit etwas Tröstliches lag. Ich gab ihm eine passende Antwort, bedeutete ihm aber, das Einzige, was uns jetzt wirklich helfen würde, wäre Wind – ein schöner Wind.

Ungeduldig warf er seinen Kopf auf dem Kissen hin und her. Und es war beileibe nicht tröstlich, ihm dabei zuzuhören, als er wieder mit seinem wirren Gebrabbel

über den toten Kapitän anfing, den Alten, der auf 8° 20'
nördlicher Breite in seinem Hinterhalt lag, genau auf
unserem Kurs, am Eingang zum Golf.

»Sind Sie immer noch in Gedanken bei Ihrem toten
Kapitän, Mr. Burns?« fragte ich. »Ich kann mir nicht vorstellen, dass die Toten den Lebenden gegenüber feindse-
lig sind. Die sind ihnen gleichgültig.«

»Sie kennen *den* hier nicht«, hauchte er schwach.

»Nein. Ich habe ihn nicht gekannt. Und er hat mich
nicht gekannt. Und ebendeshalb kann er auch keinen
Groll gegen mich hegen.«

»Ja. Aber wir, alle anderen, sind ja noch an Bord«, beharrte er.

Ich spürte die heimtückische Bedrohung für die un-
besiegbare Kraft des Alltagsverstands, die von diesem gru-
seligen, diesem irrwitzigen Wahn ausging. Und ich sagte:

»Sie dürfen nicht so viel sprechen. Das kostet Sie zu
viel Kraft.«

»Und dann ist da ja noch das Schiff«, flüsterte er beharrlich.

»Schluss jetzt. Kein Wort mehr«, sagte ich, trat vor und
legte meine Hand auf seine kühle Stirn. Sie war der Beweis, dass diese abscheuliche Absurdität tief in dem Mann
selbst verwurzelt war und nicht in der Krankheit, die
ihm offenbar jede geistige und körperliche Kraft geraubt
hatte – nur nicht diese eine fixe Idee.

In den nächsten Tagen vermied ich es, Mr. Burns Gelegenheit zu einem Gespräch zu geben. Ich warf ihm nur
dann und wann ein hastiges, aufmunterndes Wort zu,

wenn ich an seiner Tür vorbeikam. Hätte er genug Kraft gehabt, so hätte er mir wohl mehr als einmal nachgerufen. Aber diese Kraft hatte er nicht. An einem Nachmittag allerdings bemerkte Ransome, der Erste scheine »sich großartig zu erholen«.

»Hat er Ihnen in der letzten Zeit irgendwelchen Unsinn erzählt?« fragte ich beiläufig.

»Nein, Sir.«

Ransome war bei dieser unvermittelten Frage leicht zusammengezuckt; nach einer Pause aber fügte er gelassen hinzu: »Heute Morgen hat er erzählt, Sir, er bedauere es, dass er unseren früheren Kapitän direkt auf unserem jetzigen Kurs bestatten musste, sozusagen genau zwischen uns und dem Golf.«

»Halten Sie das nicht für kompletten Unsinn?« fragte ich und blickte ihm vertrauensvoll in sein gescheites, ruhiges Gesicht, über das die heimliche Unruhe in der Brust des Mannes einen durchsichtigen Schleier der Sorge warf.

Ransome wusste es nicht. Er hatte sich darüber keine Gedanken gemacht. Und mit einem schwachen Lächeln eilte er fort, um seinen nie endenden Pflichten nachzugehen, mit seiner üblichen behutsamen Emsigkeit.

Zwei weitere Tage vergingen. Wir waren eine kleine Strecke vorangekommen, eine sehr kleine Strecke, hinein in die größere Weite des Golfs von Siam. Obgleich ich das Hochgefühl über mein erstes Kommando, das mir durch Kapitän Giles' Vermittlung in den Schoß gefallen war, in vollen Zügen genoss, befiel mich dennoch die unbehagliche Ahnung, man müsse vielleicht irgendwie für so einen Glücksfall bezahlen. Ich hatte meine Aussichten einer professionellen Überprüfung unterzogen. Dafür war ich kompetent genug. Jedenfalls dachte ich das. Ich fühlte mich im Großen und Ganzen gut vorbereitet, und dies Gefühl kennt nur der, der einem Beruf nachgeht, den er liebt. Es erschien mir wie das Natürlichste von der Welt. So natürlich wie das Atemholen. Ohne, glaubte ich, hätte ich nicht leben können.

Ich weiß nicht, was ich erwartete. Vielleicht nichts anderes als jene besondere Intensität des Daseins, welche die Quintessenz jugendlicher Sehnsucht ist. Was auch immer ich erwartete, von Orkanen heimgesucht zu werden erwartete ich nicht. So viel wusste ich. Im Golf von Siam gibt es keine Orkane. Ich hatte freilich auch nicht erwartet, derart hoffnungslos, wie täglich deutlicher wurde, an Händen und Füßen gefesselt zu sein.

Nicht, dass uns der böse Bann jeder Bewegung beraubte. Geheimnisvolle Strömungen trieben uns hierhin und dorthin, mit einer verstohlenen Kraft, doch erkennbar nur an dem wechselnden Anblick der Inseln, die die Ostküste des Golfs säumen. Dann und wann gab es auch Winde. Launenhafte und trügerische. Sie weckten Hoffnungen, stürzten sie dann in bitterste Enttäuschung, sie versprachen gute Fahrt, die in Abdrift endete, sich aushauchte in Seufzern, erstarb in jener stummen Stille, in der nur die Strömungen ihr Spiel spielten – ihr feindseliges Spiel.

Die Insel Koh-ring, ein großer, schwarzer, hoch aufgeworfener Felsrücken zwischen vielen winzigen Inselchen, der auf dem glasglatten Wasser lag gleich einem Triton zwischen Gründlingen, wirkte wie der Mittelpunkt dieses Zauberkreises. Es schien unmöglich, ihm zu entkommen. Auch nach Tagen blieb er in Sicht. Bei günstiger Brise peilte ich ihn im rasch abnehmenden Zwielicht mehr als einmal an, mit dem Gedanken, es sei das letzte Mal. Umsonst gehofft. Eine Nacht voll launischer Winde machte die zeitweilig gewonnenen Meilen zunichte, und vor der aufgehenden Sonne ragte die schwarze Silhouette von Koh-ring wieder empor, wüster, ungastlicher und finsterer denn je.

»Es ist wirklich, als wären wir verhext«, sagte ich einmal zu Mr. Burns, wie gewöhnlich von der Türe aus.

Er hatte sich in seiner Bettstatt aufgesetzt. Er näherte sich wieder der Welt der Lebendigen, obgleich man wohl kaum sagen konnte, dass er ihr schon wieder angehörte. Er stimmte mir zu, mit einem weisen, geheimnisvollen Nicken seines schmalen, hageren Kopfes.

»Jaja, ich weiß, was Sie sagen wollen«, sagte ich. »Aber Sie können nicht erwarten, dass ich daran glaube, ein Toter hätte die Macht, die Meteorologie dieser Weltgegend aus den Fugen zu reißen. Obwohl sie offenbar wirklich völlig durcheinander ist. Die Winde von Land oder See her sind wie zerflattert. Nicht für fünf Minuten können wir uns drauf verlassen.«

»Nicht mehr lange, und ich kann wieder an Deck«, murmelte Mr. Burns. »Und dann sehen wir weiter.«

Ob er dies als Versprechen verstand, den Kampf mit

dem übernatürlichen Bösen aufzunehmen, konnte ich nicht sagen. Jedenfalls war es nicht die Art Unterstützung, die ich brauchte. Andererseits hatte ich tatsächlich Tag und Nacht an Deck zugebracht, um mein Schiff ein wenig weiter nach Süden voranzubringen. Der Erste, das konnte ich sehen, war immer noch äußerst schwach und noch nicht ganz befreit von seinem Wahn, der mir nur als Symptom seiner Krankheit erschien. Wie auch immer, man durfte einem Kranken seine Hoffnungen nicht nehmen. Ich sagte:

»Sie werden uns dort wirklich überaus willkommen sein, Mr. Burns. Wenn Sie weiter solche Fortschritte machen, sind Sie bald einer der Gesündesten an Bord.«

Das freute ihn, aber er war derart abgezehrt, dass sein selbstzufriedenes Lächeln zu einer grässlichen Grimasse verkam, als er unter dem roten Bart seine langen Zähne bleckte.

»Machen die Burschen denn keine Fortschritte, Sir?« fragte er ernüchtert, und sein Gesicht zeigte eine überaus verständliche Sorge.

Ich antwortete ihm nur mit unbestimmter Geste und trat weg von der Tür. Es war ja eine Tatsache, dass die Krankheit genauso launisch mit uns umsprang wie der Wind. Sie kam und ging von einem Mann zum anderen, den einen berührte sie nur leicht, den anderen packte sie heftig; immer jedoch hinterließ sie ihre Spur, brachte einige zum Taumeln, andere für eine Weile zu Fall, verließ diesen und kehrte bei jenem zurück, so dass mittlerweile alle kränklich wirkten und ihre Augen einen gehetzten, furchtsamen Ausdruck hatten, während Ransome und ich, als Einzige vom Fieber völlig unberührt, vom einen zum anderen gingen und emsig Chinin verabreichten. Es war ein Kampf an zwei Fronten. Vor uns lag das widrige Wetter, und die Krankheit folgte uns von achtern. Ich muss sagen, die Männer hielten sich sehr gut. Der unaufhörlichen Plackerei beim Trimmen der Rahen unterzogen sie sich willig. Aber jeder Schwung war aus ihren Gliedern gewichen, und wann immer ich sie von der Poop aus beobachtete, konnte ich mich des schrecklichen Eindrucks nicht erwehren, die Luft, in der sie sich bewegten, sei vergiftet.

Unter Deck, in seiner Kajüte, hatte Mr. Burns solche Fortschritte gemacht, dass er sich nicht nur aufsetzen, sondern sogar die Beine anziehen konnte. Er umklammerte sie mit seinen knochigen Armen wie ein lebendiges Skelett, und ihm entrangen sich tiefe Seufzer der Ungeduld.

»Das Wichtigste, was zu tun ist, Sir«, erklärte er bei jeder Gelegenheit, die ich ihm gab, »das Wichtigste ist, das Schiff über 8° 20' nördliche Breite zu bringen. Wenn sie erst darüber hinweg ist, dann ist alles in Ordnung.«

Zuerst lächelte ich ihm dann immer zu, obwohl ich weiß Gott nicht mehr viel Mut zum Lächeln aufbrachte. Schließlich aber verlor ich die Geduld.

»Aha. 8° 20' nördliche Breite. Da haben Sie Ihren früheren Kapitän bestattet, nicht wahr?« Dann, in strengem Ton: »Mr. Burns, meinen Sie nicht, dass Sie endlich aufhören sollten mit all diesem Unsinn?«

Aus tiefliegenden Augen warf er mir einen Blick zu, in dem unbezwingbarer Starrsinn lag. Ansonsten murmelte er, kaum hörbar, etwas wie »nicht wundern, wenn … merken … noch irgendeinen fiesen Trick …«.

Solche Vorfälle waren meiner Entschlusskraft nicht gerade zuträglich. Zudem schlugen mir die widrigen Umstände langsam aufs Gemüt. Gleichzeitig verachtete ich diese heimliche Seelenschwäche. Voller Hochmut sagte ich mir, es bedürfe viel mehr, um meine Standhaftigkeit auch nur im Geringsten zu erschüttern.

Ich wusste damals noch nicht, wie bald sie bedrängt werden sollte – und aus welch unerwarteter Richtung.

Es geschah schon am nächsten Tag. Die Sonne war in aller Klarheit hinter dem südlichen Berghang von Kohring aufgegangen, der, wie ein böser Lakai, noch immer backbord achteraus herumlungerte. Sein Anblick war mir zutiefst verhasst. In der Nacht hatten wir das Schiff in alle Richtungen gesteuert, die Rahen wieder und wieder getrimmt, um jeden einzelnen Lufthauch einzufangen, wobei wir uns, wie ich fürchte, die meisten bloß eingebildet hatten. Dann, kurz vor Sonnenaufgang, blies uns für ungefähr eine Stunde eine unerklärliche, stetige Brise entgegen, direkt von vorn. Darin lag überhaupt kein Sinn. Es passte weder zur Jahreszeit noch zu den Erfahrungen, von denen Seeleute seit Jahrhunderten in Büchern berichten, auch nicht zum Aussehen des Himmels. Das konnte nur auf vorsätzliche Bosheit zurückgehen. Wir wurden mit großer Geschwindigkeit von unserem eigentlichen Kurs abgetrieben; hätten wir nur eine Vergnügungsfahrt gemacht, wäre es eine herrliche Brise gewesen – mit dem erwachten Glitzern der See, dem Gefühl von Bewegung und einer Ahnung von ungewohnter Frische. Dann aber, ganz plötzlich, so als verschmähte sie es, den elenden Ulk noch weiterzutreiben, wurde sie schwächer und erstarb in weniger als fünf Minuten. Der Bug drehte sich, wohin er wollte. Die in der Flaute wieder still gewordene See wirkte poliert wie eine Stahlplatte.

Ich ging unter Deck, nicht weil ich mir ein bisschen Ruhe gönnen wollte, sondern schlicht weil mir dieser Anblick jetzt einfach unerträglich war. Der unermüdliche Ransome war im Salon beschäftigt. Er hatte es sich zur Gewohnheit gemacht, mir jeden Morgen über den Gesundheitszustand der Leute zu berichten. Er wandte sich ab vom Buffet und richtete seinen gewohnt angenehmen, ruhigen Blick auf mich. Kein Schatten lag je auf seiner gescheiten Stirn.

»Heute Morgen geht es einer ganzen Reihe von ihnen ziemlich schlecht, Sir«, sagte er gelassen.

»Was? Liegen alle flach?«

»Eigentlich liegen nur zwei in ihren Kojen, Sir, aber …«

»Die letzte Nacht hat sie umgeworfen. Wir mussten die ganze verfluchte Zeit brassen und holen.«

»Hab ich gehört, Sir. Ich hatte schon vor, rauszukommen und mitzuhelfen, nur – wissen Sie …«

»Auf keinen Fall. Das dürfen Sie nicht … Die Burschen liegen ja nachts ohnehin nur an Deck herum. Das ist nicht gut für sie.«

Ransome stimmte zu. Aber man konnte die Männer ja

nicht behandeln wie Kinder. Zudem konnte man ihnen wohl kaum vorwerfen, dass sie an Deck so viel kühle und frische Luft wie möglich zu schnappen versuchten. Natürlich wusste er selbst es besser.

Er war wirklich ein Mann der Vernunft. Aber es wäre zu hart, die anderen unvernünftig zu nennen. Die letzten paar Tage waren für uns gewesen wie die Probe im glühenden Ofen. Man konnte ihren unklugen, allgemeinen Menschenverstand wirklich nicht dafür tadeln, dass sie sich so gut es ging momentane Erleichterung verschafften, wenn die Nacht die Illusion von Kühle vorgaukelte und das Licht der Sterne atemlos durch die drückende, tauschwere Luft funkelte. Außerdem waren die meisten Männer so geschwächt, dass man nichts erreichte, wenn man nicht jeden, der noch taumeln konnte, an die Brassen befahl. Nein, es war nutzlos, ihnen Vorwürfe zu machen. Aber ich glaubte fest, das Chinin würde uns wirklich sehr helfen.

Daran glaubte ich. Darauf setzte ich mein ganzes Vertrauen. Mit seiner Heilkraft würde es die Männer und das Schiff retten, den Bann brechen, die Zeitfrage zu einer Lappalie, das Wetter zu einer nur flüchtigen Unbill machen und, wie magisches Pulver gegen geheimnisvollen Hexenzauber, die erste Fahrt meines ersten Kommandos schützen gegen die bösen Mächte der Flauten und Pestilenz. Es war für mich köstlicher als Gold, und im Gegensatz zum Gold, das wohl nirgends genug vorhanden ist, hatte das Schiff vom Chinin einen hinreichenden Vorrat. Ich ging in die Kajüte, um einige Portionen abzuwiegen.

Ich streckte meine Hand aus wie einer, der nach einem unfehlbaren Allheilmittel greift, nahm ein frisches Fläschchen, entrollte die Papierhülle und bemerkte, dass sie an beiden Enden, oben und unten, nicht mehr versiegelt war ...

Doch wozu all die hastigen Schritte bis zu jener entsetzlichen Entdeckung aufzählen. Ihr habt die Wahrheit schon erraten. Da waren die Papierhülle, das Fläschchen und darin das weiße Pulver – irgendein Pulver! Nur nicht Chinin. Ein Blick genügte. Ich erinnere mich noch: Just in dem Moment, da ich das Fläschchen hochhob, sogar noch bevor ich mich der Papierhülle widmete, hatte mir das Gewicht in meiner Hand sofort eine Vorahnung eingegeben. Chinin ist federleicht, und meine Nerven waren wohl bis zum Äußersten überreizt und empfindsam. Ich ließ das Fläschchen los, und es zersplitterte am Boden. Was immer das Zeug war, es fühlte sich körnig an unter meiner Schuhsohle. Hastig griff ich nach dem nächsten Fläschchen, dann dem übernächsten. Allein ihr Gewicht sagte alles. Eins nach dem anderen fiel hinunter und zerbarst vor meinen Füßen, nicht weil ich sie in meiner Bestürzung hingeworfen hätte, sondern weil sie mir durch die Finger glitten, als ginge die Entdeckung über meine Kraft.

Es ist eine Tatsache, dass gerade die Schwere eines seelischen Schocks einem hilft, sich gegen ihn zu behaupten, denn sie bewirkt eine Art von kurzzeitiger Unempfindlichkeit. Wie betäubt trat ich aus der Kajüte, als wäre mir etwas Schweres auf den Kopf gefallen. Von der gegenüberliegenden Seite des Salons, hinter dem Tisch, starrte mir Ransome, einen Staubwedel in der Hand, mit offenem Mund entgegen. Ich sah, glaube ich, nicht besonders wild aus. Gut möglich, dass ich nur sehr in Eile schien, denn ich wollte instinktiv hinauf an Deck. Ein Beispiel dafür, wie der Drill zum Instinkt wird. Den Schwierigkeiten, den Gefährdungen, den Problemen eines Schiffs auf See muss man sich an Deck stellen. Ich reagierte instinktiv auf diese Tatsache, wie ein Naturgesetz; das mag als Beleg dafür gelten, dass ich für einen Moment meines Verstands beraubt war.

Ganz sicher hatte ich mein Gleichgewicht verloren, war jedem Impuls ausgeliefert, denn am Fuß der Treppe drehte ich um und stürzte zur Tür von Mr. Burns' Kajüte. Er sah so wild aus, dass der Aufruhr in meiner Seele sich legte. Aufrecht saß er in der Koje, sein Körper wirkte ungeheuer lang, sein Kopf war ein wenig zur Seite geneigt, was etwas selbstgefällig wirkte. Mit seiner zitternden Hand am Ende eines Unterarms, der nicht dicker war als ein kräftiger Gehstock, packte er eine glänzende Schere und versuchte sie sich vor meinen Augen in den Hals zu rammen.

Ich war einigermaßen entsetzt, doch das war eher eine Art nachrangiger Effekt, nicht stark genug, um ihn etwa so anzuschreien: »Halt!« ... »Mein Gott!« ... »Was machen Sie da?«

In Wirklichkeit überforderte er nur seine wiederkehrenden Kräfte in dem fahrigen Versuch, seinen stark gewachsenen roten Bart zu stutzen. Er hatte ein großes

Handtuch über den Schoß gebreitet, auf das mit jedem Schnappen der Schere ein wahrer Schauer borstiger Haare niederging, wie Stückchen von Kupferdraht.

Er wandte mir sein Gesicht zu, das grotesker aussah als die Phantasiegebilde irrwitziger Träume: die eine Wange ganz buschig, wie von einer lodernden Flamme umhüllt, die andere entblößt und eingefallen, wo sich der noch unberührte lange Bart behauptete, einsam und grimmig. Und während er mich wie vom Donner gerührt anstarrte, die klaffende Schere in den Fingern, schleuderte ich ihm wie eine Furie meine Entdeckung entgegen, in sechs Worten, ohne jeden Kommentar.

Ich hörte, wie ihm die Schere klappernd aus der Hand fiel, sah, wie sich sein ganzer Körper gefährlich über die Kante der Koje zu ihr hinabbeugte, und hastete meinem ersten Vorsatz folgend an Deck. Meine Augen waren geblendet vom Gleißen der See. Unter dem leeren Bogen des Himmels lag sie vor mir, prächtig und wüst, eintönig und hoffnungslos. Reglos und schlaff hingen die Segel herab, selbst die Falten ihrer eingefallenen Flächen waren wie aus Granit gemeißelt. Bei meinem ungestümen Erscheinen an Deck war der Rudergänger zusammengezuckt. Hoch oben quietschte ein Block – unbegreiflich, denn was konnte die Ursache sein? Es klang wie Vogelgezwitscher. Für eine lange, lange Zeit bot ich einer leeren Welt die Stirn, die versunken war in unendlichem Schweigen, vom Sonnenschein überflutet und durchströmt, nach irgendeinem geheimnisvollen Vorsatz. Da hörte ich neben mir Ransomes Stimme.

»Ich habe Mr. Burns wieder ins Bett verfrachtet, Sir.«

»*Was* haben Sie?«

»Na ja, Sir, er hatte sich aufgerappelt, ganz plötzlich, aber als er die Kante der Koje losließ, ist er gestürzt. Ich glaube aber nicht, dass er phantasiert.«

»Nein«, sagte ich trübe, ohne Ransome anzusehen. Er wartete einen Moment; dann sagte er, behutsam, als wolle er keinen Anstoß erregen: »Ich denke nicht, dass wir viel von dem Zeug verloren haben, Sir. Ich kann es auffegen, fast alles, und die Glassplitter könnten wir aussieben. Ich werde mich sofort dranmachen. Das Frühstück verzögert sich dadurch nicht mehr als zehn Minuten.«

»Ach«, sagte ich verbittert. »Das Frühstück kann warten. Fegen Sie alles auf, und dann schmeißen Sie den verdammten Dreck über Bord!«

Das abgrundtiefe Schweigen kehrte zurück, und als ich schließlich über meine Schulter sah, war Ransome, der gescheite, gelassene Ransome, von meiner Seite gewichen. Die tiefe Einöde der See wirkte auf mein Hirn wie Gift. Als ich den Blick auf das Schiff richtete, überkam mich die morbide Vision von einem driftenden Grab. Wer hat nicht schon einmal von Schiffen gehört, die planlos auf hoher See umhertreiben, mit einer toten Mannschaft an Bord? Ich fasste den Matrosen am Ruder ins Auge, ich verspürte den Impuls, ihn anzusprechen, und er machte wirklich eine erwartungsvolle Miene, als hätte er meine Absicht erraten. Schließlich begab ich mich jedoch unter Deck, in der Hoffnung, eine Weile mit der Größe meiner Not allein zu sein. Doch als ich hinunterging, sah mich Mr. Burns durch seine geöffnete Tür und knurrte mürrisch: »Na, wie steht's, Sir?«

Ich ging hinein. »Steht überhaupt nicht gut«, erwiderte ich.

Der wieder in seine Koje beförderte Mr. Burns verbarg seine zottige Wange in einer Hand.

»Dieser verfluchte Kerl hat mir die Schere weggenommen!« – das waren seine nächsten Worte.

Die Anspannung, unter der ich litt, war so groß, dass es vielleicht auch nichts mehr ausmachte, wenn Mr. Burns jetzt zu seiner Beschwerde anhub. Er schien sehr wütend und brummte: »Denkt der, dass ich verrückt bin, oder was?«

»Ich denke nicht, Mr. Burns«, sagte ich. In jenem Moment sah ich in ihm ein Vorbild an Selbstbeherrschung. In dieser Hinsicht empfand ich sogar so etwas wie Bewunderung für den Mann, der (abgesehen von der auffallenden Materialität dessen, was von seinem Bart übrig war) dem Zustand eines körperlosen Geistes so nahe kam, wie es einem Menschen möglich ist, ohne dass er sein Leben lässt. Ich sah die unnatürliche Schärfe seines Nasenrückens, die tiefen Mulden seiner Schläfen, und ich beneidete ihn. Er war so abgezehrt, dass er wahrscheinlich sehr bald sterben würde. Beneidenswerter Mensch! Der Auslöschung so nah. Indes ich einen wahren Tumult aus gequälter Lebenskraft in mir herumtrug, ein Gemisch aus Zweifel, Verwirrung, Selbstvorwürfen und dem unbestimmten Widerwillen, mich der scheußlichen Logik der Lage zu stellen. Ich konnte nicht umhin zu murmeln: »Ich fühl mich, als würde ich selbst verrückt.«

Mr. Burns stierte mich gespenstisch an, war aber ansonsten wunderbar gefasst.

»Ich hab ja immer gedacht, er spielt uns einen tödlichen Streich«, bemerkte er mit besonderem Nachdruck auf dem *er*.

Das versetzte mir einen seelischen Schock, aber ich hatte weder die Lust noch das Herz, noch die Kraft für einen Streit. Meine Form von Krankheit war die Gleichgültigkeit. Die schleichende Lähmung durch eine hoffnungslose Lage. Daher starrte ich ihn bloß an. Mr. Burns brach aus in einen weiteren Redeschwall.

»Oder? Was? Nein! Sie glauben's nicht? Na, wie erklären Sie denn das hier? Was glauben Sie denn, wie das passiert ist?«

»Passiert?« wiederholte ich trübe. »Ja, im Namen aller Höllenmächte – wie ist das passiert?«

Wirklich, beim Nachdenken schien es unbegreiflich, dass es offenbar genau so war: die Fläschchen entleert, wieder aufgefüllt, neu verpackt und wieder eingestellt. Eine Art Komplott, ein finsterer Betrugsversuch, eine Art heimlicher Racheakt, aber wofür? … Oder eben ein teuflischer Scherz. Aber Mr. Burns war im Besitz einer Theorie. Sie war ganz einfach, und feierlich, mit hohler Stimme, gab er sie zum Besten:

»Man hat ihm wohl in Haiphong für das bisschen Pulver ungefähr fünfzehn Pfund gegeben.«

»Mr. Burns!« rief ich aus.

Er sah grotesk aus, mit dem nickenden Kopf über seinen angezogenen Beinen, die wie Besenstiele in seinen Pyjamahosen steckten, mit zwei riesigen nackten Füßen daran.

»Wieso nicht? In diesem Teil der Welt ist das Zeug ziemlich teuer, und in Tonkin war es sehr knapp. Und was hat's ihn gekümmert? Sie, Sir, haben ihn nicht gekannt. Aber ich. Und ich habe ihm getrotzt. Er fürchtete weder Gott noch den Teufel oder irgendeinen Menschen, weder den Wind noch die See, noch nicht mal sein eigenes Gewissen. Ich glaube, er hasste alles und jeden. Aber ich denke, er hatte Angst vor dem Sterben. Ich glaube, ich bin der einzige Mensch, der sich ihm jemals widersetzt hat. In der Kajüte, die jetzt Sie bewohnen, hab ich ihm, als er krank wurde, die Stirn geboten, und da hab ich ihn gründlich eingeschüchtert. Er dachte wohl, ich würde ihm den Hals umdrehen. Hätte er seinen Willen durchgesetzt, wir hätten gegen den Monsun aus Nordost aufkreuzen müssen, solange er am Leben war und auch noch danach, für immer und ewig. Ein *Fliegender Holländer* im chinesischen Meer! Ha! Ha!«

»Aber wieso sollte er denn die Fläschchen wieder genauso zurückgestellt haben …«, begann ich.

»Wieso nicht? Welchen Grund hatte er, die Fläschchen wegzuwerfen? Sie passen in die Schublade. Sie gehören in den Arzneischrank.«

»Aber sie waren eingewickelt!« rief ich.

»Na ja, das Packpapier war doch noch da. Hat's wohl aus Gewohnheit gemacht, und was die Füllung der

Fläschchen angeht, es gibt doch immer so viel Zeug in Pappschachteln, die nach einer Weile platzen. Aber dann, wer weiß? Ich nehme an, Sie haben es nicht probiert, Sir? Aber Sie sind natürlich sicher ...«

»Nein«, sagte ich. »Probiert hab ich es nicht. Und jetzt ist alles schon über Bord.«

Hinter mir sagte eine leise, vornehme Stimme: »Ich habe es probiert. Es schmeckte wie eine Mischung aus allem Möglichen, süßlich, salzig, ganz abscheulich.«

Ransome trat aus der Pantry; er hatte uns einige Zeit zugehört, und das war in seinem Fall mehr als verzeihlich.

»Ein hundsgemeiner Trick!« sagte Mr. Burns. »Ich hab immer gesagt, dass der so was macht.«

Meine Empörung kannte keine Grenzen. Auch über den gütigen, mitfühlenden Doktor! Der einzige mitfühlende Mensch, den ich je kennengelernt hatte ... Warum hatte der Mann, dieser Inbegriff edlen Mitgefühls, statt mir diesen Warnbrief zu schreiben nicht eine anständige Inspektion vorgenommen! Eigentlich aber war es wohl kaum fair, dem Doktor Vorwürfe zu machen. Die Ausstattung war in Ordnung, und so ein Arzneischrank ist eine vorschriftsmäßig eingerichtete Sache. Es gab damals wirklich keinen Grund für den kleinsten Verdacht. Der Einzige, dem ich nicht verzeihen konnte, war ich selbst. Man durfte sich auf nichts verlassen. Das Samenkorn ewiger Reue war mir in die Brust gesät.

»Es ist alles meine Schuld!« rief ich aus. »Meine ganz allein. Das fühle ich. Ich kann mir niemals verzeihen.«

»Das, Sir, ist sehr dumm«, versetzte Mr. Burns hitzig.

Und nach dieser Kraftanstrengung fiel er erschöpft zurück ins Bett. Er schloss die Augen, keuchte; diese Sache, diese abscheuliche Überraschung hatte auch ihn durchgeschüttelt. Als ich mich abwandte, merkte ich, wie Ransome mich unbewegt ansah. Er wusste, was das alles bedeutete, aber ihm gelang dennoch sein angenehmes, wehmütiges Lächeln. Dann trat er zurück in seine Pantry, und ich hastete wieder an Deck, um zu sehen, ob es etwas Wind gäbe, irgendeinen Hauch unter dem Himmel, eine Regung der Luft, ein Zeichen von Hoffnung. Wieder begegnete mir tödliche Stille. Nichts hatte sich geändert, nur stand jetzt ein anderer Mann am Ruder. Er wirkte krank. Seine ganze Gestalt hing vornüber, und er schien sich eher an die Spaken zu klammern, als sie mit festem Griff zu führen. Ich wandte mich an ihn.

»Sie sind nicht stark genug.«

«Das schaff ich schon, Sir«, sagte er matt.

Tatsächlich gab es für ihn nichts zu tun. Das Schiff machte keine Fahrt. Der Bug zeigte nach Westen, achteraus lag gut sichtbar das ewige Koh-ring, und einige Inselchen, schwarze Punkte in der gleißenden Hitze, verschwammen vor meinen gepeinigten Augen. Und außer diesen Landklecksen war nicht ein einziger Fleck am Himmel, kein Fleck auf der See, kein Fähnchen Rauch, kein Segel, kein Boot, keine Regung menschlichen Daseins, kein Zeichen von Leben, nichts!

Die erste Frage war: Was tun? Was konnte man tun? Das Erste, was man tun musste, war natürlich, es den

Männern zu sagen. Das tat ich noch am selben Tag. Ich wollte nicht, dass es sich einfach herumspricht. Ich wollte ihnen ins Gesicht sehen. Zu diesem Zweck wurden sie auf dem Achterdeck zusammengerufen. Kurz bevor ich hinaustrat, um zu ihnen zu sprechen, erkannte ich, dass das Leben schreckliche Momente bereithält. Kein geständiger Verbrecher war je von seinem Schuldgefühl derart niedergedrückt worden. Vielleicht war deshalb mein Gesicht versteinert und meine Stimme barsch und gefühllos, während ich meine Erklärung abgab, nämlich dass ich für die Kranken nichts mehr tun könne, jedenfalls keine Arznei verabreichen. Und was die noch mögliche Pflege anging, so wüssten sie ja, dass sie diese schon erhalten hatten.

Sie hätten mich völlig zu Recht in Stücke reißen können. Das auf meine Worte folgende Schweigen war fast schwerer zu ertragen als der wütendste Aufruhr. Ich fühlte mich von diesem abgrundtiefen Vorwurf wie zerschmettert. Aber es zeigte sich, dass ich mich irrte. Es kostete mich große Mühe, mit fester Stimme fortzufahren: »Männer, ich nehme an, ihr habt verstanden, was ich gesagt habe, und ihr wisst, was das bedeutet.«

Ein oder zwei Stimmen ließen sich vernehmen: »Ja, Sir … Wissen wir.«

Sie hatten nur geschwiegen, weil sie dachten, sie seien zu keiner Antwort aufgefordert; und als ich ihnen sagte, ich wolle Singapur anlaufen und die beste Chance für Schiff und Mannschaft bestehe darin, dass wir uns alle, ob krank oder gesund, gemeinsam anstrengen, sie in

Fahrt und uns hier wegzubringen, da bekam ich als Ermutigung ein zustimmendes Gemurmel und den Ausruf einer lauteren Stimme: »Bestimmt gibt's einen Weg raus aus diesem verfluchten Loch!«

Hier ist ein Ausschnitt aus den Aufzeichnungen, die ich damals machte.

»Endlich haben wir Koh-ring hinter uns gelassen. Seit Tagen bin ich wohl nicht länger als insgesamt zwei Stunden unten gewesen. Natürlich bleibe ich Tag und Nacht an Deck, und die Tage und Nächte rollen nacheinander über uns hinweg, wer kann sagen, wie lange noch? Jedes Gefühl für Zeit ist verloren gegangen, in der Eintönigkeit der Erwartung, der Hoffnung, der Sehnsucht – nur die eine: Bring das Schiff voran nach Süden! Bring das Schiff voran nach Süden! Der Effekt des Ganzen wirkt sonderbar mechanisch: Die Sonne klettert hinauf und hinunter, die Nacht schwingt sich über unsere Köpfe, als drehte jemand unterm Horizont eine Kurbel. Das ist das albernste, das zweckloseste – ... und während dieser erbärmlichen Aufführung stapfe ich auf und ab, auf und ab über das Deck. Wie viele Meilen habe ich auf der Poop dieses Schiffs schon abgewandert! Ein verstocktes Pilgern aus purer Unrast, aufgelockert durch kurze Exkursionen unter Deck, um Mr. Burns zu betrachten. Ich weiß nicht, ob es eine Illusion ist, aber er scheint mir tatsächlich von Tag zu Tag kräftiger. Viel sagt er nicht, denn unsere Lage bietet keinen Anlass für leeres Gerede. Ich beobachte das sogar bei den Männern, wenn ich sie an Deck herumgehen oder sitzen sehe. Sie reden nicht miteinander. Mir kommt der Gedanke, wenn es ein unsichtbares Ohr gibt, das alles Gewisper auf der Erde aufschnappen könnte, es findet in diesem Schiff den schweigsamsten Fleck.

Nein, Mr. Burns hat mir nicht viel zu sagen. Er sitzt da in seiner Koje, sein Kinnbart ist ab, sein Schnauzer feuerrot, und auf seiner kalkweißen Visage liegt der Ausdruck schweigsamer Entschlossenheit. Ransome berichtet mir, dass er alles, was man ihm zu essen gibt, bis auf den letzten Bissen verschlingt, dass er aber nur sehr wenig schläft. Sogar nachts, wenn ich nach unten gehe, um meine Pfeife zu stopfen, fällt mir auf, dass er noch immer sehr entschlossen aussieht, obwohl er flach auf dem Rücken vor sich hin döst. Der Seitenblick, den er mir zuwirft, wenn er wach ist, wirkt so, als ärgere er sich, dass man ihn bei einer schweren geistigen Operation unterbricht; und wenn ich dann an Deck trete, trifft mein Blick wieder auf das wohlgeordnete Arrangement der Sterne, wolkenlos, unendlich langweilig. Da liegt alles vor mir: Sterne, Sonne, Meer, Licht und Finsternis, der Weltraum, die großen Wasser, das ganze formidable Werk der sieben Tage, in das die Menschheit offenbar ungefragt hineingestolpert ist. Oder hineingelockt wurde. So wie man mich hineingelockt hat in dieses furchtbare, dieses vom Tod verfolgte Kommando.«

Nachts kam der einzige Lichtpunkt auf dem Schiff von den Kompasslampen, die die Gesichter der sich abwechselnden Rudergänger erleuchteten; ansonsten waren wir verloren in der Finsternis, ich, der ich auf der Poop hin und her ging, und die an Deck herumliegenden Männer. Sie waren alle durch die Krankheit so entkräftet, dass keine Wachen eingeteilt werden konnten. Die noch zu gehen imstande waren, blieben die ganze Zeit im Dienst und lagen irgendwo auf dem Hauptdeck im Schatten, bis sie meine für einen Befehl erhobene Stimme traf und sie sich aufrappelten, ein taumelndes Grüppchen auf geschwächten Beinen, das sich duldsam, fast ohne jedes Gemurmel, ohne Geflüster, über das Schiff schleppte. Und jedes Mal, wenn ich meine Stimme erheben musste, packten mich Reue und Mitleid.

Dann, gegen vier Uhr morgens, glomm vorn in der Kombüse ein Licht auf. Der unentwegte Ransome mit dem unruhigen Herzen, gefeit, gelassen und geschäftig, bereitete den ersten Kaffee für die Männer. Bald brachte er mir eine Tasse auf die Poop, und erst danach gestattete ich mir, mich in meinen Decksstuhl fallen zu lassen, für ein paar Stunden echten Schlaf. Ich muss ganz sicher immer wieder kurz eingenickt sein, wenn ich mich aus purer Erschöpfung einen Moment gegen die Reling gelehnt hatte; ehrlich gesagt wurde mir das aber nur durch jenes krampfartige Zucken peinlich bewusst, das mich offenbar sogar dann überkam, wenn ich umherging. Ungefähr von fünf bis nach sieben pflegte ich jedoch ganz offen zu schlafen, unter den schwindenden Sternen.

»Wenn nötig, rufen Sie mich«, pflegte ich dem Rudergänger zu sagen, fiel dann in den Stuhl und schloss die
Augen mit dem Gefühl, es gebe für mich keinen Schlaf
mehr auf der ganzen Erde. Und danach wusste ich nichts
mehr, bis mich, irgendwann zwischen sieben und acht,
jemand leise an der Schulter berührte, und dann sah ich,
aufblickend, in Ransomes Gesicht, das mit dem schwachen, wehmütigen Lächeln und den freundlichen grauen
Augen so wirkte, als sei er fast zärtlich vergnügt über meinen Schlummer. Gelegentlich kam beim ersten Morgenkaffee der Zweite Offizier an Deck und löste mich ab.
Doch das war eigentlich nicht nötig. Meist herrschte totale Flaute, oder es gab nur ein derart schwaches und un-
beständiges Lüftchen, dass es nicht lohnte, auch nur eine
Brasse anzurühren. Wenn das Lüftchen einmal etwas stetiger wehte, konnte man sich darauf verlassen, dass der
Matrose am Ruder seinen Warnruf ausstieß: »Alles steht
back, Sir!« Und wie ein Trompetenstoß ließ mich das
einen Fuß hoch aufspringen vom Deck. Diese Worte hätten mich, wie mir schien, auch aus ewigem Schlaf aufspringen lassen. Aber das passierte nicht oft. Nie habe ich
seitdem derart windstille Sonnenaufgänge erlebt. Und
wenn der Zweite dann zufällig an Deck war (er war meist
nur einen von drei Tagen fieberfrei), sah ich ihn sozusagen halb bewusstlos auf dem Oberlicht hocken, seinen
Blick stumpfsinnig auf irgendeinen nahen Gegenstand
gerichtet, ein Tau, eine Klampe, einen Belegnagel, einen
Ringbolzen.

Dieser junge Mann war mir eine ziemliche Last. In seinem Leiden blieb er welpenhaft. Er war inzwischen offenbar vollkommen schwachsinnig; wann immer ein erneuter Fieberanfall ihn hinunter in seine Kajüte getrieben hatte, war er dort schon bald nicht mehr zu finden. Als dies zum ersten Mal passierte, waren Ransome und ich sehr alarmiert. Wir gingen still und heimlich auf die Suche, und schließlich fand Ransome ihn zusammengerollt in der Segellast, die sich über eine Schiebetür zur Lobby öffnen ließ. Als ich ihn tadelte, murmelte er mürrisch: »Ist doch kühl hier drinnen.« Das stimmte nicht. Es war da drinnen nur dunkel.

Die grundsätzlichen Mängel seines Gesichts wurden durch seine gleichmäßig fahle Farbe nicht gerade gebessert. Bei den meisten Männern war das anders. Die Auszehrung durch die Krankheit schien den allgemeinen Ausdruck ihrer Züge noch zu idealisieren, indem sie bei einigen eine ungeahnte Würde enthüllte und bei anderen innere Stärke; in einem Fall erzeugte sie sogar einen geradezu komischen Anblick. Es handelte sich dabei um einen kleinen, rührigen Rotschopf mit Nase und Kinn vom Typus Punch, den seine Kameraden »Frenchy« nannten. Warum, weiß ich nicht. Vielleicht war er Franzose; allerdings hatte ich nie ein einziges französisches Wort von ihm gehört.

Es lag etwas Tröstliches darin, wie er nach achtern kam, um das Steuer zu übernehmen. Die blauen Hosen aus Dungaree bis zur Wade aufgekrempelt, das eine Bein ein wenig höher als das andere, das saubere, karierte Hemd, die weiße, erkennbar selbstgemachte Leinenmütze – all das machte insgesamt einen sonderbar flotten Eindruck, und die beharrlich beschwingte Munterkeit seines Gangs bezeugte, sogar wenn der arme Kerl ins Taumeln kam, seinen unbezwingbaren Charakter. Dann gab es noch einen Mann namens Gambril. Er war der einzige Graukopf an Bord. Sein Gesicht hatte etwas vom Typus des Asketen. Doch obwohl ich mich an all die Gesichter derer erinnere, die da vor meinen Augen auf so tragische Weise dahinsiechten, sind mir doch die meisten ihrer Namen aus dem Gedächtnis geschwunden.

Wir wechselten nur wenige Worte, und in Anbetracht der Lage waren sie eher kindisch. Ich musste mich zwingen, den Männern ins Gesicht zu sehen. Ich erwartete, vorwurfsvolle Blicke zu ernten. Aber die gab es nicht. Allerdings war der leidende Ausdruck in ihren Augen schon schwer genug zu ertragen. Dafür konnten sie jedoch nichts. Abgesehen davon frage ich mich noch immer, ob es der Gleichmut ihrer Seele war oder ihre mitfühlende Phantasie, was sie so wunderbar machte, so sehr meiner unvergänglichen Hochachtung wert.

Was mich anging, so war weder meine Seele besonders gleichmütig noch hatte ich meine Phantasie richtig unter Kontrolle. Es gab Momente, in denen es mir so vorkam, ich würde verrückt werden, ja, ich sei sogar schon verrückt geworden, und so wagte ich den Mund nicht mehr aufzumachen, aus Angst, mich durch ein irres Gekreisch zu verraten. Zum Glück musste ich nur Befehle geben, und ein Befehl hat auf den, der ihn geben muss, einen beruhigenden Einfluss. Zudem war der Seemann, der diensthabende Offizier in mir, bei völlig klarem Verstand. Ich war wie ein verrückter Zimmermann, der eine Kiste herstellt. Selbst wenn er fest davon überzeugt wäre, der König von Jerusalem zu sein, die von ihm hergestellte Kiste wäre dennoch eine vernünftige Kiste. Ich fürchtete nur, dass mir unwillkürlich ein schriller Ton entschlüpfen und ich mein Gleichgewicht verlieren würde. Zum Glück gab es, wie gesagt, keinen Grund, die Stimme zu erheben. Die brütende Stille der Welt um uns war wie eine Flüstergalerie, die noch den leisesten Laut weiterleitet. Der bloße Gesprächston trug ein Wort fast von einem zum anderen Ende des Schiffs. Es war schrecklich, dass die einzige Stimme, die ich vernahm, meine eigene war. Besonders bei Nacht hallte sie einsam wider zwischen den reglosen Flächen der Segel.

Mr. Burns, der mit dem Ausdruck heimlicher Entschlossenheit immer noch das Bett hütete, geruhte, sich grummelnd über allerlei Dinge zu beschweren. Wir führten zwar nur kurze, fünfminütige Gespräche, diese aber ziemlich oft. Wieder und wieder tauchte ich nach unten ab, um meine Pfeife anzubrennen, obwohl ich zu jener Zeit nicht viel Tabak verbrauchte. Stets ging mir die Pfeife aus; ich war wahrhaftig nicht gefasst genug, um anständig rauchen zu können. Ich hätte während der 24 Stunden eines Tages fast genauso gut Streichhölzer an Deck anzünden und hochhalten können, bis mir die Flamme die Finger versengte. Aber ich rannte immer nach unten. Es war eine Abwechslung. Es war die einzige Pause in der unaufhörlichen Anspannung, und Mr. Burns sah mich durch seine geöffnete Tür natürlich jedes Mal kommen und gehen.

Mit seinen bis zum Kinn hochgezogenen Knien, über die seine grünlichen Augen hinwegstarrten, machte er eine unheimliche Figur, die auf mich, ich kannte ja die wahnhaften Vorstellungen in seinem Kopf, nicht sehr anziehend wirkte. Dennoch musste ich dann und wann mit ihm reden, und eines Tage beklagte er sich, das Schiff sei so still. Stunden über Stunden, sagte er, liege er da und höre keinen Laut, bis er nicht mehr wüsste, was er noch mit sich anfangen solle.

»Wenn Ransome vorn in seiner Kombüse ist, dann ist alles so still, dass man glaubt, jeder an Bord ist schon tot«, grummelte er. »Ihre Stimme, Sir, ist die einzige, die ich manchmal höre, und das ist nicht genug, um mich aufzuheitern. Was ist bloß los mit den Männern? Gibt's keinen mehr, der beim Holen aufsingen kann?«

»Keinen einzigen, Mr. Burns«, sagte ich. »Dafür hat hier keiner an Bord mehr genug Luft. Sind Sie sich darüber im Klaren, dass ich für die Arbeit manchmal nicht mehr als drei Leute auftreiben kann?«

Rasch, aber ängstlich fragte er zurück:

»Noch keiner tot, oder, Sir?«

»Nein.«

»Geht auf keinen Fall!« erklärte Mr. Burns heftig. »Darf man nicht zulassen! Kriegt er einen, kriegt er sie alle.«

Darauf entfuhr mir ein wütender Schrei. Ich habe, glaube ich, die verstörende Wirkung dieser Worte sogar verflucht. Sie waren ein Angriff gegen den ganzen Rest an

Selbstbeherrschung, der mir noch geblieben war. Während meiner endlosen Wache im Angesicht des Feindes hatten mich genug gruselige Bilder heimgesucht, Visionen von einem in Flauten driftenden, in leichten Brisen taumelnden Schiff, mit einer Mannschaft, die langsam dahinsiechend an Deck liegt. Man wusste, so etwas war schon passiert.

Mr. Burns begegnete meinem Ausbruch mit geheimnisvollem Schweigen.

»Schauen Sie«, sagte ich. »Sie glauben doch selbst nicht, was Sie da sagen. Das können Sie gar nicht! Es ist doch unmöglich! Ich kann von Ihnen wohl zu Recht etwas anderes erwarten. Meine Lage ist ohnehin schlecht genug. Ich will mich nicht auch noch mit Ihren albernen Phantasien herumplagen.«

Er blieb völlig reglos. Wegen des Lichtes, das von oben auf seinen Kopf fiel, konnte ich nicht sicher sein, ob er schwach gelächelt hatte oder nicht. Ich änderte meinen Ton.

»Hören Sie. Die Lage ist langsam verzweifelt, darum hab ich für einen Moment überlegt, ob ich nicht, nach Süden geht's ja nicht voran, westwärts steuern und den Versuch machen sollte, die Route des Postschiffs zu erreichen. Dann könnten wir von ihm wenigstens etwas Chinin bekommen. Was meinen Sie?«

Da schrie er auf: »Nein, nein, nein! Tun Sie das nicht, Sir. Sie dürfen es nicht für einen Moment aufgeben, dem alten Schuft die Stirn zu bieten! Wenn Sie das tun, dann kriegt er uns alle unter!«

Ich ließ ihn allein. Er war unmöglich. Wie besessen. Allerdings war sein Widerspruch eigentlich recht vernünftig. Meine Idee, westwärts anzuliegen in der Hoffnung, einen dieser problematischen Dampfer zu sichten, konnte keiner ruhigen Überprüfung standhalten. An unserer Seite des Golfs hatten wir jedenfalls ab und an genug Wind, um uns nach Süden vorwärts zu kämpfen. Jedenfalls genug, um die Hoffnung am Leben zu halten. Aber angenommen, ich hätte jene launischen Windstöße genutzt, um westwärts zu segeln, in eine Gegend, wo tagelang kein Lufthauch ging, was dann? Vielleicht würde meine grauenhafte Vision von einem umherdriftenden Schiff mit einer toten Mannschaft Realität, eine höchst reale Entdeckung, Wochen später, für ein paar vom Grauen gepackte Seeleute.

An jedem Nachmittag brachte mir Ransome ein Tasse Tee, und während er, das Tablett in der Hand, dastand und wartete, bemerkte er mit der genau richtigen Prise Mitgefühl:

»Sie halten sich sehr gut, Sir.«

»Ja«, sagte ich. »Sie und ich sind offenbar vergessen worden.«

»Vergessen, Sir?«

»Ja, vom Fieberteufel, der an Bord dieses Schiffes geschlichen ist«, entgegnete ich.

Ransome bedachte mich mit einem seiner raschen, gescheiten, anziehenden Blicke und entfernte sich mit seinem Tablett. Mir fiel auf, dass meine Worte ein wenig nach Mr. Burns geklungen hatten. Das ärgerte mich. In finsteren Momenten jedoch vergaß ich mich öfter und verfiel angesichts unserer Probleme in eine Haltung, die besser zum Kampf gegen einen leibhaftigen Feind gepasst hätte.

Ja. Der Fieberteufel hatte seine Hand noch nicht an Ransome oder an mich gelegt. Aber das konnte er jederzeit. Und dies war einer dieser Gedanken, die man unbedingt niederkämpfen, die man auf Armlänge von sich weghalten musste, koste es, was es wolle. Die Möglichkeit auch nur zu erwägen, Ransome, der Haushalter des Schiffs, könne auch umgeworfen werden, war unerträglich. Und was würde aus meinem Kommando werden, wenn es mich packen würde, da Mr. Burns vor Schwäche nicht stehen konnte, ohne sich an seiner Bettstatt festzuhalten, und der Zweite das Stadium ständigen Schwachsinns erreicht hatte? Es war unmöglich, sich das vorzustellen – oder besser: es war nur allzu leicht möglich.

Ich war allein auf der Poop. Das Schiff machte keine Fahrt; ich hatte den Rudergänger weggeschickt, damit er sich im Schatten irgendwo hinsetzen oder hinlegen konnte. Die Kräfte der Männer waren derart geschwunden, dass man alle unnötigen Anstrengungen vermeiden musste. Es war der asketische Gambril mit seinem grauen Bart. Er trat gern vom Ruder weg, war aber von wiederholten Fieberschüben so geschwächt, der arme Kerl, dass er sich, um die Stufenleiter der Poop hinunterzusteigen, seitwärts drehen und das Messinggeländer mit beiden Händen umklammern musste. Das zu sehen brach einem das Herz. Dabei ging es ihm weder sehr viel schlechter noch viel besser als den meisten jener sechs elenden Geschöpfe, die ich noch an Deck beordern konnte.

Der Nachmittag war schrecklich still und leblos. Seit mehreren Tagen waren in der Ferne niedrige Wolken aufgetaucht, weiße Klumpen mit dunklen Adern; reglos, beinah massiv ruhten sie auf dem Wasser, und dennoch veränderten sie die ganze Zeit heimlich und leise ihr Aussehen. Gegen Abend verschwanden sie in der Regel. An diesem Tag aber warteten sie auf die untergehende Sonne, die mürrisch hinter ihnen glühte und schwelte, bevor sie versank. Pünktlich erschienen wieder die langweiligen Sterne über unseren Masttoppen; die Luft jedoch blieb stickig und drückend.

Der unentwegte Ransome entzündete die Kompasslampen und glitt wie ein Schatten an mich heran.

»Wollen Sie nicht hinuntergehen und versuchen, etwas zu essen, Sir?« fragte er sanft.

Seine leise Stimme ließ mich zusammenfahren. Ich hatte an der Reling gestanden, hinausgestarrt, nichts gesagt, nichts gespürt, noch nicht einmal die Müdigkeit in allen Gliedern, überwältigt vom bösen Bann.

»Ransome?« fragte ich abrupt. »Seit wann bin ich hier an Deck? Ich verliere bald jedes Gefühl für die Zeit.«

»Seit vierzehn Tagen, Sir«, entgegnete er. »Letzten Montag war es zwei Wochen her, dass wir Anker gehievt haben.«

Seine gleichförmige Stimme klang irgendwie bekümmert. Er wartete eine Weile und sagte dann: »Zum ersten Mal sieht's so aus, als ob wir etwas Regen bekämen.«

Da erst bemerkte ich den breiten Schatten am Horizont, der die tiefstehenden Sterne vollkommen ausgelöscht hatte, während jene weiter oben, als ich aufsah, auf uns herabschienen wie durch einen Rauchschleier.

Ich konnte nicht sagen, wie dieser Schatten dorthin gekommen, wie er derart hoch gekrochen war. Er wirkte unheilvoll. Kein Lüftchen regte sich. Nach einer erneuten Einladung Ransomes ging ich tatsächlich hinunter in die Kajüte, um – mit seinen Worten – »zu versuchen, etwas zu essen«. Ich glaube nicht, dass der Versuch sehr erfolgreich war. In jener Zeit habe ich mich wohl durch die übliche Nahrungsaufnahme am Leben gehalten; jetzt aber sagt mir meine Erinnerung, dass ich damals von unbezwingbarer Qual lebte, einer sozusagen höllischen Stimulanz, erregend und verzehrend zugleich.

Es war die einzige Zeit in meinem Leben, in der ich ein Tagebuch zu führen versuchte. Nein, nicht die einzige. Jahre später, unter den Bedingungen seelischer Vereinsamung, schrieb ich die Gedanken und Ereignisse von ungefähr zwanzig Tagen nieder. Aber das jetzt war das erste Mal. Ich weiß nicht, wie es dazu kam, wie Notizbuch und Bleistift in meine Hände gerieten. Undenkbar, dass ich bewusst nach ihnen gesucht hätte. Sie haben mich wahrscheinlich vor dem verrückten Trick bewahrt, Selbstgespräche zu führen.

Es ist seltsam: In beiden Fällen griff ich zu dieser Möglichkeit, unter Umständen, aus denen ich nicht erwartete, »heil herauszukommen«, wie man so sagt. Auch konnte ich nicht erwarten, dass meine Aufzeichnungen mich überdauern würden. Das belegt, dass sie einem rein persönlichen Bedürfnis nach innerer Erleichterung entstammten, keiner Selbstgefälligkeit.

Hier muss ich einen weiteren Auszug davon einfügen: ein paar Zeilen, die mir heute sehr gespenstisch vorkommen, aus dem Abschnitt, den ich an genau jenem Abend hinkritzelte.

»Am Himmel geht etwas vor, es ist wie eine Zersetzung, wie eine Vergiftung der Luft, die so still steht wie eh. Letzten Endes nur Wolken; die können Wind und Regen bringen – oder auch nicht. Sonderbar, dass mich das so beunruhigt. Mir kommt es vor, als hätten mich alle meine Sünden gefunden. Aber das Problem ist wohl, dass das Schiff so reglos daliegt, manövrierunfähig; und dass ich nichts dagegen tun kann, dass meine Phantasie mit mir durchgeht und sich die verheerendsten Bilder ausmalt, was uns schlimmstenfalls widerfahren kann. Was wird passieren? Wahrscheinlich nichts. Oder alles. Vorweg vielleicht eine wütende Bö, mit voller Wucht von vorn. Und an Deck höchstens fünf Männer, mit Saft und Kraft von, sagen wir, zweien. Vielleicht reißt es uns alle Segel weg. Das Schiff trägt ja jeden Fetzen Leinwand, seit wir in der Mündung des Mae Nam Anker-auf gingen, vor fünfzehn Tagen … oder fünfzehn Jahrhunderten. Mein ganzes Leben vor diesem folgenschweren Tag scheint mir unendlich weit entfernt, eine verblassende Erinnerung unbekümmerter Jugend; etwas auf der anderen Seite eines

Schattens. Ja, gut möglich, dass es uns die Segel wegreißt. Und das wäre für die Männer das Todesurteil. Wir haben nicht genug Kräfte an Bord, um einen neuen Satz anzuschlagen; unglaublicher Gedanke, aber wahr. Oder wir verlieren die Masten. Es sind schon Schiffe in Böen entmastet worden, nur weil ihr Rigg nicht schnell genug bedient werden konnte, und wir haben keine Kraft, um die Rahen herumzuwerfen. Es ist, als würde man an Händen und Füßen gefesselt, bevor sie einem die Kehle durchschneiden. Und was mich am meisten entsetzt, ich weiche davor zurück, an Deck zu gehen und ihm die Stirn zu bieten. Ich schulde es dem Schiff, ich schulde es den Männern da oben an Deck – einige von ihnen sind bereit, auf ein Wort von mir den letzten Rest ihrer Kraft zu opfern. Und ich schrecke davor zurück. Vor der bloßen Vorstellung. Mein erstes Kommando. Jetzt verstehe ich dieses seltsame Gefühl von Unsicherheit in meinem früheren Leben. Ich hatte schon immer den Verdacht, dass ich nichts tauge. Und hier ist der Beweis. Ich weiche aus. Ich tauge nichts.«

In diesem Moment, oder vielleicht im Moment danach, wurde mir bewusst, dass Ransome in der Kajüte stand. Etwas in seiner Miene ließ mich zusammenzucken. Ich konnte nicht sehen, was es bedeutete. Ich rief:

»Einer ist tot!«

Jetzt zuckte er seinerseits zusammen.

»Tot? Nicht, dass ich wüsste, Sir. Ich war gerade erst vor zehn Minuten in der Back, und da war kein Toter.«

»Sie haben mir einen gehörigen Schreck eingejagt«, sagte ich.

Es war eine Wohltat, seiner angenehmen Stimme zu lauschen. Er erklärte, er sei heruntergekommen, um für den Fall, dass es regne, Mr. Burns' Bullauge backbords zu schließen. Er habe nicht gewusst, dass ich in der Kajüte sei, fügte er hinzu.

»Wie sieht's draußen aus?« fragte ich ihn.

»Wirklich pechschwarz, Sir. Da kommt ganz sicher was auf uns zu.«

»Welche Richtung?«

»Ringsum, Sir.«

»Ringsum. Ganz sicher«, wiederholte ich träge, die Ellbogen auf den Tisch gestützt.

Ransome verweilte noch in der Kajüte, als hätte er hier noch etwas zu tun, zögere aber, sich daranzumachen. Unvermittelt fragte ich ihn:

»Denken Sie, ich sollte an Deck sein?«

Er antwortete prompt, aber ohne Nachdruck oder Betonung: »Ich denke ja, Sir.«

Ich sprang auf, und er machte mir Platz. Als ich durch die Lobby ging, hörte ich die Stimme von Mr. Burns:

»Steward, schließen Sie bitte meine Tür, ja?« Und Ransomes erstauntes »Aber sicher, Sir«.

Ich dachte, all meine Empfindungen seien inzwischen bis zur völligen Gleichgültigkeit abgestumpft. Aber es war so quälend wie zuvor, an Deck zu sein. Die undurchdringliche Schwärze lagerte sich so dicht um das Schiff, dass es schien, als berühre man, streckte einer die Hand über Bord, irgendeine übernatürliche Substanz. Die Wirkung war unvorstellbar grauenhaft und unsagbar geheimnisvoll. Das trübe Licht der wenigen Sterne über uns fiel – kein Schimmer lag auf dem Wasser – allein auf das Schiff; seine einzelnen Strahlen durchdrangen eine Atmosphäre, die in Ruß verwandelt schien. So etwas hatte ich noch nie gesehen; es gab keinen Hinweis für die Richtung, aus der sich eine Änderung ergeben würde; die Bedrohung näherte sich von allen Seiten.

Noch immer stand niemand am Ruder. Alles verharrte in völliger Reglosigkeit. War die Luft jetzt schwarz geworden, so hatte sich die See, allem Anschein nach, in eine feste Masse verwandelt. Es taugte nichts, in jede Richtung zu spähen, nach irgendeinem Zeichen Ausschau zu halten, zu spekulieren, wie nah der kritische Moment war. Wenn es so weit war, würde die Schwärze das bisschen Sternenlicht, das auf das Schiff fiel, lautlos ersticken, und dann wäre das Ende aller Dinge gekommen, ohne jeden Seufzer, ohne Regung, ohne ein Wispern, und alle unsere Herzen würden zu schlagen aufhören wie abgelaufene Uhren.

Dieses Gefühl von Endgültigkeit abzuschütteln war unmöglich. Die Ruhe, die mich überkam, war wie der Vorgeschmack der Vernichtung. Sie wirkte beinah tröstlich, als hätte sich meine Seele plötzlich ausgesöhnt mit einer Ewigkeit aus blinder Stille.

In meiner seelischen Auflösung blieb allein der Instinkt des Seemanns intakt. Ich stieg die Leiter zum Achterdeck hinab. Noch ehe ich unten ankam, schien das

Licht der Sterne zu verlöschen, doch als ich ruhig fragte: »Seid ihr da, Männer?«, konnte ich schattenhafte Gestalten ausmachen, die sich – sehr wenige, sehr undeutlich – um mich her regten, und eine Stimme sagte: »Alle hier, Sir.« Eine andere berichtigte bekümmert:

»Alle, die noch was taugen, Sir.«

Beide Stimmen klangen sehr ruhig und unaufgeregt, weder besonders bereitwillig noch besonders mutlos. Sehr nüchterne Stimmen.

»Wir müssen versuchen, das Großsegel aufzugeien, dicht unter die Rah«, sagte ich.

Die Schatten schwankten wortlos von mir weg. Die Männer waren nur noch gespenstische Trugbilder ihrer selbst, und ihr Gewicht an einem Tau war nicht größer als das eines Bündels von Gespenstern. Wirklich, wenn je ein Segel durch bloße geistige Anstrengung aufgegeit wurde, so ist es dieses Segel gewesen, denn eigentlich gab es für diese Aufgabe auf dem gesamten Schiff nicht genug Muskelkraft, zu schweigen von dem erbärmlichen Häuflein an Deck. Natürlich übernahm ich bei der Arbeit die Führung. Stolpernd und keuchend tappten sie von Tau zu Tau hinter mir her. Sie kämpften wie Titanen. Wir brauchten mindestens eine volle Stunde, und die ganze Zeit gab das schwarze Universum keinen Laut. Als die letzte Gording belegt war, konnten meine Augen, die sich an die Dunkelheit gewöhnt hatten, die Umrisse erschöpfter Männer ausmachen, die über der Reling hingen und auf den Lukendeckeln zusammengebrochen waren. Einer lag über dem Achterspill und schnappte schluchzend nach Luft. Und wie ein Turm an Kraft stand ich mitten unter ihnen, gefeit gegen Siechtum und nur die Krankheit meiner Seele fühlend. Ich wartete eine Weile, kämpfte gegen das Gewicht meiner Sünden, gegen das Gefühl meiner Wertlosigkeit; und dann sagte ich:

»Und jetzt, Männer, gehen wir nach achtern und brassen die Großrah vierkant. Das ist so ziemlich alles, was wir für das Schiff tun können; ansonsten muss sie jetzt selbst ihr Glück versuchen.«

Als wir alle auf die Poop stiegen, fiel mir ein, dass wir ja einen Mann am Ruder brauchten. Ich erhob meine Stimme zu kaum mehr als einem Flüstern, und lautlos erschien im Lichtkegel achtern ein klagloser Geist in fieberverzehrtem Körper, der hohläugige Kopf hell gegen die Schwärze, die unsere Welt geschluckt hatte – und das Universum. Sein nackter Unterarm, der über die oberen Spaken hinausragte, schien wie von selbst zu leuchten.

Ich murmelte zu dieser lichten Erscheinung hinüber:

»Ruder mittschiffs halten.«

Sie antwortete im Ton geduldigen Leidens:

»Mittschiffs, Sir.«

Dann stieg ich hinab zum Achterdeck. Es war unmöglich vorherzusagen, woher der Schlag kommen würde. Blickte man sich um auf dem Schiff, dann blickte man in den bodenlosen schwarzen Abgrund. Das Auge verlor sich in unvorstellbaren Tiefen.

Ich wollte mich vergewissern, ob die Taue nicht mehr an Deck herumlagen. Das war nur herauszufinden, indem man mit den Füßen tastete. Während ich mich behutsam voranarbeitete, stieß ich auf einen Mann, in dem ich Ransome erkannte. Er besaß jene unverminderte körperliche Festigkeit, die ich bei der ersten Berührung spürte. Er hatte sich ans Achterspill gelehnt; dort verharrte er schweigend. Es war wie eine Offenbarung. Er war die zusammengebrochene Gestalt gewesen, die schluchzend nach Luft geschnappt und die ich bemerkt hatte, bevor wir auf die Poop stiegen.

»Sie haben beim Großsegel mitgeholfen!« rief ich leise.

»Ja, Sir.« Seine Stimme klang ruhig.

»Mensch! Was haben Sie sich dabei gedacht! So was dürfen Sie nicht machen!«

Nach einer Pause pflichtete er mir bei: »Ja, darf ich wohl nicht.« Dann ergänzte er, nach einem weiteren, kurzen Schweigen, rasch, zwischen verräterisch keuchenden Atemzügen: »Jetzt geht's mir gut.«

Ich konnte niemand sonst sehen oder hören; als ich jedoch meine Stimme erhob, vernahm ich ein trauriges Antwortgemurmel auf dem Achterdeck, und verschiedene Schatten schoben sich hierhin und dorthin. Ich befahl, alle Fallen zu klarieren und an Deck aufzuschießen.

«Ich kümmere mich drum, Sir«, erbot sich Ransome in seinem natürlichen, angenehmen Tonfall, was mich tröstete und irgendwie auch mein Mitleid weckte.

Der Mann gehörte eigentlich ins Bett, um sich auszuruhen, und es war eindeutig meine Pflicht, ihn dorthin zu schicken. Aber er hätte mir vielleicht nicht gehorcht. Ich hatte nicht genug Willenskraft, es zu versuchen.

Ich sagte also nur:

»Lassen Sie's ruhig angehen, Ransome.«

Ich kehrte zurück auf die Poop und trat zu Gambril. Sein Gesicht, in dem das Licht tiefe Schatten warf, sah schrecklich aus, wie für immer zum Schweigen gebracht. Ich fragte, wie er sich fühle, erwartete jedoch eigentlich keine Antwort. Daher war ich erstaunt, dass seine Antwort ziemlich gesprächig ausfiel.

»Dies Geschlotter macht mich schwach wie 'n Kätzchen, Sir«, sagte er und nahm die Haltung eines echten Rudergängers an, der sich um nichts kümmert als um seine Aufgabe. »Und eh ich wieder obenauf bin, da kommt noch solche Hitzewelle, und die haut mich wieder um.«

Er seufzte. Es lag keinerlei Anklage in seiner Stimme, aber die bloßen Worte reichten mir für einen schrecklichen Anfall von Selbstvorwürfen. Die ließen mich für eine Weile verstummen. Als dieses quälende Gefühl abgeebbt war, fragte ich:

»Fühlen Sie sich stark genug, um zu verhindern, dass das Ruder sich selbständig macht, wenn wir achteraus laufen? Wir können uns jetzt nicht leisten, dass etwas am Rudergeschirr zu Bruch geht. Wir haben schon genug Schwierigkeiten.«

Er antwortete, mit einem ganz leichten Anflug von Müdigkeit, er sei stark genug, um durchzuhalten. Er könne mir versprechen, das Schiff werde ihm das Steuer nicht aus der Hand nehmen. Mehr könne er nicht sagen.

In diesem Moment erschien Ransome dicht neben mir, trat plötzlich aus der Finsternis ins Licht, wie gerade erst erschaffen, mit seinem gelassenen Gesicht und der angenehmen Stimme.

Jedes Tau an Deck, sagte er, sei klariert und aufgeschossen, soweit man das durch bloßes Tasten sicherstellen könne. Es sei unmöglich, irgendetwas zu sehen. Frenchy habe vorn Position bezogen. Er behaupte, er habe immer noch ein wenig Schwung im Leib.

Dabei verwandelte ein schwaches Lächeln die klare, feste Linie von Ransomes Lippen. Er war mit seinen ernsten, klaren grauen Augen und seinem gelassenen Temperament ein ganz und gar unschätzbarer Mann; seine Seele so stark wie die Muskeln seines Leibes.

Er war der Einzige an Bord, auf dessen Muskelkraft man sich noch verlassen konnte (mich ausgenommen, aber ich brauchte Bewegungsfreiheit). Für einen Moment überlegte ich, ihn zu bitten, dass er das Ruder übernahm. Aber das schreckliche Wissen um den Feind, den er mit sich herumtrug, ließ mich zaudern. In meiner Unkenntnis der Physiologie kam mir der Gedanke, er könnte in einem kritischen Augenblick vor Aufregung plötzlich tot umfallen.

Während diese gruselige Furcht die Worte, die mir schon auf der Zunge lagen, zurückhielt, trat Ransome zwei Schritte von mir weg und war aus meinem Gesichtskreis entschwunden.

Sofort befiel mich eine große Unruhe, als hätte man mir eine Stütze entzogen. Auch ich trat aus dem Lichtkreis in die Finsternis, die vor mir stand wie eine Wand. Mit einem Schritt drang ich in sie ein. So muss sie sich angefühlt haben, die Finsternis vor Erschaffung der Welt. Sie hatte sich hinter mir geschlossen. Ich wusste, für den Rudergänger war ich unsichtbar. Auch ich konnte nichts sehen. Er war allein, ich war allein, jeder Mann war allein, wo er stand. Und auch jeder Gegenstand war verschwunden, Spiere, Segel, Fittings, Reling – alles war ausgelöscht in der entsetzlich weichen Glätte dieser absoluten Nacht.

Ein Blitz wäre jetzt eine Erleichterung gewesen – in physischer Hinsicht, meine ich. Ich hätte darum gebetet, wäre ich innerlich nicht schon vor dem Donner zusammengezuckt. In dem quälend gedehnten Schweigen kam es mir so vor, als müsste mich das erste Krachen in Staub verwandeln.

Und sehr wahrscheinlich würde der Donner gleich losbrechen. Steif an allen Gliedern und beinah ohne Luft zu holen, verharrte ich in grauenhaft gespannter Erwartung. Nichts geschah. Ich wurde fast wahnsinnig, doch ein wachsender Schmerz in meiner unteren Gesichtshälfte machte mir bewusst, dass ich wirklich wie ein Wahnsinniger mit den Zähnen geknirscht hatte, Gott weiß, wie lange schon.

Es ist eigenartig, dass ich das nicht gehört hatte, aber so war es. Mit einer Gewalt, die meine ganze Geisteskraft erforderte, schaffte ich es, meine Kiefer stillzuhalten. Das beschäftigte mich eine Weile, dann aber verstörte mich ein seltsames, unregelmäßiges, schwach tappendes Geräusch an Deck. Das Tappen kam vereinzelt, paarweise und dicht hintereinander. Während ich mich noch über dies geheimnisvoll teuflische Treiben wunderte, traf mich ein leichter Schlag unter dem linken Auge, und ich spürte, wie mir eine riesige Träne die Wange hinunterrann. Regentropfen! Riesige. Vorboten von irgendetwas. Tapp. Tapp. Tapp …

Ich drehte mich um und ermahnte Gambril, flehte ihn beinah an, das Steuer »mit aller Kraft« festzuhalten. Aber ich konnte kaum sprechen vor Erregung. Der entscheidende Moment war da. Ich hielt den Atem an. Das Tappen hatte genauso unerwartet aufgehört, wie es begonnen hatte, und wieder folgte ein Moment unerträglicher Anspannung, wie bei einer erneuten Drehung der Schraube in der Folter. Ich glaube nicht, dass ich aufgeschrien hätte, aber ich erinnere mich noch an meine Überzeugung, dass man nichts tun konnte als schreien.

Plötzlich aber – ja, wie soll ich es ausdrücken? Nun, plötzlich verwandelte sich die Finsternis in Wasser. Das ist der einzig angemessene Ausdruck. Ein schwerer Schauer, ein Wolkenbruch kündigt sich an durch ein Geräusch. Man hört sein Herannahen auf der See und auch, wie ich fest glaube, in der Luft. Aber dies hier war anders. Ohne einleitendes Gewisper oder Geraschel, ohne ein Platschen, ja sogar ohne jede Spur eines Aufpralls, war ich im Nu nass bis auf die Haut. Nicht schwierig, denn ich trug nur meinen Schlafanzug. Im Nu war mein Haar voll Wasser, Wasser floss mir über die Haut, füllte mir die Nase, die Ohren, die Augen. Im Bruchteil einer Sekunde schluckte ich eine ganze Menge.

Gambril erstickte es beinahe. Er hustete erbärmlich, das abgehackte Bellen eines Kranken, und er kam mir vor

wie der Fisch in einem Aquarium beim Licht einer Glüh-
birne, ein flüchtiges, phosphoreszierendes Etwas. Nur
glitt er nicht fort. Aber es geschah etwas anderes. Beide
Kompasslampen verloschen. Es war wohl Wasser in sie
eingedrungen, obwohl ich das nicht für möglich gehalten hätte, denn ihre Abdeckung passte haargenau.

Damit verschwand der letzte Lichtschimmer des Universums, und Gambril entrang sich ein leiser, bestürzter
Schrei. Ich tastete nach ihm und packte seinen Arm. Wie
erschreckend abgezehrt er war!

»Keine Sorge«, sagte ich. »Sie brauchen kein Licht. Sie
müssen den Wind, wenn er kommt, nur immer am Hinterkopf spüren. Verstehen Sie?«

»Aye, aye, Sir … Aber ein Licht hätt' ich schon ganz
gern«, ergänzte er nervös.

Die ganze Zeit lag das Schiff fest wie ein Felsen. Das
Rauschen, mit dem das Wasser von Spieren und Segeln
strömte und über die Vorderkante der Poop floss, war
verstummt. Die Speigatten der Poop gurgelten und
schluchzten noch eine kleine Weile, dann verkündete das
totale Schweigen, vereint mit totaler Reglosigkeit, den
immer noch ungebrochenen Bann unserer Ohnmacht,
die dahintaumelte am Rand irgendeiner gewaltsamen,
im Dunkel lauernden Entladung.

Unruhig eilte ich nach vorn. Ich musste nichts sehen,
um mich mit völliger Sicherheit über das Deck meines
ersten Kommandos zu bewegen, das unter einem bösen
Stern stand. Jeder Quadratfuß, jede Faser, jedes Astloch
ihrer Decksplanken war mir unauslöschlich ins Hirn

geprägt. Aber plötzlich stolperte ich über etwas und landete der Länge nach auf Händen und Gesicht.

Es war etwas Großes und Lebendiges. Kein Hund – eher ein Schaf. Aber an Bord gab es keine Tiere. Wie konnte ein Tier … Diesem neuen, phantomartigen Grauen hatte ich nichts entgegenzusetzen.

Noch als ich mich aufrappelte, sträubten sich mir die Haare auf dem Kopf, aus blanker Angst, nicht wie bei einem Menschen, der Angst empfindet, während sein Verstand, seine Vernunft noch immer Widerstand leisten, sondern aus totaler, grenzenloser, gleichsam unschuldiger Angst – wie bei einem kleinen Kind.

Ich konnte es sehen – dieses Etwas! Die Finsternis, die sich zum großen Teil gerade in Wasser verwandelt hatte, war nicht mehr ganz so dicht. Da war es! Aber die Idee, dass es Mr. Burns war, der auf allen vieren aus dem Niedergang kroch, kam mir erst, als er aufzustehen versuchte, und sogar dann schoss mir zuerst der Gedanke an einen Bären durch den Kopf.

Er brummte auch wie ein Bär, als ich ihn um den Leib fasste. Er hatte sich eingehüllt in einen gewaltigen, bis oben zugeknöpften Wintermantel aus einer Art Wolle, dessen Gewicht für seinen entkräfteten Zustand zu viel war. Ich konnte durch den dicken Stoff das unglaublich dünne Lattengerüst seines Körpers spüren, aber sein brummendes Grollen hatte Tiefe und Kraft: »Verdammtes stummes Schiff, feige Bande von Leisetretern!« Warum stampften sie nicht im Gleichschritt beim Brassen? Gab es in diesem Haufen nicht eine einzige gottverlassene Landratte, die beim Holen anständig aussang?

»Wegducken taugt nichts, Sir!« Er ging sofort zum Angriff über. »Sie können an dem alten mörderischen Schuft nicht vorbeischleichen! So geht das nicht. Sie müssen schneidig auf ihn losgehen – wie ich's getan habe. Sie brauchen Schneid! Zeigen Sie ihm, dass keiner seiner verdammten Tricks Ihnen was ausmacht. Geben Sie ihm ordentlich Saures!«

»Mein Gott, Mr. Burns!« fuhr ich ihn an. »Was in aller Welt haben Sie vor? Was kommen Sie in diesem Zustand an Deck?«

»Nur das! Schneid! Nur so macht man dem alten Tyrann Angst!«

Während er noch vor sich hin brummte, schob ich ihn gegen die Reling. »Halten Sie sich daran fest!« sagte ich barsch. Ich wusste nicht, was ich mit ihm machen sollte. Eilig verließ ich ihn und hastete zu Gambril hinüber, denn der hatte mit schwacher Stimme gerufen, oben im Rigg komme wohl ein wenig Wind auf. Und wirklich, auch meine Ohren hatten vernommen, wie hoch oben ein nasses Segel leise killte, eine lockere Schothornkette klirrte …

In der totenstillen Luft um mich waren dies gespenstische, verstörende, alarmierende Geräusche. Auf einmal drängten sich in mein Gedächtnis all diese oft gehörten Geschichten von Marsstengen, die weggerissen wurden, während an Deck zu wenig Wind war, um auch nur ein Streichholz auszublasen.

»Ich kann die oberen Segel nicht sehen, Sir«, erklärte Gambril mit zittriger Stimme.

»Halten Sie nur das Steuer still. Das kriegen Sie hin«, sagte ich aufmunternd.

Den armen Kerl ließen seine Nerven im Stich. Mein Zustand war nicht viel besser. Im Moment der höchsten Anspannung spürte ich plötzlich voller Erleichterung, dass das Schiff wie von allein Fahrt voraus aufnahm. Ganz deutlich hörte ich im Rigg das Seufzen des Windes, das leise Knacken der oberen Spieren unter dem wachsenden Druck, lange bevor ich auch nur den leisesten Hauch auf meinem Gesicht spürte, das ich umgewandt hatte nach achtern, ängstlich und blicklos wie ein Blinder.

Plötzlich drang ein lauteres Seufzen an unsere Ohren, die Finsternis strömte gegen unsere Leiber und ließ sie vor Kälte erschauern. Wir beide, Gambril und ich, zitterten heftig in unserer dünnen, klatschnassen Baumwollkleidung.

Ich wandte mich an ihn.

»Jetzt kriegen Sie's hin, mein Guter. Sie müssen nur den Wind immer am Hinterkopf spüren. Das schaffen Sie ganz sicher. Ein Kind könnte das Schiff in dieser glatten See steuern.«

»Aye. Ein gesundes Kind«, murmelte er, und ich schämte mich, vom Fieber verschont worden zu sein, das außer mir jedem Mann die Kraft geraubt hatte, damit meine Reue nur umso bitterer sei, das Gefühl meiner Wertlosigkeit peinigender und das Wissen um meine Verantwortung noch schwerer zu ertragen.

Das Schiff hatte in der ruhigen See fast sofort Fahrt aufgenommen. Ich spürte, wie sie, geräuschlos bis auf ein rätselhaftes Rascheln längsseits, durchs Wasser glitt. Sonst gab es keine Bewegung, kein Stampfen, kein Rollen. Diese Gleichförmigkeit, die nun schon achtzehn Tage gedauert hatte, war überaus quälend gewesen, denn nie, nie hatten wir in dieser ganzen Zeit genug Wind gehabt, um auch nur die geringste Fahrt zu machen. Jetzt frischte die Brise plötzlich auf.

Ich fand, es war höchste Zeit, Mr. Burns unter Deck zu bekommen. Er machte mich nervös. Er kam mir vor wie ein Irrer, der jeden Moment über das Deck wandern, sich etwas brechen oder über Bord fallen konnte.

Ich war wirklich froh, als ich merkte, dass er sich noch immer ganz vernünftig dort, wo ich ihn zurückgelassen hatte, an der Reling festhielt. Allerdings murmelte er bedrohlich vor sich hin.

Das war wenig ermutigend. In sachlichem Ton bemerkte ich:

»Wir haben nicht so viel Wind gehabt, seit wir die Reede verlassen haben.«

»Ja, da ist schon ordentlich Schub drin«, knurrte er anerkennend. Das war die Bemerkung eines durchaus vernünftigen Seemanns. Aber sofort fügte er hinzu: »War auch höchste Zeit, dass ich an Deck gekommen bin. Dafür hab ich meine Kraft gespart – nur dafür. Sehen Sie das auch so, Sir?«

Ich bejahte und deutete an, es wäre doch ratsam, dass er nun wieder hinuntergehe und sich ausruhe.

Empört entgegnete er: »Runtergehen? Sir, ich denke gar nicht dran!«

Na wunderbar! Er war eine schreckliche Plage. Und plötzlich fing er an zu räsonieren. In der Dunkelheit konnte ich seine irrwitzige Erregung förmlich spüren.

»Sie wissen doch gar nicht, wie man die Sache angeht, Sir. Wie denn auch? All dies Geflüster, diese Leisetreterei taugt doch nichts! Sie können nicht erwarten, an einem so tückischen, hellwachen, bösen Biest wie ihm vorbeizuschleichen. Sie haben ihn nie reden gehört. Da konnten einem die Haare zu Berge stehen. Nein! Nein! Der war nicht verrückt. Der war nicht verrückter als ich. Er war einfach nur bösartig! So bösartig, dass er fast jedem Angst einjagte. Ich sag Ihnen, was er war. Er war eigentlich nichts als ein Dieb und ein Mörder! Und Sie glauben, er ist jetzt was anderes, nur weil er tot ist? Der nicht! Sein Gerippe liegt hundert Faden tief unter Wasser, aber er ist immer noch der Gleiche … 8° 20' nördliche Breite.«

Er schnaubte trotzig. Mit müder Resignation bemerkte ich, dass sich die Brise abgeschwächt hatte, während er noch schäumte. Da fing er schon wieder an.

»Ich hätt' den Lump aus dem Schiff schmeißen sollen, über die Reling, wie einen Hund! Nur wegen der Männer hab ich … Stellen Sie sich das mal vor, den Trauergottesdienst halten für so ein Biest wie den da! … ›Unser dahingeschiedener Bruder‹ … Ich hätte laut loslachen können! Und genau das konnte er nicht ertragen. Ich bin wohl der Einzige, der ihm jemals ins Gesicht gelacht hat. Als er krank wurde, hat ihm das Angst gemacht, diesem … Bruder … dahingeschiedenen Bruder … eher einen Hai Bruder nennen!«

Die Brise hatte uns so jäh losgelassen, dass das Fahrtmoment die nassen Segel gegen die Masten klatschen ließ. Der Bann der Totenstille hatte uns wieder eingefangen. Es gab offenbar kein Entrinnen.

»Nanu!« rief Mr. Burns erschrocken. »Schon wieder Flaute?«

Ich redete mit ihm, als wäre er bei Verstand.

»So geht es uns seit siebzehn Tagen, Mr. Burns«, sagte ich in tiefer Verbitterung. »Ein Lüftchen, dann eine Flaute, und im Nu – Sie werden's sehen – kehrt sie sich auf dem Absatz um, dreht den Kopf weg von ihrem Kurs, weiß der Teufel wohin.«

Dieses Wort blieb an ihm hängen. »Dieser alte tückische Teufel!« schrie er gellend und brach aus in ein lautes Lachen, das ich so noch nie gehört hatte. Ein herausforderndes Spottgelächter, das sich in einem haarsträubenden Gekreisch des Trotzes überschlug. Völlig fassungslos wich ich zurück.

Sofort gab es Unruhe auf dem Achterdeck, verstörtes Gemurmel. Eine ängstliche Stimme rief unten in der Finsternis: »Ist da jemand verrückt geworden?«

Dachten sie vielleicht, es sei ihr Kapitän?

Rasch kann man die äußerste Eile, zu der die armen Kerle noch fähig waren, beileibe nicht nennen, aber in erstaunlich kurzer Zeit hatte jeder auf dem Schiff, der sich noch aufrecht halten konnte, den Weg auf die Poop gefunden.

Ich rief ihnen zu: »Es ist der Erste! Packt mal mit an, zwei von euch …«

Ich erwartete, dieser Auftritt würde in einem fürchterlichen Handgemenge enden. Aber jäh brach Mr. Burns sein höhnisches Gekreische ab, wandte sich ihnen wütend zu und brüllte:

»Aha! Verdammte Bande! Könnt ihr wieder euer Maul aufmachen, ja? Dachte schon, ihr wärt stumm! Na gut – dann lacht! Ich sag's euch – lachen! Jetzt – alle zusammen. Eins, zwei, drei – lachen!«

Einen Moment lang herrschte Schweigen, ein derart abgrundtiefes Schweigen, dass man eine Nadel an Deck hätte fallen hören. Dann sagte Ransomes angenehme Stimme in aller Ruhe:

»Ich glaube, Sir, er ist ohnmächtig geworden.« Das reglose Häuflein Männer rührte sich wieder, ließ ein leises, erleichtertes Gemurmel hören. »Ich hab ihn unter den Armen. Nimmt einer seine Beine?«

Ja. Das war eine Erleichterung. Er war für eine Weile zum Schweigen gebracht – für eine Weile. Noch so ein irres Gekreisch hätte ich nicht ertragen. Da war ich mir sicher – und genau da bescherte uns Gambril, der asketische Gambril, einen weiteren Gesangsauftritt. Er rief plötzlich laut um Hilfe. Seine Stimme jammerte kläglich in der Finsternis: »Kommt denn keiner nach achtern? Ich kann nicht mehr! Gleich dreht sie wieder ab, und ich kann nicht …«

Als ich selbst nach achtern hastete, traf mich ein starker Windstoß – sein Herannahen hatte Gambrils Ohr schon von weitem erkannt; die Bö bauschte die Segel am Großmast mit einem wiederholten dumpfen Knallen, das sich in die leise Klage der Spieren mischte. Ich konnte das Steuer gerade noch rechtzeitig packen, während Frenchy den wankenden Gambril auffing. Er schleppte ihn aus dem Weg, ermahnte ihn, still liegen zu bleiben, dann trat er an mich heran und fragte ruhig:

»Wie soll ich sie steuern, Sir?«

»Erst mal platt vor dem Wind. Ich werde Ihnen gleich Licht holen.«

Als ich jedoch nach vorn eilte, begegnete mir Ransome, der die zusätzliche Kompasslampe brachte. Der Mann achtete auf alles, kümmerte sich um alles, spendete Trost, wohin er nur kam. Als er an mir vorbeiging, bemerkte er in besänftigendem Ton, man könne nun wieder die Sterne sehen. Und so war es auch. Die Brise fegte den rußigen Himmel sauber und brach das träge Schweigen der See.

Die Barriere dieser fürchterlichen Stille, die uns, als wären wir verflucht, so viele Tage umringt hatte, war durchbrochen. Ich spürte es. Ich ließ mich auf das Oberlicht fallen. Ein feiner weißer Schaumkamm, dünn, sehr dünn, brach sich längsseits. Der erste seit langer Zeit – sehr langer Zeit. Ich hätte jubeln mögen, aber mein Schuldgefühl klammerte sich insgeheim an alle meine Gedanken. Vor mir stand Ransome.

»Was ist mit dem Ersten?« fragte ich besorgt. »Noch immer bewusstlos?«

»Na ja, Sir – es ist komisch.« Ransome war ganz augenscheinlich verwirrt. »Er hat kein Wort gesagt, und seine Augen sind zu. Aber es sieht mehr nach tiefem Schlaf aus als nach irgendwas anderem.«

Ich teilte diese Ansicht; sie war die unproblematischste, jedenfalls am wenigsten beunruhigend. Ob nun in tiefer Ohnmacht oder in tiefem Schlummer, Mr. Burns musste man einstweilen sich selbst überlassen. Plötzlich sagte Ransome:

»Ich glaube, Sie brauchen einen Mantel, Sir.«

»Das glaube ich auch«, seufzte ich.

Aber ich rührte mich nicht. Was ich wirklich brauchte, waren neue Glieder. Meine Arme und Beine schienen mir völlig nutzlos, gründlich verbraucht. Sie taten noch nicht einmal weh. Trotzdem stand ich auf, um den Mantel anzuziehen, den Ransome mir brachte. Und als er vorschlug, jetzt wohl besser »Gambril nach vorne zu schaffen«, sagte ich:

»In Ordnung. Ich helfe Ihnen; zusammen kriegen wir ihn runter aufs Hauptdeck.«

Ich merkte, dass ich dazu durchaus noch fähig war. Wir richteten Gambril zwischen uns auf. Er versuchte uns dabei mannhaft zu unterstützen, aber die ganze Zeit fragte er kläglich:

»Ihr lasst mich doch nicht los, wenn wir an der Treppe sind? Ihr lasst mich doch nicht los, wenn wir an der Treppe sind?«

Die Brise frischte immer weiter auf und blies stetig, sehr stetig. Bei Tagesanbruch brachten wir durch behutsame Rudermanöver (die See blieb glatt) die Fockrahen dazu, sich selbst vierkant zu brassen und machten uns dann daran, die Taue dichtzuholen. Von den vier Männern, die ich nachts noch bei mir hatte, sah ich jetzt nur noch zwei. Ich fragte nicht nach den anderen beiden. Sie hatten aufgegeben. Nur eine Zeitlang, hoffte ich.

Wir brauchten Stunden für die verschiedenen Arbeiten vorn; so langsam bewegten sich meine Männer, so oft mussten sie sich ausruhen. Einer von ihnen sagte: »Jedes verfluchte Ding auf dem Schiff fühlt sich ungefähr hundertmal schwerer an als normal.« Das war die einzige hörbare Klage. Ich weiß nicht, was wir ohne Ransome getan hätten. Er arbeitete an unserer Seite, ebenfalls schweigend und mit einem kleinen, eingefrorenen Lächeln auf den Lippen. Dann und wann murmelte ich ihm zu: »Sachte« – »Schön langsam, Ransome« – und bekam als Antwort einen raschen Blick.

Als wir alles uns Mögliche getan hatten, um das Schiff ein bisschen aufzuklaren, verschwand er in seiner Kombüse. Wenig später machte ich einen Rundgang und erblickte ihn durch die offene Tür. Er saß aufrecht auf dem Schapp vor dem Herd; sein Kopf lehnte gegen das Schott. Seine Augen waren geschlossen; seine geschickten Hände hielten sein dünnes Baumwollhemd vorn offen und entblößten auf tragische Weise seine mächtige Brust, die sich, mühsam und qualvoll keuchend, hob und senkte. Er hörte mich nicht.

Leise zog ich mich zurück und begab mich sofort auf die Poop, um Frenchy abzulösen, denn der wirkte mittlerweile sehr schlapp. Überaus formvollendet meldete er mir den Kurs und versuchte beschwingten Schrittes abzutreten, kam aber zweimal schwer ins Taumeln, bevor er meinen Blicken entschwand.

Und dann blieb ich ganz allein achtern und steuerte mein Schiff, dass vor dem Winde lief, dann und wann schwungvoll stampfte, manchmal sogar ein wenig rollte. Bald tauchte Ransome mit einem Tablett vor mir auf. Durch den Anblick des Essens wurde ich sofort heißhungrig. Er übernahm das Steuer, und ich setzte mich auf die Hecksgräting zu meinem Frühstück.

»Diese Brise hat offenbar alle Mann umgeworfen«, murmelte er. »Hat sie einfach flachgelegt – jeden einzelnen.«

»Ja«, sagte ich. »Wir beide sind wohl die Einzigen an Bord, die noch diensttauglich sind.«

»Frenchy sagt, er hat immer noch ein klein bisschen Schwung. Ich weiß nicht recht. Viel kann's nicht sein«, fuhr Ransome mit seinem wehmütigen Lächeln fort. »Braver kleiner Kerl. Aber mal angenommen, Sir, dass dieser Wind umspringt, wenn wir uns dem Land nähern – was machen wir dann mit ihr?«

»Wenn der Wind kräftig umspringt, sobald wir dicht unter Land sind, wird sie entweder stranden oder die Masten verlieren oder beides. Dann können wir nichts mehr mit ihr machen. Sie läuft ja schon jetzt mit uns davon. Mehr als sie steuern können wir nicht. Sie ist ein Schiff ohne Mannschaft.«

»Ja. Alle liegen flach«, wiederholte Ransome ruhig. »Ich gehe schon immer wieder mal nach vorn und sehe nach ihnen, aber es ist herzlich wenig, was ich für die Männer tun kann.«

»Ich und das Schiff und jedermann an Bord hier verdanken Ihnen sehr viel, Ransome«, sagte ich mit großer Wärme.

Er tat so, als hätte er mich nicht gehört, und hielt schweigend weiter Kurs, bis ich bereit war, ihn abzulösen. Er überließ mir das Steuer, nahm das Tablett auf und versetzte mir beim Weggehen einen kleinen Stich, indem er mir mitteilte, Mr. Burns sei wach und habe vor, an Deck zu kommen.

»Ich weiß nicht, wie ich ihn dran hindern kann, Sir. Ich kann ja nicht gut die ganze Zeit unten bleiben.«

Es war klar, dass das nicht ging. Und richtig, Mr. Burns kam an Deck und schleppte sich in seinem gewaltigen Mantel mühsam nach achtern. Ich betrachtete ihn mit nacktem Grauen. Es war eine ziemlich grauenhafte Aussicht, diesen von den Ränken eines Toten schäumenden Mann um mich zu haben, während ich ein wild dahinstürmendes Schiff voller sterbender Leute steuern musste.

Seine ersten Äußerungen waren jedoch in Ton und Inhalt ziemlich vernünftig. Anscheinend erinnerte er sich nicht an die nächtliche Szene. Und wenn doch, so gab er es jedenfalls durch nichts zu erkennen. Er sprach überhaupt nicht sehr viel. Er hockte auf dem Oberlicht und sah zuerst todkrank aus, aber die steife Brise, vor der der letzte Rest meiner Mannschaft dahingewelkt war, blies offenbar mit jeder Bö frische Lebenskraft in seine Knochen. Man konnte diesen Vorgang beinah beobachten.

Um seinen Geisteszustand zu prüfen, machte ich ganz bewusst eine beiläufige Bemerkung über den verstorbenen Kapitän. Ich war hocherfreut, dass Mr. Burns kein ungebührliches Interesse an diesem Thema zeigte. Er wiederholte nur noch einmal mit einer gewissen Rachlust die alte Geschichte von den Missetaten jenes rohen Schuftes, beendete sie aber auf ganz unerwartete Weise.

»Ich glaube wirklich, Sir, sein Hirn hat schon ein oder zwei Jahre vor seinem Tod angefangen sich aufzulösen.«

Eine wundersame Heilung. Ich konnte ihr kaum die verdiente Bewunderung zollen, denn ich musste all meine Aufmerksamkeit auf das Steuern richten.

Im Vergleich zur trostlosen Trägheit der vergangenen Tage machten wir geradezu schwindelerregende Fahrt. Zwei Schaumkämme strömten vom Bug des Schiffs nach achtern, der Wind sang ein herzhaftes Lied, und es hätte für mich, unter anderen Umständen, alle Freuden des Lebens ausgedrückt. Immer wenn das aufgegeite Großsegel zu schlagen begann und drohte, an seinem Rigg in Fetzen zu gehen, sah mich Mr. Burns sorgenvoll an.

»Was soll ich denn machen, Mr. Burns? Wir können es weder beschlagen noch setzen. Ich wünschte, der alte Lappen würde in Fetzen gehen und fertig. Der verfluchte Krach macht mich ganz irre.«

Mr. Burns rang die Hände und rief plötzlich aus:

»Aber Sir, wie wollen Sie denn das Schiff in den Hafen bringen, ohne Leute, die anpacken können?«

Und ich konnte es ihm nicht sagen.

Nun – ungefähr vierzig Stunden später war es geschafft. Die beschwörende Kraft von Mr. Burns' grauenhaftem Gelächter hatte das arglistige Gespenst gebannt, gebrochen war der böse Zauber, aufgehoben der Fluch. Wir waren jetzt in den Händen einer gütigen und energischen Vorsehung. Sie trieb uns voran …

Nie werde ich die letzte Nacht vergessen – dunkel, windig und sternenklar. Ich steuerte. Mr. Burns, der mein feierliches Versprechen eingeholt hatte, ihm einen Tritt zu geben, wenn irgendetwas passierte, legte sich frank und frei an Deck schlafen, dicht neben dem Kompasshäuschen. Rekonvaleszenten brauchen viel Schlaf. Ransome, der mit einer Decke über den Beinen gegen den Kreuzmast gelehnt saß, war vollkommen still, aber ich glaube nicht, dass er nur einen einzigen Moment die Augen schloss. Frenchy, das Musterbeispiel von Munterkeit, litt noch immer unter dem Wahn, er habe »noch Schwung im Leib«, und bestand darauf, sich zu uns zu gesellen; eingedenk der Borddisziplin hatte er sich jedoch neben das Pützenbord gelegt, so weit vorn auf der Poop wie nur irgend möglich.

Und ich steuerte, zu müde, um besorgt zu sein, zu müde, um folgerichtig zu denken. Es gab Momente voll grimmigen Triumphs, dann aber krampfte sich mir das Herz zusammen bei dem Gedanken an die Back vorn auf dem finsteren Deck, die voll war mit fieberkranken Männern – einige lagen im Sterben. Durch meine Schuld. Aber Schluss damit. Für Reue war jetzt keine Zeit. Ich musste steuern.

Früh am Morgen flaute die Brise ab, dann schlief sie ganz ein. Um fünf kehrte sie sehr sachte zurück, so dass wir die Reede ansteuern konnten. Der anbrechende Tag fand Mr. Burns über der Hecksgräting aufgebockt und eingekeilt zwischen mehreren Rollen Tauwerk, wo er mit seinen sehr weißen, knochigen, aus den Tiefen seines Mantels herausragenden Händen das Schiff steuerte, während Ransome und ich über die Decks hasteten und alle Schoten und Fallen loswarfen.

Dann stürzten wir auf die Back. Vor Anstrengung und purer Aufregung strömte uns der Schweiß nur so übers Gesicht, als wir uns damit quälten, die Anker unter den Kranbalken aufzurichten. Ich wagte nicht Ransome anzusehen, während wir Seite an Seite schufteten. Wir wechselten nur kurze Worte; ich konnte ihn neben mir keuchen hören und vermied, ihm meinen Blick zuzuwenden, aus Furcht, ihn zusammenbrechen und sterben zu sehen, während er seine letzte Kraft opferte – wofür? Jedenfalls für ein ganz bestimmtes Ideal.

In ihm war der vollendete Seemann erwacht. Er brauchte keine Anweisungen. Er wusste, was er zu tun hatte. Jede Anstrengung, jede Bewegung war ein Akt konsequenten Heldentums. Mir kam es nicht zu, einem derart inspirierten Mann ins Gesicht zu sehen.

Endlich war alles erledigt, und ich hörte ihn sagen:

»Sollte ich jetzt nicht vielleicht nach unten gehen und die Kettenkneifer lösen, Sir?«

»Ja. Tun Sie das«, erwiderte ich. Und sogar dann sah ich nicht zu ihm hin. Nach einer Weile klang seine Stimme vom Hauptdeck herüber:

»Sobald Sie wollen, Sir. Hier am Spill ist alles klar.«

Ich gab Mr. Burns das Zeichen, Luvruder zu geben, und dann ließ ich beide Anker fallen, einen nach dem anderen, mochte das Schiff sich so viel Kette nehmen, wie sie wollte. Sie nahm sich den größten Teil beider Ketten, bevor sie eintörnte. Die losen Segel kamen back, und der irrwitzige Krach oben im Rigg verstummte. Auf dem Schiff herrschte völlige Stille. Und als ich, etwas benommen von der plötzlichen Ruhe, vorn im Bug stand, vernahm ich das schwache Stöhnen und das undeutliche Gemurmel der Kranken in der Back.

Da wir im Kreuzmast die Signalflagge für ärztliche Hilfe gesetzt hatten, lagen, ehe das Schiff vollends zur Ruhe gekommen war, tatsächlich schon drei Dampfbarkassen von verschiedenen Kriegsschiffen längsseits, und mindestens fünf Marineärzte kletterten an Bord. Sie standen in einer Gruppe zusammen und warfen ihre Blicke nach vorn und achtern über das leere Deck. Dann sahen sie nach oben – wo auch niemand zu sehen war.

Ich ging auf sie zu – eine einsame Gestalt in blaugrau gestreiftem Schlafanzug und mit einem weißen Tropenhelm auf dem Kopf. Sie waren schwer verstimmt. Sie hatten chirurgische Fälle erwartet. Jeder Einzelne hatte seine Schnitzwerkzeuge mitgebracht. Bald jedoch hatten sie ihre kleine Enttäuschung überwunden. In weniger als fünf Minuten eilte eine der Barkassen zur Küste, um ein großes Boot und einige Krankenwärter für den Abtransport der Mannschaft zu holen. Die große Pinasse dampfte zu ihrem Mutterschiff zurück, um ein paar Blaujacken herüberzubringen, damit sie für mich meine Segel beschlugen.

Einer der Schiffsärzte war an Bord geblieben. Er machte eine undurchdringliche Miene, als er aus der Back wieder hervorkam; dann bemerkte er meinen fragenden Blick.

»Niemand da drinnen ist tot, wenn's das ist, was Sie wissen wollen«, sagte er bedächtig. Und dann setzte er voller Verwunderung hinzu: »Die ganze Mannschaft!«

»Sieht übel aus?«

»Sieht *sehr* übel aus«, wiederholte er. Seine Augen wanderten über das Schiff. »Um Himmels willen! Was ist denn *das* da?«

»Das da«, sagte ich und warf einen Blick nach achtern, »ist Mr. Burns, mein Erster Offizier.«

Mit seinem Totenschädel, der am Stengel seines mageren Halses nickte, bot Mr. Burns einen Anblick, der jedem einen Aufschrei abnötigen konnte. Der Arzt fragte:

»Kommt er auch ins Hospital?«

»Oh nein«, grinste ich. »Mr. Burns geht nicht an Land, ehe der Großmast über Bord geht. Ich bin sehr stolz auf ihn. Er ist mein einziger Rekonvaleszent.«

»Sie sehen auch ...«, hub der Doktor an, als er mir ins Gesicht starrte. Ärgerlich unterbrach ich ihn:

»Ich bin nicht krank.«

»Nein. Sie sehen sonderbar aus.«

»Na ja, ich bin siebzehn Tage an Deck gewesen, wissen Sie.«

»Siebzehn! … Aber Sie müssen doch geschlafen haben.«

»Muss ich wohl. Ich weiß es nicht. Aber ich bin sicher, die letzten vierzig Stunden hab ich nicht geschlafen.«

»Junge, Junge! … Sie gehen wohl bestimmt bald an Land?«

»Sobald ich nur irgend kann. Es wartet eine Unmenge Geschäfte auf mich.«

Der Arzt ließ meine Hand los, die er während unseres Gesprächs ergriffen hatte, zog sein Notizbuch hervor, kritzelte hastig etwas hinein, riss die Seite heraus und hielt sie mir hin.

»Ich rate Ihnen dringend, besorgen Sie sich an Land dies Mittel, das ich Ihnen verschrieben habe. Wenn ich nicht völlig falschliege, werden Sie es heute Abend brauchen.«

»Was ist es denn?« fragte ich misstrauisch.

»Schlafmittel«, versetzte der Arzt knapp, bewegte sich mit allem Anschein echten Interesses zu Mr. Burns hinüber und zog ihn ins Gespräch.

Als ich unter Deck ging, um mich für den Landgang anzukleiden, kam Ransome hinter mir her. Er bitte um Verzeihung; aber er habe auch den Wunsch, an Land geschickt und ausgezahlt zu werden.

Ich sah ihn erstaunt an. Mit besorgter Miene wartete er auf meine Antwort.

»Sie wollen doch wohl das Schiff nicht verlassen?« rief ich aus.

»Doch, Sir, das möchte ich wirklich. Ich möchte irgendwo hingehen und da bleiben, ganz in Ruhe. Egal wo. Das Krankenhaus wäre schon recht.«

»Aber Ransome!« sagte ich. »Der Gedanke, mich von Ihnen zu trennen, ist mir zuwider!«

»Ich muss gehen«, unterbrach er mich. »Ich hab ein Recht darauf.«

Er rang nach Luft, und der Ausdruck einer fast wilden Entschlossenheit flog über sein Gesicht. Für einen Augenblick wirkte er wie ein ganz anderes Wesen. Und ich erkannte hinter dem Wert und der Schönheit dieses Mannes die nackte Realität der Lage. Das Leben an sich, dieses harte, gefährdete Leben, war für ihn ein Gnadengeschenk – und er war über seinen Zustand zutiefst erschüttert.

»Natürlich zahle ich Sie aus, wenn Sie es wünschen«, sagte ich schnell. »Ich muss Sie nur bitten, bis zum Nachmittag an Bord zu bleiben. Ich kann Mr. Burns nicht stundenlang völlig allein auf dem Schiff lassen.«

Er beruhigte sich sofort und versicherte mir mit einem Lächeln und in seiner natürlichen, angenehmen Stimme, er könne das sehr gut verstehen.

Als ich wieder an Deck kam, war alles bereit, um die Männer von Bord zu holen. Das war die letzte Feuerprobe jener Episode, die meinen Charakter gemäßigt und zur Reife gebracht hatte – obwohl ich das nicht wusste.

Es war schrecklich. Einer nach dem anderen wurde an

mir vorbeigetragen – ein jeder als leibhaftiger Vorwurf in denkbar bitterster Form, bis ich innerlich begann zu revoltieren. Der arme Frenchy war plötzlich völlig zusammengefallen. Man schleppte ihn an mir vorüber, bewusstlos, mit rasselndem Atem, das komische Gesicht grauenhaft gerötet und wie aufgeschwollen. Er sah mehr denn je aus wie Mr. Punch; ein erbärmlicher Mr. Punch im Vollrausch.

Der asketische Gambril hingegen hatte sich etwas erholt. Er bestand darauf, auf eigenen Beinen bis zur Reling zu gehen – natürlich wurde er auf jeder Seite gestützt. Als man ihn aber über die Bordwand schwenkte, fiel er in plötzliche Panik und begann verzweifelt zu jammern:

»Dass sie mich nicht fallen lassen, Sir! Dass sie mich nicht über Bord fallen lassen, Sir!« Während ich ihm möglichst beruhigend zurief: »Keine Bange, Gambril! Das tun sie nicht! Das tun sie nicht!«

Ohne Zweifel wirkte das Ganze höchst lächerlich. Die Blaujacken auf unserem Deck grinsten still vor sich hin, und sogar Ransome (der allen voran Hand anlegte) verzog unwillkürlich sein wehmütiges Lächeln zu einem breiten Lachen, für einen flüchtigen Moment.

Ich nahm die Dampfpinasse, um zur Küste zu kommen, und als ich mich nach meinem Schiff umwandte, erblickte ich doch tatsächlich Mr. Burns, noch immer in seinem gewaltigen Wollmantel, aufrecht an der Heckreling. Das grelle Sonnenlicht brachte seine unheimliche Erscheinung wunderbar zur Geltung. Er sah aus wie eine scheußliche, aufwendig ausstaffierte Vogelscheuche, die man auf die Poop eines todgeweihten Schiffs gestellt hatte, um die Seevögel von den Leichen fernzuhalten.

In der Stadt hatte sich unsere Geschichte schon herumgesprochen, und jedermann an Land erwies sich als überaus freundlich. Das Hafenamt erließ mir die Liegegebühren, und da zufällig die Mannschaft eines havarierten Schiffes im Seemannsheim logierte, hatte ich keine Schwierigkeiten, so viele Leute anzuheuern, wie ich benötigte. Als ich mich jedoch erkundigte, ob ich Kapitän Ellis für einen Moment sprechen könnte, gab man mir mit Bedauern ob meiner Unkenntnis zu verstehen, dass unser Provinzposeidon in Ruhestand getreten sei und ungefähr drei Wochen nachdem ich den Hafen verlassen hatte, zurückgekehrt war in die Heimat. Ich denke daher, dass jenseits seiner täglichen Routinepflichten meine Ernennung der letzte offizielle Akt seiner Amtszeit gewesen ist.

Es ist seltsam, wie stark mich, als ich an Land kam, der federnde Schritt, die wachen Augen, die strotzende Lebenskraft eines jeden Menschen überraschten, auf den ich traf. Das machte mir einen tiefen Eindruck. Kapitän Giles war natürlich unter den Leuten, denen ich begegnete. Es wäre auch sehr sonderbar gewesen, wenn ich ihm nicht begegnet wäre. Wenn er an Land war, gehörte ja ein ausgedehnter Bummel durch die Geschäftsviertel der Stadt zu seinen allmorgendlichen Tätigkeiten.

Schon von weitem fiel mir das Glitzern der goldenen Uhrkette auf seiner Brust ins Auge. Er strahlte pure Güte aus.

»Was hör ich da?« fragte er mit dem Lächeln eines »guten Onkels«, nachdem wir die Hände geschüttelt hatten.

»In einundzwanzig Tagen von Bangkok?«

»Haben Sie nur das gehört?« entgegnete ich. »Sie müssen mit mir das Gabelfrühstück nehmen. Sie sollen haarklein erfahren, was Sie mir eingebrockt haben.«

Er zögerte eine halbe Minute.

»Na gut – ich komme mit«, entschied er schließlich etwas gönnerhaft.

Wir begaben uns zum Hotel. Zu meiner Überraschung konnte ich ziemlich viel essen. Als man dann abgeräumt hatte, erzählte ich Kapitän Giles die ganze Geschichte, seit ich das Kommando übernommen hatte, schilderte sie in allen professionellen und emotionalen Einzelheiten, während er geduldig die dicke Zigarre rauchte, die ich ihm angeboten hatte.

Danach bemerkte er bedächtig:

»Sie fühlen sich jetzt sicher ganz schön müde.«

»Nein«, erwiderte ich. »Nicht müde. Aber ich sag Ihnen, Kapitän Giles, wie ich mich fühle. Ich fühle mich alt. Und das bin ich wohl auch. Ihr alle hier an Land seht für mich aus wie ein Haufen leichtlebiger Jüngelchen, die keinen Kummer kennen.«

Er lächelte nicht. Er machte eine unerträglich musterhafte Miene. Er erklärte:

»Das geht vorbei. Aber Sie sehen wirklich älter aus, keine Frage.«

»Aha!« sagte ich. »Sie geben also zu, dass …«

»Nein. Nein! Aber man soll im Leben nichts übertreiben, weder das Gute noch das Schlechte.«

»Leben mit halbem Tempo«, murmelte ich verstockt. »Das kann nicht jeder.«

»Sie werden bald noch froh sein, wenn Sie wenigstens das fertigbringen«, versetzte er mit der ihm eigenen Miene selbstgefälliger Tugend. »Und noch etwas: Ein Mann muss seinem Pech, seinen Fehlern, seinem Gewissen und all dem Kram die Stirn bieten. Oder? Wogegen sonst soll man denn kämpfen?«

Ich blieb still. Ich weiß nicht, was er in meinem Gesicht las; plötzlich aber fragte er:

»Oder – Sie sind doch wohl nicht hasenherzig geworden?«

»Das weiß nur Gott, Kapitän Giles«, war meine aufrichtige Antwort.

»Schon in Ordnung«, sagte er ruhig. »Sie werden bald noch lernen, nicht hasenherzig zu sein oder kleinmütig. Ein Mann muss das lernen, wie alles andere auch – und das verstehen viele dieser Jüngelchen nicht.«

»Ich bin kein Jüngelchen mehr.«

»Nein«, räumte er ein. »Brechen Sie bald auf?«

»Ich gehe gleich wieder an Bord«, sagte ich. »Ich werde den einen Anker ganz und den anderen kurzstag hieven, sobald meine neue Mannschaft an Bord ist. Und morgen bei Tagesanbruch gehe ich in See.«

»Ach ja?« grunzte Kapitän Giles anerkennend. »So ist es richtig. Sie machen das schon.«

»Was haben Sie erwartet? Dass ich mir noch eine Woche Ruhe an Land gönne?« erwiderte ich, verärgert über seinen Ton. »Ich werde keine Ruhe haben, bis sie draußen im Indischen Ozean ist, und selbst dann noch nicht wirklich.«

Verdrossen zog er an seiner Zigarre, wie verwandelt.

»Ja, darauf läuft's hinaus«, sagte er nachdenklich. Es war, als wäre ein schwerer Vorhang aufgegangen und hätte einen ganz anderen Kapitän Giles offenbart. Aber das dauerte bloß einen Moment, nur so lange, wie er hinzufügte: »Verflucht wenig Ruhe im Leben, für jeden. Besser nicht dran denken.«

Wir erhoben uns, verließen das Hotel und nahmen auf der Straße mit einem herzlichen Händedruck voneinander Abschied, just als er mich, zum ersten Mal in unserer Bekanntschaft, richtig zu interessieren begann.

Das Erste, was ich sah, als ich zum Schiff zurückkehrte, war Ransome, der still auf seiner sorgsam verzurrten Seekiste auf dem Achterdeck hockte.

Ich winkte ihm, mir in den Salon zu folgen, wo ich mich setzte und ihm einen Empfehlungsbrief schrieb für einen meiner Bekannten an Land.

Als ich fertig war, schob ich ihn über den Tisch. »Das kann Ihnen von Nutzen sein, wenn Sie sich wieder arbeitsfähig fühlen.«

Er nahm den Brief und steckte ihn in die Tasche. Seine Augen blickten von mir fort – ins Nirgendwo. Seine Miene war starr vor Sorge.

»Wie fühlen Sie sich jetzt?« fragte ich.

»Ich fühle mich jetzt nicht schlecht, Sir«, antwortete er steif. »Aber ich fürchte, es geht bald los.« … Für einen Moment legte sich wieder das wehmütige Lächeln auf seine

Lippen. »Ich – ich hab einen Mordsschiss um mein Herz, Sir«, sagte er dann mit gesenkter Stimme.

Ich ging mit ausgestreckter Hand auf ihn zu. Seine Augen blickten mit einem gespannten Ausdruck an mir vorbei. Er wirkte wie ein Mann, der auf einen Warnruf wartet.

»Wollen Sie mir nicht die Hand geben, Ransome?« fragte ich sanft.

Er schrie auf, wurde dunkelrot, packte und drückte heftig meine Hand – und im nächsten Moment war ich allein in der Kajüte und lauschte, wie er behutsam, Schritt für Schritt, die Kajütstreppe erklomm, in tödlicher Angst, sein Herz, sein grausames Herz, in jähe Wut zu versetzen. Das war, ihm wohl bewusst, sein hartes Los: Er trug unser aller Feind in seiner treuen Brust.

ANMERKUNG DES AUTORS

Diese Geschichte, die, wie ich einräume, eine trotz ihrer Kürze ziemlich komplexe Arbeit ist, war nicht darauf angelegt, ans Übernatürliche zu rühren. Dennoch war mehr als nur ein Rezensent geneigt, sie in dieser Hinsicht aufzufassen, als einen Versuch nämlich, meiner Phantasie den breitesten Spielraum zu geben, weit hinaus über die Grenzen der Welt eines lebendigen, leidenden Menschseins. In Wirklichkeit aber besteht meine Phantasie nicht aus derlei elastischem Zeug. Würde ich versuchen, sie mit Übernatürlichem zu belasten, würde sie schmählich versagen und eine unerfreuliche Lücke offenbaren. Ich wäre jedoch nie imstande gewesen, derlei auch nur zu versuchen, denn mein moralisches und intellektuelles Wesen ist durchdrungen von der unbesiegbaren Überzeugung, dass alles, was unter die Herrschaft unserer Sinne fällt, in der Natur existiert und sich, so außergewöhnlich es auch immer sein mag, nicht wesentlich von all den anderen Auswirkungen der sichtbaren, greifbaren Welt unterscheidet, deren sich selbst bewusster Teil wir sind. Die Welt der Lebenden enthält schon an und für sich Wunder und Geheimnisse genug; Wunder und Geheimnisse, die auf derart unerklärliche Weise auf unser Fühlen und Denken einwirken, dass man das Leben mit Fug und Recht fast als einen Zustand der Verzauberung begreifen könnte. Nein, ich bin mir des Wunderbaren zu klar bewusst, als dass mich jemals das bloß Übernatürliche faszinieren könnte, was doch (wie auch immer man es auffasst) nur ein Kunstprodukt ist: eine Fabrikation von Gemütern, die keine Ahnung haben von unseren delikaten, vertrauten Beziehungen mit der zahllosen Schar der Toten und der Lebenden, eine Entweihung unserer zartesten Erinnerungen, eine Schmähung unserer Würde.

Wie auch immer es um meine angeborene Bescheidenheit bestellt sein mag, sie wird sich nie so sehr erniedrigen, dass sie meiner Phantasie mit jenen albernen Einbildungen aufhelfen würde, die allen Zeitaltern gemein sind und die, für sich genommen, alle Freunde der Menschheit mit unsagbarem Kummer erfüllen. Die Auswirkung eines geistigen oder moralischen Schocks auf ein gewöhnliches Gemüt zu studieren und zu beschreiben, ist freilich ein durchaus legitimes Ziel. Das moralische Empfinden des Mr. Burns erleidet einen schweren Schock durch seine Erlebnisse mit seinem jüngst verstorbenen Kapitän, und in seinem Krankheitszustand wandelt sich dies zu einer bloß abergläubischen Einbildung, aus Furcht und Feindseligkeit gemischt. Diese Tatsache ist ein Element der Geschichte, aber daran ist nichts Übernatürliches, nichts, das sozusagen jenseits der Grenzen unserer Welt läge, die doch wahrlich genug Geheimnisse und Schrecken birgt.

Hätte ich diese Geschichte, die ich seit langem im Kopf hatte, unter dem Titel *Erstes Kommando* veröffentlicht, wäre vielleicht kein unparteiischer Leser oder Rezensent

auf die Idee gekommen, darin eine Andeutung des Übernatürlichen zu sehen. Ich will hier nicht den Ursprung
jener Gefühle erörtern, die mich auf den jetzigen Titel
Die Schattenlinie brachten. Das wichtigste Ziel dieses Textes war es jedenfalls, gewisse Tatsachen zur Darstellung
zu bringen, die mit einem Wandel zu tun haben, dem
Übergang aus der sorglosen und hitzigen Jugend zur be-
wussteren, auch bittereren Periode des reiferen Lebens.
Es unterliegt keinem Zweifel, dass mir schon vor jener
höchsten Prüfung einer ganzen Generation die unwichtige Winzigkeit meiner eigenen, belanglosen Erfahrungen deutlich bewusst war. Es konnte hier keine Rede sein
von irgendwelchen Parallelen. Dieser Gedanke kam mir
nie in den Sinn. Aber da war dieses Gefühl einer Übereinstimmung, allerdings in enorm verschiedenem Maß-
stab – wie die zwischen einem einzigen Tröpfchen und
der strengen, stürmischen Unermesslichkeit des Ozeans.
Und das war nur natürlich. Denn sobald wir den Sinn
unserer eigenen Vergangenheit erwägen, scheint sie mit
ihrer Tiefe und Größe die ganze Welt zu erfüllen. Dieses
Buch entstand in den letzten drei Monaten des Jahres 1916.
Von allen möglichen Themen, deren sich ein Autor von
Geschichten mehr oder minder bewusst ist, war dies das
einzige, das ich zu jener Zeit anzupacken imstande war.
Die Art und Tiefe jener Stimmung, in der ich mich an die
Aufgabe machte, ist vielleicht am besten in der Widmung
ausgedrückt, die mir jetzt höchst unangemessen erscheint – ein weiteres Beispiel dafür, wie überwältigend
groß unsere eigenen Gefühle uns selbst vorkommen.

Nachdem dies erledigt ist, kann ich nun übergehen zu ein paar Bemerkungen über den bloßen Stoff der Geschichte. Was den Schauplatz betrifft, so gehört er zu jenem Teil der Meere des Fernen Ostens, aus denen ich für mein Schriftstellerleben die meisten Anregungen bezogen habe. Aus meiner Aussage, dass ich diese Geschichte lange unter dem Titel *Erstes Kommando* in Gedanken mit mir herumtrug, mag der Leser entnehmen, dass sie mit meinen persönlichen Erfahrungen zu tun hat. Tatsächlich handelt es sich um persönliche Erfahrungen, aus der Ferne gesehen, mit dem Auge des Geistes und gefärbt von jener Zuneigung, die man unweigerlich für solche Ereignisse des eigenen Lebens empfindet, deren sich zu schämen man keinen Grund hat. Und diese Zuneigung ist so stark (ich berufe mich hier auf die allgemein menschliche Erfahrung) wie die Scham, ja beinah die Qual, mit der man sich an gewisse unglückliche Vorfälle bis hin zu bloßen Ausdrucksfehlern erinnert, die man sich früher hat zuschulden kommen lassen. Die Erinnerung lässt aus der Fernsicht das Wesentliche größer erscheinen, weil es einsam herausragt aus dem Umfeld bedeutungsloser Alltagsdinge, die einem im Kopf natürlich verblasst sind.

Jener Periode meines Lebens auf See erinnere ich mich mit Wohlgefallen, weil sie zwar wenig vielversprechend begann, am Ende aber aus einem persönlichen Blickwinkel dennoch erfolgreich war und dafür einen handgreiflichen Beweis in Form jenes Briefes erbrachte, den die Reeder mir zwei Jahre später schrieben, als ich mein

Kommando aufkündigte, um wieder nach Hause zu kommen. Diese Kündigung markierte eine weitere Phase in meinem Seefahrerleben, sozusagen seine letzte Phase, die auf ihre eigene Weise einen anderen Teil meiner schriftstellerischen Arbeit gefärbt hat. Damals wusste ich nicht, wie bald mein Leben zur See zu Ende sein würde; daher war ich nicht traurig, außer bei meinem Abschied von dem Schiff. Es tat mir auch leid, meine Verbindung mit jener Firma zu lösen, der es gehörte, da es den Reedern gefallen hatte, einem Mann freundlich zu begegnen und ihr Vertrauen zu schenken, der eher zufällig und unter sehr ungünstigen Umständen in ihre Dienste getreten war. Ohne die Ernsthaftigkeit meiner Vorsätze schmälern zu wollen, kommt mir jetzt doch der Verdacht, dass der Erfolg, den sie mit dem in mich gesetzten Vertrauen hatten, nicht zum kleinsten Teil Glückssache war. Und man kann nicht umhin, sich mit Wohlgefallen jener Zeit zu erinnern, da die eigene Anstrengung vom Glück begünstigt wurde.

Die Worte »Meiner unvergänglichen Hochachtung wert«, die ich als Motto für die Titelseite ausgesucht habe, entstammen dem Buch selbst, und obwohl einer meiner Rezensenten vermutete, sie bezögen sich auf das Schiff, wird doch durch ihre Plazierung offensichtlich, dass sie sich auf die Mannschaft dieses Schiffes beziehen: Diese Männer waren ihrem neuen Kapitän völlig fremd, hielten dennoch so vortrefflich zu ihm während jener zwanzig Tage, die durchlebt worden waren wie am Abgrund einer langsamen und qualvollen Vernichtung. Und *das* ist die allergrößte Erinnerung! Denn es ist wahrhaftig eine große Sache, eine Handvoll Männer befehligt zu haben, die einer unvergänglichen Hochachtung wert sind.

J.C.

1920

DER GEHEIME TEILHABER

Zu meiner Rechten ragten Reihen von Netzpfosten auf, die an ein rätselhaftes System halb versunkener Bambuszäune erinnerten, unbegreiflich in seiner Aufteilung des Reichs der Tropenfische, wirr und wie für immer verlassen von irgendeinem Nomadenstamm braunhäutiger Fischer, der längst abgewandert war ans andere Ende der Erde, denn so weit das Auge reichte, gab es kein Zeichen einer menschlichen Behausung. Zu meiner Linken hatte eine Gruppe öder Inselchen, die wie Ruinen von Steinmauern, Türmen und Blockhäusern wirkten, ihre Fundamente in einer blauen See gegründet, die selbst massiv aussah, so still und fest lag sie mir zu Füßen. Sogar die Lichtspur der sinkenden Sonne warf einen glatten Schein, ohne jenes lebhafte Glitzern, das eine unmerkliche Kräuselung verrät. Und als ich den Kopf wandte und dem Schlepper noch einen letzten Blick zuwarf, der uns, vor der Barre verankert, zurückgelassen hatte, sah ich die gerade Linie der flachen Küste, Stoß an Stoß gefügt an die feste See, in der vollkommenen, bruchlosen Verbindung einer einzigen ebenen Fläche, halb braun, halb blau, unter der gewaltigen Kuppel des Himmels. Zwei kleine, zu den ebenso unbedeutenden Inselchen passende Baumgruppen, eine auf jeder Seite der einzigen Lücke in der sonst makellosen Fügung, markierten die Mündung des

Meinam, den wir, als erste, einleitende Etappe unserer Heimreise, gerade hinter uns gelassen hatten; und weit zurück, auf der Ebene im Inneren des Landes, bildete eine größere, erhabenere Masse, der die große Pagode von Paknam umgebende Hain, den einzigen Punkt, wo das Auge ausruhen konnte bei seinem nutzlosen Versuch, die eintönige Weite des Horizonts zu erkunden. Hier und da markierte ein Schimmer wie von ein paar verstreuten Silbermünzen die Windungen des großen Stroms, und auf dem nächsten, noch in der Barre gelegenen schimmernden Fleck entschwand der Schlepper, der geradewegs in das Land hineindampfte, mit Rumpf, Schornstein und Masten, meinem Blick, als hätte ihn die gleichmütige Erde verschluckt, mühelos, ohne das leiseste Zucken. Ich folgte seiner leichten Rauchfahne, die mal hier, mal dort, je nach den gewundenen Kurven des Flusses, über der Ebene auftauchte, immer flüchtiger und immer weiter weg, bis ich sie zuletzt hinter dem wie eine Mitra geformten Hügel der Großen Pagode aus den Augen verlor. Und dann war ich allein mit meiner Bark, die am Eingang zum Golf von Siam Anker geworfen hatte.

Sie lag, am Anfang einer langen Reise, sehr still inmitten einer unendlichen Stille, und die sinkende Sonne warf die Schatten ihrer Spieren weit nach Osten. Zu dem Zeitpunkt war ich allein an Deck. Aus ihrem Inneren drang kein Laut – und rund um uns regte sich nichts, lebte nichts, kein Einbaum auf dem Wasser, kein Vogel in der Luft, keine Wolke am Himmel. In dieser atemlosen Pause an der Schwelle einer langen Überfahrt schien es, als prüften wir unsere Eignung für ein langwieriges und mühsames Unterfangen, für die uns beiden auferlegte Aufgabe, die wir Tag um Tag ausführen sollten, fern von jedem Menschenauge, nur mit Himmel und See als Zeugen und Richter.

Ein grelles Leuchten in der Luft muss meine Sicht behindert haben, denn erst kurz bevor die Sonne verschwand, entdeckten mein umherschweifender Blick hinter der höchsten Hügelkuppe der Hauptinsel der Gruppe etwas, was die Feierlichkeit vollkommenen Alleinseins verscheuchte. Rasch strömte die Flut der Finsternis heran, und mit tropischer Plötzlichkeit erschien ein Schwarm Sterne über der schemenhaften Erde, während ich noch einen Moment verweilte und meine Hand leicht auf der Reling meiner Bark ruhte wie auf der Schulter eines vertrauten Freundes. Angesichts der Menge der himmlischen Körper, die auf mich herabstarrten, war freilich das Behagen der stillen Gemeinschaft mit ihr endgültig dahin. Und bald waren auch störende Geräusche zu hören – Stimmen, Schritte auf dem Vorschiff; der Steward, ein emsig dienstbarer Geist, eilte über das Hauptdeck; unterm Poopdeck drängte bimmelnd eine Handglocke …

Meine beiden Offiziere erwarteten mich neben dem Esstisch in der erleuchteten Messe. Wir setzten uns sofort, und während ich dem Ersten vorlegte, sagte ich:

»Wussten Sie, dass da ein Schiff zwischen den Inseln ankert? Ich habe über der Hügelkuppe ihre Topps gesehen, als die Sonne unterging.«

Ruckartig hob er sein schlichtes, von einem furchtbaren Backenbart überwuchertes Gesicht und stieß seine üblichen Ausrufe hervor: »Meine Güte, Sir! Was Sie nicht sagen.«

Mein Zweiter war ein pausbäckiger, schweigsamer junger Mann, für seine Jahre zu ernst, wie mir schien; als sich aber unsere Blicke zufällig trafen, entdeckte ich ein leises Zucken auf seinen Lippen. Sofort senkte ich den Blick. Es war nicht meine Art, an Bord meines Schiffes irgendeine Spöttelei zu begünstigen. Ich muss freilich zugeben, dass ich sehr wenig über meine Offiziere wusste. Infolge gewisser, nur für mich wichtiger Umstände war ich erst vor vierzehn Tagen mit diesem Kommando betraut worden. Auch über die Matrosen im Vorschiff wusste ich nicht viel. Alle diese Leute waren seit ungefähr achtzehn Monaten zusammen gewesen, und ich war der einzige Fremde an Bord. Ich spreche davon, weil es für das, was folgt, nicht ohne Belang ist. Am stärksten aber fühlte ich, dass ich für das Schiff ein Fremder war; und wenn ich die ganze Wahrheit sagen soll, so war ich mir selber fremd. Als Jüngster an Bord (außer dem Zweiten Offizier) und noch nicht erprobt auf dem Posten mit höchster Verantwortung, war ich geneigt, die Tauglichkeit der anderen als selbstverständlich vorauszusetzen. Sie mussten nur ihrer Aufgabe gewachsen sein; ich aber fragte mich, inwieweit ich jenem Idealbild der eigenen Person treu bleiben würde, das jeder insgeheim von sich entwirft.

Inzwischen bemühte sich der Erste mit fast sichtbarer

Unterstützung seiner runden Augen und des furchterregenden Backenbarts, eine Theorie über das vor Anker liegende Schiff zu entwickeln. Es war sein auffallendster Charakterzug, alle Dinge mit äußerster Ernsthaftigkeit zu erwägen. Er ließ sich das Denken sauer werden. Wie er oft sagte, gefiel es ihm, sich praktisch alles, was ihm begegnete, »gründlich zu erklären«, bis hinunter zu jenem elenden Skorpion, den er eine Woche zuvor in seiner Kajüte gefunden hatte. Das Warum und Wozu dieses Skorpions – wie er an Bord gekommen war und seinen Raum gewählt hatte anstelle der Pantry (die doch dunkel war und eher das, was ein Skorpion schätzte), und wie in aller Welt er es geschafft hatte, sich im Tintenfass auf seinem Schreibtisch zu ersäufen – all das hatte ihn endlos beschäftigt. Das Schiff zwischen den Inseln lasse sich viel einfacher erklären, und just als wir uns vom Tisch erheben wollten, verkündete er seine Deutung. Sie war, er zweifle nicht daran, erst kürzlich aus der Heimat eingetroffen. Wahrscheinlich hatte sie zu viel Tiefgang, um die Barre zu überqueren, außer beim höchsten Stand der Springflut. Deshalb hatte sie für ein paar Tage diesen natürlichen Hafen aufgesucht, anstatt auf offener Reede zu liegen.

»Stimmt!« bekräftigte plötzlich der Zweite mit seiner etwas rauhen Stimme. »Sie geht über zwanzig Fuß tief. Ist die *Sephora* aus Liverpool und hat Kohle geladen. Hundertdreiundzwanzig Tage von Cardiff.«

Wir sahen ihn überrascht an.

»Der Kapitän vom Schlepper hat mir von ihr erzählt,

als er wegen Ihrer Briefe an Bord kam, Sir«, erläuterte der junge Mann. »Er hofft, dass er sie übermorgen flussaufwärts führen kann.«

Als er uns dergestalt mit dem ganzen Ausmaß seiner Kenntnisse schier überwältigt hatte, schlüpfte er aus der Kajüte. Der Erste bemerkte bekümmert, er könne sich »die Launen dieses jungen Burschen nicht erklären«. Was ihn davon abgehalten hatte, uns nicht gleich alles zu erzählen, das wüsste er gern.

Als er aufstehen wollte, hielt ich ihn zurück. In den letzten beiden Tagen hatte die Mannschaft viel und hart arbeiten müssen und in der Nacht zuvor wenig Schlaf gehabt. Es war mir schmerzlich bewusst, dass ich – ein Fremder – etwas Ungewöhnliches tat, als ich ihn anwies, alle Mann in die Kojen zu schicken, ohne eine Ankerwache zu stellen. Ich schlug vor, dass ich selbst bis ungefähr ein Uhr an Deck bleiben würde. Dann sollte mich der Zweite ablösen.

»Er wird den Koch und den Steward um vier wecken«, schloss ich, »und dann Ihnen Bescheid sagen. Beim leisesten Anzeichen von Wind werden wir natürlich alle Mann an Deck rufen und sofort auslaufen.«

Er verbarg sein Erstaunen. »Sehr wohl, Sir.« Kaum war er aus der Messe, steckte er seinen Kopf zur Tür des Zweiten hinein, um diesem Mitteilung zu machen von meinem unerhört grillenhaften Einfall, volle fünf Stunden Ankerwache auf mich zu nehmen. Ich hörte, wie der andere ungläubig seine Stimme hob: »Was? Der Kapitän selbst?« Es folgte ein kurzes Gemurmel; eine Tür wurde geschlossen, dann eine andere. Ein paar Augenblicke später ging ich an Deck.

Dieses Gefühl meiner Fremdheit, das mich keinen Schlaf finden ließ, war der Grund für jene ungewöhnliche Anordnung gewesen, ganz so, als hätte ich erwartet, mich in diesen einsamen Nachtstunden vertraut zu machen mit dem Schiff, von dem ich nichts wusste und auf dem Männer Dienst taten, von denen ich wenig mehr wusste. Als sie noch am Kai fest vertäut gewesen war, wie jedes in einem Hafen liegende Schiff übersät mit einem Gewirr der verschiedensten Dinge und überrannt von Leuten vom Land, hatte ich sie noch nicht richtig in Augenschein nehmen können. Als sie nun, aufgeräumt und klar zum Auslaufen, vor mir lag, erschien mir ihr langes Hauptdeck im Licht der Sterne überaus schön. Sehr schön, sehr geräumig für ihre Größe und sehr einladend. Ich stieg von der Poop hinab und schlenderte über die Kuhl, während ich mir im Geiste die bevorstehende Fahrt ausmalte, durch den Malaiischen Archipel, den Indischen Ozean hinab und den Atlantik hinauf. Alle Etappen dieser Reise waren mir vertraut genug, alle Besonderheiten, all die Alternativen, vor die ich mich auf hoher See gestellt sehen würde – alles, bis auf die neue Verantwortung, das Kommando zu haben. Aber ich fasste mir ein Herz bei dem grundvernünftigen Gedanken, dass dies Schiff anderen Schiffen ähnlich war und die Männer anderen Männern, und dass die See wohl kaum irgendwelche besonderen Überraschungen bereithielt, nur um mich in Verwirrung zu stürzen.

Nach dieser tröstlichen Schlussfolgerung besann ich mich auf eine Zigarre und ging unter Deck, um sie mir zu holen. Es war völlig still da unten. Jedermann im Achterschiff lag in tiefem Schlaf. Angenehm beruhigt betrat ich in dieser windstillen Nacht barfuß, nur mit einem Schlafanzug bekleidet und mit der glimmenden Zigarre zwischen den Zähnen, das Achterdeck, und als ich nach vorn ging, begegnete mir die tiefe Stille des Vorschiffs. Nur als ich an der Back vorbeikam, vernahm ich von drinnen den tiefen, ruhigen, vertrauensvollen Seufzer eines dort Schlafenden. Und plötzlich frohlockte ich über die große Sicherheit, die die See im Vergleich zur Rastlosigkeit des Landes bietet, über meine Entscheidung für dieses Leben, das keine Versuchungen, keine beunruhigenden Probleme kennt und durch die absolute Aufrichtigkeit seines Reizes und der Eindeutigkeit seines Zwecks ausgestattet ist mit einer elementaren sittlichen Schönheit.

In den rätselhaften Schatten der Nacht leuchtete das Ankerlicht im vorderen Rigg mit einer klaren, unbewegten, gleichsam sinnbildhaften Flamme, hell und zuversichtlich. Als ich auf der anderen Seite des Decks nach achtern ging, bemerkte ich, dass die Strickleiter, die man zweifellos für den Kapitän des Schleppers ausgebracht hatte, als er an Bord kam, um unsere Briefe mitzunehmen, nicht eingeholt worden war, obwohl es sich so gehörte. Das verdross mich, denn Sorgfalt in kleinen Dingen ist die Seele der Disziplin. Dann fiel mir ein, ich hatte ja selbst meine Offiziere ziemlich gebieterisch vom Dienst freigestellt und dadurch verhindert, dass die Ankerwache offiziell eingeteilt und alle Dinge ordentlich geregelt wurden. Ich fragte mich, ob es klug gewesen war, die gewohnte Routine der Dienstpflichten zu unterbrechen, selbst mit den besten Absichten. Wahrscheinlich wirkte ich durch mein Verhalten exzentrisch. Der Himmel mochte wissen, wie sich der Erste mit seinem lächerlichen Backenbart mein Betragen »erklären« und was das ganze Schiff von jenem Formfehler des neuen Kapitäns halten würde. Ich ärgerte mich über mich selbst.

Bestimmt nicht aus schlechtem Gewissen, sondern gleichsam mechanisch machte ich mich daran, selbst das Fallreep einzuholen. Nun ist so eine Strickleiter keine gewichtige Sache und kommt leicht wieder hoch, aber mein kräftiges Reißen, durch den sie eigentlich an Deck hätte fliegen müssen, fuhr mir als völlig unerwarteter Rückstoß in die Glieder. Was zum Teufel! ... Ich war über die Unbeweglichkeit dieses Fallreeps so verblüfft, dass ich stockstill stehen blieb und versuchte, mir wie mein einfältiger Erster Offizier das Ganze zu erklären. Am Ende streckte ich natürlich meinen Kopf über die Reling.

Die Bordwand warf einen schemenhaften Schattengürtel auf die dunkelglasig schimmernde See. Aber sofort sah ich etwas Langes, Blasses sehr dicht neben dem Fallreep treiben. Ehe mir eine Idee kam, flimmerte ein phosphoreszierender Lichtschein, der wohl vom nackten Leib eines Mannes ausging, im schlummernden Wasser wie das flüchtige, stille Zucken eines Flächenblitzes bei Nacht. Mir stockte der Atem, als ich, hinabstarrend, zwei Füße, lange Beine und einen breiten, blassen Rücken

erkannte, der bis zum Hals eingetaucht war in einen lei-
chenhaft grünlichen Glimmer. Eine Hand hatte im Wasser die unterste Sprosse der Leiter gepackt. Der Mann
war vollständig bis auf den Kopf. Eine kopflose Leiche!
Die Zigarre fiel mir aus dem gaffenden Mund, und der
winzige Plumps, das kurze Zischen waren in der absoluten Stille aller Dinge unter dem Himmel gut hörbar. Deshalb hob er wohl den Kopf und wandte mir sein Gesicht
zu, ein verschwommenes, blasses Oval im Schatten der
Bordwand. Aber sogar dann konnte ich dort unten gerade einmal die Form seines schwarzhaarigen Kopfes ausmachen. Es reichte freilich, denn die grässliche Eiseskälte,
die meine Brust umklammert hatte, verlor sich. Der Moment für nutzloses Geschrei war auch vorbei. Also kletterte ich bloß auf die Reservespiere und lehnte mich so
weit ich konnte über die Reling, um dieses längsseits trei-
bende Rätsel näher in Augenschein zu nehmen.

Als er wie ein Schwimmer, der sich ausruht, an der Leiter hing, umspielte das Licht der Flächenblitze bei jeder
Regung seine Glieder, und er wirkte gespenstisch, silb-
rig, fischartig. Er blieb auch stumm wie ein Fisch. Und er
machte auch keine Anstalten, das Wasser zu verlassen. Ich
konnte mir nicht vorstellen, warum er nicht an Bord zu
kommen versuchte, und mich beschlich der seltsam verstörende Verdacht, dass er das vielleicht gar nicht wollte.
Und meine allerersten Worte entsprangen dieser verstörenden Ungewissheit.

»Was ist los?« fragte ich in normalem Tonfall, indem ich
das direkt unter mir aufschauende Gesicht anredete.

»Krampf«, antwortete es, kein bisschen lauter. Dann, ein wenig besorgt:»Aber kein Grund, jemanden zu rufen.«

»Hatte ich nicht vor«, sagte ich.

»Sind Sie allein an Deck?«

»Ja.«

Ich hatte irgendwie den Eindruck, als sei er kurz davor, die Leiter fahren zu lassen und aus meinem Blickfeld hinauszuschwimmen – so rätselhaft, wie er gekommen war. Aber einstweilen wollte dieses Wesen, das so aussah, als sei es vom Meeresboden aufgestiegen (und kein Erdboden war dem Schiff näher als dieser), nur wissen, wie spät es war. Ich sagte es ihm. Und er da unten fragte, vorsichtig:

»Ihr Kapitän ist wohl schon im Bett?«

»Das ist er nicht, da bin ich sicher«, sagte ich.

Er schien mit sich zu kämpfen, denn ich vernahm so etwas wie ein bitteres, zweifelndes Murmeln:»Ach, was soll's.« Seine nächsten Worte kamen stockend und gepresst.

»Hören Sie, guter Mann. Könnten Sie ihn leise herholen?«

Ich fand, die Zeit sei gekommen, mich zu erkennen zu geben.

»Ich bin der Kapitän.«

»Großer Gott!« hörte ich es unten auf dem Wasser flüstern. Der Phosphorschimmer flackerte über das um seine Glieder wirbelnde Wasser; seine andre Hand packte die Leiter.

»Leggatt mein Name.«

Die Stimme klang ruhig und entschlossen. Eine gute Stimme. Die Selbstbeherrschung jenes Mannes bewirkte in mir einen entsprechenden Zustand. Sehr leise sagte ich:

»Sie müssen ein guter Schwimmer sein.«

»Ja. Bin praktisch seit neun Uhr im Wasser. Ich frag mich jetzt nur, ob ich die Leiter hier loslassen und weiterschwimmen soll, bis ich vor Erschöpfung untergehe, oder – an Bord komme.«

Ich spürte, das war keine bloße Formel, aus Verzweiflung geboren, sondern eine echte Alternative, die eine starke Seele vor Augen hatte. Ich konnte dem entnehmen, dass er jung war; eigentlich sind es ja wirklich nur die Jungen, die sich überhaupt vor eine derart klare Wahl gestellt sehen. Aber damals war meine Annahme nur pure Intuition. Zwischen uns beiden hatte sich bereits eine rätselhafte Verständigung ergeben – im Angesicht jener schweigenden, verdunkelten tropischen See. Auch ich war jung, jung genug, um keinen Kommentar abzugeben. Plötzlich begann der Mann im Wasser das Fallreep hinaufzuklettern, und ich hastete davon, um ein paar Kleidungsstücke zu holen.

Bevor ich die Kajüte betrat, hielt ich im Gang am Fuß der Treppe inne und lauschte. Durch die geschlossene Tür des Ersten Offiziers drang schwaches Schnarchen. Die Tür des Zweiten war nur lose eingehakt, aber aus der Dunkelheit da drinnen drang kein Laut. Er war ebenfalls jung und konnte schlafen wie ein Stein. Blieb noch der

Steward, doch er würde wahrscheinlich nicht wach werden, eh man ihn rief. Ich holte einen Schlafanzug aus meiner Kajüte, und als ich wieder an Deck trat, sah ich den Mann aus der See auf dem Großluk hocken, weiß schimmernd in der Dunkelheit, die Ellbogen auf den Knien und den Kopf in die Hände gestützt. Im Nu hatte er seinen nassen Leib in einen grau gestreiften Schlafanzug gehüllt, der ebenso aussah wie der, den ich trug, und er folgte mir wie mein Doppelgänger auf die Poop. Wir gingen, barfuß und schweigend, bis ganz nach achtern.

»Was ist passiert?« fragte ich mit gedämpfter Stimme, nahm die Lampe aus dem Kompasshäuschen und hielt sie ihm vors Gesicht.

»Eine üble Sache.«

Er hatte ziemlich regelmäßige Züge, einen guten Mund, helle Augen unter etwas starken, dunklen Brauen, eine glatte, breite Stirn, bartlose Wangen, einen schmalen braunen Schnurrbart und ein wohlgeformtes, rundes Kinn. Im prüfenden Licht der Lampe, die ich ihm vor das Gesicht hielt, wirkte seine Miene konzentriert und nachdenklich, wie die eines Mannes, der in seiner Einsamkeit etwas gründlich durchdenkt. Mein Schlafanzug passte ihm wie angegossen. Ein muskulöser junger Bursche von höchstens fünfundzwanzig Jahren. Mit seinen weißen, ebenmäßigen Zähnen biss er sich auf die Unterlippe.

»Ja?« sagte ich und stellte die Lampe ins Kompasshäuschen zurück. Die warme, schwere tropische Nacht senkte sich wieder auf seinen Kopf.

»Dahinten liegt ein Schiff«, murmelte er.

»Ja. Ich weiß. Die *Sephora*. Haben Sie von uns gewusst?«

»Hatte nicht die leiseste Ahnung. Ich bin ihr Erster Offizier ...« Er hielt inne und verbesserte sich: »Besser gesagt, ich *war*.«

»Aha! Etwas nicht in Ordnung?«

»Überhaupt nicht. Hab einen Mann getötet.«

»*Was* sagen Sie? Gerade eben?«

»Nein, während der Überfahrt. Vor Wochen. Neununddreißig südliche Breite. Und wenn ich sage, einen Mann ...«

»Wutanfall«, schlug ich zuversichtlich vor.

Der schemenhafte Kopf, dunkel wie meiner, schien über dem gespenstischen Grau meines Schlafanzugs unmerklich zu nicken. Es war mir, als sähe ich in dieser Nacht wie in den Tiefen eines dunklen, riesigen Spiegels meinem eigenen Bild ins Gesicht.

»Hübsche Sache, das zu gestehen, für einen Jungen von der *Conway*«, murmelte mein Doppelgänger deutlich vernehmbar.

»Sie sind ein Junge von der *Conway*?«

»Ja, bin ich«, entgegnete er, als sei er überrascht. Dann sagte er langsam: »Sie vielleicht auch ...?«

So war es. Aber da ich ein paar Jahre älter war, hatte ich sie verlassen, bevor er gekommen war. Wir tauschten rasch ein paar Daten aus; dann herrschte Schweigen, und ich dachte plötzlich an meinen lächerlichen Ersten mit seinem furchtbaren Backenbart und seinem »Meine-

Güte-was-Sie-nicht-sagen«-Verstand. Mein Doppelgänger gab mir einen Einblick in seine Gedanken, als er sagte:

»Mein Vater ist Pastor in Norfolk. Sehen Sie mich unter dieser Anklage vor einem Richter und einer Jury? Ich sehe nicht, dass das nötig ist. Es gibt Kerle, die ein Engel vom Himmel … Und ich bin keiner. Der Kerl war einer dieser Kreaturen, die die ganze Zeit in einer dümmlichen Form von Bosheit vor sich hin köcheln. Elende Teufel, die kein Lebensrecht haben. Er wollte nicht seine Pflicht tun und hielt auch alle anderen davon ab. Aber was soll all das Gerede. Sie kennen diese Sorte ja gut genug, bösartige, knurrende Köter …«

Er sprach zu mir, als wären unsere Erfahrungen so identisch gewesen, wie es unsere Kleidung war. Und ich kannte die Ansteckungsgefahr wirklich gut genug, die in einer solchen Person lauert, wenn sie sich nicht mit legalen Mitteln unterdrücken lässt. Und ich wusste auch gut genug, mein Doppelgänger da war kein mordlustiger Schuft. Ich dachte nicht daran, ihn nach Einzelheiten zu befragen, als er mir in groben Zügen und in knappen, abgehackten Sätzen die Geschichte erzählte. Mehr brauchte ich nicht zu wissen. Ich sah alles vor mir, als steckte ich selbst in dem anderen Schlafanzug.

»Es passierte, als wir abends, im Halbdunkel, ein gerefftes Focksegel setzten. Gereffte Fock – Sie können sich das Wetter denken – das einzige Segel, das uns blieb, um sie am Laufen zu halten, also können Sie sich ausmalen, wie es seit Tagen zuging. Kitzlige Sache, so was. Er kam mir mit einer seiner verfluchten Frechheiten, als wir die

Schot holten. Ich sage Ihnen, ich war völlig fertig von diesem furchtbaren Wetter, das offenbar kein Ende nahm. Furchtbar, sag ich Ihnen – und das Schiff ging tief. Ich glaube, der Kerl war selbst halb verrückt vor Schiss. Es war keine Zeit für einen höflichen Verweis, also drehte ich mich um und fällte ihn wie einen Ochsen. Er wieder hoch und auf mich los. Wir kamen gerade zur Sache, als eine furchtbare Sturzsee auf das Schiff zurollte. Alle Mann sahen sie kommen und kletterten ins Rigg. Ich hatte ihn an der Gurgel und schüttelte ihn wie eine Ratte; die Männer über uns schrien ›Wahrschau! Wahrschau!‹. Dann ein Krachen, als wäre der Himmel eingestürzt. Sie haben gesagt, dass man zehn Minuten lang kaum etwas vom Schiff sah – nur die drei Masten und ein Stück von der Back und der Poop – alles überspült und wild dahintreibend in schaumigen Strudeln. Ein Wunder, dass sie uns überhaupt fanden, ineinander verkeilt, hinter den vorderen Betingen. Kein hübscher Anblick, dies Wunder. Muss es verflucht ernst gemeint haben, denn ich hielt ihn noch immer bei der Gurgel gepackt. Er war ganz schwarz im Gesicht. Das war zu viel für sie. Offenbar schafften sie uns, ineinander verkeilt, wie wir waren, nach achtern, kreischten Mord! wie ein Haufen Irrer und stürzten in die Messe. Und das Schiff kämpfte ums nackte Leben, hopp oder topp, die ganze Zeit, jede Minute konnte die letzte sein in einem Seegang, bei dem man nur vom Hinsehen graue Haare kriegen konnte. Man hat mir gesagt, dass auch der Skipper wie die anderen schier wahnsinnig wurde. Der Mann hatte seit mehr als einer Woche nicht geschlafen, und mitten in einem wütenden Sturm mit so etwas konfrontiert zu werden, brachte ihn fast um den Verstand. Eigenartig, dass sie mich nicht über Bord geworfen haben, nachdem sie den Kadaver ihres teuren Kameraden befreit hatten aus meinen Fingern. War ein schönes Stück Arbeit, hat man mir gesagt. Eine hinreichend wilde Geschichte, um einen alten Richter und eine ehrenwerte Jury auf Vordermann zu bringen. Das Erste, was ich hörte, als ich wieder zu mir kam, war das irrsinnige Heulen dieses endlosen Sturms und darüber die Stimme des Alten. Er klammerte sich an meine Koje und starrte mir unter seinem Südwester ins Gesicht. ›Mr. Leggatt. Sie haben einen Mann getötet. Sie können auf diesem Schiff nicht mehr als Erster Offizier Dienst tun.‹«

Da er seine Stimme sorgfältig dämpfte, klang sie fast monoton. Er drückte eine Hand gegen den Rand des Oberlichts, um sich zu stützen, rührte aber, soweit ich sehen konnte, die ganze Zeit kein Glied. »Nette kleine Geschichte für eine gemütliche Teegesellschaft«, schloss er im gleichen Ton.

Eine meiner Hände lag ebenfalls auf dem Rand des Oberlichts, und soweit ich wusste, rührte auch ich kein Glied. Wir standen weniger als einen Fuß voneinander entfernt. Mir fiel ein, wenn der alte »Meine Güte – was Sie nicht sagen!« jetzt seinen Kopf aus dem Niedergang steckte und uns zu Gesicht bekäme, würde er glauben, seinen Kapitän doppelt zu sehen, oder sich einbilden, in eine unheimliche Hexenszene geraten zu sein: der fremde, seltsame Kapitän am Steuerrad hält ein leises Schwätzchen mit seinem eigenen grauen Geist. So etwas wollte ich unbedingt verhindern. Ich hörte, wie der andere besänftigend murmelte: »Mein Vater ist Pastor in Norfolk.« Offenbar hatte er vergessen, dass er mir diese wichtige Tatsache schon vorher mitgeteilt hatte. Wirklich eine nette kleine Geschichte.

»Sie schlüpfen jetzt besser in meine Kajüte«, sagte ich und schlich leise voran. Mein Doppelgänger folgte mir; unsere nackten Füße machten kein Geräusch; ich ließ ihn eintreten, schloss behutsam die Tür und ging, nachdem ich meinen Zweiten geweckt hatte, zurück an Deck, um auf meine Ablösung zu warten.

»Sieht nicht sehr nach Wind aus bis jetzt«, bemerkte ich, als er erschien.

»Nein, Sir. Sieht nicht so aus«, bestätigte er in seiner rauhen Stimme und unterdrückte, gerade noch ehrerbietig, aber kein Quentchen mehr, ein Gähnen.

»Nun, das ist alles, worauf Sie achten müssen. Sie haben Ihre Befehle.«

»Jawohl, Sir.«

Ich schritt ein paarmal auf der Poop auf und ab und sah ihn, das Gesicht zum Bug, den Ellenbogen in den Webeleinen der Besanwanten, seinen Posten beziehen, bevor ich nach unten ging. Der Erste schnarchte immer noch leise und friedlich vor sich hin. Die Lampe in der Messe brannte über dem Tisch, auf dem eine Vase mit Blumen stand, eine höfliche Aufmerksamkeit vom Proviandhändler des Schiffs – die letzten Blumen, die wir für mindestens die nächsten drei Monate zu Gesicht bekommen würden. Zwei Bündel Bananen baumelten symmetrisch vom Decksbalken, eins auf jeder Seite des Ruderschachts. Alles an Bord war genau wie zuvor – nur dass zwei Schlafanzüge des Kapitäns gleichzeitig in Gebrauch waren; der eine stand reglos in der Messe, der andere verharrte sehr still in der Kapitänskajüte.

Man muss hier erklären, dass meine Kajüte die Form eines großen L hatte; die Tür lag in dem Winkel und öffnete sich in das kurze Ende des Buchstabens. Links befand sich ein Sofa, die Koje rechts, mein Schreibtisch und das Pult mit den Chronometern standen der Tür gegenüber. Wenn jemand die Tür öffnete und nicht weit genug eintrat, hatte er keinen Einblick in das, was ich den langen (oder vertikalen) Teil des Buchstabens nenne. Dort standen zwei Schränkchen, über denen sich ein Bücherregal befand, und an ein paar Haken hingen Kleidungsstücke, ein oder zwei warme Jacken, Mützen, ein Ölmantel und dergleichen. Am Ende dieses Teils der Kajüte öffnete sich die Tür zu meinem Bad, das auch direkt vom Salon zugänglich war. Dieser Zugang aber wurde nie benutzt.

Der geheimnisvolle Ankömmling hatte den Vorzug dieser besonderen Aufteilung bereits entdeckt. Als ich den Raum betrat, der von einer am Schott über meinem Schreibtisch kardanisch aufgehängten Lampe hell erleuchtet wurde, konnte ich ihn nirgendwo sehen, bis er leise hinter den im rückwärtigen Winkel aufgehängten Mänteln hervorkam. »Ich hab jemanden gehört und bin da sofort reingeschlüpft«, wisperte er.

Auch ich senkte die Stimme.

»Unwahrscheinlich, dass hier einer reinkommt, ohne zu klopfen und aufs ›Herein‹ zu warten.«

Er nickte. Sein Gesicht war hager und die Sonnenbräune verblichen, als sei er krank gewesen. Kein Wunder. Man hatte ihn, wie ich sogleich hörte, etwa sechs Wochen lang in seiner Kajüte unter Arrest gehalten. Doch weder in seinen Augen noch in seiner Miene lag etwas Kränkliches. Eigentlich glich er mir überhaupt nicht; als wir aber so über meine Koje gebeugt dastanden und flüsternd unsere dunklen Köpfe zusammensteckten, dicht nebeneinander und mit den Rücken zur Tür, hätte sich jedem, der kühn genug gewesen wäre, sie verstohlen zu öffnen, der unheimliche Anblick eines doppelten Kapitäns geboten, der emsig flüsterte mit seinem anderen Ich.

»Aber all das sagt mir noch nicht, wie Sie dazu kamen, sich an unser Fallreep zu hängen«, sagte ich in unserem kaum hörbaren Flüsterton, sobald er mir etwas ausführlicher erzählt hatte, was an Bord geschehen war, nachdem sich das schlechte Wetter verzogen hatte.

»Als wir Java Head sichteten, hatte ich genug Zeit gehabt, alle diese Dinge mehrfach zu durchdenken. Sechs Wochen lang hatte ich nichts anderes zu tun und nur etwa eine Stunde an jedem Abend, in der ich mir auf dem Achterdeck die Beine vertreten konnte.«

Während er so flüsterte, die Arme gestützt auf dem Rand meiner Koje, starrte er durch das offene Bullauge. Und ich konnte mir seine Art dieses Durchdenkens lebhaft vorstellen – eine beharrliche, ja unerschütterliche

Operation – etwas, zu dem ich völlig unfähig gewesen wäre.

»Ich hab darauf gerechnet, dass es wohl dunkel sein würde, bevor wir der Küste näher kämen«, fuhr er so leise fort, dass ich meine Ohren spitzen musste, obwohl wir uns so nahe waren, dass sich unsere Schultern fast berührten. »Also hab ich gefragt, ob ich den Alten sprechen dürfte. Er sah immer verflucht übel aus, wenn er mich besuchen kam – als ob er mir nicht ins Gesicht sehen konnte. Sie wissen ja, das Focksegel hat das Schiff gerettet. Sie hatte zu viel Tiefgang, um noch lange vor Topp und Takel zu laufen. Und ich hatte es geschafft, es für ihn zu setzen. Wie auch immer, er ist also zu mir gekommen. Als ich ihn in meiner Kajüte hatte (er stand neben der Tür und sah mich an, als hätte ich den Strick schon um den Hals), hab ich ihn rundheraus gebeten, meine Tür in der Nacht unverschlossen zu lassen, während das Schiff durch die Sunda-Straße läuft. Querab von Angier Point wäre die Küste von Java nur zwei oder drei Meilen entfernt. Mehr brauchte ich nicht. In meinem zweiten Jahr auf der *Conway* hab ich einen Preis im Schwimmen gewonnen.«

»Glaube ich gern«, hauchte ich.

»Nur Gott weiß, warum sie mich jede Nacht eingeschlossen haben. Wenn man einige ihrer Gesichter sah, hätte man denken können, sie hatten Angst, ich würde nachts umherspazieren und Leute erwürgen. Bin ich denn ein mordlustiges Biest? Seh ich so aus? Bei Gott, wär ich das gewesen, hätte er sich doch nicht in meine Kajüte gewagt. Sie werden sagen, ich hätte ihn zur Seite rempeln und genau da und dort hinausstürzen können – es war ja schon dunkel. Aber das ging nicht. Und aus dem gleichen Grund hab ich gar nicht daran gedacht, die Tür einzutreten. Bei dem Krach hätte es ein Handgemenge gegeben, und ich wollte nicht reingeraten in so eine verdammte Keilerei. Da hätte noch jemand ums Leben kommen können – denn ich wäre ja nicht ausgebrochen, um gleich wieder eingelocht zu werden – und so etwas wollte ich auf jeden Fall vermeiden. Er hat abgelehnt und übler ausgesehen als je. Er hatte Angst vor den Männern, auch vor seinem alten Zweiten, der schon seit Jahren mit ihm unterwegs war – ein grauhaariger alter Gauner; auch sein Steward war schon weiß der Teufel wie lang bei ihm, siebzehn Jahr und mehr, ein rechthaberischer Nichtsnutz, der mich hasste wie Gift, nur weil ich Erster Offizier war. Kein Erster hat je mehr als eine Fahrt auf der *Sephora* gemacht, müssen Sie wissen. Und diese beiden alten Kerle hatten das Schiff unter Kontrolle. Weiß der Teufel, wovor der Skipper keine Angst hatte – in dem höllisch schweren Wetter hatte er völlig die Nerven verloren –; er hatte Angst vor dem, was die Gerichte mit ihm machen würden – vielleicht auch vor seiner Frau. Ja doch! Die ist auch an Bord! Obwohl ich nicht glaube, dass sie sich eingemischt hätte. Sie wäre überaus froh gewesen, wäre ich vom Schiff verschwunden, egal wie. Die Sache mit dem ›Brandmal des Kain‹, Sie wissen schon. Ist auch ganz in Ordnung. Ich war wirklich so weit zu verschwinden, um unstet und flüchtig zu sein auf Erden – und dieser Preis war für einen Abel dieser Sorte tatsächlich hoch genug. Na, jedenfalls hat er abgelehnt. ›Diese Sache muss ihren Lauf nehmen. Ich vertrete hier das Gesetz.‹ Er hat gezittert wie Espenlaub. ›Sie wollen also nicht?‹ – ›Nein!‹ – ›Na hoffentlich können Sie danach noch schlafen‹, hab ich gesagt und ihm den Rücken gekehrt. ›Ich wundere mich, dass *Sie* das noch können!‹ brüllt er da und verriegelt die Tür.

Na ja, danach konnte ich nicht. Nicht wirklich. Das ist drei Wochen her. Wir sind nur langsam durch die Javasee vorangekommen, zehn Tage lang vor Karimata herumgedriftet. Als wir hier Anker warfen, dachten sie wohl, das würde gehen. Das Ziel des Schiffs war die nächstgelegene Küste (und die ist fünf Meilen entfernt); der Konsul würde sich bald dranmachen, mich in Haft zu nehmen, und es hätte keinen Sinn gehabt, zu diesen Inselchen da durchzubrennen. Ich glaube nicht, dass es da auch nur einen Tropfen Wasser gibt. Ich weiß nicht, wie es kam, aber heute Nacht, als besagter Steward mir mein Abendbrot gebracht hat, ist er rausgegangen, damit ich in Ruhe essen konnte, und hat die Tür unverriegelt gelassen. Und ich hab's gegessen – restlos aufgegessen. Als ich fertig war, bin ich aufs Deck geschlendert. Ich weiß nicht, ob ich irgendetwas vorhatte. Ich glaube, ich wollte nur etwas Frischluft schnappen. Dann spürte ich plötzlich eine große Versuchung. Ich hab meine Pantoffeln von den Füßen geschleudert und war im Wasser, bevor ich einen Entschluss gefasst hatte. Jemand hat das Aufklatschen gehört, und dann haben sie einen Heidenlärm veranstaltet.

›Er ist weg! Boot abfieren! Er hat Selbstmord begangen!
Nein – er schwimmt!‹

Natürlich bin ich geschwommen. Nicht so einfach für
einen geübten Schwimmer wie mich, sich zu ertränken.
Ich hatte das nächstgelegene Inselchen erreicht, bevor
das Boot von der Bordwand abstieß. In der Dunkelheit
hörte ich sie herumpullen, rufen und so weiter, aber nach
einer Weile haben sie's aufgegeben. Alles hat sich beruhigt, und am Ankerplatz war es bald so still wie der Tod.
Ich hab mich auf einen Stein gesetzt und nachgedacht.
Ich war sicher, bei Tagesanbruch würden sie mit der
Suche nach mir beginnen. Auf diesen steinigen Dingern
gibt es keinen Ort, wo man sich verstecken kann – und
selbst wenn, wozu wär das gut gewesen? Aber ich war
jetzt weg vom Schiff, und zurück wollte ich nicht. Nach
einer Weile hab ich also alle Kleider ausgezogen, sie
um einen Stein herum zu einem Bündel geschnürt und
im tiefen Wasser am jenseitigen Ufer des Inselchens ver-
senkt. Mehr Selbstmord brauchte ich nicht. Sie sollten
doch denken, was sie wollten, aber ich wollte mich nicht
ertränken. Ich wollte schwimmen bis ich untergehe –
aber das ist nicht dasselbe. Ich bin aufgebrochen zu einem anderen Inselchen, und von dort hab ich zuerst Ihr
Ankerlicht gesehen. Etwas, auf das man zuschwimmen
konnte. Ich hab es ruhig angehen lassen, und unterwegs
bin ich auf einen flachen Felsen gestoßen, der einen oder
zwei Fuß übers Wasser ragt. Bei Tageslicht könnten Sie
ihn wohl mit einem Glas von Ihrer Poop ausmachen. Jedenfalls bin ich raufgeklettert und hab mich eine Weile

ausgeruht. Dann hab ich mich wieder aufgerafft. Das letzte Stück war wohl noch länger als eine Meile.«

Sein Geflüster war schwächer und schwächer geworden, und die ganze Zeit hatte er geradewegs durch das Bullauge hinausgestarrt, obwohl nicht einmal ein Stern zu sehen war. Ich hatte ihn nicht unterbrochen. Es lag da etwas in seinem Bericht – oder vielleicht in ihm selbst –, das einen Kommentar unmöglich machte; ein unbestimmtes Gefühl, etwas Eigentümliches, das ich nicht benennen kann. Und als er innehielt, fiel mir nichts ein als ein nichtssagendes: »Also sind Sie auf unser Licht zugeschwommen.«

»Ja – genau drauf zu. Das war etwas, auf das man zuschwimmen konnte. Weil die Küste sie verdeckt hat, konnte ich keine tiefstehenden Sterne sehen, und das Land konnte ich auch nicht sehen. Das Wasser war wie Glas. Es war, als würde man in einer verdammten, tausend Fuß tiefen Zisterne schwimmen, aus der man nirgendwo rausklettern kann; was mir gar nicht gefiel, war die Vorstellung, wie ein irrer Ochse im Kreis herumzuschwimmen, bis ich nicht mehr kann; und weil ich nicht zurückwollte … Nein. Können Sie sich vorstellen, wie sie mich, splitternackt und auskeilend wie ein wildes Tier, am Genick packen und von einem dieser Inselchen zerren? Dabei wäre ganz bestimmt einer getötet worden, und davon hatte ich genug. Deshalb bin ich weitergeschwommen. Dann war da Ihr Fallreep …«

»Warum haben Sie nicht das Schiff angepreit?« fragte ich, ein wenig lauter.

Er berührte mich leicht an der Schulter. Direkt über unseren Köpfen hörte man träge Schritte; dann war es still. Der Zweite Offizier war von der einen Seite der Poop auf die andere gewechselt und lehnte allem Anschein nach jetzt an der Reling.

»Er hat uns doch wohl nicht gehört, oder?« hauchte mir mein Doppelgänger besorgt ins Ohr.

Diese Sorge war eine Antwort, eine ausreichende Antwort, auf die Frage, die ich ihm gestellt hatte. Eine Antwort, welche die ganze Schwierigkeit der Lage in sich barg. Ich schloss das Bullauge, um ganz sicherzugehen. Ein lautes Wort hätte man oben hören können.

»Wer ist das?« flüsterte er.

»Mein Zweiter Offizier. Ich weiß aber nicht viel mehr über den Burschen als Sie.«

Und dann erzählte ich ihm ein bisschen über mich selbst. Vor nicht ganz zwei Wochen war ich, als ich nichts dergleichen erwartet hatte, mit dem Kommando betraut worden. Ich kannte weder das Schiff noch die Mannschaft. Hatte im Hafen nicht die Zeit gehabt, mich umzuschauen und irgendeinen genauer unter die Lupe zu nehmen. Und was die Männer anging, so wussten sie nur, dass ich damit betraut worden war, das Schiff in die Heimat zu führen. Ansonsten war ich an Bord dieses Schiffes genauso ein Fremder wie er selbst, sagte ich. Und in diesem Moment war mir dies überaus schmerzlich bewusst. Ich spürte, es brauchte nicht viel, um mich in den Augen der Besatzung zu einer Art Verdachtsperson zu machen.

Er hatte sich mittlerweile umgewandt, und wir, die

beiden Fremden an Bord, sahen einander in identischer Haltung ins Gesicht.

»Ihr Fallreep«, murmelte er nach längerem Schweigen. »Stellen Sie sich vor – da findet man mitten in der Nacht ein herabhängendes Fallreep an einem hier draußen ankernden Schiff! Just in diesem Moment hab ich eine sehr unangenehme Schwäche gespürt. So wie ich neun Wochen lang leben musste, wäre jeder außer Form geraten. Ich konnte nicht mal mehr bis zu Ihren Ruderketten schwimmen. Und siehe da, da hing ein Fallreep zum Festhalten. Als ich es gepackt hatte, hab ich mir gesagt: ›Was soll's?‹ Und als ich gesehen hab, wie einer über die Bordwand blickt, wollte ich gleich weiterschwimmen und ihn herumbrüllen lassen – in welcher Sprache auch immer. Es hat mir nichts ausgemacht, gesehen zu werden. Ich – ich fand das gut. Und dann haben Sie mich so leise angesprochen – als hätten Sie mich erwartet; da hab ich mich etwas länger festgehalten. Ich hatte eine so verflucht einsame Zeit hinter mir – nicht beim Schwimmen, das nicht. Ich war froh, dass ich ein bisschen mit einem reden konnte, der nicht zur *Sephora* gehört. Nach dem Kapitän zu fragen, das war ein bloßer Impuls. Wäre ja zwecklos gewesen, wenn das ganze Schiff von mir weiß und die anderen ganz bestimmt am Morgen hier sind. Ich weiß nicht – ich wollte gesehen werden, mit jemand reden, ehe ich weiterschwamm. Ich weiß nicht, was ich gesagt hätte – ›Herrliche Nacht, nicht?‹ Oder so etwas.«

»Meinen Sie, dass sie bald hier sind?« fragte ich ungläubig.

»Sehr wahrscheinlich«, murmelte er matt.

Plötzlich sah er äußerst erschöpft aus. Sein Kopf fiel ihm auf die Brust.

»Hm. Dann warten wir mal ab. Klettern Sie erst mal in das Bett hier«, flüsterte ich. »Geht's? So.«

Die Koje war ziemlich hoch, mit ein paar Schubladen darunter. Dieser erstaunliche Schwimmer hatte es wirklich nötig, dass ich ihn am Bein packte und hochhob. Er wälzte sich hinein, rollte sich auf den Rücken und legte einen Arm über seine Augen. Und da muss er, sein Gesicht fast verborgen, genauso ausgesehen haben wie ich, wenn ich im Bett lag. Eine Weile musterte ich mein anderes Ich, und dann zog ich die beiden Vorhänge aus grünem Serge, die an einer Messingstange liefen, sorgfältig zu. Einen Moment überlegte ich, sie zusammenzustecken, um ganz sicherzugehen, setzte mich jedoch auf das Sofa, und einmal dort angekommen, mochte ich mich nicht aufraffen und nach einer Nadel suchen. Das hatte noch einen Augenblick Zeit. Ich war furchtbar müde, eine seltsam innere Erschöpfung, hervorgerufen durch den Druck der Heimlichkeit, das anstrengende Geflüster und die ganze Verstohlenheit dieses aufregenden Geschehens. Es war mittlerweile drei Uhr, und ich war seit neun auf den Beinen gewesen, doch schläfrig war ich nicht; ich hätte nicht einschlafen können. Ich saß einfach da, völlig ausgepumpt, starrte den Vorhang an und versuchte, das verworrene Gefühl loszuwerden, an zwei Orten gleichzeitig zu sein; zudem quälte mich ein enervierendes Pochen im Kopf. Ich war erleichtert, als ich plötzlich bemerkte, dass es gar nicht aus meinem Kopf kam, sondern von der Tür. Bevor ich mich sammeln konnte, entfuhr mir schon ein »Herein!«, und der Steward betrat die Kajüte, mit meinem Morgenkaffee auf einem Tablett. Ich war also doch eingeschlafen, und vor Schreck schrie ich »Hierher! Hier bin ich, Steward!«, als wäre er meilenweit entfernt. Er stellte das Tablett auf den Tisch neben dem Sofa und sagte sehr leise: »Aber ich seh doch, dass Sie hier sind, Sir.« Ich spürte, wie er mich prüfend musterte, wagte aber noch nicht, ihm in die Augen zu sehen. Er muss sich gefragt haben, warum ich die Bettvorhänge zugezogen und mich dann zum Schlafen aufs Sofa gelegt hatte. Er ging hinaus und hakte die Tür wie üblich ein.

Ich hörte die Mannschaft über mir die Decks schrubben. Ich wusste, man hätte mir sofort Meldung gemacht, wäre auch nur der leiseste Wind aufgekommen. Flaute, dachte ich und war doppelt beunruhigt. Wirklich, mehr als je kam ich mir verzweifacht vor. Plötzlich erschien der Steward wieder in der Tür. Ich sprang so rasch vom Sofa, dass er erschrak.

»Was wollen Sie hier?«

»Ihr Bullauge schließen, Sir. Sie schrubben die Decks.«

»Es ist zu«, sagte ich und wurde rot.

»Sehr wohl, Sir.« Aber er rührte sich nicht vom Fleck und erwiderte eine Weile auf seltsam zweideutige Art meinen starren Blick. Dann irrten seine Augen ab, seine Miene änderte sich, und mit ungewöhnlich sanfter, fast schmeichelnder Stimme sagte er:

»Darf ich reinkommen und die leere Tasse abräumen, Sir?«

»Natürlich.« Ich drehte ihm den Rücken zu, während er eintrat und wieder verschwand. Dann hakte ich die Tür los, schloss sie und schob sogar den Riegel vor. So konnte es nicht lange weitergehen. Zudem war es in der Kajüte heiß wie in einem Ofen. Ich warf einen Blick auf meinen Doppelgänger und sah, dass er sich nicht bewegt hatte; sein Arm lag noch immer über den Augen, aber die Brust hob und senkte sich, sein Haar war nass, das Kinn glänzte vor Schweiß. Ich langte über ihn hinweg und öffnete das Bullauge. »Ich muss mich an Deck zeigen«, dachte ich.

Theoretisch konnte ich natürlich tun, was ich wollte, ohne dass mir irgendjemand widersprach im großen Rund des Horizonts; die Tür zu meiner Kajüte zu verschließen und den Schlüssel mitzunehmen, wagte ich jedoch nicht. Als ich meinen Kopf aus dem Niedergang steckte, sah ich sogleich meine beiden Offiziere, den Zweiten barfuß, den Ersten in hohen Gummistiefeln, vorn auf der Poop stehen und den Steward, auf halber Höhe der Stufen zur Poop, eifrig auf sie einreden. Da fiel sein Blick auf mich, und er tauchte ab; der Zweite hastete aufs Hauptdeck hinunter und brüllte ein paar Befehle nach vorn, und der Erste kam auf mich zu und tippte sich an die Mütze.

In seinem Blick lag eine Art Neugier, die mir nicht gefiel. Ich weiß nicht, ob der Steward ihnen gesagt hatte, ich sei bloß »sonderbar« oder total betrunken; ich weiß aber, dass mich der Mann gründlich in Augenschein nehmen wollte. Ich sah ihn also auf mich zukommen und setzte ein Lächeln auf, das, als er auf Kernschussweite heran war, seine Wirkung tat und sogar seine Backenbartspitzen gefrieren ließ. Ich ließ ihm keine Zeit, auch nur seinen Mund zu öffnen.

»Lassen Sie die Rahen vierkant brassen und trimmen, bevor die Männer frühstücken.«

Das war der erste eigentliche Befehl, den ich an Bord dieses Schiffes je gegeben hatte, und ich blieb an Deck, um seine Ausführung zu beobachten. Ich hatte das Bedürfnis verspürt, unverzüglich meine Autorität durchzusetzen. Bei dieser Gelegenheit wurde auch jener spottlustige junge Welpe etwas zurechtgestutzt, und außerdem nutzte ich die Chance, mir das Gesicht eines jeden Matrosen gut zu besehen, als sie auf dem Weg zu den Achterbrassen an mir vorbeidefilierten. Beim Frühstück übernahm ich, ohne selbst etwas zu essen, mit derartig frostiger Würde den Vorsitz, dass die beiden Offiziere überaus froh waren, der Messe zu entrinnen, sobald es schicklich war; und die ganze Zeit machte mich mein zwiefach arbeitendes Hirn fast wahnsinnig. Dauernd beobachtete ich mich und mein geheimes Ich, das ebenso abhängig war von allem, was ich tat, wie meine für alle sichtbare Person, und das in dem Bett da schlief, hinter jener Tür, der ich, am Kopf des Tisches, genau gegenübersaß. Das alles kam dem Wahnsinn sehr nahe, aber es war schlimmer, denn man war sich all dessen bewusst.

Ich musste ihn eine ganze Minute rütteln, doch als er

endlich die Augen öffnete, war er in vollem Besitz seiner Sinne und sah mich fragend an. »Alles in Ordnung so weit«, flüsterte ich. »Jetzt müssen Sie im Bad verschwinden.« Er tat es, lautlos wie ein Geist, und ich klingelte nach dem Steward, sah ihm beherzt ins Auge und wies ihn an, meine Kajüte in Ordnung zu bringen, während ich mein Bad nahm – und zwar schleunigst. Da mein Ton keine Ausflüchte zuließ, sagte er sein »Jawohl, Sir« und rannte davon, um Bürste und Kehrblech zu holen. Ich nahm mein Bad und machte mich fertig, und während ich zur Erbauung des Stewards leise pfeifend herumplanschte, stand der geheime Teilhaber meines Lebens kerzengrad in seiner Ecke; im Tageslicht wirkte sein Gesicht sehr eingefallen, und unter der strengen, dunklen Linie seiner Brauen, die ein leichtes Stirnrunzeln zusammenzog, hielt er die Lider gesenkt.

Als ich ihn dort zurückließ und wieder meine Kajüte betrat, hatte der Steward das Staubwischen gerade beendet. Ich schickte ihn zum Ersten Offizier und verwickelte diesen in ein eigentlich bedeutungsloses Gespräch. Ich tändelte sozusagen mit der furchtbaren Wesensart seines Backenbarts, wenn auch nur in der Absicht, ihm die Gelegenheit zu geben, sich richtig umzuschauen in meiner Kajüte. Und dann konnte ich die Tür zu meiner Kajüte endlich reinen Gewissens schließen und meinen Doppelgänger in den hinteren Winkel verfrachten. Etwas anderes gab es für ihn nicht. Er musste ganz still auf einem kleinen Klapphocker sitzen, halb erstickt von den schweren Mänteln, die über ihm hingen. Wir lauschten, wie der

Steward vom Salon aus das Bad betrat, dort die Wasserflaschen auffüllte, die Wanne scheuerte, die Sachen ordnete, schrubb, peng, klapper … wieder raus in den Salon … Schlüssel rumdrehen … klick. Das war mein Plan, damit mein zweites Ich unsichtbar blieb. Unter diesen Umständen konnte man sich nichts Besseres ausdenken. Und da saßen wir nun, ich an meinem Schreibtisch, so dass ich mir schnell den Anschein geben konnte, mit meinen Papieren beschäftigt zu sein, er hinter mir und von der Tür aus nicht zu sehen. Während des Tages miteinander zu reden wäre unklug gewesen, und ich hätte die Aufregung durch das sonderbare Gefühl, mir selbst zuzuflüstern, auch nicht ausgehalten. Dann und wann warf ich einen Blick über die Schulter und sah ihn weit hinten stocksteif auf dem niedrigen Hocker sitzen, die nackten Füße dicht nebeneinander, die Arme verschränkt, der Kopf auf der Brust – vollkommen still. Jeder hätte ihn für mich gehalten.

Das faszinierte mich selbst. Immer wieder musste ich über die Schulter blicken. Ich sah auch gerade zu ihm hinüber, als eine Stimme vor meiner Tür sagte:

»Verzeihung, Sir.«

»Ja?!«

Ich behielt ihn im Auge, und als die Stimme vor der Tür meldete: »Da kommt ein Boot von einem Schiff auf uns zu, Sir!«, sah ich ihn zusammenzucken – seit Stunden seine erste Regung. Den gebeugten Kopf hob er jedoch nicht.

»In Ordnung. Fallreep ausbringen.«

Ich zögerte. Sollte ich ihm etwas zuflüstern? Aber was? Es war, als sei seine Reglosigkeit nie gestört worden. Konnte ich ihm etwas sagen, was er nicht schon wusste? … Schließlich ging ich an Deck.

Der Skipper der *Sephora* hatte einen schütteren roten Bart, der sein ganzes Gesicht umrahmte; es war von jener Blässe, die meist mit dieser Haarfarbe einhergeht, ebenso wie das eigenartige, ziemlich wässrige Blau seiner Augen. Seine Erscheinung war nicht besonders ansehnlich; hohe Schultern, nur mittelgroße Gestalt, ein Bein etwas krummer als das andere. Als wir uns die Hände schüttelten, ließ er seinen Blick ziellos umherwandern. Sein wichtigster Wesenszug, befand ich, war mutlose Zähigkeit. Ich legte eine Höflichkeit an den Tag, die ihn zu verunsichern schien. Vielleicht war er schüchtern. Er murmelte vor sich hin, als schäme er sich für das Gesagte, nannte seinen Namen (er klang wie Archbold – aber nach so vielen Jahren bin ich keineswegs sicher), den Namen seines Schiffes und ein paar andere Dinge, mit dem Ausdruck eines reuelosen Verbrechers, der zögernd ein klägliches Geständnis ablegt. Er hatte schreckliches Wetter gehabt auf seiner Reise – schrecklich – ganz schrecklich. Und die Frau an Bord.

Wir hatten inzwischen in der Kajüte Platz genommen, und der Steward brachte ein Tablett mit einer Flasche und Gläsern. Nein, danke! Trank nie Alkohol. Etwas Wasser aber wäre gut. Er stürzte zwei Gläser davon hinunter. Schrecklicher Durst, nach all der Mühe. Hatte seit Tagesanbruch die Inseln in der Nähe seines Schiffes erkundet.

»Und warum? Aus Spaß?« fragte ich mit dem Anschein höflichen Interesses.

»Nein!« seufzte er. »Schmerzliche Pflicht.«

Da er weiter so vor sich hin murmelte und ich wollte, dass mein Doppelgänger jedes Wort hörte, kam mir die Idee ihm mitzuteilen, ich sei leider schwerhörig.

»Und dann bei so einem jungen Mann!« Er nickte und sah mich mit seinen wässrig blauen, nicht sehr gescheiten Augen unverwandt an. »Was war die Ursache? Eine Krankheit?« fragte er ohne jedes Mitgefühl, als dächte er, ich hätte das wohl verdient.

»Ja. Krankheit!« versetzte ich fröhlich, was ihn zu schockieren schien. Aber ich hatte mein Ziel erreicht, denn er musste die Stimme heben, um mir seine Geschichte zu erzählen. Es lohnt nicht, seine Darstellung wiederzugeben. Es war gut zwei Monate her, als all das passiert war, und er hatte so viel darüber nachgedacht, dass die Auswirkungen ihn offenbar völlig verwirrten, freilich auch ungeheuer umtrieben.

»Was würden Sie denken, wenn so was an Bord Ihres Schiffs passiert wäre? Ich bin seit fünfzehn Jahren auf der *Sephora*. Ich bin als Kapitän wohlbekannt.«

Er war ganz offensichtlich tief bestürzt – und vielleicht hätte ich Mitgefühl gehabt, wäre ich imstande gewesen, meine geistige Aufmerksamkeit von dem heimlichen Teilhaber meiner Kajüte abzuwenden, der mir vorkam wie mein zweites Ich. Da hockte er, auf der anderen Seite des Schotts, nicht mehr als vier oder fünf Fuß von uns entfernt, die wir im Salon saßen. Höflich blickte ich Kapitän Archbold an (wenn das denn sein Name war), aber ich hatte den anderen vor Augen, wie er in einem grauen Schlafanzug auf einem niedrigen Hocker saß, die nackten Füße dicht nebeneinander, die Arme verschränkt, und jedes zwischen uns gewechselte Wort drang in die Ohren seines dunklen, auf die Brust gesenkten Kopfes.

»Ich fahre nun schon seit meiner Jugend siebenunddreißig Jahre lang zur See und habe noch nie gehört, dass so was auf einem englischen Schiff passiert ist. Und nun auf meinem Schiff! Und die Frau an Bord!«

Ich hörte ihm kaum zu.

»Meinen Sie nicht«, sagte ich, »dass vielleicht die schwere See, die, wie Sie mir erzählt haben, genau dann übers Deck fegte, den Mann getötet hat? Ich habe erlebt, wie das bloße Gewicht einer Sturzsee einen Mann sehr elegant getötet, ihm einfach das Genick gebrochen hat.«

»Gütiger Gott!« rief er mit Nachdruck und heftete seine wässrigen blauen Augen auf mich. »Die See? Keiner, den die See getötet hat, hat je so ausgesehen!«

Er war augenscheinlich ganz entrüstet über meine Vermutung. Und als ich ihn, keineswegs auf etwas Originelles gefasst, weiter anblickte, schob er seinen Kopf ganz dicht an meinen heran und streckte mir so jäh die Zunge heraus, dass ich unwillkürlich zurückfuhr.

Nachdem er meine Ruhe derart drastisch zunichtegemacht hatte, nickte er bedächtig. Wenn ich das gesehen hätte, versicherte er mir, würde ich es mein Lebtag nicht vergessen. Das Wetter war zu schlecht, um der Leiche eine anständige Seebestattung geben. Also brachten sie sie bei Tagesanbruch auf die Poop und bedeckten das Gesicht mit einem Stück Flaggentuch; er las ein kurzes Gebet, und dann warfen sie sie, so wie sie war, in Ölzeug und Seestiefeln, in diese berghohen Seen, die jeden Moment das ganze Schiff und die entsetzten Menschen an Bord zu verschlingen drohten.

»Das gereffte Focksegel hat Sie gerettet!« warf ich ein.

»Mit Gottes Hilfe – das stimmt«, rief er inbrünstig. »Es war eine besondere Gnade, das glaube ich fest, dass es einige dieser Orkanböen ausgehalten hat.«

»Und dass es gesetzt wurde …«, hub ich an.

»Kam aus Gottes Hand«, unterbrach er mich. »Nichts sonst hätte das bewirken können. Ich scheue mich nicht, Ihnen zu sagen, dass ich kaum gewagt habe, den Befehl zu geben. Es war, als könnten wir nichts anfassen, ohne es gleich zu verlieren, und dann wär unsere letzte Hoffnung hin gewesen.«

Der Schrecken jenes Sturms steckte noch immer in ihm. Ich ließ ihn noch ein wenig weiterreden; dann sagte ich beiläufig, wie um auf einen nebensächlichen Punkt zurückzukommen:

»Sie waren wohl sehr darauf bedacht, Ihren Ersten den Leuten an Land zu übergeben?«

Aber ja. Dem Gesetz. Die finstere Zähigkeit, mit der er auf diesem Punkt beharrte, war irgendwie unbegreiflich, fast ein wenig schaurig, sozusagen geheimnisvoll, ganz abgesehen von seiner Sorge, man könne ihn im Verdacht haben, derlei Dinge zuzulassen. Siebenunddreißig tugendhafte Jahre auf See, davon über zwanzig makellose Jahre als Kapitän, und die letzten fünfzehn auf der *Sephora*, hatten ihm augenscheinlich eine erbarmungslose Verpflichtung auferlegt.

»Und Sie müssen wissen«, fuhr er fort, schamhaft in seinen Gefühlen herumkramend, »ich habe diesen jungen Burschen gar nicht eingestellt. Seine Leute hatten irgendwelche Beziehungen zu meinen Reedern. Ich war sozusagen gezwungen, ihn anzuheuern. Er sah sehr schneidig aus, sehr vornehm und so. Aber wissen Sie was? Irgendwie hab ich ihn nie gemocht. Ich bin ein schlichter Mensch. Und, sehen Sie, er war nicht gerade von der Sorte Mensch, die als Erster Offizier zu einem Schiff wie die *Sephora* passt.«

Meine Gedanken und Eindrücke hatten sich derart eng mit dem geheimen Teilhaber meiner Kajüte verbunden, dass es mir vorkam, als gäbe man mir persönlich zu verstehen, auch ich sei nicht von der Sorte Mensch, die zum Ersten Offizier eines Schiffs wie der *Sephora* taugte. Ich hatte daran nicht den geringsten Zweifel.

»Überhaupt nicht der richtige Typ Mensch, verstehen Sie?« betonte er unnötigerweise und blickte mich scharf an.

Ich lächelte leutselig. Für eine Weile wirkte er etwas ratlos.

»Ich muss dann wohl einen Selbstmord melden.«

»Wie bitte?«

»Ei-nen Selbst-mord! Das muss ich wohl meinen Eignern schreiben, sobald wir eingelaufen sind.«

»Wenn Sie's nicht schaffen, ihn vor morgen zu finden«, stimmte ich gleichmütig zu. ...»Lebend, meine ich.«

Er murmelte etwas, das ich wirklich nicht verstand, und so drehte ich ihm etwas verwirrt mein Ohr zu. Er brüllte förmlich:

»Das Land! Das Festland ist mindestens sieben Meilen von meinem Ankerplatz entfernt!«

»So ungefähr.«

Dass ich nicht aufgeregt, nicht neugierig, überrascht oder auch nur einigermaßen interessiert war, machte ihn langsam misstrauisch. Aber außer dem glücklichen Einfall meiner angeblichen Taubheit hatte ich nichts vorgetäuscht. Ich hatte mich einfach nicht imstande gesehen, die Rolle des Unwissenden richtig zu spielen, und fürchtete mich daher, es zu versuchen. Zudem war klar, dass er einige gebrauchsfertige Verdachtsmomente mitgebracht hatte und meine Höflichkeit als ein fremdartiges und unnatürliches Phänomen betrachtete. Aber wie hätte ich ihn denn sonst empfangen sollen? Doch wohl nicht herzlich! Das war aus psychologischen Gründen ausgeschlossen, die ich hier nicht nennen muss. Mein einziges Ziel war es, seine Nachfragen abzuwehren. Schroff? Ja, aber Schroffheit hätte eine unverhohlene Frage provozieren können. Eine formvollendete Höflichkeit war ihrem Wesen nach, und weil sie neu für ihn war, am besten dazu angetan, den Mann in Schranken zu halten. Doch es bestand noch immer die Gefahr, dass er meinen Schutzwall ohne Umschweife einfach durchbrach. Ich hätte ihm, glaube ich, auch nicht mit einer direkten Lüge entgegentreten können, und zwar aus psychologischen (nicht moralischen) Gründen. Hätte er gewusst, wie sehr ich fürchtete, er würde mein Gefühl der Identität mit dem anderen auf die Probe stellen! Aber ich glaube, er war seltsamerweise (der Gedanke kam mir erst später) selbst nicht wenig verwirrt über die Kehrseite dieser unheimlichen Situation, dass ich ihn irgendwie an den Mann erinnerte, den er suchte – dass es eine rätselhafte Ähnlichkeit gab mit dem jungen Burschen, dem er von Anfang an misstraut, den er nicht gemocht hatte.

Wie auch immer, unser Schweigen dauerte nicht lange. Er versuchte es auf andere Weise:

»Mehr als zwei Meilen, denk ich, mussten wir nicht pullen bis zu Ihrem Schiff. Kein bisschen mehr.«

»Ist ja auch lang genug bei dieser furchtbaren Hitze«, sagte ich.

Darauf folgte noch eine Pause voller Argwohn. Die Not, sagt man, ist die Mutter der Erfindung, doch auch die Angst gebiert mitunter geniale Einfälle. Und ich fürchtete, er würde mich unverhohlen nach meinem anderen Ich fragen.

»Hübscher kleiner Salon, oder?« bemerkte ich, als wäre mir erst jetzt aufgefallen, wie sein Blick von einer geschlossenen Tür zur anderen wanderte. »Und sehr gut ausgestattet. Das hier zum Beispiel«, fuhr ich fort, indem ich nachlässig über meine Stuhllehne nach hinten langte und die Tür aufstieß, »ist mein Bad.«

Er machte eine heftige Bewegung, sah aber kaum hin. Ich erhob mich, schloss die Tür zum Bad und lud ihn ein, sich gründlich umzusehen, als sei ich überaus stolz auf meine Räumlichkeiten. Er musste aufstehen und sich herumführen lassen, ließ diese Angelegenheit aber ohne jede Verzückung über sich ergehen.

»Und jetzt schauen wir uns mal meine Kapitänskajüte an«, erklärte ich so laut, wie ich es wagen durfte, und durchquerte mit bewusst schweren Schritten die Messe nach Steuerbord.

Er folgte mir in die Kajüte und sah sich um. Mein gescheiter Doppelgänger war verschwunden. Ich spielte meine Rolle weiter:

»Sehr praktisch, oder?«

»Sehr hübsch. Sehr gemüt…« Er sprach nicht zu Ende und ging so brüsk hinaus, als wolle er irgendwelchen listigen Anläufen meinerseits entrinnen. Aber das sollte ihm nicht glücken. Er hatte mich zu sehr in Angst versetzt, daher empfand ich Rachegelüste; er war, das spürte ich, vor mir auf der Flucht, und ich wollte ihn nicht zu Atem kommen lassen. Meine höfliche Beharrlichkeit muss ihm irgendwie bedrohlich erschienen sein, denn plötzlich gab er nach. Und ich ersparte ihm kein einziges Detail: die Kammern der Offiziere, die Pantry, die Hellegatts, ja sogar die Segellast, die auch unter der Poop lag – er musste überall hineinspähen. Als ich ihn schließlich wieder auf das Achterdeck geleitete, ließ er einen langen, mutlosen Seufzer hören und murmelte düster, er müsse jetzt aber wirklich zurück auf sein Schiff. Ich bat meinen Ersten, der uns begleitet hatte, sich um das Boot des Kapitäns zu kümmern.

Der Mann aller Backenbärte ließ einen schrillen Pfiff aus seiner Pfeife los, die er ständig um den Hals hängen hatte, und brüllte: »*Sephora*! Fertigwerden zum Ablegen!« Mein Doppelgänger da unten in der Kajüte musste das gehört haben, und er konnte nicht erleichterter sein, als ich es war. Vier Burschen kamen irgendwo vom Vorschiff herbeigerannt und kletterten über Bord, während meine Männer an Deck erschienen und sich an der Reling aufreihten. Feierlich eskortierte ich meinen Gast zur Gangway, und fast hätte ich es übertrieben. Er war ein zähes Biest. Noch auf der Leiter hielt er inne und sagte in der ihm eigenen, schuldbewusst gewissenhaften Art, mit der er auf seiner Sache herumritt:

»Hören Sie … Sie … also, Sie glauben nicht, dass …«

Laut übertönte ich seine Stimme:

»Überhaupt nicht! … War mir ein Vergnügen. Alles Gute!«

Ich konnte mir denken, was er hatte sagen wollen, und rettete mich mit knapper Not in die Vorteile der Schwerhörigkeit. Er war von allem zu zermürbt, um auf seiner Frage zu beharren, aber mein Erster, der unseren Abschied aus nächster Nähe mitbekam, sah verblüfft drein und machte ein nachdenkliches Gesicht. Da es nicht so aussehen sollte, als wolle ich jede Unterredung mit meinen Offizieren vermeiden, bekam er die Gelegenheit, mich anzusprechen:

»Scheint ein netter Mann zu sein. Die Leute von seinem Boot haben unsern Jungs eine ganz unglaubliche Geschichte erzählt, wenn das stimmt, was mir der Steward gesagt hat. Ich vermute, Sir, der Kapitän hat sie Ihnen erzählt?«

»Ja. Der Kapitän hat mir eine Geschichte erzählt.«

»Eine sehr scheußliche Sache, stimmt's, Sir?«

»Stimmt.«

»Schlimmer als all diese Mordgeschichten, die man von den Yankeeschiffen so hört.«

»Ich finde nicht, dass sie schlimmer ist. Ich finde nicht, dass sie ihnen im Geringsten ähnelt.«

»Meine Güte – was Sie nicht sagen. Aber ich kenne mich natürlich überhaupt nicht aus mit amerikanischen Schiffen, ich nicht, also könnte ich Ihnen da gar nicht widersprechen. Ist auch scheußlich genug für mich … Aber das Eigenartigste an der Sache ist, dass diese Burschen offenbar geglaubt haben, dass der Mann hier irgendwo an Bord versteckt ist. Glaubten sie wirklich! Ist das nicht unerhört?«

»Albern, oder?«

Wir schlenderten dwars über das Achterdeck hin und her. Keiner der Männer vorn ließ sich blicken (es war Sonntag), und der Erste fuhr fort:

»Es hat darüber einen kleinen Streit gegeben. Unsere Jungs waren beleidigt. ›Als wenn wir so was aufnehmen würden!‹ sagten sie. ›Wollt ihr nicht unsern Kohlenkasten nach ihm durchsuchen?‹ Gab ziemlich Krach. Haben sich aber am Schluss wieder vertragen. Er hat sich wohl doch ertränkt, vermute ich. Sie auch, Sir?«

»Ich vermute gar nichts.«

»Sie haben keinen Zweifel daran, Sir.«

»Überhaupt keinen.«

Jäh ließ ich ihn stehen. Ich spürte, dass ich einen schlechten Eindruck machte, aber es war nervenaufreibend, an Deck zu sein mit meinem Doppelgänger dort unten. Und es war fast so aufreibend, unter Deck zu sein. Eine durch und durch nervenaufreibende Lage. Alles in allem jedoch fühlte ich mich weniger stark entzweigerissen, wenn ich bei ihm war. An Bord gab es niemanden, den ich ins Vertrauen ziehen konnte. Da die Matrosen von seiner Geschichte erfahren hatten, wäre es unmöglich gewesen, ihn für jemand anders auszugeben, und jetzt musste man eine zufällige Entdeckung noch mehr fürchten als je zuvor …

Da der Steward damit beschäftigt war, den Tisch für das Abendessen zu decken, konnten wir uns bei meinem ersten Gang nach unten nur durch Blicke verständigen. Später am Nachmittag versuchten wir es sehr vorsichtig mit Flüstern. Die Sonntagsruhe im Schiff war gegen uns; die Stille in der Luft und im Wasser ringsum war gegen uns; die Elemente, die Menschen waren gegen uns – alles war gegen uns in unserer geheimen Partnerschaft. Selbst die Zeit – denn es konnte nicht immer so weitergehen. Sogar das Vertrauen in die Vorsehung, vermutete ich, war ihm in seiner Schuld versagt. Soll ich bekennen, dass mich dieser Gedanke sehr bedrückte? Und was das Kapitel der Zufälle angeht, das im Buch des Erfolgs so viel zählt: Ich konnte nur hoffen, dass es abgeschlossen war. Denn war ein glücklicher Zufall zu erwarten?

»Haben Sie alles mitgehört?« waren meine ersten Worte, als wir unsere Stellung – Seite an Seite über mein Bett gebeugt – wieder eingenommen hatten.

Das hatte er. Zum Beweis flüsterte er mir eindringlich zu: »Der Kerl hat Ihnen gesagt, dass er kaum wagte, den Befehl zu geben.«

Ich verstand den Hinweis auf das rettende Focksegel. »Ja. Er hatte Angst, dass es beim Setzen verloren gehen könnte.«

»Ich versichere Ihnen, er hat diesen Befehl nie gegeben. Vielleicht glaubt er, er hätt's getan, aber er hat ihn nie gegeben. Er stand neben mir vorn auf der Poop, als sich das Großmarssegel losgerissen hatte, und winselte etwas von unserer letzten Hoffnung – wirklich, nur davon winselte er, von nichts sonst – und es wurde Nacht! Seinen Skipper in so einem Wetter derartig herumwinseln zu hören, reicht aus, um jeden Kerl irrezumachen. Das hat mich schier zur Verzweiflung gebracht. Ich hab's also selbst in die Hand genommen, bin von ihm weggegangen, kochend vor Wut, und … Aber wozu erzähl ich Ihnen das alles? Sie wissen's ja! Glauben Sie, dass ich die Männer dazu gebracht hätte, irgendwas zu tun, wenn ich nicht ziemlich grob zu ihnen gewesen wäre? Jedenfalls nicht das. Der Bootsmann vielleicht? Vielleicht! Es war keine schwere See – die See war wahnsinnig geworden! Das Ende der Welt wird wohl so ähnlich aussehen, und ein Mann mag sich ein Herz fassen, ihm entgegensehen und es abhaken – aber ihm Tag für Tag ins Gesicht zu sehen … Ich werfe keinem etwas vor. Ich war kaum besser als der Rest. Nur war ich eben ein Offizier auf diesem alten Kohlekarren …«

»Ich verstehe vollkommen.« Ich wisperte ihm diese aufrichtige Zusicherung ins Ohr. Das Flüstern machte ihn atemlos; ich konnte ihn leise keuchen hören. Es war alles ganz einfach. Dieselbe hochgespannte Kraft, die gut zwei Dutzend Männern zumindest eine Chance zum Überleben gab, hatte in einer Art Rückstoß eine unwürdige, aufrührerische Existenz zerquetscht.

Ich hatte freilich nicht genug Muße, um in dieser Sache Gut und Böse abzuwägen – Schritte im Salon, ein lautes Klopfen: »Es ist genug Wind, um Anker-auf zu gehen, Sir!« Dieser Ruf erhob ein neues Anrecht auf meine Gedanken und sogar meine Gefühle.

»Holen Sie alle Mann an Deck!« rief ich durch die Tür. »Ich komme gleich rauf.«

Ich wollte hinausgehen, um Bekanntschaft mit meinem Schiff zu schließen. Bevor ich die Kajüte verließ, trafen sich unsere Augen – die Augen der beiden einzigen Fremden an Bord. Ich zeigte auf den hinteren Teil der Kajüte, wo der kleine Klapphocker auf ihn wartete, und legte den Finger an die Lippen. Er machte eine vage Geste – ein wenig rätselhaft und begleitet von einem leichten, irgendwie bedauernden Lächeln.

Dies ist nicht der Ort, um sich über die Empfindungen eines Mannes auszubreiten, der zum ersten Mal spürt, wie ein Schiff sich auf sein eigenes, unabhängiges Wort hin unter seinen Füßen in Bewegung setzt. In meinem Fall waren sie nicht ungetrübt. Ich war mit meinem Kommando nicht ganz allein, denn in meiner Kajüte war dieser Fremde. Oder vielmehr war ich nicht voll und ganz bei meinem Schiff. Ein Teil von mir war abwesend. Jene geistige Empfindung, an zwei Orten gleichzeitig zu sein, machte sich geradezu körperlich bemerkbar, als habe diese Atmosphäre der Heimlichkeit meine innerste Seele durchdrungen. Als ich, noch bevor eine Stunde vergangen war, seit sich das Schiff in Bewegung gesetzt hatte, meinen Ersten bat (er stand neben mir), eine Kompasspeilung anhand der Pagode vorzunehmen, ertappte ich mich dabei, wie ich mich hinüberbeugte und ihm ins Ohr flüstern wollte. Ich sage, ich ertappte und zügelte mich, aber mir war genug entschlüpft, um den Mann zu erschrecken. Ich kann es nicht anders sagen als so: Er scheute. Von da ab wirkte er nur noch ernst und nachdenklich, wie im Besitz einer verwirrenden Nachricht. Wenig später schlich ich derart verstohlen von der Reling hinüber zum Kompasshäuschen, dass es dem Rudergänger auffiel – und mir entging nicht, wie groß und rund seine Augen geworden waren. Dies sind Lappalien, aber es ist nicht vorteilhaft für einen Schiffsführer, wenn man ihn insgeheim lächerlich und exzentrisch findet. Doch die Sache machte sich bei mir in noch ernsterer Weise bemerkbar. Für einen Seemann sollten sich bestimmte Worte und Gesten in gewissen Umständen ganz natürlich ergeben, so instinktiv wie das Blinzeln eines bedrohten Auges. Ein bestimmter Befehl sollte ihm ohne Nachdenken über die Lippen kommen, ein bestimmtes Zeichen sollte sich sozusagen von allein machen, ohne jede Überlegung. Doch mir war jene unbewusste Wachsamkeit abhandengekommen. Ich musste all meine Willenskraft zusammennehmen, um mich (aus jener Kajüte) zu den Umständen der momentanen Lage zurückzurufen. Ich spürte, dass ich den Männern, die mich mehr oder weniger kritisch musterten, vorkam wie ein unentschlossener Schiffsführer.

Und zudem gab es diese Schreckmomente. Am zweiten Tag auf See zum Beispiel, als ich am Nachmittag vom Deck nach unten kam (mit Strohpantoffeln an den nackten Füßen), blieb ich vor der Pantry stehen und sprach den Steward an, der dort mit dem Rücken zu mir herumhantierte. Beim Klang einer Stimme sprang er vor Schreck fast aus der Haut, wie man so sagt, und zerbrach dabei eine Tasse.

»Hoppla, was ist denn mit *Ihnen* los?« fragte ich überrascht.

Er war völlig fassungslos. »Verzeihung, Sir. Ich war mir sicher, Sie wären in Ihrer Kajüte!«

»War ich nicht. Sehen Sie doch!«

»Ja, Sir. Ich hätt' schwören können, ich hätt' Sie da drin gehört, grad eben noch. Das ist höchst seltsam … Tut mir sehr leid, Sir.«

Im Innern bebend ging ich weiter. Ich war so eins mit meinem geheimen Doppelgänger, dass ich dieses Vorkommnis während unserer knappen, ängstlich geflüsterten Gespräche gar nicht erwähnte. Er hatte offenbar irgendein leises Geräusch gemacht. Ein Wunder, wäre ihm dies nicht dann und wann passiert. Aber so abgehärmt er auch wirkte, er sah immer vollkommen beherrscht aus, mehr als gelassen – beinah unverwundbar.

Auf meinen Rat hin blieb er fast ständig im Bad, denn das war alles in allem der sicherste Ort. Es gab ja für niemanden auch nur den geringsten Vorwand, dort hineinzugehen, sobald der Steward aufgeräumt hatte. Der Raum war winzig. Manchmal lag er auf dem Boden, die Beine angezogen, den Kopf auf den Ellbogen gestützt. Gelegentlich sah ich ihn auf dem Hocker sitzen; mit seinem grauen Schlafanzug und dem kurzgeschorenen schwarzen Haar wirkte er wie ein geduldiger, ungerührter Sträfling. Nachts schmuggelte ich ihn in meine Koje, und dort flüsterten wir dann miteinander, während der wachhabende Offizier mit regelmäßigen Schritten über unseren Köpfen hin und her ging. Es war eine unendlich elende Zeit. Zum Glück hatte man einige Büchsen mit feinen Konserven in einem Schränkchen meiner Kajüte verstaut; Schiffszwieback konnte ich immer auftreiben; und so lebte er von Hühnersuppe, Pâté de foie gras, Spargel, gekochten Austern, Sardinen – von allerlei scheußlichen Scheindelikatessen in Dosen. Meinen frühmorgendlichen Kaffee trank immer er, und das war alles, was ich für ihn in dieser Hinsicht zu tun wagte.

Jeden Tag mussten wir jenes grässliche Manöver veranstalten, damit meine Kajüte und danach mein Bad in gewohnter Weise in Ordnung gebracht werden konnten. Es kam so weit, dass ich den bloßen Anblick des Stewards hasste, die Stimme dieses harmlosen Mannes verabscheute. Ich glaubte, dass er die Katastrophe der Entdeckung auslösen würde. Sie hing über unseren Häuptern wie ein Schwert.

Es war, glaube ich, am vierten Tag auf See (wir kreuzten, Schlag auf Schlag, bei leichten Winden und vollkommen glattem Wasser die Ostseite des Golfs von Siam hinunter) – am vierten Tag also dieses elenden Jonglierens mit dem Unvermeidlichen, als wir beim Abendessen saßen, da stellte der Mann, dessen kleinste Bewegung mir Angst einjagte, die Schüsseln auf den Tisch und hastete eilig an Deck. Das konnte keine Gefahr bedeuten. Bald kam er wieder herunter, und es zeigte sich, ihm war einer meiner Mäntel eingefallen, den ich zum Trocknen über die Reling gelegt hatte, nachdem am Nachmittag ein Schauer über das Schiff gezogen war. Ich blieb unbewegt am Kopfende sitzen, doch mich befiel blankes Entsetzen, als ich das Kleidungsstück auf seinem Arm sah. Und natürlich ging er auf meine Tür zu. Es war keine Zeit zu verlieren.

»Steward!« donnerte ich ihn an. Ich war so herunter mit den Nerven, ich konnte weder meine Stimme beherrschen noch meine Erregung verbergen. Bei so etwas tippte sich mein furchterregend backenbärtiger Erster wohl mit dem Zeigefinger an die Stirn. Ich hatte ihn bei dieser Geste ertappt, als er an Deck dem Zimmermann mit geheimnisvoller Miene einmal etwas zuraunte. Ich war zu weit entfernt gewesen, um auch nur ein Wort zu verstehen, hatte aber keinen Zweifel, diese Pantomime konnte sich nur auf den befremdlichen neuen Kapitän beziehen.

»Ja, Sir!« Ergeben wandte sich der blasse Steward nach

mir um. Dauernd wurde er angeschrien, ohne jeden Sinn und Verstand unterbrochen, willkürlich aus meiner Kajüte hinausgejagt, plötzlich wieder hineingerufen, mit unsinnigen Aufträgen aus seiner Pantry hinausgescheucht; das machte ihn schier wahnsinnig, und er sah immer jämmerlicher aus.

»Wohin wollen Sie mit diesem Mantel?«

»In Ihre Kajüte, Sir.«

»Gibt's denn wieder einen Schauer?«

»Das weiß ich nicht, Sir. Soll ich raufgehen und nachsehen?«

»Nein! Egal.«

Mein Ziel war erreicht, denn natürlich konnte mein anderes Ich dort drinnen alles hören. Während dieses Intermezzos hoben meine beiden Offiziere nicht einen Blick vom Teller, doch die Lippe des Zweiten, dieses verfluchten Welpen, zuckte sichtlich.

Ich hatte erwartet, dass der Steward meinen Mantel aufhängen und sogleich wieder auftauchen würde. Er ließ sich jedoch Zeit; ich konnte meine Nerven aber immerhin so weit zügeln, dass ich ihm nicht hinterherrief. Plötzlich wurde mir klar (man konnte es deutlich hören), dass der Kerl aus irgendeinem Grund die Tür zum Bad öffnete. Das war das Ende. Die Kammer war buchstäblich so eng, dass man keine Katze schwingen konnte. Mir blieb die Zunge im Hals stecken, und ich erstarrte zu Stein. Ich erwartete einen Schrei der Überraschung und des Schreckens und zuckte zusammen, hatte aber nicht die Kraft aufzustehen. Alles blieb still. Hatte mein zweites

Ich den armen Wicht bei der Gurgel? Ich weiß nicht, was ich im nächsten Moment getan hätte, aber dann sah ich, wie der Steward wieder aus der Kajüte trat, die Tür schloss und ruhig neben der Anrichte Aufstellung nahm.

»Gerettet!« dachte ich. »Aber nein! Verloren. Alles aus! Er ist verschwunden!«

Ich legte Messer und Gabel nieder und lehnte mich zurück. Mir schwamm der Kopf. Als ich mich nach einer Weile wieder so weit gefangen hatte, dass ich mit ruhiger Stimme sprechen konnte, befahl ich dem Ersten, um acht Uhr mit dem Schiff auf den anderen Bug zu gehen.

»Ich komme nicht an Deck«, ergänzte ich. »Ich werde mich wohl gleich hinlegen, und wenn nicht der Wind dreht, will ich vor Mitternacht nicht gestört werden. Ich fühle mich etwas angeschlagen.«

»Sie haben wirklich ein bisschen schlecht ausgesehen vor einer Weile«, bemerkte der Erste, ohne sich übermäßig bekümmert zu zeigen.

Beide gingen hinaus, und ich starrte den Steward an, während er den Tisch abräumte. Von der Miene dieses Jämmerlings ließ sich nichts ablesen. Aber warum weicht er meinem Blick aus? fragte ich mich. Dann überlegte ich: Ich würde gern den Klang seiner Stimme hören.

»Steward.«

»Sir?« Erschrocken wie üblich.

»Wo haben Sie den Mantel aufgehängt?«

»Im Bad, Sir.« Dieser übliche, furchtsame Ton. »Er ist noch nicht ganz trocken, Sir.«

Ich blieb noch eine Weile in der Messe sitzen. Hatte

sich mein Doppelgänger so davongemacht, wie er gekommen war? Für sein Kommen gab es freilich eine Erklärung, während sein Verschwinden unerklärlich schien ... Langsam ging ich in meine dunkle Kajüte hinüber, schloss die Tür, entzündete die Lampe und wagte eine Zeitlang nicht, mich umzudrehen. Als ich es endlich tat, sah ich ihn kerzengerade in dem engen hinteren Winkel stehen. Es wäre nicht ganz richtig zu sagen, das versetzte mir einen Schock, aber ein unbesiegbarer Zweifel an seiner leibhaftigen Existenz flatterte mir im Kopf herum: Kann es sein, fragte ich mich, dass er für andere Augen als meine unsichtbar ist? Es war wie in einem Spuk. Reglos, mit ernster Miene, hob er ganz leicht seine Hände in einer Geste, die deutlich sagte: »Großer Gott! Das war knapp!« Allerdings. Ich glaube, ich war in aller Stille näher an den Wahnsinn herangekrochen als jeder, der diese Grenze noch nicht ganz überschritten hat. Seine Geste hielt mich gleichsam zurück.

Gerade brachte der Erste mit seinem furchtbaren Backenbart das Schiff auf den anderen Bug. Im Moment tiefer Stille, der sich immer dann einstellt, wenn alle Matrosen ihre Positionen eingenommen haben, hörte ich seine laute Stimme auf der Poop: »Ree!« – und weiter unten auf dem Hauptdeck den Ruf, der den Befehl wiederholte. Von den Segeln kam in dieser leichten Brise nur ein schwaches Flattern. Es erstarb. Langsam ging das Schiff durch den Wind; in der neuerlichen, erwartungsvollen Stille hielt ich den Atem an; man hätte nicht geglaubt, dass auch nur eine Menschenseele an Deck war.

Plötzlich brach ein scharfer Ruf – »Rund achtern!« – den Bann, und als die Männer mit großem Geschrei und Getrampel mit der Großbrasse über das Deck liefen, nahmen wir beide unten in meiner Kajüte wieder unsere übliche Position über der Koje ein.

Er wartete gar nicht auf meine Frage. »Ich hörte ihn hier herumtappen und hab es gerade geschafft, mich in die Wanne zu ducken«, flüsterte er. »Der Kerl hat nur die Hand durch die Tür gesteckt und den Mantel aufgehängt. Trotzdem…«

»Daran hab ich nie gedacht«, wisperte ich zurück. Mein Entsetzen, wie haarscharf wir davongekommen waren, war größer denn je, und ich bewunderte das Unbeugsame in seinem Charakter, das ihn so großartig durchhalten ließ. In seinem Flüstern lag keine Erregung. Wer auch immer dabei war, wahnsinnig zu werden, er war es nicht. Er blieb bei Verstand. Und er stellte das erneut unter Beweis, als er flüsterte:

»Ich darf auf keinen Fall wieder lebendig werden.«

Das hätte auch ein Geist sagen können. Aber er spielte darauf an, dass ja sein alter Kapitän der Selbstmordtheorie widerstrebend zugestimmt hatte. Natürlich würde sie ihm nutzen – wenn ich nur erst seine Absicht verstanden hatte, die das offenbar unabänderliche Ziel seines Handelns bestimmte.

»Sie müssen mich sofort aussetzen, wenn Sie den Inseln an der kambodschanischen Küste nahe kommen«, fuhr er fort.

»Sie aussetzen! Wir sind hier nicht in einer Abenteuergeschichte für kleine Jungs!« protestierte ich. Sein spöttisches Gewisper nahm mich beim Wort.

»Ganz bestimmt nicht! Das hier hat nichts von einer Geschichte für Jungs. Aber ich hab keine andere Wahl. Mehr will ich nicht. Sie glauben doch nicht etwa, ich hab Angst davor, was man mir antun könnte? Gefängnis oder Galgen oder was auch immer sie wollen! Aber Sie können sich doch wohl nicht vorstellen, dass ich zurückkehre und all dies einem alten Burschen in Perücke und zwölf ehrbaren Krämern erkläre, oder? Woher sollen die denn wissen, ob ich schuldig bin oder nicht? Das ist allein meine Sache. Wie heißt es doch? ›Um unstet und flüchtig zu sein auf Erden.‹ Also gut. Jetzt bin ich unstet und flüchtig auf Erden. Nachts bin ich gekommen, und so verschwinde ich auch.«

»Unmöglich!« murmelte ich. »Das können Sie nicht tun.«

»Nein. Nicht nackt wie die Seele am Tag des Gerichts. Ich werde mich an diesen Schlafanzug klammern. Noch ist der Jüngste Tag nicht da – und … Sie haben mich sehr gut verstanden. Oder?«

Plötzlich schämte ich mich. Ich kann wahrhaftig sagen, ich verstand ihn vollkommen – und mein Zaudern, diesen Mann von meinem Schiff wegschwimmen zu lassen, war bloß sentimentale Heuchelei gewesen, eine Form von Feigheit.

»Vor morgen Nacht geht es nicht«, hauchte ich. »Das Schiff macht grade einen Schlag seewärts, und der Wind könnte nachlassen.«

»Solange ich weiß, dass Sie verstehen«, flüsterte er. »Und das tun Sie, natürlich. Es ist eine große Genugtuung, jemanden zu haben, der versteht. Sie waren zur Stelle, und das sollte offenbar so sein.« Und in dem gleichen Flüsterton, als ob wir uns, wann immer wir sprachen, Dinge zu sagen hatten, die die Welt nicht hören durfte, fügte er hinzu: »Das ist ganz wunderbar.«

Wir blieben dicht nebeneinander in unserer heimlichen Zwiesprache – manchmal freilich schwiegen wir oder wechselten nach langer Pause nur ein oder zwei gewisperte Worte. Wie üblich starrte er durch das Bullauge. Ein Windhauch wehte uns dann und wann ins Gesicht. Die Bark hätte im Dock liegen können, so sacht und aufrecht glitt sie durchs Wasser, das trotz unserer Fahrt nicht einmal ein Murmeln hören ließ, wie ein Phantommeer, so schemenhaft und still.

Um Mitternacht ging ich an Deck und brachte zum großen Erstaunen meines Ersten das Schiff auf den anderen Bug. Sein furchtbarer Backenbart umflatterte mich in stillem Vorwurf. Ich hätte das bestimmt nicht getan, wäre es nur darum gegangen, so schnell wie möglich herauszukommen aus diesem verschlafenen Golf. Er muss dem Zweiten, der ihn ablöste, wohl bedeutet haben, das beweise einen großen Mangel an Urteilsvermögen. Der andere gähnte nur. Dieser unerträgliche Welpe schlurfte derart verschlafen umher, lehnte sich in so schlaffer, flegelhafter Weise gegen die Reling, dass ich ihn anherrschte:

»Sind Sie immer noch nicht richtig wach?«

»Doch, Sir! Ich bin wach.«

»Aha. Na, dann seien Sie doch so gütig und halten Sie sich entsprechend. Und passen Sie auf! Wenn es hier eine Strömung gibt, werden wir uns lange vor Tagesanbruch ein paar Inseln nähern.«

Die Ostseite des Golfs ist gesäumt von Inseln; manche sind abgelegen, andere bilden Gruppen. Vor dem blauen Hintergrund der hohen Küste wirken sie, als trieben sie auf silbrigen Flicken aus stillem Wasser, karg und grau oder dunkelgrün und bucklig wie Klumpen aus unverwüstlichen Büschen; die größeren, ein oder zwei Meilen langen Inseln zeigten die Umrisse von Felsrücken, steinigen Rippen aus grauem Fels, unter dem feuchten Umhang aus verfilzten Blättern. Dem Handel, dem Reiseverkehr, ja sogar der Geographie sind sie beinah unbekannt; welche Formen des Lebens sie beherbergen, ist ein ungelöstes Geheimnis. Auf den größten dieser Inseln muss es Dörfer geben – zumindest Fischersiedlungen, und die Boote der Eingeborenen halten wahrscheinlich eine gewisse Verbindung zur Welt. Doch an jenem Vormittag, als wir, von schwachen Brisen weitergefächelt, auf sie zuhielten, sah ich im Blickfeld meines Teleskops, das ich fortwährend auf die verstreute Inselgruppe richtete, kein Anzeichen von Mensch oder Boot.

Als ich mittags keinen Befehl zu einer Kursänderung gab, wurde der Backenbart des Ersten ziemlich unruhig und schien sich meinem Blick unschicklich oft darzubieten. Endlich sagte ich:

»Ich werde direkt drauf zuhalten. Ganz hinein – so weit es geht.«

Er war äußerst überrascht, und sein starrer Blick verlieh den Augen einen derart wilden Ausdruck, dass er für einen Moment wirklich furchterregend aussah.

»Wir kommen in der Mitte des Golfes nicht gut voran«, fuhr ich beiläufig fort. »Heute Nacht werde ich mich nach ablandigen Winden umsehen.«

»Meine Güte! Meinen Sie wirklich nachts, Sir? Wenn's finster ist zwischen all den Inseln und Riffs und Untiefen?«

»Also – wenn es überhaupt regelmäßige ablandige Winde gibt an dieser Küste, dann muss man doch dicht unter Land, um sie zu finden, oder etwa nicht?«

»Meine Güte!« wiederholte er halblaut. Den ganzen Nachmittag machte er eine träumerische, nachdenkliche Miene, für ihn ein Zeichen von Verwirrung. Nach dem Abendessen zog ich mich in meine Kajüte zurück, als wollte ich mich etwas ausruhen. Dort beugten wir unsere beiden dunklen Köpfe über eine halb entrollte Karte, die auf meinem Bett lag.

»Da«, sagte ich. »Es muss Koh-ring werden. Ich habe die Insel schon seit Sonnenaufgang beobachtet. Sie hat zwei Berge und eine flache Landspitze. Sie muss bewohnt sein. Und auf der Küste gegenüber ist etwas, das wie die Mündung eines ziemlich großen Flusses aussieht – bestimmt mit einer Stadt nicht weit flussaufwärts. Das ist Ihre beste Chance, soweit ich sehe.«

»Alles egal. Von mir aus Koh-ring.«

Er blickte nachdenklich auf die Karte, als wolle er aus großer Höhe seine Chancen und die Entfernungen abschätzen – und mit seinen Augen der eigenen Gestalt folgen, wie sie über das kahle Land Kotschinchina wandert und dann über das Papier hinaus, bis sie spurlos in Regionen verschwindet, die keine Karte kennt. Und es war, als hätte das Schiff zwei Kapitäne, die den Kurs absteckten. Ich war so unruhig gewesen, war so rastlos hin und her gerannt an diesem Tag, dass ich keine Geduld aufgebracht hatte, mich anzukleiden. Ich hatte einfach meinen Schlafanzug anbehalten, mit Strohpantoffeln und einem weichen Schlapphut. Die schwüle Hitze im Golf war überaus drückend gewesen, und die Mannschaft hatte sich daran gewöhnt, mich in dieser luftigen Kleidung zu sehen.

»Sie wird bei diesem Kurs die südliche Landspitze passieren«, flüsterte ich ihm ins Ohr. »Nur der Himmel weiß, wann – aber sicher erst nachts. Ich werde sie ganz langsam bis auf eine halbe Meile heranbringen, so weit, wie ich es im Dunklen abschätzen kann.«

»Seien Sie vorsichtig«, murmelte er warnend – und plötzlich erkannte ich, meine ganze Zukunft, die einzige Zukunft, zu der ich taugte, wäre unrettbar zerstört durch ein Unglück mit meinem ersten Kommando.

Keinen Moment länger hielt es mich in der Kajüte. Ich machte ihm ein Zeichen, sich zu verstecken, und begab mich auf die Poop. Der lustlose Welpe hatte Wache. Ich ging eine Weile auf und ab und durchdachte alles; dann winkte ich ihn heran.

»Lassen Sie zwei Männer die beiden Achterdecksluken öffnen«, sagte ich sanft.

Entweder war er wirklich so unverschämt oder er hatte sich aus Verwunderung über einen derart unbegreiflichen Befehl vergessen; jedenfalls wiederholte er:

»Die Achterdecksluken öffnen! Warum, Sir?«

»Aus dem für Sie einzig wichtigen Grund: Weil ich es Ihnen befohlen habe. Die Männer sollen die Luken weit öffnen und ordentlich festhaken.«

Er wurde rot und trollte sich. Doch er machte wohl zum Zimmermann irgendeine spöttische Bemerkung über die hochvernünftige Maßnahme, das Achterdeck eines Schiffs auszulüften. Ich weiß, dass er sogleich in die Kajüte des Ersten gestürzt war und es diesem mitgeteilt hatte, denn der Backenbart kam wie zufällig an Deck und spähte von dort verstohlen zu mir herauf – offenbar nach Anzeichen suchend für Wahnsinn oder Trunkenheit.

Ich wurde immer unruhiger, und kurz vor dem Abendessen kehrte ich für einen Moment zurück zu meinem zweiten Ich. Und ihn so ruhig dasitzen zu sehen, war so erstaunlich wie etwas Widernatürliches, Unmenschliches.

Hastig flüsternd erklärte ich ihm meinen Plan.

»Ich werde so nah wie möglich auf die Küste zulaufen und dann über Stag gehen. Ich werde bald einen Weg finden, Sie hier raus und in die Segellast zu schmuggeln. Die öffnet sich zum Gang, hat aber auch ein Loch, um die Segel rauszuziehen, so ein viereckiges Luk, und das geht direkt aufs Achterdeck und ist nie zu bei gutem Wetter, damit Luft an die Segel kommt. Wenn das Schiff über Stag geht und genau im Wind liegt und die Leute alle an den Großbrassen stehen, dann haben Sie freie Bahn, können raus und durch die offene Achterdecksluke von Bord schlüpfen. Ich hab beide Luken festhaken lassen. Nehmen Sie einen Tampen und lassen sich damit ins Wasser, so dass es kein Aufklatschen gibt – Sie wissen schon. Man könnte das hören, und dann gibt's scheußliche Komplikationen.«

Er schwieg eine Weile; dann flüsterte er:

»Ich hab verstanden.«

»Ich werde nicht sehen, wie Sie verschwinden«, begann ich mit Mühe. »Alles Weitere … Ich hoffe nur, auch ich habe verstanden.«

»Haben Sie. Von Anfang bis Ende« – und zum ersten Mal wirkte sein Flüstern unsicher, irgendwie gepresst. Er packte meinen Arm, doch das Bimmeln der Tischglocke ließ mich zusammenfahren. Ihn freilich nicht; er lockerte nur seinen Griff.

Nach dem Abendessen ging ich erst lange nach acht unter Deck. Die schwache, stetige Brise war schwer von Tau, und die nassen, dunklen Segel fingen auf, was von ihrer Schubkraft übrig war. Die sternklare Nacht funkelte dunkel, und die schemenhaften, lichtlosen Flicken, welche sich langsam zwischen die tiefstehenden Sterne schoben, mussten die abgelegenen Inselchen sein. Backbord voraus, etwas weiter entfernt, lag eine große Insel, ein imposanter Schatten, der einen großen Teil des Himmels verfinsterte.

Beim Öffnen der Tür erblickte ich die Rückansicht meines eigenen Ich, das eine Karte betrachtete. Er war aus dem Winkel hervorgekommen und stand neben dem Tisch.

»Dunkel genug«, wisperte ich.

Er trat zurück, lehnte sich gegen mein Bett und sah mich still und gelassen an. Ich setzte mich auf das Sofa. Wir hatten uns nichts zu sagen. Über unseren Köpfen ging der wachhabende Offizier hin und her. Dann hörte ich schnellere Schritte. Ich wusste, was das hieß. Er näherte sich dem Niedergang, und bald hörten wir seine Stimme vor meiner Tür.

»Wir nähern uns dem Land ziemlich schnell, Sir. Sieht schon recht nah aus.«

»Gut so«, antwortete ich. »Ich komme gleich an Deck.«

Ich wartete ab, bis er die Messe verlassen hatte; dann stand ich auf. Auch mein Doppelgänger rührte sich; die Zeit war gekommen – für ein letztes Flüstern – denn keiner von uns würde je die natürliche Stimme des anderen hören.

»Sehen Sie her!« Ich öffnete eine Schublade und entnahm ihr drei Sovereigns. »Nehmen Sie! Ich hab sechs davon, und ich würde Ihnen alle geben, aber ich brauche ein bisschen Geld, um für die Mannschaft Früchte und Gemüse von den Booten der Eingeborenen zu kaufen, wenn wir die Sunda-Straße passieren.«

Er schüttelte den Kopf.

»Nehmen Sie's!« flüsterte ich verzweifelt. »Keiner weiß doch, was ...«

Er lächelte nur und klopfte vielsagend auf die einzige Tasche seiner Schlafanzugjacke. Da war das Geld natürlich nicht sicher. Doch ich kramte eins meiner großen, alten Seidentücher hervor, knotete die drei Goldstücke in einen Zipfel und hielt ihm das Bündel hin. Das rührte ihn offenbar, denn am Ende nahm er es und band es sich rasch um die Taille, unter der Jacke, auf die nackte Haut.

Unsere Blicke trafen sich; einige Sekunden verstrichen, ehe ich – wir sahen uns noch immer in die Augen – meine Hand ausstreckte und die Lampe ausdrehte. Dann betrat ich die Messe und ließ dabei die Tür zu meiner Kajüte weit offen. »Steward.«

Mit großem Eifer hantierte er noch immer in der Pantry und polierte gerade, als letzte Tat vorm Schlafengehen, eine Plattmenage. Ich hatte meine Stimme gedämpft, aus Sorge, den Ersten in der Kajüte gegenüber zu wecken.

Furchtsam schaute er sich um. »Sir?«

»Können Sie mir ein wenig heißes Wasser aus der Kombüse holen?«

»Sir, ich fürchte, das Feuer in der Kombüse ist schon eine Weile aus.«

»Schauen Sie nach.«

Er floh die Treppe hinauf.

»Jetzt!« flüsterte ich halblaut in die Messe – zu laut vielleicht, aber ich fürchtete, keinen Ton herauszubringen. Im Nu war er an meiner Seite – der doppelte Kapitän schlüpfte an der Treppe vorbei. Ein winziger dunkler Gang … eine Schiebetür. Dann waren wir in der Segellast, krochen auf Knien über die Segel. Plötzlich kam mir ein Gedanke. Ich sah mich umherwandern, barfuß, barhäuptig, und die Sonne brannte mir auf den schwarzen

Schädel. Ich riss mir meinen Schlapphut herunter und versuchte hastig, ihn meinem anderen Ich in der Finsternis auf den Kopf zu rammen. Er wich aus, wehrte sich schweigend. Was er wohl dachte, was da in mich gefahren war? Plötzlich verstand er und gab nach. Tastend trafen sich unsere Hände, verharrten eine Sekunde, vereint in festem, reglosem Griff ... Keiner flüsterte auch nur ein Wort, als sie sich trennten.

Still stand ich neben der Tür zur Pantry, als der Steward wieder herunterkam.

»Tut mir leid, Sir. Kessel ist kaum noch warm. Soll ich die Spirituslampe anmachen?«

»Lassen Sie nur.«

Langsam stieg ich an Deck. Jetzt war es eine Frage des Gewissens, so haarscharf wie möglich am Land vorbeizuschrammen – denn jetzt, sobald das Schiff über Stag ging, musste er von Bord. Musste! Es gab für ihn kein Zurück. Nach einem kurzen Moment schritt ich hinüber nach Lee, und mir stand fast das Herz still, so nah war das Land vor dem Bug. Unter anderen Umständen hätte ich keine Minute länger gezögert. Der Zweite war mir ängstlich gefolgt. Ich starrte nach vorn, bis ich spürte, dass ich meine Stimme wieder in der Gewalt hatte.

»Sie kommt in Luv vorbei«, sagte ich dann in ruhigem Ton.

»Wollen Sie das wirklich versuchen, Sir?« stammelte er ungläubig.

Ich beachtete ihn nicht und sprach gerade so laut, dass mich nur der Rudergänger hören konnte.

»Schön voll halten.«

»Voll halten, Sir.«

Der Wind fächelte meine Wange, die Segel schliefen, die Welt war still. Gespannt sah ich zu, wie der dunkle Schemen des Landes wuchs und wuchs; dann war der Druck zu groß. Ich musste die Augen schließen. Sie musste noch näher heran. Musste! Die Stille war nicht auszuhalten. Machten wir noch Fahrt?

Als ich die Augen öffnete, paukte mir der zweite Blick das Herz in Gang. Der schwarze, südliche Berg von Kohring schien direkt über dem Schiff zu hängen wie ein turmhohes Bruchstück der ewigen Nacht. Auf dieser riesigen, schwarzen Masse war kein Schimmer zu sehen, kein Laut zu hören. Unaufhaltsam glitt sie auf uns zu und schien zugleich schon zum Greifen nah. Undeutlich sah ich die Gestalten der Wache in der Kuhl versammelt; in ehrfürchtigem Schweigen starrten sie nach vorn.

»Wollen Sie wirklich noch näher ran, Sir?« fragte eine unsichere Stimme neben mir.

Ich ignorierte sie. Ich musste näher heran.

»Voll halten. Sie darf keine Fahrt verlieren. Das geht jetzt nicht«, sagte ich warnend.

»Ich kann die Segel nicht gut sehen«, antwortete der Rudergänger mit seltsam zittriger Stimme.

War sie nah genug? Schon trieb sie, ich will nicht sagen, in den Schatten des Landes hinein, nein, sie war von seinem schwarzen Kern schon umschlossen, wie verschlungen, sie war zu nah, um noch zurückgeholt zu werden, sie hatte mich für immer verlassen.

»Lassen Sie den Ersten holen«, sagte ich dem jungen Mann, der dicht neben mir stand, still wie der Tod. »Und rufen Sie alle Mann an Deck.«

Meine Stimme, die sich an der hohen Küste brach, klang unnatürlich laut. Mehrere Männer riefen gleichzeitig: »Wir sind alle an Deck, Sir.«

Dann wieder Stille; der große Schatten glitt näher, türmte sich höher, ohne Licht, ohne Laut. Das Schweigen, das sich auf die Bark gelegt hatte, war vollkommen; sie glich einem Totenschiff, das langsam hineintreibt in das Tor zum Erebus.

»Mein Gott! Wo sind wir hier?«

Es war der Erste Offizier, der so aufstöhnte, direkt neben mir. Er war wie vom Donner gerührt und sozusagen des moralischen Beistands seines Backenbarts beraubt. Er schlug die Hände zusammen und schrie es förmlich heraus: »Verloren!«

»Ruhe!« herrschte ich ihn an.

Er senkte seine Stimme, doch ich sah schemenhaft seine verzweifelte Geste. »Was machen wir hier?«

»Suchen den ablandigen Wind.«

Er machte Miene, sich die Haare auszuraufen, und redete wie von Sinnen auf mich ein:

»Hier kommt sie nie wieder raus! Sie haben's verbockt, Sir. Ich wusste, dass es so enden würde! Nie und nimmer kommt sie in Luv vorbei, und jetzt sind Sie zu nah, um über Stag zu gehen. Sie driftet an Land, bevor sie rum ist! Oh mein Gott!«

Als er seinen Arm hob, um auf seinen armen, treuen

Schädel einzuprügeln, packte ich ihn und schüttelte ihn mit aller Kraft.

»Sie ist schon aufgelaufen!« jammerte er und versuchte sich loszureißen.

»Ach ja? Gut voll halten!«

«Gut voll, Sir!« schrie der Rudergänger mit einer dünnen, erschrockenen Kinderstimme.

Noch immer hielt ich den Arm des Ersten gepackt und schüttelte ihn. »Klar zur Wende! – Hören Sie zu! Sie gehen jetzt nach vorn« – schütteln – »und bleiben da« – schütteln – »und halten den Mund« – schütteln – »und sorgen dafür, dass die Vorschoten klariert sind!« – schütteln, schütteln, schütteln.

Und die ganze Zeit wagte ich nicht zum Land zu sehen aus Angst, mir würde das Herz versagen. Schließlich lockerte ich den Griff, und er rannte nach vorn, als gälte es das liebe Leben.

Ich fragte mich, was wohl mein Doppelgänger unten in der Segellast dachte bei diesem Tumult. Er konnte ja alles hören – und vielleicht konnte er auch verstehen, warum, auf mein Gewissen, wir so nah heranmussten – kein Stück weniger. »Ree!« Unter dem turmhohen Schatten von Koh-ring hallte mein erster Befehl drohend wider, als hätte ich in eine Gebirgsschlucht gerufen. Und nun ließ ich das Land nicht mehr aus den Augen. Bei diesem glatten Wasser und diesem lauen Wind konnte ich unmöglich spüren, ob sie durch den Wind kam. Nein! Ich konnte sie nicht mehr spüren. Und mein zweites Ich machte sich gerade bereit, hinauszuschlüpfen und sich über Bord herunterzulassen. Vielleicht war er schon verschwunden? ...

Die riesige, schwarze, direkt über unseren Mastspitzen brütende Masse begann sich still wegzudrehen vom Schiff. Und nun vergaß ich den geheimen Fremden, der sich zum Verschwinden anschickte, und dachte nur noch daran, dass ich auf der Bark vollkommen fremd war. Ich kannte sie nicht. Würde sie es schaffen? Wie musste man mit ihr umgehen?

Ich brasste die Großrah rund und wartete hilflos. Vielleicht war sie nun zum Stehen gekommen, und ihr Schicksal hing in der Schwebe, während die schwarze Masse von Koh-ring turmhoch über ihrer Heckreling aufragte wie das Tor zur ewigen Nacht. Was würde sie jetzt tun? Hatte sie noch Fahrt? Rasch trat ich zur Bordwand, konnte jedoch nichts sehen auf dem schattigen Wasser, nur einen schwachen, phosphoreszierenden Lichtschein, der die glasige Glätte der schlummernden Fläche erhellte. Ich konnte es unmöglich sagen – und ich hatte ja noch kein Gefühl für mein Schiff. Bewegte sie sich? Ich brauchte etwas gut Sichtbares, ein Stück Papier, das ich über Bord werfen und beobachten konnte. Aber ich hatte keins bei mir. Deshalb nach unten zu rennen, wagte ich nicht. Dafür war keine Zeit. Plötzlich fiel mein angespannt starrender, sehnsüchtiger Blick auf einen weißen Gegenstand, kaum ein Yard von der Bordwand entfernt. Weiß auf dem schwarzen Wasser. Ein phosphoreszierender Lichtschein tauchte unter ihm weg. Was war dieses Etwas? ... Dann erkannte ich meinen Schlapphut.

Er war ihm vom Kopf gefallen, und ihm war's egal gewesen. Jetzt hatte ich, was ich wollte – das rettende Zeichen für meine Augen. Aber ich dachte kaum an mein anderes Ich, das nun vom Schiff verschwunden war, freundlichen Blicken für immer verborgen, unstet und flüchtig auf Erden, ohne das Brandmal des Fluchs, das den Totschläger abhält, auf der verständigen Stirn – für jede Erklärung zu stolz.

Und ich beobachtete den Hut – den Ausdruck meines jähen Mitleids für sein bloßes Fleisch. Er hatte seinen heimatlosen Kopf retten sollen vor den Gefahren der Sonne. Und siehe – nun rettete er das Schiff, indem er mir als Merkzeichen diente und meine Unwissenheit als Fremder an Bord ausglich. Da! Er glitt vorwärts und warnte mich gerade noch rechtzeitig, dass das Schiff achteraus trieb.

»Gegenruder!« raunte ich dem Seemann zu, der noch immer stocksteif dastand wie eine Statue.

Wild glitzerten seine Augen im Licht der Kompasslampen, als er auf die andere Seite sprang und das Rad herumwirbelte.

Ich ging nach vorn bis zur Kante der Poop. Auf dem verschatteten Deck standen alle Männer an den Fockbrassen und warteten auf meinen Befehl. Die Sterne voraus schienen von rechts nach links zu gleiten. Und die Welt war so still, dass ich das leise »Sie ist rum!« hörte, das ein Matrose einem anderen zuraunte, im Brustton der Erleichterung.

»Rund vorne!«

Mit großem Getöse und unter fröhlichem Geschrei kamen die Fockrahen herum. Und nun verschaffte sich der Backenbart mit ein paar Befehlen Gehör. Schon machte die Bark wieder Fahrt. Und ich war mit ihr allein. Nichts und niemand würde nun zwischen uns stehen und einen Schatten werfen auf den Weg stiller Erkenntnis und stummer Zuneigung; die vollkommene Gemeinschaft eines Seemanns mit seinem ersten Kommando.

Als ich wieder an die Heckreling trat, kam ich gerade noch rechtzeitig, um den äußersten Rand einer Finsternis auszumachen, die eine turmhohe schwarze Masse über das Wasser warf wie das Tor zum Erebus, ja, ich kam gerade noch rechtzeitig und erhaschte einen flüchtigen Blick auf meinen weißen Hut, der achteraus zurückblieb und die Stelle markierte, wo der geheime Teilhaber meiner Kajüte und – als wäre er mein zweites Ich – auch meiner Gedanken sich ins Wasser gelassen hatte, um seine Strafe auf sich zu nehmen – ein freier Mann, ein stolzer Schwimmer, der aufbricht in eine neue Zukunft.

ANHANG

NACHWORT

Im Frühjahr 1909 schien Joseph Conrad am Ende. In den fünf Jahren seit seinem großen Roman *Nostromo* (1904) waren zwar drei weitere Bücher herausgekommen: *The Mirror of the Sea* (1906), ein Band mit Essays und Anekdoten über die Seefahrt, der düstere Terroristen- und Großstadtroman *The Secret Agent* (1907) und der Erzählband *A Set of Six* (1908). Aber der mittlerweile 51-jährige Autor und Vater von zwei Söhnen war krank, depressiv und zudem hoch verschuldet: Mit fast 2500 Pfund, also etwa sieben Jahresgehältern eines Arztes oder Anwalts, stand er bei seinem aufopferungsvollen Agenten James Brand Pinker in der Kreide. Conrad konnte seine Schuld nur schreibend begleichen. Seit langem quälte er sich mit einem ehrgeizigen Roman über russische Revolutionäre im Exil; *Under Western Eyes* konnte aber erst zwei Jahre später, nach einem massiven Zusammenbruch und vielen Arbeitspausen, im Oktober 1911 erscheinen. Damit begann Conrads Ruhm auch bis nach Amerika auszustrahlen – und sich sogar bezahlt zu machen.

Zwei Jahre vorher war davon noch wenig zu spüren. Conrad fühlte sich erschöpft und war zugleich unter hohem Druck. An den schweren, malariabedingten Gichtattacken, der finanziellen Misere, den endlosen Selbstzweifeln und der harten Arbeit am Schreibtisch änderte auch unverhoffter Zuspruch wenig. Als ihn im Mai 1909 der Brief eines amerikanischen Kritikers erreichte, der ihn einen »englischen (und polnischen) Flaubert« nannte, empfand er dies Lob als unverdiente Bürde:

Nur in einer Hinsicht gleiche ich diesem großen Mann: in der verzweifelten, herzzerreißenden Mühe und Qual des Schreibens, in all den Tagen, da ich wie mit einem stummen Teufel um jede Zeile meines Werks ringe. Und der arme Flaubert hatte weder Frau noch Kinder, er musste weder sich noch andere ernähren mit jenen Worten, die ihn überlebt haben, Ihnen und mir zur Freude. Der Tod hatte für ihn keinen Schrecken, weder in dieser Welt, noch in der nächsten. Mais laissons cela!

Ende Juni schrieb Conrad einem befreundeten Autor über »diese Momente grausamer Leere, wenn das eigene Schriftstellerleben anscheinend am Ende ist. Ich lebe in ständiger Angst vor diesen Heimsuchungen. Sie sind in letzter Zeit nur allzu häufig gewesen.« Die Wohnsituation der vierköpfigen Familie tat ein Übriges. Seit März mieteten die Conrads vier winzige Zimmer über einem Fleischerladen in der Kleinstadt Aldington in Kent. Das »Quieken der Schweine beim wöchentlichen Schlachten und der Gestank, der vom altmodischen Räucherschuppen« direkt unter dem ehelichen Schlafzimmer aufstieg, waren, wie sich Borys Conrad später erinnerte, »für meinen Vater sehr belastend«.

Die Rettung aus dieser Misere kam in Gestalt eines pensionierten Kapitäns namens Carlos M. Marris. Der gebürtige Neuseeländer war ein außergewöhnliches Produkt des komplexen britischen Weltreichs. Er war zwanzig Jahre auf Handelsschiffen in Fernost unterwegs gewesen und dort zum Islam konvertiert, um eine malaiische Prinzessin zu heiraten, mit der er im indonesischen Penang lebte. Wegen akuter Lähmungserscheinungen hatte der Mittdreißiger im Sommer 1909 in England ärztliche Hilfe gesucht und, angewidert vom Klima und vom Sittenkodex der Insel, zwei begeisterte Briefe an den verehrten Autor geschrieben. Conrads Bücher, vor allem The Mirror of the Sea, erfreuten sich, so Marris, großer Beliebtheit bei den Offizieren der Handelsmarine im Malaiischen Archipel. Und wie sie hoffe auch er auf »noch mehr Geschichten aus dem Osten«.

Conrad war tief berührt. Er lud Marris kurz vor dessen Rückreise nach Indonesien am 13. September 1909 zu sich nach Aldington ein. Die beiden ehemaligen Kapitäne verstanden sich auf Anhieb. Marris' farbige Anekdoten über die Seeleute und Schiffe des Fernen Ostens weckten bei dem kranken und mutlosen Autor alte Erinnerungen. Und sie setzten neue Energien frei. »Es war, als seien Tote auferstanden – Männer, die für mich tot waren, denn die meisten leben dort draußen und lesen sogar meine Bücher und fragen sich, wer zum Teufel da mitten unter ihnen gelebt und all diese Notizen gesammelt hat«, schrieb Conrad wenig später seinem Agenten. »Und das Beste ist: All diese Männer aus jener Zeit vor 22 Jahren sind dem Chronisten ihres Daseins und ihrer Abenteuer wohlgesinnt. Sie sollen noch mehr Geschichten bekommen, die ihnen gefallen.«

Conrad hielt Wort. Anfang Dezember unterbrach er zum Ärger Pinkers die frustrierende Arbeit an seinem Russlandroman und schrieb in knapp zwei Wochen eine seiner berühmtesten Geschichten nieder: »The Secret Sharer«. Sie erschien zuerst im Sommer 1910 in einer New Yorker Zeitschrift und später neben zwei Novellen in der Sammlung *'Twixt Land and Sea* (1912), die bald zu Conrads erstem großen Verkaufserfolg wurde. Er widmete den Band dem Andenken des mittlerweile gestorbenen Kapitäns Marris, »in Erinnerung an jene alten Tage voller Abenteuer«. Damit bezog sich Conrad auf seinen dritten Aufenthalt im Fernen Osten zwischen Februar 1887 und Mai 1889. Seine Erfahrungen im Indischen Ozean, im südchinesischen Meer und im Pazifik sowie die vielen Geschichten, die er in Singapur, Bangkok, Sydney und anderen Hafenstädten des Fernen Ostens aufgeschnappt hatte, waren schon in einige seiner früheren Werke eingegangen, in *Lord Jim* (1900) etwa oder in die Erzählungen »The End of the Tether« (1902) und »Falk« (1903). Nun griff Conrad auch im »Secret Sharer« auf diese »Tage voller Abenteuer« zurück. Und sechs Jahre später, in einer anderen Krisensituation, sollte er die Erlebnisse während seines ersten und einzigen Kommandos als Kapitän erneut nutzen, für seinen großen autobiographisch inspirierten Roman *The Shadow-Line* (1917).

*

Der biographische Hintergrund von Conrads letztem Aufenthalt im Fernen Osten ist rasch skizziert. Im August 1886 hat der 28-jährige Pole Conrad Korzeniowski die britische Staatsbürgerschaft erhalten und drei Monate später endlich die Prüfung bestanden, die ihn zum Kapitän der britischen Handelsmarine qualifiziert. Entsprechende Stellen sind jedoch rar. Im Januar 1887 hört Conrad von einer Stelle auf der *Highland Forest*, die in Amsterdam Ladung aufnimmt. Er reist hin, überwacht die Beladung und heuert an als Erster Offizier. Am 18. Januar läuft das Schiff mit dem Ziel Java aus. Auf der Reise wird Conrad durch eine herabfallende

Spiere am Rücken verletzt, und er verbringt ab dem 6. Juli einige Zeit im europäischen Krankenhaus von Singapur. Ende August heuert er dort als Erster Offizier auf der *Vidar* an, einem kleinen Dampfschiff, das einem reichen Araber gehört. Viermal pendelt das Schiff zwischen Singapur und verschiedenen holländisch-ostindischen Häfen auf Borneo und Celebes, dem heutigen Sulawesi, hin und her.

Am 5. Januar 1888 mustert der nun 30-jährige Conrad aus unbekannten Gründen von der *Vidar* ab und logiert für zwei Wochen im Seemannsheim von Singapur. Kapitän Ellis, der Hafenmeister von Singapur, verschafft ihm am 19. Januar sein erstes Kommando. Die kleine Dreimastbark namens *Otago*, deren Kapitän kürzlich gestorben ist, gehört australischen Reedern und liegt in Bangkok. Conrad reist per Dampfer dorthin und übernimmt am 24. Januar das Kommando. Die *Otago* kommt auf nur 346 Bruttoregistertonnen, ist knapp 50 Meter lang und mit Teakholz beladen. Ihre insgesamt neunköpfige Besatzung besteht neben dem polnischen Kapitän, dem deutschstämmigen Ersten und dem englischen Zweiten Offizier aus zwei englischen, zwei norwegischen, einem deutschen und einem schottischen Matrosen. Die Abfahrt nach Sydney verzögert sich, denn einige der Männer leiden an Ruhr und Cholera. Am 9. Februar läuft die *Otago* mit Kurs Australien aus. Weitere Krankheitsausbrüche und anhaltende Flauten verzögern die Fahrt durch den Golf von Siam. Nach vollen drei Wochen Hitze, Windstille und Fieber steuert die *Otago* am 1. März den Hafen von Singapur an. Dort ersetzt Conrad vier kranke Matrosen durch fünf neue und nimmt frische Medikamente an Bord. Am 3. März läuft die *Otago* mit ihrer Ladung aus Teakholz mit Kurs auf Sydney aus, das sie nach heftigen Stürmen am 7. Mai erreicht.

Zwei Wochen später segelt sie weiter nach Melbourne, wo sie Weizen aufnimmt, bevor sie wieder nach Sydney zurückkehrt. Am 7. August läuft sie, beladen mit Dünger, Seife und Talg, mit Kurs auf Mauritius aus. Conrad wählt die gefährlichere, angeblich schnellere Nordroute durch die Torres-Straße, erreicht aber Port Louis erst am 30. September. Er bleibt zwei Monate auf Mauritius, macht der Tochter eines Kolonialbeamten, in dessen Familie er verkehrt, einen Heiratsantrag und erfährt, dass sie bereits verlobt ist. Darauf schreibt er einen formvollendeten Abschiedsbrief, verspricht, nie mehr zurückzukehren, und segelt am 21. November mit einer Ladung Rohrzucker zurück nach Melbourne. Am 4. Januar 1889 trifft die *Otago* dort ein. Als sie Ende März mit einer Ladung Weizen in Port Adelaide an der australischen Südküste einläuft, kündigt Conrad aus unbekannten Gründen und reist am 3. April als Passagier auf dem deutschen Dampfer *Nürnberg* über Southampton nach London zurück, wo er sechs Wochen später eintrifft.

Damals weiß Conrad noch nicht, dass er den Fernen Osten nie wiedersehen und die *Otago* sein einziges Kommando bleiben wird. Die vierzehn Monate an Bord dieser eleganten Bark sind jedoch eine wichtige Zeit. Sie bilden die Grundlage des von ihm später so genannten »*Otago*-Zyklus«, der aus drei Erzählungen und einem Roman besteht: »Falk«, »The Secret Sharer«, »A Smile of Fortune« und *The Shadow-Line*. Aus dem Jahr 1888 sind keine Briefe und wenig andere Zeugnisse erhalten. Aber noch vierzig Jahre später erinnerte sich der französische Ausrüster der *Otago* auf Mauritius gut an den »fremdartigen« Kapitän mit dem polnischen Namen: »Etwas kleiner als der Durchschnitt, kraftvolle und sehr bewegliche Züge, die sehr schnell von Sanftmut zu beinah zorniger Erregung wechseln konnten; große schwarze Augen, meist melancholisch, verträumt und sanft, außer bei recht häufigen Momenten der Verärgerung; energisches Kinn, gut geformter, schöner Mund, dichter, gut gestutzter dunkelbrauner Bart.« Abgesehen von seinen »formvollendeten Manieren« bildete der Kapitän der *Otago* offenbar auch in seiner ganzen Erscheinung einen starken Kontrast zu den anderen Skippern in ihren Leinenhosen und Strohhüten, mit ihren ölverschmierten Händen und ihrer groben Ausdrucksweise. »Kapitän Korzeniowski war immer wie ein Dandy gekleidet«: dunkles Jackett, helle Weste, »modische Hosen; alles gut geschnitten und stilvoll; ein schwarzer oder grauer Bowler etwas schräg auf dem Kopf. Immer trug er Handschuhe und einen Stock mit Goldknauf.« Die anderen Kapitäne, denen er äußerst förmlich und knapp begegnete, gaben ihm den Spitznamen »der russische Graf«.

Das ist das früheste Porträt des späteren Dichters als jüngerer Mann. Es legt nahe, dass der frischgebackene Kapitän auch unter

Kollegen auf Distanz achtete, seine erkennbare und hörbare Fremdheit geradezu kultivierte. Von dem exilierten Sohn eines polnischen Landedelmannes, der exzellent Französisch schrieb und parlierte, Englisch aber zeitlebens mit starkem Akzent sprach, ist im »Secret Sharer« und der *Shadow-Line* nicht die Rede. Den Druck der Verantwortung aber, auch die Einsamkeit und Unsicherheit eines jungen Kapitäns auf seinem ersten Kommando – all das hat Conrad hier lebendig und eindringlich gestaltet.

Wie bei den meisten seiner Werke liegt diesen beiden Texten eine persönliche Rückschau zugrunde. Allerdings ließ Conrad wichtige Details seiner eigenen Erfahrungen weg, erfand neue hinzu und ergänzte die Erinnerung an Selbsterlebtes durch Dinge, die er gerüchteweise gehört oder in Zeitungsberichten gelesen hatte. Zudem verband er die abenteuerliche Handlung mit der Frage nach der Verlässlichkeit der menschlichen Wahrnehmung und dem Problem der Erkenntnis – im Medium eines fast grüblerischen Ich-Erzählers, der auch nach vielen Jahren noch immer ergriffen ist von jener krisenhaften Situation während seines ersten eigenen Kommandos.

Beide Geschichten erzählen von einer Selbstbegegnung – und zwar im doppelten Sinn. Auf der Ebene der Handlung entdeckt der junge Kapitän, wie er sich trotz starker Selbstzweifel und im Angesicht einer großen Gefahr als Schiffsführer, also als alles entscheidende Autorität an Bord, bewährt, in den Augen der Mannschaft ebenso wie vor sich selbst. Zugleich begegnet der offenbar viele Jahre ältere Erzähler im Akt der erzählenden Vergegenwärtigung seiner früheren Erfahrungen dem durchaus rätselhaften Fühlen, Denken und Tun seines früheren Ich. Aus dieser doppelten Selbstbegegnung beziehen sowohl die Erzählung als auch der spätere Roman ihre Spannung.

*

Der »Secret Sharer« gehört heute zu den meistdiskutierten Texten Conrads. Aber schon bevor nach dem Zweiten Weltkrieg die akademische Kritik mit detaillierten und zum Teil durchaus bizarren Interpretationen einsetzte, hatte man die vieldeutige Erzählung, der die intensive Innenperspektive manchmal die Züge eines Traums verleiht, auf sehr unterschiedliche Weise aufgefasst. Wer die Titelgestalt des »geheimen Teilhabers« und seine Anspielungen auf Kains Brudermord in den Blick nahm, konnte sie als eine moderne Variation über das alte Thema von Schuld und Sühne lesen – modern deshalb, weil sich Gesetz und Moral wegen der möglicherweise mildernden Umstände von Leggatts Gewalttat nicht decken. Vielen Lesern, die sich auf die Figur des jungen Kapitäns konzentrierten, erschien die Geschichte dagegen als raffinierte Erkundung des komplexen Wechselverhältnisses von privater Neigung und öffentlicher Pflicht, mit durchaus unterschiedlicher Bewertung seines Verhaltens.

Der Erzähler selbst präsentiert die unerhörte Begebenheit seiner jüngeren Jahre als eine Geschichte über individuelle Solidarität und Treue – gegen die gesetzlichen Regeln und sozialen Konventionen der Gesellschaft, auch der auf See. Aber die Leser sollten nicht, wie D.H. Lawrence einmal schrieb, dem Erzähler vertrauen, sondern der Erzählung. Der Handlungsverlauf legt nahe, dass man sie, auch im Rückblick auf Conrads Erfahrungen auf der *Otago* und im Vorgriff auf die *Shadow-Line*, als Initiationsgeschichte deuten kann. Denn sie gipfelt ja in einer Art Grenzüberschreitung, wenn der junge Kapitän mit seinem riskanten Manöver am Ende seine Unsicherheit ablegt und sich als allein verantwortliche Autorität an Bord seines ersten Kommandos behauptet. Vielleicht erfüllt er so endlich jenes »Idealbild«, das er längst »insgeheim« von sich entworfen hat.

Egal, für welche Deutung man sich entscheidet, das untergründige Thema ist, wie bei Henry James, Proust, Joyce, Faulkner und anderen großen Erzählern der Moderne, die Subjektivität von Erfahrung und die Frage nach der Wahrnehmung, dem Bewusstsein des vereinzelten Ich. Darauf deutet schon die impressionistische Schilderung der »rätselhaften« Szenerie zu Beginn, wo das Land unmerklich in die See übergeht und der Erzähler einen »nutzlosen Versuch« unternimmt, die »eintönige Weite des Horizonts zu erkunden«. Diese Haltung setzt sich in der erzählenden Selbsterkundung seiner Geschichte fort.

An ihrem Anfang steht das Gefühl des Fremdseins. Dem jungen Kapitän sind – anders als Conrad, der im Frühjahr 1888 mit der *Otago* fast zwei Wochen im Hafen von Bangkok gelegen hatte – sein Schiff und dessen Mannschaft völlig unbekannt. »Alle diese

Leute waren seit ungefähr achtzehn Monaten zusammen gewesen, und ich war der einzige Fremde an Bord.« So empfinden manche, die als Außenseiter einen neuen Arbeitsplatz antreten, noch dazu in verantwortlicher Position. Aber bei Conrad weiß der frischgebackene Kapitän noch nicht einmal, wer er wirklich ist und ob er für seine neue Aufgabe taugt:

> Was ich aber am stärksten fühlte, war, dass ich für das Schiff ein Fremder war; und wenn ich die ganze Wahrheit sagen soll, so war ich mir selber fremd. Als Jüngster an Bord (außer dem Zweiten Offizier) und noch nicht erprobt auf dem Posten mit höchster Verantwortung, war ich geneigt, die Tauglichkeit der anderen als selbstverständlich vorauszusetzen. Sie mussten nur ihrer Aufgabe gewachsen sein; ich aber fragte mich, inwieweit ich jenem Idealbild der eigenen Person treu bleiben würde, das jeder insgeheim von sich entwirft.

Worin sein Selbstbild eigentlich besteht, bleibt ebenso unklar wie die Hintergründe seiner Selbstzweifel. In der *Shadow-Line* wird Conrad die stark autobiographisch eingefärbte Vorgeschichte dieses inneren Fremdheitsgefühls viel deutlicher skizzieren. In der früheren Erzählung gestaltet er stattdessen in der Figur des Totschlägers Leggatt das sozusagen objektive Korrelat, die figürliche Entsprechung jener inneren Unabhängigkeit und Stärke, die der junge Kapitän offenbar noch sucht.

Für den rätselhaften »Doppelgänger« des namenlosen Erzählers gibt es in Conrads Leben kein reales Vorbild. Er hat, wie er 1912 in seinem Vorwort zu *'Twixt Land and Sea* andeutete, auf einen skandalösen Fall an Bord der *Cutty Sark* zurückgegriffen, der sich im Jahr 1880 zugetragen hatte und schnell in aller Munde war. Der schon damals legendäre Clipper war im Juni 1880 mit einer Ladung Kohle aus Cardiff ausgelaufen. Sein Kapitän J. S. Wallace, der bereits mit 27 Jahren dieses ehrenvolle Kommando übernommen hatte, war außergewöhnlich erfahren und wurde von der 28-köpfigen Besatzung hoch geschätzt. Das galt nicht für den despotischen und jähzornigen Ersten Offizier namens John Anderson, der sich Sydney »Bucko« Smith nannte. Smith hatte offenbar schon früh eine starke Abneigung gegen John Francis gefasst, einen der drei schwarzen Seeleute an Bord. Der kräftige und bei den anderen Matrosen beliebte Francis erwies sich freilich im Rigg als ungeschickt. In der Absicht, die Spannungen zwischen ihm und dem Ersten abzubauen, gestattete Kapitän Wallace einen Zweikampf, der aber ergebnislos blieb. Nachdem die *Cutty Sark* das Kap der Guten Hoffnung passiert hatte, geriet sie in einen schweren Orkan, der alle ihre Sturmsegel zerfetzte. Erst ein gerade noch rechtzeitig gesetztes Toppsegel rettete das Schiff. In nur drei Tagen lief der schnelle Clipper über 1000 Seemeilen, bevor der Wind abflaute und man Kurs auf die Sunda-Straße nahm. Bei diesem Manöver ignorierte Francis, der vorn an Deck stand, zweimal den Befehl des Ersten, eine Schot zu fieren, damit die Männer oben im Rigg die Fockrah trimmen konnten. Smith bekam einen Wutanfall und ging auf ihn los. Francis wehrte sich mit einer schweren Handspake, Smith packte sie und schlug ihm den Schädel ein. Francis starb drei Tage später und wurde auf See bestattet. Der Erste Offizier wurde in seine Kajüte verbannt, bis die *Cutty Sark* sieben Tage später, am 14. August 1880, neben einem halben Dutzend anderer Schiffe vor Angier Point in der Sunda-Straße Anker warf. Während der Kapitän auf Instruktionen des Eigners wartete, konnte Smith mit Wallace' heimlicher Einwilligung auf ein benachbartes amerikanisches Schiff fliehen. Dort galt das britische Recht nicht, und angesichts der damals notorischen Unruhe auf amerikanischen Schiffen heuerte man einen derart handgreiflichen Offizier nur allzu gern an. Wallace erhielt die Order seiner Reeder, die *Cutty Sark* nach Yokohama zu führen. Dabei geriet sie in eine Flaute. Nach vier Tagen vergeblichen Manövrierens verweigerte die Mannschaft, erregt über Smiths Flucht, den Dienst. In seiner Verzweiflung und aus Scham über seine Mitschuld an dem Skandal sprang Kapitän Wallace über Bord. Trotz sofortiger Suche in den von Haien wimmelnden Gewässern blieb er verschollen.

Conrad hatte von dem Zwischenfall an Bord der *Cutty Sark*, wie er in seiner Vorrede zu *'Twixt Land and Sea* schrieb, schon früh durch Hörensagen und Zeitungsberichte erfahren: »Die Sache war Allgemeingut in der ganzen Handelsflotte zwischen Indien, China und Australien.« Im »Secret Sharer« wich er freilich stark von dem realen Sachverhalt ab. Auf der *Sephora* lässt er den Sturm mit dem Totschlag zusammenfallen, was für Leggatt zumindest mildernde Umstände nahelegt. Zugleich bleibt das Opfer als Figur blass, und es fehlt jeder Hinweis auf ein möglicherweise rassistisches Motiv. Smiths knapp zehntägige Haft wird im Fall Leggatts zu einer neunwöchigen Gefangenschaft. Der ältliche und ängstliche Kapitän der *Sephora*, als Gegenbild zum mitfühlenden Wallace gezeichnet, verweigert seinem schuldig gewordenen Ersten jedes Entgegenkommen. Archbold wird nicht zum heimlichen Teilhaber an der Schuld des Totschlägers, sondern verfolgt diesen pflichtbewusst, um ihn festzusetzen und der Justiz zu übergeben.

Wichtiger noch und folgenreicher als das veränderte Personal und der abgewandelte Tathergang ist Conrads Behandlung der Erzählperspektive. Sie dient der Sympathielenkung und privilegiert die Sicht des Täters. Er ist der Einzige, der dem Erzähler und damit den Lesern vom Hergang des tödlichen Zwischenfalls während des Orkans berichtet. Die moralische Fragwürdigkeit seiner Tat und Flucht wird dabei kaum gestreift, auch wenn Leggatt selbst an seiner Schuld im Sinne des Gesetzes keinen Zweifel lässt. In deutlichem Kontrast zum historischen Täter zeichnet Conrad das Bild eines anscheinend noblen Menschen, der in einer Krisensituation ein schweres Verbrechen begeht, ähnlich wie der Held in *Lord Jim*. Dort stellt sich der Pastorensohn Jim willig dem Gericht, verliert Patent und Ehre und nimmt seine Schande auf sich: sein ganzes Leben soll eine Buße sein. Leggatt jedoch, ebenfalls der Sohn eines ehrbaren Landpastors, will sich nicht vor einem ordentlichen Gericht – »einem alten Burschen in Perücke und zwölf ehrbaren Krämern«, wie er verächtlich sagt – verantworten. Seinem mitfühlenden Zuhörer begründet er seine Affekttat so: das angeblich aufsässige Opfer gehöre zu jenen »elenden Teufeln«, die »kein Lebensrecht haben«. Doch eigentlich will oder kann Leggatt seine Tat nicht erklären. Er ist, wie der Erzähler am Schluss entschuldigend urteilt, »für jede Erklärung zu stolz«.

Conrad macht aus dieser Geschichte von Stolz und Vorurteil, die am Ende eben nicht in eine gesellschaftsstabilisierende Allversöhnung mündet, eine beklemmende »Studie über die Psychologie einer Faszination«, wie ein kluger Rezensent schon im Herbst 1912 bemerkte. Denn das »Idealbild« des schuldig gewordenen, aber stolzen und unbeugsamen Helden ergibt sich – anders als in der vielfach gebrochenen Erzählperspektive in *Lord Jim* – aus der entschieden konkurrenzlosen Sicht des Ich-Erzählers. Er ist Leggatt von Anfang an verfallen, äußert nicht den Hauch eines Zweifels an seiner Integrität. Noch in der Rückschau, »nach so vielen Jahren«, kommen ihm keine Bedenken, dass der Mann, den er in der ersten Nacht an Bord seines ersten Kommandos am Fallreep entdeckte, nicht seiner unvergänglichen Hochachtung wert sein könnte. Dabei entspricht die unwillkürliche, irrationale Entscheidung seines jüngeren Ich für den geheimnisvollen Schwimmer auf unheimliche Weise Leggatts im Affekt begangener Tat.

Die Solidarität des Kapitäns mit dem unbekannten Fremden widerspricht der in Conrads frühen Texten wie *The Nigger of the Narcissus* oder »Youth« und noch in der *Shadow-Line* gefeierten »brotherhood of the sea«, der »Kameradschaft der Seeleute«, denn diese Solidarität schließt hier alle zugunsten des einen aus. Sie entspringt einem ebenso impulsiven wie für das kräftezehrende Doppelspiel der nächsten Tage folgenreichen Akt. Conrad bereitet die instinktive Momententscheidung seiner Erzählerfigur sorgfältig vor, macht sie durch die ungewöhnliche Ausgangssituation der Handlung allererst möglich. Denn schon zu Beginn hat sich der innerlich aufgewühlte junge Kapitän mit seiner gegen den seemännischen Brauch übernommenen einsamen Nachtwache selbst isoliert. Als Leggatt ihm dann, »ruhig und entschlossen«, seinen Namen nennt, scheint die geheimnisvolle Identifikation des Erzählers mit seinem »Doppelgänger« (er benutzt dieses Wort kurz danach zum ersten Mal) bereits unumkehrbar: »Eine gute Stimme. Die Selbstbeherrschung jenes Mannes bewirkte in mir einen entsprechenden Zustand.« Der Mann im Wasser ist ja nicht nur ein beeindruckend guter Schwimmer. Er ist für den jungen Kapitän eine »starke Seele«. Für Leggatt gibt es keine Kompromisse. Er bettelt und feilscht nicht. Entweder er kommt an Bord oder er schwimmt weiter, bis er untergeht. Diese heroische Haltung imponiert noch dem älteren Erzähler, der sich den Moment wieder vergegenwärtigt: »Ich konnte dem entnehmen, dass er jung war; eigentlich sind es ja wirklich nur die Jungen, die sich überhaupt vor eine derart klare Wahl gestellt sehen. Aber damals war meine Annahme nur pure Intuition.« Damit ist die Entscheidung gefallen. Sie ist nicht das Ergebnis einer rationalen Abwägung, wie der alte Erzähler weiß: »Zwischen uns beiden hatte sich bereits eine rätselhafte Verständigung ergeben – im Angesicht jener schweigenden, verdunkelten tropischen See. Auch ich war jung, jung genug, um keinen Kommentar abzugeben.«

Kurz entschlossen klettert der nackte Leggatt an Bord. Der Kapitän eilt davon und holt ihm einen seiner Schlafanzüge. Anstatt nachzufragen, welche »üble Sache« Leggatt denn ins Wasser getrieben habe, nimmt er den attraktiven, »muskulösen jungen Burschen von höchstens fünfundzwanzig Jahren« gründlich in Augenschein: »Er hatte ziemlich regelmäßige Züge, einen guten Mund, helle Augen [...], ein wohlgeformtes, rundes Kinn.« Leggatts Miene wirkt »konzentriert und nachdenklich, wie die eines Mannes, der in seiner Einsamkeit etwas gründlich durchdenkt. Mein Schlafanzug passte ihm wie angegossen.«

Damit scheint die bisher nur vorausgesetzte Übereinstimmung der beiden auch äußerlich beglaubigt. Und als Leggatt sein lapidares Geständnis ablegt und zu einer Erläuterung ansetzt, unterbricht ihn sein Gegenüber mit einer für die oberste Autorität an Bord absolut voreiligen Entschuldigung: »›Wutanfall‹, schlug ich zuversichtlich vor.« Erst dann beginnt Leggatt, in »knappen, abgehackten Sätzen«, den Hergang der »üblen Sache« zu erzählen. Aber noch bevor er zum eigentlichen Höhepunkt kommt, steht das Urteil seines Gegenübers fest: »mein Doppelgänger da war kein mordlustiger Schuft. Ich dachte nicht daran, ihn nach Einzelheiten zu befragen [...]. Ich sah alles vor mir, als steckte ich selbst in dem anderen Schlafanzug.«

Anders als in den zahllosen Schauergeschichten über unheimliche Doppelgänger seit Jean Paul, E. T. A. Hoffmann und Edgar Allan Poe bis zu Robert Louis Stevenson und Julien Green operiert der Erzähler selbst von Anfang an ganz entspannt mit dieser Vorstellung. Und trotz aller Ähnlichkeiten registriert er schon früh die Eigenart seines »zweiten Ich«. Weder in den Augen noch in der Miene seines vermeintlichen Ebenbilds entdeckt er »etwas Kränkliches«, und er stellt fest: »Eigentlich glich er mir überhaupt nicht.« Zu Leggatts Andersartigkeit gehört die Fähigkeit, seine prekäre Lage mit kühler Vernunft zu erwägen: »Ich konnte mir seine Art dieses Durchdenkens lebhaft vorstellen – eine beharrliche, ja unerschütterliche Operation – etwas, zu dem ich völlig unfähig gewesen wäre.«

Dennoch steigert sich seine zumindest partielle Identifikation mit dem verheimlichten Teilhaber seiner Kajüte in den folgenden Tagen immer mehr. Dabei wird der mutige, stoische, unbeugsame Leggatt zum idealisierten Gegenbild des Erzählers, dessen Vernarrtheit den unaufmerksamen Leser fast notgedrungen ansteckt. Conrad sorgt dafür, dass die intime Zwiesprache der beiden jungen Männer in der Kapitänskajüte scharf mit der von Argwohn geprägten Atmosphäre an Deck oder in der Messe kontrastiert. Dazu trägt auch die beinah verächtliche Sicht des Kapitäns auf seine Offiziere bei, den schlichten Backenbartträger und den lustlosen »Welpen«. Sie bleiben bis zum Ende auf ihre Rolle als eindimensionale Kontrastfiguren beschränkt. Ähnliches gilt für den »unansehnlichen«, frömmelnden und offenbar »nicht sehr gescheiten« Kapitän der *Sephora*. Er wäre eigentlich ein wichtiger Zeuge, kommt aber nicht wirklich zu Wort. Mit einer beiläufigen Bemerkung verweigert der Erzähler seinen Zuhörern oder Lesern jede Möglichkeit, den Hergang der Tat aus einem anderen Blickwinkel als dem Leggatts zu beurteilen. Als ihm Archbold seine Sicht der Dinge berichtet, heißt es nur lapidar: »Es lohnt nicht, seine Darstellung wiederzugeben.« Der junge Kapitän befürchtet, der beharrliche Archbold könnte sein »Gefühl der Identität mit dem anderen auf die Probe stellen!« Und der ältere Erzähler bleibt bei dieser Sicht.

Die Tatsache, dass neben dem Kapitän und der Mannschaft der *Sephora* auch seine eigene Crew die Tat Leggatts zu verabscheuen scheint, kümmert ihn nicht, denn er hat sich dessen Wahrnehmung ganz zu eigen gemacht. Für ihn handelte es sich um einen Akt höherer Gewalt: »Dieselbe hochgespannte Kraft, die gut zwei Dutzend Männern zumindest eine Chance zum Überleben gab, hatte in einer Art Rückstoß eine unwürdige, aufrührerische Existenz zerquetscht.« Der Erzähler macht noch nicht einmal den Versuch einer ethischen Güterabwägung. Er behauptet, »nicht genug Muße« gehabt zu haben, um »in dieser Sache Gut und Böse abzuwägen«.

Obwohl der junge Kapitän es schafft, den zudringlichen Archbold loszuwerden, verstärkt sich der Druck, den er empfindet, zu dem fast paranoiden Gefühl einer umfassenden Bedrohung. Überhaupt dienen die äußeren Ereignisse und Conrads atmosphärisch dichte Beschreibung der Szenerie vor allem der Darstellung der seelischen Krise des Protagonisten. »Die Sonntagsruhe im Schiff war gegen uns; die Stille in der Luft und im Wasser ringsum war gegen uns; die Elemente, die Menschen waren gegen uns – alles war gegen uns in unserer geheimen Partnerschaft. Selbst die Zeit – denn es konnte nicht immer so weitergehen.« Trotzdem wirkt der junge Kapitän, der sich der Grenze zum »Wahnsinn« nahe glaubt, wie gelähmt, und er gibt das Kommando zeitweilig an seinen Ersten Offizier ab. Es ist Leggatts erneuter Entschluss zur Flucht, der die Wende einleitet.

Da erkennt der Erzähler, dass sein »Zaudern, diesen Mann von meinem Schiff wegschwimmen zu lassen«, nicht mehr ist als »bloß sentimentale Heuchelei«, also »eine Form von Feigheit«. Mit seinem tollkühnen Manöver bei wenig Wind, in tiefer Nacht und direkt vor der »riesigen, schwarzen Masse« der Steilküste will er zugleich seinen geheimen Teilhaber aussetzen und, wie inspiriert von Leggatts Kaltblütigkeit, seine eigene Angst besiegen. Nun ist er bereit, alles zu riskieren: »meine ganze Zukunft, die einzige Zukunft, zu der ich taugte«. Der waghalsige, unverantwortliche Plan gelingt. Sein eigener Hut, den er in einem letzten instinktiven Akt der Solidarität seinem »zweiten Ich« auf den Kopf gerammt hat, wird zum »rettenden Zeichen«, zum unverhofften Anhaltspunkt für den entscheidenden Ruderbefehl. Damit liegt die Zeit seiner »Unwissenheit als Fremder an Bord« hinter ihm. Der junge Kapitän hat am »äußersten Rand einer Finsternis« den Respekt seiner allerdings ahnungslosen Mannschaft gewonnen. Wichtiger noch: Er hat sich, »nur mit Himmel und See als Zeugen und Richter«, wie es zu Anfang hieß, vor sich selbst bewährt. Ob aber das abschließende »Idealbild« von seinem geheimen Gast – »ein freier Mann, ein stolzer Schwimmer, der aufbricht in eine neue Zukunft« – auch für ihn selbst gilt, ob die »rätselhafte Verständigung« mit seinem »zweiten Ich« eine nachhaltige Selbsterkenntnis bewirkt, lässt Conrad offen.

*

Die fünf Jahre nach dem »Secret Sharer« begonnene *Shadow-Line* ist das bedeutendste während des Ersten Weltkriegs geschriebene Werk Conrads. Der kurze Roman erzählt ebenfalls von der prägenden Erfahrung einer Grenzüberschreitung. In seinem zwanzigsten Buch nutzte jedoch der nach den Erfolgen von *Chance* (1914) und *Victory* (1915) endlich auch international bekannte Autor seine Erlebnisse mit der *Otago* viel entschlossener – und ohne Rückgriff auf eine externe Quelle. Stattdessen stellte er seine Erlebnisse aus dem Jahr 1888 durch den Titel und die Widmung in einen ganz anderen, sowohl zeitgeschichtlichen als auch überzeitlichen Zusammenhang.

Der Roman war das Ergebnis eines längeren Prozesses. Zunächst hatte Conrad eine eher schlichte Erzählung geplant, wie er Anfang Februar 1915 Pinker mitteilte: »Es ist ein alter Stoff, etwas im Stil von ›Youth‹. Seit Jahren trage ich ihn im Kopf unter dem Titel ›Erstes Kommando‹ mit mir herum. [...] Etwas über meine frühen persönlichen Erlebnisse.« Gedacht war diese Geschichte für das populäre *Metropolitan Magazine* aus New York, das spannende, oft illustrierte Geschichten für ein breites Lesepublikum druckte. Bald jedoch stellte sich heraus, dass die Arbeit nicht so einfach war. Im Vorwort zur New Yorker Neuausgabe von 1920 spielte Conrad auf die Umstände an, die ihn fünf Jahre zuvor dazu gebracht hatten, den »alten Stoff« zumindest indirekt auf den Weltkrieg zu beziehen: »Die Art und Tiefe jener Stimmung, in der ich mich an die Aufgabe machte, ist vielleicht am besten in der Widmung ausgedrückt, die mir jetzt höchst unangemessen erscheint – ein weiteres Beispiel dafür, wie überwältigend groß unsere eigenen Gefühle uns selbst vorkommen.« Der im März 1915 festgelegte Titel mit der Metapher von der Schattenlinie bildet das Bindeglied zwischen der individuellen Erinnerung an eine entscheidende Lebenskrise und jener Grenzerfahrung, die so viele junge Männer – darunter auch Conrads Sohn – auf den Schlachtfeldern Europas machten.

Die Erschütterung, die der Weltkrieg für den Autor bedeutete, ist kaum zu überschätzen. Conrad war am 25. Juli 1914 mit seiner Frau und beiden Söhnen über Hamburg und Berlin in seine alte Heimat, den österreichischen Südosten Polens, gereist, nach über zwanzig Jahren zum ersten Mal. Der Kriegsausbruch unterbrach jedoch diese Suche nach einer verlorenen Zeit, bevor sie richtig begonnen hatte. Die Familie musste Krakau, das Conrad vier Jahrzehnte nicht gesehen hatte, Hals über Kopf verlassen und floh nach Zakopane in die nicht militarisierte Hohe Tatra. Am 4. August erklärte Großbritannien dem Deutschen Reich den Krieg. Im September ging Conrads Geld zur Neige, und er erlitt eine schwere Gichtattacke. Anfang Oktober erhielt die Familie mit Hilfe Pinkers und des amerikanischen Botschafters in letzter Minute die Erlaubnis, über Wien nach Mailand und Genua auszureisen. Dort schifften sie sich auf einem holländischen Dampfer ein, um zwei Wochen später, am 2. November 1914, in London einzutreffen.

Bald danach begann Conrad mit der Niederschrift von »Poland Revisited«. Dieser lange, autobiographische Essay schildert eine Art Pilgerreise durch eine Erinnerungslandschaft, in der er sich seiner Identität als Pole, Seemann und englischer Schriftsteller zu vergewissern versucht. Der »Engel des Krieges« macht diesem Versuch ein jähes Ende. Während der Rückreise nach England ahnt Conrad: »Ich hätte auf jeder Meile eine Erinnerung aufsammeln können, hätte die ungeheuerliche Gegenwart die Vergangenheit nicht völlig überschattet und verfinstert.« Die ersten Anzeichen der Katastrophe erkannte er »schon in der Leere des Mittelmeers, im Anblick Gibraltars, in der dunstigen Silhouette eines auslaufenden Konvois von Transportschiffen im Golf von Biscaya, in der Anwesenheit britischer Unterseeboote im Kanal«. Schließlich passiert das Schiff die Downs, die große Reede vor der Ostküste Kents: »Da lag sie, voller Erinnerungen an mein Leben als Seemann. Aber wie sinnlos erschien mir jetzt meine individuelle Vergangenheit!« Die Frage nach der Bedeutung seines Lebens und seiner schriftstellerischen Arbeit steht hinter dem Vorhaben, durch die kunstvolle Komposition bloßer »Worte« ein wichtiges Kapitel einer persönlichen Lebensgeschichte zu entwerfen, »in einer Welt, die geschändet ist durch Gewalt und übersät mit Wracks, wo der Tod über die Wellen geht und unterm Wasser lauert«. Als der Dampfer westwärts in die Themsemündung eindreht, verspürt Conrad eine schwache Druckwelle: »Als ich mich instinktiv nach meinen Jungs umwandte, traf mich der Blick meiner Frau. Auch sie hatte es gespürt, was da von weit her über die graue Fläche der See herüberkam – das dumpfe Dröhnen der großen Kanonen an Flanderns Küste, die die Zukunft formten.«

Mit diesen Bildern einer ungeheuren Bedrohung, die auch die symbolisch aufgeladene Schilderung der See in der *Shadow-Line* prägen sollten, endet der Essay – die einzige Arbeit, zu der sich der kranke und verstörte Autor zwischen Dezember 1914 und März 1915 aufraffen konnte. Schon im November 1914 hatte er einem Bekannten geschrieben: »Es ist mir schmerzlich bewusst, wie gelähmt und verkrüppelt ich bin, wie müßig und nutzlos, und mich quält die ganz absurde Sorge, als wäre all das für die Größe des Empire irgendwie von Belang. Borys ist tief bekümmert, weil er noch nicht alt genug ist, um zu dienen.« Die Kriegsereignisse, wiederholte Attacken von Arthritis und Gicht, die wachsende Einsamkeit, lähmende Depressionen und schwere Zweifel an der Rolle des Schriftstellers in diesen Zeiten behinderten die Arbeit an dem Roman. Aber sie bilden auch den emotionalen und manchmal sogar thematisch-motivischen Hintergrund seiner erzählerischen Auseinandersetzung mit der psychischen Krise seines jüngeren Ich.

Conrads Briefwechsel des Jahres 1915 illustriert die äußere Lage und seinen inneren Zustand. Ende Januar 1915, zwei Wochen bevor er mit der *Shadow-Line* begann, schrieb er einer befreundeten Schriftstellerin: »Es wirkt wie ein geradezu verbrecherischer Firlefanz, in dieser Zeit von Büchern, Geschichten, Publikationen zu reden. Dieser Krieg hängt über meinem Kopfkissen wie ein Albtraum. Er bedrückt mich sogar im Schlaf, und der Moment des Erwachens bringt keine Erleichterung.« Seinem Agenten beteuerte er Ende Februar, sich jetzt »dauerhaft« der »Erzählung« widmen zu wollen. Drei Wochen später kündigte er an, den ersten Teil des nun mit »Schattenlinie« betitelten Texts schicken zu wollen. Fast gleichzeitig gestand er freilich dem befreundeten Maler William Rothenstein: »Mir ist überhaupt nicht nach all dem Geschreibsel. Und trotzdem muss ich weitermachen, wann immer es geht – und auch wenn es nicht geht.«

Als im Frühjahr der Krieg an allen Fronten eskalierte und die Massenmedien ihre Propaganda intensivierten, schrieb er dem schottischen Schriftsteller Robert Cunninghame Graham, der Krieg sei »eine äußerst üble Sache, die keine angemessene Genugtuung für all die Anstrengungen und Opfer erwarten lässt. Das ist kein Pessimismus – mein Vertrauen in dieses Land ist grenzenlos –, sondern eine ruhige und vernünftige Sicht auf das Ergebnis. Eine elende Angelegenheit, egal wie sehr die Presse versucht sie aufzublasen.« Conrads Loyalität zu Großbritannien »in diesem üblen und verzweifelten Abenteuer« stand außer Frage, wie er Mitte April dem amerikanischen Mäzen John Quinn mitteilte. Aber ihn quälte die Frage, was der Sieg der russischen Alliierten für die Polen bedeuten würde, die »mit Entsetzen den Untergang all ihrer Hoffnungen erwarten«.

Wie sehr die grundsätzliche Sprachskepsis der literarischen Moderne durch das Chaos des Krieges noch verschärft wurde, belegt eine Äußerung des alten Henry James im *New York Times Magazine* vom März 1915:

> Der Krieg hat die Worte ausgezehrt; sie sind ermüdet; sie haben sich abgenutzt wie Autoreifen; wie Millionen anderer Dinge wurden sie in den letzten sechs Monaten stärker belastet, umhergeworfen und ihrer Darstellungskraft entleert als in allen früheren Zeitaltern, und wir sind jetzt konfrontiert mit einer Entwertung aller unserer Vorstellungen oder, anders gesagt, mit einem durch wachsende Erschlaffung bewirkten Verlust an Ausdruckskraft.

Auch Conrad fragte sich, was die Erzählkunst in dieser Lage ausrichten, welchen Zweck sie haben konnte. Was hatten die älteren Schriftsteller der Generation von Kriegsteilnehmern zu bieten? Trotz dieser Bedenken versuchte Conrad mit der Arbeit voranzukommen. Anfang Mai 1915 erklärte er seinem Agenten: »Die Schattenlinie ist fast fertig. Aber ich komme nicht nach London, ehe die letzte Zeile geschrieben ist.« Nach sechswöchigem Schweigen – inzwischen hatten deutsche Zeppeline die ersten Bomben über Südengland abgeworfen – wiederholte er diese Aussage. Es dauerte freilich bis Anfang August, bevor er Pinker »einen weiteren Abschnitt« des nur langsam wachsenden Manuskripts schicken konnte. Wie der junge Kapitän in der *Shadow-Line*, dem die Windstille zum Spiegel seiner Verzweiflung wird, befiel den 57-Jährigen immer wieder lähmende Untätigkeit. Als ihn Henry

James im Juli um ein Manuskript für eine Sammlung bat, die man zugunsten belgischer Flüchtlinge verkaufen wollte, antwortete Conrad seinem »très cher Maître« zerknirscht: »Ich habe seit letztem November keine 10 Seiten geschrieben. Quand je suis ému je deviens muet. [Wenn mich etwas aufwühlt, verstumme ich.] Das ist für einen Schriftsteller absurd – aber ich bin ohnehin eine einzige Absurdität.« Am 11. August meldete sich der 17-jährige Borys freiwillig, und sein Vater bekannte einem Freund: »Meine Nutzlosigkeit macht mich fast verrückt.« Kent, der liebliche Garten Englands, war längst überschattet vom Krieg. Eine Woche später berichtete Conrad seinem New Yorker Lektor von brummenden Flugzeugen, schwerem Geschützdonner und Alarmsirenen aus dem nahegelegenen Ashford:

> Zeppelin – oder ein englisches Luftschiff auf Patrouille? Wir werden es erst am Morgen wissen. Jetzt ist Mitternacht, und vollkommene Stille herrscht über dem stillen und dunklen Land. Alle unsere Bekannten haben jemanden verloren. [...] Alle melden sich. Mein Sohn wird auch bald einberufen. Ein Schatten liegt über diesem Land. Dies ist eine Zeit großer Furcht, in der man sein Herz erforscht und entschlossen seine Lenden gürtet. Und das Leben geht weiter. Aber das Schreiben fällt sehr schwer.

Die Sorge um seinen Sohn trieb Conrad Mitte September dazu, seinen New Yorker Verleger Doubleday um einen amerikanischen Feldstecher für Borys zu bitten: »Es ist fast unmöglich, hierzulande irgendetwas Nützliches zu ergattern.« Er berichtete von Toten und Verwundeten in seinem Bekanntenkreis, aber auch von der Tapferkeit der Seeleute in der Handelsflotte, die als Reserve für die Kriegsmarine Dienst taten: »Viele von ihnen sind noch wahre Jüngelchen oder Kadetten. Sie werden verstehen, wie stolz und froh ich bin.« Ihn selbst quälte jedoch seine Kraftlosigkeit. »Es fällt mir sehr schwer, in dieser Kriegsatmosphäre zu arbeiten. Die Realität schlägt wie üblich die Dichtung [fiction] um Längen, aber heutzutage trifft einen diese Wahrheit mit besonderer Wucht. Man versucht die Sorge zu verdrängen, aber sie kriecht dennoch in einen hinein und lähmt sofort die Feder.« Wenige Tage später

wurde Borys einberufen. Sein Vater begleitete ihn zu einem Aufnahmelager bei London wie der alte Kapitän Giles den jungen
Kapitän bei dessen Abreise nach Bangkok. »Ich wollte«, gestand
Conrad seinem Freund, dem Romancier John Galsworthy, »so
lange wie möglich bei ihm sein an dem Tag, da er seine Jugend für
immer hinter sich lässt.«

Auch im Oktober kam die Arbeit an der *Shadow-Line* nur langsam voran. Zu allem Überfluss peinigte Conrad seine gichtige
Hand so sehr, dass er die Feder kaum noch halten konnte. Anfang
November wandte sich schließlich seine Frau an Pinker mit der
Bitte, er möge ihrem Mann vorschlagen, die Hilfe einer Steno-
typistin anzunehmen. Diese insgesamt etwa zehntägige Koopera-
tion bewirkte einen unerwarteten schöpferischen Durchbruch.
Conrad konnte der professionellen Schreibkraft volle 75 Seiten in
die Maschine diktieren – mehr, als er in Monaten niedergeschrie-
ben hatte. Bald besserte sich der Zustand seiner Hand, und am
15. Dezember 1915 hatte er den Schlussteil des Romans beendet.

Vielleicht hat die Tatsache, dass Conrad den Mittelteil der
Shadow-Line diktieren musste, den über weite Strecken scheinbar
mündlichen, fast intimen Erzählton noch befördert, der so gut
passt zur Redeweise einer Beichte oder eines Bekenntnisses (»confession«). Conrad fügte diesen Untertitel mit dem Motto und der
Widmung jedoch erst nach den beiden Erstpublikationen in den
New Yorker und Londoner Zeitschriften im März 1917 für die beiden Buchausgaben hinzu. Zu diesem Zeitpunkt war ihm wohl
klargeworden, inwiefern seine Erzählung über die Selbstzweifel
und die existentielle Angst eines jungen Kapitäns zum Ausdruck
seiner eigenen Verdüsterung im zweiten Jahr des Weltkriegs geworden war. Umgekehrt hatte der alte Romancier durch die im
Schlussteil des Romans geschilderte Erlösung aus lähmender Untätigkeit selbst neue Lebens- und Schaffenskraft gewonnen. Und
die Begeisterung des Kapitäns über seine tapfere Crew konnte
nun als sein »Bekenntnis« zu jener auf Gedeih und Verderb ver-
bundenen Solidargemeinschaft verstanden werden, deren Überleben im Weltkrieg so fraglich schien.

*

Conrads grundsätzlich skeptische Haltung gegenüber rein fiktionaler Prosa, vor allem angesichts der »Realität« des Krieges, ließ ihn nach den großen Romanen seiner mittleren Periode zur autobiographisch gefärbten Erzählhaltung seiner früheren Seegeschichten zurückkehren. So sind jedenfalls einige private Äußerungen zu verstehen, die er kurz nach Erscheinen der britischen Buchausgabe machte. Im Februar 1917 antwortete er dem Kunstprofessor und Biographen Sir Sidney Colvin, der die *Shadow-Line* begeistert gelesen hatte, dass das Buch keine Rückkehr zu den romantischen Stoffen seiner fernöstlichen »Abenteuer« bedeute:

Der Schauplatz spielt keine Rolle; und wenn es der Golf von Siam ist, so einfach nur deshalb, weil das Ganze exakte Autobiographie ist. Ich wollte das immer machen, und als wir aus Österreich zurückkamen und ich irgendetwas schreiben musste, entdeckte ich, dass ich in meinem damaligen seelischen und geistigen Zustand nichts anderes schreiben konnte, obwohl sogar das mich eine Anstrengung kostete, an die ich mich mit Schaudern erinnere. Mich hinzuhocken und irgendwelche Märchen zu erfinden war damals unmöglich. Sogar heute ist das nicht gut möglich.

Was genau Conrad mit »exakter Autobiographie« meinte, ist nicht ganz klar. Jedenfalls sei es ihm darum gegangen, »meine Erfahrungen in seelische Vorstellungen zu übersetzen – was in der Kunst vollkommen legitim ist, solange man die darin enthaltene exakte Wahrheit bewahrt«. Er wollte, dass »dieses Werk« (this piece) »für sich publiziert« werde, damit es nicht »in einem Band mit Erzählungen als reine Dichtung [fiction] aufgefasst wird. Und darum habe ich es auch Borys gewidmet – und den anderen.« Zwei Tage später legte Conrad nach. Er könne den »autobiographischen Charakter«, den Colvin in diesem »Text« (piece of writing) erkannt hatte, nicht leugnen, weshalb er »davor zurückschrecke, ihn eine Geschichte [tale] zu nennen«. Darum habe er ihn auch mit »Ein Bekenntnis« untertitelt:

Denn aus einem bestimmten Blickwinkel ist er genau das – und im Kern so aufrichtig, wie es ein Bekenntnis nur sein kann. Viel-

leicht sogar noch mehr, denn sein Ziel ist nicht das übliche einer bloßen Selbstenthüllung. Mein Ziel war es, all die anderen
und die ganze Situation im Medium meiner eigenen Gefühle
zur Anschauung zu bringen. [...] Es gab für mich keinen anderen Weg, all jenen guten Seelen Gerechtigkeit widerfahren zu
lassen, die »meiner unvergänglichen Hochachtung wert« sind.

Die eigentlichen Helden seines autobiographischen Romans, so
Conrad in der Rückschau, seien die Männer seiner Crew, allen
voran Ransome, jedoch auch Gambril, Frenchy, ja selbst der halb-
verrückte, aber tapfere Burns. Die Erinnerung an die inneren
Kämpfe und äußeren Bedrohungen seines jüngeren Ich diene
nicht der Selbstrechtfertigung, sondern sei nur Mittel zu dem
Zweck, »all jenen guten Seelen« ein Denkmal zu setzen.

Diese Äußerung belegt Conrads Unbehagen über die seelenzer-
gliedernde, gefühlsbetonte Selbstentblößung, die er in vielen Au-
tobiographien entdeckte. Zwar hatte auch er sich auf Anregung
von Ford Madox Ford schon in diesem Genre betätigt, anstelle
eines umfassenden und faktentreuen Lebensberichts freilich nur
Bruchstücke seiner Erinnerungen publiziert. Die Londoner Ausgabe von 1912 trug den behutsamen Titel *Some Reminiscences*; die
New Yorker Edition *A Personal Record*. In der Vorrede betonte
Conrad: »Wenn es wahr ist, dass jeder Roman ein Element von
Autobiographie enthält [...], so gibt es doch einige von uns, die
die offene Zurschaustellung von Gefühlen verabscheuen.« Diese
Aversion gegenüber einer allzu offenherzigen und gefühligen
Selbstdarstellung prägt auch sein Erinnerungsbuch. Es ist keine
klassische, folgerichtig und fortlaufend entwickelte Autobiographie, sondern eine höchst reizvolle, achronologisch erzählte, fragmentarische und facettenreiche Form von individueller Mythen-
bildung. Das Ziel oder besser das ihr zugrundeliegende Bedürfnis
war das Gesamtbild einer »in ihrer Herkunft wie in ihren Handlungen kohärenten, glaubwürdigen Persönlichkeit«. Conrads Biographen haben gezeigt, wie häufig er wichtige Fakten wegließ oder
abwandelte, sogar abenteuerliche Episoden hinzufügte. *A Personal
Record* sollte sein bewegtes, von unerwarteten Wechselfällen, abrupten Entscheidungen und planlosen Lebensphasen gezeichne-
tes Leben sozusagen erzählerisch auf Linie bringen. Hier ist von

unerklärlichen Launen und tiefen Selbstzweifeln, von innerem Zwiespalt oder lähmender Mutlosigkeit nicht die Rede.

Ganz anders verhält es sich mit dem Protagonisten der *Shadow-Line*. Vor allem im ersten Teil werden seine Unsicherheit und ihre Kehrseite, sein jugendlicher Hochmut, ausführlich vorgeführt. Anstelle einer autobiographischen »Selbstenthüllung« oder Selbststilisierung ging es Conrad hier darum, den Reifungsprozess eines Menschen erzählerisch zu entfalten, dem zum ersten Mal die Last einsamer Verantwortung aufgebürdet ist. Im Gegensatz zum »Secret Sharer« wird die seelische Krise, in der sich das jüngere Ich des Erzählers bereits vor Beginn der Handlung befindet, nicht von einem geheimnisvollen Gegenüber ausgelöst. Und anders als in der früheren Erzählung führt Conrad seinen Helden nicht als isolierten Fremdkörper an Bord seines neuen Schiffes ein. In der langen Vorgeschichte tritt er, mehr reagierend als aktiv, im Kontext der Kolonialgesellschaft einer bedeutenden fernöstlichen Hafenstadt (Singapur) in Erscheinung.

*

Die textkritische Ausgabe des Romans gewährt lehrreiche Einblicke in Conrads Arbeitsweise. Der Vergleich zwischen den verschiedenen Stadien des Typoskripts und den ersten Druckfassungen zeigt, dass er längere Passagen einer eher konventionellen Seelenzergliederung durch den älteren Erzähler konsequent eliminierte. Das passt zum generellen Trend der literarischen Moderne, Kommentare zu minimieren, den Lesern mehr Raum für die empathische und spekulative Deutung zu geben und die Rätselhaftigkeit menschlicher Empfindungen und Handlungen herauszustellen. Zugleich entfernt sich Conrad damit noch weiter vom Modell der klassischen Autobiographie, die ja mit der mehr oder minder souveränen Selbstanalyse aus zeitlicher Distanz eine irgendwie beruhigende Ordnung in den unordentlichen Verlauf eines Lebens bringt. Zugespitzt könnte man sagen: An der Textgeschichte der *Shadow-Line* lässt sich die Entwicklung vom autobiographisch getönten Erinnerungsbuch eines berühmten Autors zu einem modernen Roman verfolgen, der eine dramatische Lebenskrise in den Mittelpunkt der Handlung stellt.

Diese beginnt nicht *in medias res*, sondern mit einer überraschend langen Vorgeschichte. Für die Erstveröffentlichung im *Metropolitan Magazine* wurde sie rigoros zusammengekürzt. Die amerikanischen Leser erwarteten, so dachten die New Yorker Herausgeber, eine spannungsreiche Seegeschichte, kein läppisches Geplänkel über groteske Amtspersonen und alberne Intrigen in einem fernen Winkel des komplizierten britischen Weltreichs. Der erste Teil des Romans wirft jedoch nicht nur sarkastische Blicke auf die Existenz trunksüchtiger Seeleute, abgehalfterter Verwalter oder selbstherrlicher Vertreter der Hafenbürokratie. Er dient vor allem dazu, den jungen Protagonisten in seinem kaum verhüllten Welt- und Selbstekel vorzuführen – freilich auch in seiner ratlosen Reizbarkeit, seiner altklugen Arroganz. Dies tut der ältere, reifere Erzähler. Wie alt er ist und welche Erfahrungen er seitdem gemacht hat, wird, im Gegensatz zu anderen Werken Conrads, in diesem Roman nicht klar.

Wie der ältere Erzähler ist auch sein jüngeres Ich letztlich eine Kunstfigur. Denn trotz aller autobiographischen Anklänge hat Conrad einige wichtige Aspekte seiner Erfahrungen während seines ersten Kommandos im Jahr 1888 abgeändert, verwandelt und ergänzt. Dies ist der wohl wichtigste Unterschied zwischen autobiographischem Faktum und erzählter Fiktion: Nichts in der *Shadow-Line* deutet darauf hin, dass der junge Kapitän Pole ist, Englisch nur mit starkem Akzent spricht und auch in anderer Hinsicht als ein Fremdling erscheint unter den Kapitänen der britischen Handelsmarine. Ähnliches gilt für die Crew des namenlosen Schiffes. Hier wird Conrads entschlossene Transformation des autobiographischen Materials gut deutlich. Burns, der Erste Offizier, ist im Roman offenkundig Brite, obwohl die Figur auf den deutschen Karl Born zurückgeht, Conrads Ersten Offizier auf der *Otago*. Unter Born, mit 33 Jahren der Älteste an Bord, diente der 23-jährige Engländer Isaac Jackson als Zweiter Offizier. Die Mannschaft bestand aus einem Schotten, einem Deutschen, zwei Norwegern und zwei Engländern. Im Roman verliert der Erzähler über die jeweilige Nationalität seiner Männer kein Wort. Ob »Frenchy« wirklich Franzose ist, bleibt offen. Der Generalbass von Conrads Roman ist die »fellowship of the sea«, also jene auf tüchtiger, solidarischer Pflichterfüllung beruhende »Kameradschaft der Seeleute, die stärker ist als der Unterschied von Alter und Rang« – und Nation.

Auch Conrads Vorgänger auf der *Otago* entsprach mitnichten der dämonischen Figur des namenlosen »Alten« im Roman. Der zuverlässige und bei seiner Crew durchaus beliebte Kapitän der *Otago*, ein Schotte namens John Snadden, war Miteigentümer der Bark; er hätte sie nie in Gefahr gebracht. Mit seinem viel älteren fiktionalen Gegenüber teilte er nur eine Vorliebe fürs Geigenspiel. Von einer grotesken »Affäre« mit einem »weißen Weibsstück« in Haiphong ist nichts bekannt. Der erhaltene Abschiedsbrief des todkranken Snadden an seine Frau ist ein Musterbeispiel frommer Gefasstheit und pragmatischer Fürsorge. Vielleicht griff Conrad für seinen »finsteren, grimmigen, ungehobelten [...] Seemann von fünfundsechzig Jahren« auf einen australischen Kapitän zurück, der 1867 wegen Trunksucht, Unzucht und Pflichtvergessenheit verurteilt wurde. Jedenfalls stilisierte er im Roman den hämischen, irrsinnigen »alten Mann« zur unheimlichen Gegenfigur seines jungen Protagonisten – und zum obskuren Objekt von Burns' Obsessionen.

Conrads Beschreibungen des Golfs von Siam machen zwar den Eindruck einer exakten Topographie, weichen jedoch an einigen Punkten von den Seekarten ab, auf die er nachweislich zurückgriff. Die fiktionale Insel Koh-ring, die in der Windstille wie ein »böser Lakai« tagelang »achteraus herumlungerte«, ist nur ein Beispiel für die symbolisch aufgeladene Naturbeschreibung im Roman. Unterstützt durch Burns ansteckenden Aberglauben an den »Fluch«, den der auf See bestattete Alte auszuüben scheint, verwandelt sich der Golf in eine phantasmagorische Szenerie, in der »launische Winde« und »geheimnisvolle Strömungen« das hilflose Schiff wie in einem »bösen Zauber« bannen. Nach tagelangem Herumdümpeln erscheint dem Erzähler die »gleißende Hitze« wie eine »Zersetzung« des Himmels, eine »Vergiftung« der Luft; das »mürrische« Schwelen der untergehenden Sonne wirkt wie ein böses Omen und die »entsetzlich weiche Glätte dieser absoluten Nacht« wie das große Tohuwabohu, die »Finsternis vor Erschaffung der Welt«. Die metaphorisch verdichtete Beschreibung der See wird so zum dunklen Spiegel einer Krise, die den jungen Kapitän an den Rand des Wahnsinns und der »seelischen Auflösung« zu treiben droht. Seine Gefühle sind freilich auch das »Medium«, durch das Conrad, wie er Colvin erklärte, »all die

anderen« Seeleute und »die ganze Situation« an Bord »zur Anschauung« bringt.

*

Der Roman ist also keine schlichte, gradlinig erzählte Initiationsgeschichte. Das »Bekenntnis« des gealterten Erzählers, von dem
der Untertitel des Romans spricht, basiert auf einer rücksichts-
losen Erkundung seines jüngeren Selbst. Die auf den ersten Blick
langatmig anmutende Exposition, aber auch die wachsende Dramatik der Handlung auf See spiegeln den problematischen Gemütszustand und die keineswegs gradlinige Entwicklung des
Protagonisten, die sich in einer Folge von hochgespannten Hoffnungen und tiefen Enttäuschungen vollzieht.

Dieser befindet sich zu Beginn, wie der Erzähler betont, noch
im »zwielichtigen Reich zwischen Jugend und Reife«. Wie bei
Hamlet, auf den Conrad mehrfach anspielt, ist das Lebensgefühl
des jungen Mannes, dem sein Dasein »schal« und »unersprießlich« scheint, geprägt von »Langeweile«, »Ermüdung« und »Verdruss« – jenem Gemisch von Zukunftsangst, Weltschmerz, Ennui,
Hochmut und Selbstekel, das viele der »noch Jungen« dazu verführt, »unbedachte Dinge zu tun«. Unser Held hat den eigentlich
angenehmen Posten als Erster Offizier auf einem Dampfer plötzlich hingeworfen, ohne jeden vernünftigen Grund. Er ist sich
selbst ein Rätsel, und auch der gereifte Erzähler weigert sich,
»nachträglich eine Erklärung zu liefern für das, was mir schon
damals fast vorkam wie eine bloße Laune«.

Die seitenlangen, scheinbar ziellosen Unterredungen, mal in
direkter, mal in indirekter Rede, mit dem geheimnisvoll gütigen,
selbstgefällig tugendsamen Kapitän Giles und die ernüchternde
Konfrontation mit den subalternen Vertretern des Hafenamtes
sowie mit Kapitän Ellis, dem formidablen »Provinzposeidon« in
diesem Winkel des britischen Weltreichs, bilden das spannungssteigernde Präludium für die erste Selbsterkenntnis des Protagonisten. Beide Kapitäne agieren als Mentoren des jungen Mannes,
der sie freilich nicht recht durchschaut. Als ihn Ellis jedoch mit
seinem ersten Kommando betraut, entdeckt er, »wie sehr ich Seemann war, von ganzem Herzen, von ganzem Gemüt [...] – ein
Mann, der nur der See und den Schiffen gehört, der See als der

einzigen Welt, die wirklich zählt, und den Schiffen, die einen Mann auf die Probe stellen, sein Temperament, seinen Mut und seine Treue – und seine Liebe«.

Dann folgt der erste Höhepunkt des Romans: die lang ersehnte Begegnung mit seinem Schiff im Hafen von Bangkok. Der Anblick der eleganten Bark befreit den jungen Mann aus seiner tiefen Depression: »Ihr Rumpf, ihr Rigg waren eine Augenweide. Das Gefühl der Lebensleere, das mich in den vergangenen Monaten so unruhig gemacht hatte, verlor seine bittere Plausibilität; sein übler Einfluss löste sich auf in einem Strom freudiger Erregung.« In den Augen des Betrachters hat das Schiff einen geradezu erotischen Reiz: »Auf den ersten Blick erkannte ich an den Linien ihres herrlichen Leibes, am Ebenmaß ihrer langen Spieren, was für ein erstklassiges Schiff sie war: ein harmonisches Geschöpf.« Neben den am Kai vertäuten größeren Schiffen wirkt sie auf ihn »wie ein hochgezüchtetes Geschöpf – ein Araberhengst in einer Koppel von Karrengäulen«.

Unser einsamer Held hat, so scheint es, sein Glück gefunden. Er setzt sich auf den »Kapitänsstuhl« vor einen großen Spiegel und genießt das Gefühl, zum Erben, zum »jüngsten Vertreter einer Dynastie« geworden zu sein, die »nicht auf Blutsverwandtschaft beruhte, sondern auf Erfahrung, Ausbildung, Pflichterfüllung und der herrlichen Schlichtheit ihrer traditionellen Sicht auf das Leben«. Seine innere Unruhe ist von ihm abgefallen. In seinem Spiegelbild begegnet er einem anderen, reiferen Ich: »Dieser mir ruhig entgegenstarrende Mann, den ich betrachtete, als wäre er zugleich ich selbst und jemand anders«, war, das erkennt er jetzt, »nicht wirklich einsam«, sondern hatte »seinen Platz in einer Reihe von Männern, die er nicht kannte, von denen er nie gehört hatte, die aber von den gleichen Mächten geformt worden waren und deren Seele für ihn [...] keine Geheimnisse barg«.

Diese vermeintliche Gewissheit erweist sich aber sehr bald als Illusion. Der junge Kapitän muss einsehen, dass die Mannschaft zum großen Teil schwer erkrankt ist und sein Erbe vergiftet. Denn sein Vorgänger, »in allen wesentlichen Belangen außer seinem Alter ein Mann wie ich«, war alles andere als ein pflichtbewusster, vernünftiger Schiffsführer. Diese Erkenntnis stürzt den jungen Mann in große innere Unruhe: »Es war, als könne ein Mann sogar

289

auf See zum Opfer böser Geister werden. Ich spürte auf meinem Gesicht den Atem unbekannter Mächte, die unser Schicksal formen.« Dennoch setzt er seine ganze Hoffnung auf die offene See. Sie bietet, wie er fest glaubt, den besten Schutz für seine fieberkranken Männer, die »durch alberne kommerzielle Komplikationen auf diesem Fluss gefangen waren wie in einer Giftfalle«. Die hohe See, die »unverdorben war, sicher und freundlich«, wird für ihn zum »einzigen Heilmittel für all meine Not«.

Kaum aber hat dieser moderne Hamlet den »Drang der irdischen Verwicklungen an Land abgeschüttelt«, sieht er seine Erwartungen erneut enttäuscht. Die Krankheit greift um sich, sein Erster Offizier scheint in den Wahnsinn abzugleiten, der Wind bleibt aus: »Die tiefe Einöde der See wirkte auf mein Hirn wie Gift. Als ich den Blick auf das Schiff richtete, überkam mich die morbide Vision von einem driftenden Grab.« Der junge Kapitän versucht sich seiner bösen Ahnungen und Burns' abergläubischer Verschwörungstheorie zu erwehren, indem er sich auf die medizinischen Heilkräfte seiner Bordapotheke verlässt. Als durch den Betrug seines Vorgängers auch diese letzte Stütze wegbricht, hat er nicht nur die spöttische Arroganz verloren, mit der er anfangs dem scheinbar betulichen Giles und später dem erregten Burns begegnete. Er hat einen schweren »seelischen Schock« erlitten, und das Selbstvertrauen, mit dem er sein Kommando antrat, hat sich völlig verflüchtigt. Er spürt in sich einen wahren »Tumult aus gequälter Lebenskraft«, ein verworrenes »Gemisch aus Zweifel, Verwirrung, Selbstvorwürfen und dem unbestimmten Widerwillen, mich der scheußlichen Logik der Lage zu stellen«. Dennoch entschließt er sich, den kranken Männern die fatale Wahrheit nicht zu verschweigen. Aber diese Entscheidung hat nichts Befreiendes: »Kurz bevor ich hinaustrat, um zu ihnen zu sprechen, erkannte ich, dass das Leben schreckliche Momente bereithält. Kein geständiger Verbrecher war je von seinem Schuldgefühl derart niedergedrückt worden.«

Bald wird die in der Windstille reglos daliegende See zum Spiegel seiner Verzweiflung, zum Sinnbild seiner inneren Lähmung und Leere. In zwei Tagebucheinträgen – nur hier schweigt der ältere Erzähler – kommen wir Leser der Seelennot des erlebenden Ich ganz unvermittelt nah. In der ersten Notiz beschreibt er die

Welt um ihn als eine Art kosmischen Automaten: »die Sonne klettert hinauf und hinunter, die Nacht schwingt sich über unsere Köpfe, als drehte jemand unterm Horizont eine Kurbel.« In der reglosen See, im teilnahmslosen Himmel, in der herzlosen Leere und unermesslichen Weite des Weltalls erkennt er die Sinnlosigkeit einer feindlichen Schöpfung ebenso wie die seiner eigenen Existenz.»Da liegt alles vor mir: Sterne, Sonne, Meer, Licht und Finsternis, der Weltraum, die großen Wasser, das ganze formidable Werk der sieben Tage, in das die Menschheit offenbar ungefragt hineingestolpert ist. Oder hineingelockt wurde. So wie man mich hineingelockt hat in dieses furchtbare, dieses vom Tod verfolgte Kommando.«

Immer stärker verunsichert von Burns'»irrwitzigem Wahn«, gemartert von Schuldgefühlen, zerrüttet von Flaute, Hitze und dem Anblick des teilnahmslosen Himmels, fürchtet er schließlich, seinen Verstand zu verlieren: »Es gab Momente, in denen es mir so vorkam, ich würde verrückt werden, ja, ich sei sogar schon verrückt geworden, und so wagte ich den Mund nicht mehr aufzumachen, aus Angst, mich durch ein irres Gekreisch zu verraten.« Zwar spenden der »unentwegte Ransome«, der »unbezwingbare Charakter« Frenchys und der zähe Graukopf Gambril ihrem Kapitän noch einen gewissen Trost, und der rückschauende Erzähler fragt sich »noch immer, ob es der Gleichmut ihrer Seele war oder ihre mitfühlende Phantasie, was sie so wunderbar machte, so sehr meiner unvergänglichen Hochachtung wert«. Auch tauchen nach mehreren Tagen Wolken am Horizont auf. Aber der Wind bleibt aus, und außer Ransome kann sich nur noch der Kapitän auf den Beinen halten. Aus dem »rein persönlichen Bedürfnis nach innerer Erleichterung« versucht er sich schreibend seiner selbst zu vergewissern. Der zweite Tagebucheintrag enthält zunächst eine disziplinierte Analyse der verzweifelten Lage des »manövrierunfähigen« Schiffes: »Was wird passieren? Wahrscheinlich nichts. Oder alles. Vorweg vielleicht eine wütende Bö, mit voller Wucht von vorn. Und an Deck höchstens fünf Männer, mit Saft und Kraft von, sagen wir, zweien.«

Dann arbeitet sich der junge Kapitän zu jenem krisenhaften »Moment« der Selbsterkenntnis vor, der die Wende einleitet. Sein früheres Leben scheint ihm nun »unendlich weit entfernt, eine verblassende Erinnerung unbekümmerter Jugend; etwas auf der anderen Seite eines Schattens«. Der illusionslose Blick auf sich selbst führt ihn an die Grenzlinie zwischen seiner selbstzweiflerischen Jugend und verantwortungsbewusstem Erwachsensein. Was ihn angesichts des drohenden Endes am meisten »entsetzt«, ist seine Unfähigkeit, »an Deck zu gehen und ihm die Stirn zu bieten. Ich schulde es dem Schiff, ich schulde es den Männern da oben an Deck – einige von ihnen sind bereit, auf ein Wort von mir den letzten Rest ihrer Kraft zu opfern. Und ich schrecke davor zurück. Vor der bloßen Vorstellung.« Sein innerer Monolog mündet in den Abgrund der Selbsterkenntnis. Die letzten Sätze sind in ihrer erbarmungslosen Selbstverurteilung an Schärfe nicht zu überbieten: »Jetzt verstehe ich dieses seltsame Gefühl von Unsicherheit in meinem früheren Leben. Ich hatte schon immer den Verdacht, dass ich nichts tauge. Und hier ist der Beweis. Ich weiche aus. Ich tauge nichts.«

Das ist der Höhepunkt der Krise. Der junge Kapitän ist weder Herr über sich selbst noch über sein Kommando. Die launenhaften Attacken des Fiebers und die flüchtigen Lüftchen verhindern jede zielgerichtete Fahrt. Eine undurchdringliche Finsternis legt sich um das Schiff, das noch wie zum Hohn vom »trüben Licht der wenigen Sterne« erhellt ist. Der Kapitän erwartet »das Ende aller Dinge«, aber er gerät nicht in Panik. »Die Ruhe, die mich überkam, war wie der Vorgeschmack der Vernichtung. Sie wirkte beinah tröstlich, als hätte sich meine Seele plötzlich ausgesöhnt mit einer Ewigkeit aus blinder Stille.« In seiner »seelischen Auflösung« bleibt nur eins intakt: der »Instinkt des Seemanns«. Nicht das Fühlen oder Denken, sondern die instinkthafte Bereitschaft zur Tat im Angesicht der drohenden Vernichtung bewährt sich in dem Moment, da endlich Wind aufkommt. Die Männer, auch der herzkranke Ransome, werden ihre letzte Kraft einsetzen, der hysterische Burns nimmt den Kampf mit der Ursache seiner Hysterie auf, und der Kapitän überwindet seine lähmende Angst, nachdem er sich ihren Grund – seine mangelnde Tauglichkeit – eingestanden hat. Niemand außer dem »welpenhaften« Zweiten Offizier kapituliert. Alle mobilisieren ihre letzten Kräfte, nicht aus Heldentum, sondern aus ihrer physischen oder psychischen Schwäche heraus. Und damit retten sie sich und ihr Schiff.

Diese dramatische Geschichte einer Bewährung in fast aussichtsloser Lage ist auch ein indirekter Kommentar Conrads zum Chaos des Weltkriegs, der ihre Entstehung begleitete und prägte. Ihr Ende legt nahe, dass die menschliche Gesellschaft nur dann eine Chance hat, wenn sich alle ihre Mitglieder ihrer Schwäche bewusst sind und gemeinschaftlich handeln. Das ist eine ebenso pragmatische wie ernüchternde Einsicht. Anders als einige von Conrads frühen Seegeschichten schließt sein später Roman nicht auf einer triumphalen oder doch erhebenden Note.

Am Ende der Geschichte trifft der erschöpfte Kapitän, der sein Schiff mit Ransomes aufopferungsvoller Hilfe bis nach Singapur gebracht hat, ein letztes Mal auf seinen rätselhaften Mentor Giles. Nun konfrontiert dieser scheinbar selbstgefällige Tugendbold, der freilich, wie es zu Beginn heißt, »wundersame Abenteuer bestanden und irgendeine geheimnisvolle Tragödie erlebt« hat, den von seiner dramatischen Reifeprüfung noch mächtig geblähten jungen Mann mit einem eigentlich verstörenden Rat, hinter dem sich eine offene Frage auftut. Man solle im Leben nichts übertreiben, empfiehlt der Alte dem Novizen. Und: »Ein Mann sollte seinem Pech, seinen Fehlern, seinem Gewissen und all dem Kram die Stirn bieten. Oder? Wogegen soll man denn sonst ankämpfen?« Plötzlich entpuppt sich Giles als Verkörperung der entzauberten Moderne im viktorianischen Gewand: Das Leben ist ein einziger Kampf, und in einem Dasein ohne Gott oder göttliche Mission, ohne höheren Sinn oder Auftrag bleibt nur die mannhafte Auseinandersetzung mit dem eigenen, dem abgesonderten Ich. Das verschließt dem jungen Kapitän den Mund. Darauf weiß er nichts zu sagen. Und just nachdem sich der alte Giles als illusionsloser, stoischer Skeptiker offenbart hat und den jungen Sinnsucher »richtig zu interessieren« beginnt, entschwindet die Figur dieses kuriosen Mentors.

Die Erinnerung des älteren Erzählers an sein Überschreiten der Schattenlinie endet damit jedoch noch nicht. Conrad sprengt den Rahmen insofern, als er mit dem Abschied von Ransome, dem schönen Matrosen, einen klaren und ebenso rührenden wie ernüchternden Akzent setzt. Jetzt, wo er aller Pflichten und Rücksichten ledig ist, fällt der gelassene Steward mit der stets angenehmen Stimme und dem wehmütigen Lächeln völlig aus der Rolle.

Er steht fassungslos vor seiner so lange tapfer unterdrückten To-
desangst, in einer Situation also, wo die Seele keine Faxen mehr
macht. Und der junge Kapitän, sein Vorgesetzter und Gefährte in
der Gefahr, erkennt in Ransomes verzweifeltem Leben zum Tode
auch seine eigene Lage, die Situation aller Menschen. Die Angst
vor dem Tod, »unserem gemeinsamen Feind«, ist die Schattenseite
jugendlicher Zuversicht und jener zauberhaften »universellen
Erfahrung«, von der der Erzähler auf der ersten Seite seiner Geschichte ausgegangen war.

*

Anders als in »Youth« oder »Heart of Darkness«, wo ein anony-
mer Rahmenerzähler den mündlichen Bericht seines Freundes
Marlow einleitet und beschließt, setzt in der *Shadow-Line* wie im
»Secret Sharer« der Ich-Erzähler unvermittelt ein. Seine Perspektive bleibt allein bestimmend. Eine spezifische Erzählsituation,
in der sein »Bekenntnis« einen sozusagen intimen Charakter bekäme, wird hier nicht skizziert. Dennoch hat Conrads Stil trotz
der manchmal pathetischen, oft abstrakten Diktion auch den un-
überhörbaren Charakter des lakonischen, mündlichen Erzählens.
(Frühere Übersetzungen haben die gelegentlichen Imperative und
Höreranreden meist ins Unpersönliche umgebogen.)
    Die prologartige Einführung in die *Shadow-Line* schlägt aller-
dings zunächst einen anderen Ton an. Hier macht Conrad allge-
meingültige Aussagen über das »Vorrecht der frühen Jugend«, die
in »der herrlichen Fortdauer einer Hoffnung« vor sich hin lebt,
»kein Innehalten kennt und keine Selbstbetrachtung«. Erst im
Verlauf der Handlung bekommt die anfangs noch auktoriale Er-
zählerstimme ihre persönliche Färbung, und zwar indem sie eines
der zentralen Themen des Romans entwickelt: die universale Erfahrung einer Existenz in der Zeit, die Vorstellung des Daseins als
Prozess, der nicht nur von der Jugend zum reifen Erwachsensein
führt, sondern auch das Bewusstsein des Alterns mit sich bringt –
und die Gewissheit des Todes. Auch diese ist in der Metapher von
der Schattenlinie enthalten. Die *King James Bible* spricht ja schon
im berühmten Psalm 23 vom Weg des Lebens durch das »valley of
the shadow of death«.
    Von der tröstlichen Hoffnung auf ein Leben nach dem Tod will

Conrads Erzähler allerdings nichts wissen. Er ist ein neugieriger Skeptiker, der fasziniert ist von der psychischen Maschinerie seines früheren Selbst. (Einmal spricht er sogar von seinem zeitweilig »ausgekuppelten« Verstand.) Bei aller Ironie, zu der er – auch sich selbst gegenüber – fähig ist, lassen ihn noch in der Rückschau die inneren Vorgänge seiner Geschichte nicht los: die rätselhaften Motive seines früheren Verhaltens, seine instinktiven Reaktionen auf den Anblick, die enigmatischen Äußerungen oder Handlungen anderer. So wird der ältere Erzähler zu einem scharfen Beobachter psychischer Zwischenstufen und erratischer Verhaltensweisen. Er zeigt ein leidenschaftliches Interesse an den Regungen der Seele, freilich ohne sie zu analysieren oder in präzise Begriffe zu fassen. Er bildet sich nicht ein, seiner Unruhe und Sprunghaftigkeit, der selbstgefällig wirkenden Güte von Kapitän Giles, Burns' wahnhafter Verstockung oder Ransomes lange gebändigter Angst wirklich auf den Grund gehen zu können.

Letzte Wahrheiten zu verkünden ist seine Sache nicht. Stattdessen konzentriert sich sein sozusagen impressionistischer Stil auf die sinnlichen Wahrnehmungen seines jüngeren Ich – mehr als ein Dutzend Mal taucht das Wort »perceive« im Text auf. Ähnliches gilt für die irrationalen »Impulse« seiner Figuren oder den »Effekt«, den eine bestimmte Äußerung, ein Geräusch oder Anblick auf sein früheres Ich und seine Gefährten hat. Darin ähnelt sein Erzählstil dem Marlows, von dem der Rahmenerzähler in »Heart of Darkness« sagt: »Für ihn lag der Sinn eines Ereignisses nicht im Innern wie ein Kern, sondern außerhalb; er umgab die Geschichte, die ihn nur hervorrief, wie etwas Glühendes einen Dunstkreis erzeugt, umhüllte sie wie eine neblige Aureole, die manchmal sichtbar wird durch das geisterhafte Strahlen des Mondlichts.«

Conrads impressionistischer Stil wird in der *Shadow-Line* noch angereichert durch Formulierungen und Sprachbilder, die für damalige Leser auch auf die Situation der Frontsoldaten im Weltkrieg hindeuten konnten. Der junge Kapitän muss, so schwer es ihm auch fällt, die opferbereiten Männer seines »vom Tod verfolgten Kommandos« mit ungerührter Kaltblütigkeit anführen. Schon in Bangkok wirken sie »wie in einer Giftfalle« gefangen; das mörderische Klima liegt wie eine tödliche chemische Substanz

»in der Luft, im Wasser, im Schlamm des Flussufers«. Auch auf hoher See hat er beim Anblick seiner taumelnden Männer den Eindruck, »die Luft, in der sie sich bewegten, sei vergiftet«. Nur mühsam erwehrt er sich Burns' fixer Idee, der alte Kapitän liege in einem »heimtückischen Hinterhalt«. Während seiner »endlosen Wache im Angesicht des Feindes« suchen ihn gruselige Bilder heim. Die »hoffnungslose Lage« des von unüberwindlichen Mächten »bedrängten« (»attacked«) Schiffs bewirkt bei ihm schließlich eine »schleichende Lähmung«, während sich sein »schwachsinnig« gewordener Zweiter Offizier unter Deck in einem finsteren Winkel zusammenrollt wie ein vom Trommelfeuer Traumatisierter. Vor dem dunklen Hintergrund dieser suggestiven Bilder wirkt die Erlösung durch den plötzlich aufkommenden Wind und die Mobilisierung der entkräfteten Männer umso befreiender.

Liest man den Roman als eine Parabel über eine existentielle Krise in Kriegszeiten, wird der repräsentative Charakter dieses Porträts eines jungen Mannes als Anführer besonders greifbar. Er übernimmt einen schwierigen Posten und bewährt sich in einer schweren Prüfung, in der er jene professionellen, persönlichen und sozialen Qualitäten allererst entdeckt, die ihm und seinen Männern ein ehrenhaftes Überleben sichern. Daher überrascht es nicht, dass ein amerikanischer Rezensent den drei Wochen nach der Kriegserklärung der amerikanischen Regierung erschienenen Roman im Juni 1917 als frohe Botschaft (»gospel«) für junge Männer »in diesen Zeiten« auffasste.

*

Zu der Zeit war in den USA dank der geschickten Kampagne von Conrads Verleger Doubleday ein wahrer Kult um den polnisch-englischen Autor entstanden, der keineswegs nur junge Männer ergriff. Eleanor Roosevelt, die spätere First Lady, bezeichnete die »wunderbare« *Shadow-Line* als eines von Conrads »größten« Werken. In aller Regel waren die zahlreichen amerikanischen Kritiken des Lobes voll für Conrads (so die *New York Times*) »Glauben an die Treue, erprobte Männlichkeit und gemeinsame Anstrengung«.

In Großbritannien waren die Reaktionen nuancierter. Zwar griff die populäre Tagespresse bereitwillig die Werbeanzeigen des

Dent Verlags auf, der den Roman in Anlehnung an Coleridges romantische Ballade vom »Ancient Mariner« (1798) als »Geschichte von einem Geisterschiff in Fernost« vermarktet hatte – eine Festlegung auf das »bloß Übernatürliche«, der der Autor drei Jahre später mit seiner Anmerkung zu den Neuausgaben von 1921 vehement widersprach. Die ersten Besprechungen vom Ende März 1917 waren freilich, wie Conrad seinem Agenten erleichtert mitteilte, »im Großen und Ganzen sehr respektvoll«.

Viele Rezensenten feierten sein erstes Spätwerk als eine willkommene Rückkehr zu den vermeintlich unkomplizierten, abenteuerlichen Seegeschichten seiner Frühphase. Andere lobten den autobiographischen Duktus, den exotischen Schauplatz und die, wie sie meinten, ungebrochen lineare Erzählweise des klassischen Bildungsromans. Der Kritiker der *Morning Post* freilich pries die impressionistische Darstellungsweise von »Mr. Conrad's Parable«. Der Erzähler präsentiere seine Geschichte sozusagen »in einem Spiegel, der seine Erfahrungen indirekt reflektiert, auch im Spiegel der anderen Figuren« wie Burns und dessen »morbidem« Glauben an den Fluch des früheren Kapitäns.

Aber es gab auch skeptische Stimmen. Einige wollten eine bei Conrad ungewohnte »Tendenz zur Sentimentalisierung« erkennen, vor allem in der »Idealisierung der Crew und besonders des Kochs« Ransome. Andere monierten die im Untertitel und in der Erzählhaltung erkennbare Gattungsmischung, aus der nicht eindeutig hervorgehe, ob es sich um Autobiographie oder Fiktion handele. Das angesehene *Times Literary Supplement* sah einen Makel darin, dass Conrad »den jungen Kapitän zu seinem eigenen Beichtvater«, zum »Homer seiner eigenen Odyssee« gemacht habe, und kritisierte den »Kult des Unheimlichen« in der *Shadow-Line*. Dem widersprach der *Outlook* mit dem Hinweis auf Henry James' Psychologisierung des Übernatürlichen in seiner Erzählung *The Turn of the Screw* (1898): »Mr. Conrad teilt mit Mr. James die subtile Gabe, eine Atmosphäre des mentalen und physischen Unbehagens ohne jeden Rückgriff auf die Maschinerie der Schauerromantik zu erzeugen.« Andere Kritiken nutzten die Buchausgabe zu einem umfassenden Urteil über den weltliterarischen Rang des Autors. Die *Nation* zum Beispiel stellte ihn unter dem Titel »The Great Conrad« in eine Reihe mit Turgenjew und Henry James.

Die *Shadow-Line* biete trotz ihres autobiographischen Hintergrunds eine tiefe und »überpersönliche« Wahrheit. Wie Gulliver rage Conrad über die »verwirrten Köpfe« moderner Engländer hinaus.

Der Rezensent des *Dial* schließlich, jener angesehenen amerikanischen Zeitschrift, die wenig später die großen Modernisten der 1920er Jahre publizierte, pries Conrad als den großen »Dichter der See« und seinen Roman als großes Sprachkunstwerk: »Kein anderer Autor – ich nehme die Dichter nicht aus – besitzt eine größere Bandbreite verbaler Ressourcen.« Nach Conrads Tod im Jahr 1924 sollten jüngere Autoren wie Ernest Hemingway, Virginia Woolf, Thomas Mann oder Joseph Roth die eigenartige Schönheit seiner Prosa hervorheben. Sie sei, so Roth, auf Conrads Herkunft zurückzuführen: »Er wurde im tiefsten Kontinent geboren, nämlich in Wolhynien [...] und seine Muttersprache war die polnische, die zu den kontinentalsten Sprachen der Welt gehört.« Aber, so fuhr Roth voller Bewunderung fort, »er ging mit 16 Jahren nach Marseille, bestieg ein Schiff, wurde ein Matrose und fuhr durch die Meere und wurde einer der größten Meister der ozeanischen Sprache: der englischen.«

*

Für Conrad war damit allerdings ein wunder Punkt berührt. Schon 1916 hatte der junge Romancier Hugh Walpole behauptet, der verehrte Autor habe auf Polnisch gedacht und empfunden, seine Gedanken sozusagen auf Französisch angeordnet und dann auf Englisch ausgedrückt. Conrad, der Walpoles Studie wegen der Kriegswirren und der Arbeit an der *Shadow-Line* erst später gelesen hatte, antwortete auf diese elegant pointierte Analyse im Juni 1918 mit einem ausführlichen Brief. Zu Beginn zeigt er sich »tief gerührt«, aber schon im zweiten Satz kommt er mit selbstironischem Ingrimm zur Sache:

> Das Einzige, was mich bekümmert und vor Zorn fast zum Tanzen bringt, ist die hier wieder auftauchende absurde Legende [...] über mein Schwanken zwischen dem Englischen und dem Französischen als meiner Schriftsprache. Denn das ist absurd. Ich habe angefangen auf Englisch zu denken, lange bevor ich

die bloß gesprochene Sprache gemeistert hatte – vom Stil will ich nicht reden (den habe ich noch immer nicht gemeistert).

Ist es vorstellbar, fragte Conrad rhetorisch, dass jemand »mit einigermaßen wirkungsvoller Inspiration auch nur für einen Moment so etwas Verrücktes überlegen würde, als diese in eine andere Sprache zu übersetzen?« Für ihn seien andere Gesichtspunkte entscheidend gewesen: »der schiere Reiz« der englischen Sprache, »meine rasch entflammte Liebe für die Rhythmen ihrer Prosa, der subtile und unerwartete Gleichklang meiner Gefühlswelt mit ihrem Genius«.

Die Vehemenz dieser und ähnlicher Äußerungen zeigt, wie sehr der exilierte Pole, der in Südfrankreich erwachsen geworden war, fürchtete, als englischer Autor nicht ernstgenommen zu werden. Dennoch wird man den fremdartigen Zauber seiner Prosa auch auf die seltene Sprachmischung seines Bildungswegs beziehen können. In seiner Kindheit war Conrad mit den Sprachen der Besatzer seiner Heimat (Russisch und Deutsch) in Kontakt gekommen. Schon mit sechs Jahren studierte er fleißig Französisch, das er als junger Mann in Marseille und auf französischen Schiffen vervollkommnete und noch im Alter sehr gut sprach und schrieb. Das gesprochene Englisch lernte er jedoch erst kennen, als er neunzehn Jahre alt war. Einige seiner englischen Schriftstellerkollegen begründeten seine unverständliche Aussprache seltener Wörter damit, dass er diese nur aus Büchern kannte. Er hatte nicht nur einen starken Akzent, sondern schrieb, wie er selbst nur zu gut wusste, kein fehlerfreies Englisch. Zudem musste er, wie die meisten Autoren seiner Zeit, ohne ein gutes Lektorat auskommen. Als ihn ein wohlmeinender Leser im Januar 1898 auf einige Grammatikfehler in *The Nigger of the Narcissus* hinwies, bekannte er: »Man ist so seltsam blind hinsichtlich der eigenen Prosa, und je mehr ich schreibe, desto unsicherer bin ich mir in meinem Englisch.« Manche seiner polnischen und britischen Kritiker fragten zudem, warum er sich nicht seiner Muttersprache bediene. Schon in *A Personal Record* (1912) begegnete Conrad diesen Vorwürfen so:

Das Englische war für mich weder eine Frage der bewussten Entscheidung noch der Aneignung oder Adoption. Mir ist nie der Gedanke gekommen, dass ich darin irgendeine Wahl gehabt hätte. Und was die Adoption angeht – ja, die hat es gegeben, aber ich war es, der adoptiert wurde, vom Genius der Sprache.

Auch eine geglückte Adoption birgt allerdings oft eine komplizierte Geschichte. Polnische und französische Kenner Conrads haben auf Interferenzen aus beiden Sprachen hingewiesen, die seine mal lakonisch murmelnde, mal pathetisch prunkende Prosa prägten. Diese Einflüsse beziehen sich nicht nur auf sein ungewöhnlich reiches Vokabular, sondern auch auf syntaktische und grammatische Besonderheiten, die beim genauen Lesen des englischen Texts allenthalben auffallen.

Das Polnische nutzt wie viele slawische Sprachen die Kategorie des Verbalaspekts, der einen Vorgang aus dem Blickpunkt des Sprechers als Verlauf oder als abgeschlossenes Ereignis begreift; im englischen Formensystem ist diese Unterscheidung nur in der Verlaufsform, im deutschen gar nicht mehr vorhanden. Anders als das Polnische verfügt das Englische aber über ein ausgefeiltes System verschiedener Vergangenheitsformen, und Conrads gelegentliche Tempusfehler mögen daher rühren. Ein anderer Bereich ist der Satzbau. Im Gegensatz zum Englischen ist das Polnische eine stark flektierte Sprache mit sehr freier Wortstellung im Satz; Conrads manchmal eigentümliche Syntax ist wohl auch darauf zurückzuführen.

Das Französische zeigt sich in seiner Präferenz für romanische Wörter sowie in zahlreichen Einsprengseln und Gallizismen. In der animierten Konversation und in Briefen, zum Beispiel an den verehrten Henry James, fiel Conrad oft und gern ins Französische. Seine vielfach geäußerte Bewunderung für Autoren wie Gustave Flaubert, Guy de Maupassant, Anatole France und Prosper Mérimée verführten zudem manche britischen und amerikanischen Rezensenten dazu, ihn als »slawischen« Autor mit »gallischen Manieren« zu charakterisieren. Aber das sind journalistische Etikettierungen, die den Autor amüsierten oder erzürnten. Jedenfalls spricht es sowohl für sein beharrliches Geschick wie für die Aufnahmefähigkeit der englischen Sprache, dass sein Werk auch einen stilistischen Höhepunkt der anglophonen Moderne bildet. Kurz nach seinem Tod hat niemand Geringeres als Virginia Woolf diesen Sachverhalt so ausgedrückt:

> Man schlägt seine Seiten auf und fühlt sich wie Helena, als sie in den Spiegel sah und erkannte, dass sie, sie mochte tun was sie wolle, unter keinen Umständen als eine gewöhnliche Frau durchgehen konnte. Conrad war so begabt, er hatte sich so geschult, sich so sehr einer fremden Sprache verpflichtet, der er wegen ihrer lateinischen, nicht ihrer sächsischen Qualitäten den Hof machte, dass es ihm nicht möglich war, eine hässliche oder bedeutungslose Bewegung mit der Feder zu machen. Seine Geliebte, sein Stil, ist in ruhigen Momenten manchmal etwas schläfrig. Aber wenn einer sie anspricht, wie herrlich segelt sie uns entgegen, wie farbig, triumphal und majestätisch!

EDITORISCHE NOTIZ

Die *Shadow-Line* hat eine komplizierte Publikationsgeschichte. Conrad schrieb seinen Roman im Hinblick auf das große anglophone Publikum, also auch für die Leser jenseits des Atlantiks und im fernen Osten des britischen Weltreichs. Zunächst erschien die *Shadow-Line* von September bis Oktober 1916 als illustrierter Fortsetzungsroman im populären New Yorker *Metropolitan Magazine* und von September 1916 bis März 1917 – ohne Bilder – in der angesehenen Londoner *English Review*. Die amerikanische Zeitschriftenfassung hatte zwei Teile und wurde vor allem in der ersten Hälfte stark gekürzt; kleinere Änderungen im Wortlaut kamen hinzu. Weder der Autor noch sein Agent Pinker konnten die Druckfahnen noch einmal gegenlesen. Die Version der britischen Monatsschrift ist fast doppelt so lang und in sieben Kapitel gegliedert. Sie unterscheidet sich deutlich von der amerikanischen Fassung. Conrad hatte sein Typoskript umgearbeitet und auch die Druckfahnen noch einmal revidiert.

Für die erste britische Buchausgabe teilte er seinen erneut gründlich überarbeiteten Text auf Drängen des Verlegers J. M. Dent in sechs Abschnitte ein. Der Band erschien am 19. März 1917, in einer Erstauflage von 3000 Exemplaren für den heimischen Buchmarkt und 2000 für die Kolonien. Nach wenigen Wochen druckte man weitere 3900 Exemplare nach. Aber nicht alle Bücher kamen in den Handel. Über 1000 Bände für den fernöstlichen und australischen Markt gingen auf See verloren, und der Krieg behinderte den Transport nach Kanada. Die amerikanische Buchausgabe beim New Yorker Verlag Doubleday orientierte sich am Text der britischen. Conrad konnte bei der Fahnenkorrektur noch einige »grässliche Druckfehler« ausmerzen. Andere, nicht autorisierte Veränderungen an seiner Wortwahl und sogar sinnentstellende Irrtümer der Setzer blieben freilich erhalten. In späteren Ausgaben bei Doubleday (1922) und beim britischen Heinemann Verlag (1921) kamen weitere hinzu.

Auf diesen beiden Textfassungen basieren alle Übersetzungen vor 2013. Darunter ist auch die erste deutsche Version von Elsie McCalman (Berlin, 1926). McCalman hat das Verdienst, den alten Samuel Fischer zu seiner Conrad-Gesamtausgabe bewogen zu haben. Ihre *Schattenlinie* trug den Untertitel »Eine Beichte« und war mit einem neunseitigen Vorwort von Jakob Wassermann versehen. Gleichzeitig erschien Ernst Freißlers Übersetzung des *Secret Agent*, mit einer Einleitung Thomas Manns. Diese beiden Vorworte waren für die frühe deutsche Rezeption prägend. Die späteren Übersetzungen der *Shadow-Line* von Ernst Wagner (Frankfurt: Fischer, 1971) und Elli Berger im zweiten Band von Conrads *Erzählungen* (Leipzig: Dieterichsche Verlagsbuchhandlung, 1980) beruhen auf den Londoner oder New Yorker Buchausgaben von 1921 bzw. 1923, die neben vielen Fehlern und editorischen Eingriffen auch die Conrad aufgenötigte Einteilung in Kapitel aufweisen. Die sehr eigensinnige Version des Schriftstellers Heinz Piontek (Frankfurt: Insel, 1999) schließlich ist keine Übersetzung, sondern eine mal lückenhafte, mal energisch ausschmückende Nacherzählung.

Erst seit der historisch-kritischen Cambridge Edition von J. H. Stape und Allan Simmons (2013) liegt ein gesicherter englischer Text vor. Er basiert auf Conrads eigenhändig korrigierten Reinschriften und Typoskripten und dürfte daher seinen Absichten am ehesten entsprechen. Diese Edition bietet zudem alle Textvarianten und andere Einblicke in den Entstehungsprozess des Romans. Daher bildet sie die Grundlage für diese Neuübersetzung der *Shadow-Line*. Dasselbe gilt für »The Secret Sharer«. Die Neuübersetzung nutzt die von J. A. Berthoud, Laura Davis und S. W. Reid verantwortete Ausgabe von *'Twixt Land and Sea* in der Cambridge Edition (2008). Diese hat gegenüber allen früheren Editionen den Vorzug, Conrads Manuskript als Grundlage (copy-text) zu nehmen und detailliert an den beiden zu seinen Lebzeiten gedruckten Fassungen abzugleichen. Dabei handelt es sich um die Erstpublikation in der New Yorker Zeitschrift *Harper's Monthly Magazine* von 1910, die viele unautorisierte Änderungen aufweist, und um die ähnlich fragwürdigen Londoner und New Yorker Buchausgaben von *'Twixt Land and Sea* seit 1912. Conrad hatte wie so viele Autoren seiner Zeit nicht das Glück, einen guten Lektor zu haben. Zudem hatte er auf die Druckfassungen des »Secret Sharer« nur sehr bedingt Einfluss. Alle drei früheren Übersetzungen basieren also auf unzureichenden Textvorlagen: Elsie McCalmans stark gekürzte Fassung in der *Neuen Rundschau* von 1927, Maria von Schweinitz' Version von 1955 und Gunter Riedels Übersetzung für die DDR-Ausgabe der Conradschen *Erzählungen* (1980).

*

Was ist das wichtigste Ziel dieser Neuübersetzung der *Shadow-Line* und des »Secret Sharer«? Kurz gesagt: Die befremdliche Eigenart von Conrads Prosa soll im Deutschen hörbar und das komplexe Gewebe des englischen Originals nachvollziehbar werden. Dazu gehören neben den vielen leitmotivisch wiederholten Wendungen auch die ganz unterschiedlichen Stil- und Redeformen beider Texte. Frühere Übersetzer haben Conrads ungewöhnliche Wortwahl und den auch außerhalb der Figurenrede oft ausgesprochen »mündlichen« Erzählstil eher gemieden. Ähnliches gilt für seinen abstrakten Nominalstil und die ausdrucksvolle Metaphorik. All diese Stilmerkmale haben sie meist der ausgewogenen Mittellage eines konventionelleren, schriftsprachlichen Duktus angepasst. Diese Strategie einer übersetzerischen Einbürgerung habe ich zu vermeiden versucht. Conrads eigenartiger Stil, seine Verbindung von Lakonie und Pathos, soll gebührend zu Wort kommen.

Deshalb wurden auch dezidiert moderne Fremdwörter (»absurdity«, »existence«, »identity«, »matter«), Signale seines illusionslosen Blicks auf das menschliche Dasein und Sosein, nicht umstandslos eingedeutscht oder durch Variation abgeschwächt. Und schließlich sollte die dem englischen Text selbst eingeschriebene Fremdheit, nicht zuletzt dank der dem Angloindischen, dem Hindi oder der Seefahrtsprache entlehnten Wörter, auch im Deutschen erkennbar sein. Um Conrads gelegentlich sehr eigentümliche Diktion zu verstehen und nachzubilden, habe ich mithilfe von Konkordanzen und digitalen Textausgaben auch Seitenblicke auf seine anderen Werke geworfen. Große historische Wörterbücher wie das *Oxford English Dictionary* oder der vierbändige deutsch-englische *Muret-Sanders* von 1910 halfen, Anachronismen zu vermeiden und den Sprachstand der Jahrhundertwende zu berücksichtigen.

Ein weiteres Problem war – wie Seitenblicke auf die früheren Übersetzungen zeigen – Conrads präzise Verwendung nautischer Kommandos und Fachtermini aus der untergehenden Welt der Segelschiffe. Für diesen Autor war das nicht bloß Kolorit. Er protestierte scharf gegen die »entwürdigende Verfälschung der Sprache der See« durch schlampige Journalisten: »wer sich Freiheiten mit Fachsprachen [technical language] herausnimmt, begeht ein Verbrechen gegen die Klarheit, Präzision und Schönheit vervollkommneter Sprache.« Denn die Redeweise eines Seemanns habe, so Conrad in *The Mirror of the Sea,* »all die Kraft, Präzision und Bildlichkeit einer Fachsprache, die – geschaffen von einfachen Männern mit einem scharfen Blick für die realen Gegenstände ihres Handwerks – mit einem genau treffenden Ausdruck das Wesentliche fasst, und das ist auch der Ehrgeiz des Wortkünstlers«. Bei der Ersetzung der englischen durch fachsprachlich authentische deutsche Ausdrücke habe ich also neben Handbüchern wie Friedrich Kluges *Seemannssprache* und Dluhys *Schiffstechnisches Wörterbuch* auch erfahrene Seeleute konsultiert. Um eine umständliche explizierende Übersetzung zu vermeiden, werden zudem manche komplexen Manöver in den Anmerkungen und die wichtigsten nautischen Ausdrücke im Glossar erklärt.

Der Stellenkommentar bietet zahlreiche später gestrichene Passagen aus Conrads Manuskript und Typoskript und erläutert wichtige Zitate und Echos aus anderen Texten, vor allem der Bibel und Shakespeare (die mit der Lutherbibel um 1900 und der klassischen Schlegel/Tieckschen Übersetzung nachgebildet werden). Zudem skizzieren einige Anmerkungen wichtige Probleme beim Verständnis und bei der Übersetzung schwieriger Stellen.

Der Übersetzer dankt Mary Bercaw-Edwards und Jürgen Erich Schmidt für ihre Expertise in seemännischen Fragen; für bleibende Erkenntnisse über Joseph Conrad, die Männerfreundschaft und das Segeln Peter Nicolaisen und Tom Kleffmann.

1857

Joseph Conrad wird als Józef Teodor Konrad Nałęcz Korzeniowski am 3. Dezember in Berdyczów (ukrain. Berdytschiw) geboren.
Die Stadt liegt 150 km westlich von Kiew in jenem Teil Polens, der
seit 1795 von Russland annektiert ist. Der Junge ist das einzige
Kind des polnischen Patrioten Apollo Korzeniowski (1820–69),
eines spätromantischen Schriftstellers und Übersetzers, und seiner Frau Ewa, geb. Bobrowska (1832–65). Beide Eltern gehören zur
szlachta, der zahlenmäßig großen Gruppe des polnischen Klein-
adels. Die Korzeniowskis engagieren sich aktiv gegen die russische
Besatzungsmacht und für ein unabhängiges Polen mit demokra-
tischen Reformen; die Bobrowskis, darunter C.s Onkel Tadeusz,
verstehen sich als aufgeklärt konservative Anhänger einer real-
politisch denkenden Opposition, die auf langsamen Wandel setzt.
Der Taufname des kleinen Konrad ist der des patriotischen Helden eines Versdramas von Adam Mickiewicz, dem romantischen
Nationaldichter, der 1855 im Kampf gegen die Russen gestorben
ist. Józef und Teodor sind die Namen der Großväter des Jungen,
das Wort Nałęcz bezeichnet das Familienwappen. Der Vater widmet seinem Sprössling zu dessen Taufe ein düsteres Gedicht: »An
meinen Sohn, geboren im 85. Jahr der moskowitischen Unterdrückung«.

1858–61

Apollo Korzeniowski schreibt Komödien, übersetzt Shakespeare,
Charles Dickens, Victor Hugo und Alfred de Vigny. Anfang 1859
zieht er mit seiner kleinen Familie nach Schytomyr, etwa 100 km
westlich von Kiew. Dort beteiligt sich der Vater an einem Verlag
und engagiert sich im polnischen Untergrund. Im Mai 1861 siedelt
die Familie nach Warschau um, wo es zu patriotischen Demons-
trationen gekommen ist. Die Wohnung der Korzeniowskis wird

zu einem Zentrum der polnischen Unabhängigkeitsbewegung. Im Oktober 1861 wird Apollo wegen subversiver Aktivitäten für sieben Monate in der Zitadelle eingesperrt. Auch die Mutter wird wegen Verschwörung angeklagt.

1862–63

Im Mai 1862 werden C.s Eltern von einem Militärgericht verurteilt. Sie müssen mit ihrem vierjährigen Sohn in die Verbannung nach Wologda, rund 500 km nordöstlich von Moskau. Auf der gut einmonatigen Reise erkranken Mutter und Sohn an Lungenentzündung. In Wologda hausen die unter polizeiliche Aufsicht gestellten Korzeniowskis in einer einfachen Holzhütte. Im Herbst gestattet man ihnen den Umzug in die klimatisch mildere, nord-nordöstlich von Kiew gelegene Kleinstadt Chernigov (ukrain. Tschernihiw). Krankheitsbedingt und wegen des schlechten Zustands der Straßen verzögert sich die Abreise jedoch. Bei ihrer Ankunft im Januar 1863 erfahren die Eltern vom polnischen Aufstand; er wird im folgenden Jahr blutig niedergeschlagen. Im Herbst dürfen Mutter und Sohn für eine dreimonatige Behandlung nach Nowochwastów reisen, einem kleinen Ort ca. 100 km südwestlich von Kiew, wo die mütterlichen Großeltern ihren Landsitz haben. Der kleine C. liest viel und erhält Unterricht in Französisch. Nach ihrer Rückkehr ins Exil verschlechtert sich der Zustand der Mutter.

1864–65

Nach neuen repressiven Maßnahmen seitens der russischen Besatzungsmacht verfasst Apollo Korzeniowski neben seinen literarischen Übersetzungen politische Pamphlete. Zugleich muss er sich verstärkt um seine schwerkranke Frau kümmern. Sein Sohn flüchtet sich in die Literatur, entdeckt Shakespeare und Dickens' *Nicholas Nickleby* (1839) und *Hard Times* (1854). Manchmal liest ihm der Vater Gedichte von Mickiewicz und anderen polnischen Romantikern vor. Ewa Korzeniowski stirbt am 18. April 1865. Ihr Mann und der siebenjährige Sohn sind am Boden zerstört; nur die finanzielle Hilfe des Onkels Tadeusz Bobrowski hält sie über Wasser. Der Vater bemüht sich um die Erziehung seines »kleinen Waisen«.

Rückblickend beschreibt C. im Januar 1900 seinem Freund Edward Garnett den Vater so: »Er war ein Mann von großer Empfindsamkeit, besaß ein ebenso begeisterungsfähiges wie träumerisches Temperament, die schreckliche Gabe der Ironie und einen Hang zur Verdüsterung, zudem sehr starke religiöse Gefühle, die jedoch nach dem Tod seiner Frau zu einem gleichsam verzweifelten Mystizismus verkamen. Sein Äußeres wirkte vornehm, seine Konversationskunst war faszinierend; sein Gesicht, im Ruhezustand finster, leuchtete auf, wenn er lächelte.«

1866–67

Den Sommer 1866 verbringt C. bei der Großmutter in Nowochwastów. Er ist viel krank, hat Migräne, nervöse und epileptische Anfälle. Auch zwei Behandlungen in Kiew helfen kaum. Immerhin, so der Vater, spreche der Junge jetzt fließend Französisch. Im Sommer 1867 nimmt ihn der Onkel Tadeusz mit nach Odessa, wo der Knabe zum ersten Mal das Meer sieht. Nach Chernigov zurückgekehrt, liest er Victor Hugos Seeroman *Les Travailleurs de la mer* (1866) in der Übersetzung seines Vaters.

1868–69

Im Februar 1868 nimmt der schwerkranke Vater seinen Wohnsitz in Lemberg (russ. Lwow, poln. und ukrain. Lviv), das damals im österreichischen Teil Polens liegt. Er teilt sich die Erziehung seines Sohns mit einem Tutor des benachbarten Gymnasiums. Der kleine C. verfasst patriotische Dramen über »Aufrührer im Kampf gegen die Moskowiter«. Im Februar 1869 zieht Apollo Korzeniowski, todkrank, mit seinem Sohn nach Krakau. Er stirbt am 23. Mai. Seine Beerdigung wird zu einer Demonstration patriotischer Polen; die Presse berichtet ausführlich darüber: »Es ist lange her, dass Krakau eine derart beeindruckende Beerdigung erlebt hat.« An der Spitze der tausendköpfigen Prozession geht die elfjährige Waise. Drei Jahre vor seinem eigenen Tod erinnert sich C. in seinen *Notes on Life and Letters* (1921) an diesen Moment: »Hinter dem Leichenwagen hatte man eine Lücke gelassen, in der ich ging – allein, in vollem Bewusstsein der riesigen Gefolgschaft, des schwankenden, klobigen, hohen schwarzen Wagens, des Gesangs der Geistlichen in ihren Soutanen ganz vorn, der Reihen barhäuptiger Trauernder am Straßenrand, mit ihren ernsten, starren Blicken. Die halbe Bevölkerung war erschienen an jenem schönen Nachmittag im Mai.«

Zunächst kümmert sich die Großmutter um den kränkelnden Knaben. Sie schickt ihn aufs Gymnasium, aber da er weder Deutsch noch Latein beherrscht, wird er nur in die zweite Klasse aufgenommen. »Wir hoffen, er kann nächstes Jahr in die vierte wechseln, denn der Direktor und die Lehrer loben seinen Fleiß, seine Intelligenz und Sorgfalt.«

1870–73

Der Onkel Tadeusz Bobrowski übernimmt die Erziehung und die finanzielle Versorgung. C. ist oft krank; er bekommt Privatunterricht bei Adam Mark Pulman, einem Medizinstudenten der Krakauer Universität. Die beiden unternehmen regelmäßige Reisen in die Karpaten. C. liest (in französischer oder polnischer Übersetzung) englische Romane von Frederick Marryat, James Fenimore Cooper, Walter Scott und Dickens, Reiseberichte von Mungo Park, David Livingstone oder Louis Garneray, dazu Cervantes' *Don Quichote*, Alain-René Lesages *Gil Blas*, Iwan Turgenjews *Adelsnest* und *Rauch*. Bobrowskis Antrag auf österreichische Staatsbürgerschaft für C. wird abgelehnt.

Der Junge erklärt, er wolle zur See fahren. Sein Onkel empfindet dies als »Verrat an seinen patriotischen Pflichten«. Er schickt den »unverbesserlichen Don Quichote« im Sommer 1873 mit seinem Tutor auf eine dreimonatige Reise durch Süddeutschland, die Schweiz und Norditalien. Sie soll seinen 15-jährigen Neffen auf andere Gedanken bringen. Das misslingt. Darauf schickt ihn Bobrowski nach Lemberg in die Pension eines Verwandten, wo die Waisen einiger im Aufstand von 1863 getöteter polnischer Patrioten untergebracht sind. Der Aufenthalt in der ostgalizischen Hauptstadt soll, erklärt der Onkel, »dabei helfen, Dich abzuhärten und Dir eine etwas geregeltere Bildung angedeihen zu lassen«. Eine Mitschülerin erinnert sich, dass C. oft krank war, die Schule öde fand und angab, er wolle Schriftsteller werden. Bei Professoren der Universität hört er öffentliche Vorlesungen über Naturwissenschaft und neuere Literatur.

C. beharrt auf seinem Wunsch, zur See zu fahren. Da ihm als Sohn eines politischen Gefangenen die zwangsweise Einberufung in die russische Armee droht, willigt der Onkel schließlich ein. Im Oktober reist C. über Wien, Zürich und Lyon nach Marseille. Dort bringt ihn ein Freund der Familie mit Jean-Baptiste Delestang in Kontakt, einem Reeder, der mit den Bourbonen und den spanischen Karlisten sympathisiert. Kurz nach seinem 17. Geburtstag segelt C. als Passagier auf der *Mont Blanc*, einer Bark Delestangs, nach St. Pierre auf Martinique. Damit beginnt sein Leben auf See. Viele Jahre später erinnert er sich: »Mit siebzehn war meine Knabenzeit vorbei. Jemand, der für sich selber sorgt, ist kein Knabe mehr.«

Nach der Ankunft am 6. Februar bleibt C. sieben Wochen auf Martinique. Im Mai kehrt er nach Marseille zurück, um Ende Juni – diesmal als Schiffsjunge – auf der *Mont Blanc* wieder nach Martinique zu segeln. Die Rückreise führt ihn ab Mitte September über Haiti nach Le Havre, von wo er im Dezember 1875 über Paris nach Marseille gelangt. Dort genießt er das bunte Leben in den Cafés und Theatern der Stadt, besucht die Oper, wo ihn Meyerbeer, Offenbach und vor allem Bizets *Carmen* beeindrucken, und verkehrt in den karlistischen Kreisen von Delestangs Salon. Im Juli 1876 segelt er mit der *Saint-Antoine* nach Martinique; der formidable Erste Offizier Dominique Cervoni wird ihm später als Vorbild des Helden von *Nostromo* (1904) dienen. Vielleicht besucht C. während des fünfwöchigen Aufenthalts in der Karibik auch einige Hafenstädte Kolumbiens und Venezuelas, bevor der 19-Jährige an Bord der *Saint-Antoine* nach Europa zurücksegelt.

Mitte Februar 1877 läuft das Schiff in Marseille ein. Eine Krankheit C.s und ein Zerwürfnis mit Delestang hindern ihn, wieder auf der *Saint-Antoine* anzuheuern. Zudem verweigert der russische Konsul ihm die für den Dienst auf französischen Schiffen erforderliche Erlaubnis. C. bittet den Onkel um Geld und teilt ihm mit, er wolle zur Not in die japanische Flotte, noch lieber aber in die britische Handelsmarine eintreten und britischer Staatsbürger werden. Seine Aktivitäten im zweiten Halbjahr 1877 sind bis heute ungeklärt; Jahrzehnte später wird C. in den Essays von *The Mirror of the Sea* (1906) und dem späten Roman *The Arrow of Gold* (1919) andeuten, er habe mit Cervoni auf einer Balancelle namens *Tremolino* Waffen für die Karlisten nach Spanien geschmuggelt und sei wegen einer Liebschaft in einem Duell verwundet worden. Vieles davon ist wohl romanhaft ausgeschmückt.

1878

Anfang 1878 aber befindet sich C. tatsächlich in einer schweren Krise. Ein späterer Rückblick des Onkels legt nahe, dass sein Neffe, wegen peinlicher Spielschulden in Monte Carlo und fehlgeschlagener Schmuggelgeschäfte in akuter Not, sich selbst durch die Brust geschossen hatte. Bobrowski erfährt Anfang März durch C.s deutschen Freund Richard Fecht davon, reist in vier Tagen von Kiew nach Marseille und begleicht die 3000 Franc Schulden, die der Neffe angehäuft hat. Wenig später schreibt Bobrowski einem Freund: »Er ist kein schlechter Junge, nur äußerst sensibel, eingebildet, verschlossen und zudem leicht erregbar. Kurz, ich erkenne in ihm all die Fehler der Familie Nałęcz.« Aber C. sei tüchtig und redegewandt; er habe sein Polnisch nicht vergessen, verstehe sein seemännisches Handwerk und werde es auch nicht aufgeben. »Er hat noch immer vortreffliche Manieren, als hätte er die Welt der Salons nie verlassen, und er ist bei den Kapitänen ebenso beliebt wie bei den Matrosen.« Der Junge habe allerlei kühne Ideen und sei im Gespräch ein rechter Feuerkopf. »Wir Polen, vor allem wenn wir noch jung sind, hegen eine eingefleischte Vorliebe für die Franzosen und die Republik – er jedoch mag sie nicht und ist ein Imperialist.« Angesichts der Sachzwänge wird entschieden, dass C. in die britische Handelsflotte eintreten soll: »Dort sind solche Formalitäten wie in Frankreich unbekannt.«

Gegen eine beträchtliche Anzahlung mustert C. im April als inoffizieller Lehrling auf dem britischen Dampfschiff *Mavis* an. Hier bewegt und bewährt er sich zum ersten Mal in englischsprachiger Umgebung. Damit beginnt seine fast sechzehnjährige Dienstzeit in der britischen Flotte, zu der damals mehr als die Hälfte aller Schiffe weltweit gehören. Die Fahrt der *Mavis* geht über Malta und Konstantinopel durch die Straße von Kertsch östlich der Krim nach Jeisk am Asowschen Meer. Dort lädt der Damp-

fer Leinsamen, bevor man zur Rückreise aufbricht. Am 10. Juni
betritt C. in Lowestoft zum ersten Mal englischen Boden. Sofort
reist er nach London weiter. Wenige Wochen später mahnt ihn der
Onkel zur Sparsamkeit; er wolle nicht als »Bankier« missbraucht
werden.

Im Sommer 1878 segelt C. als Matrose mit dem Spitznamen
»Polish Joe« auf dem Kohlenschoner *Skimmer of the Sea* dreimal
zwischen Lowestoft und Newcastle hin und her. Zwanzig Jahre
später erinnert er sich: »Auf jenem Schiff fing ich an, Englisch
zu lernen, von diesen Burschen der Ostküste, die wie für die Ewigkeit gebaut und so bunt waren wie Weihnachtskarten. Braun und
rosa – goldenes Haar und blaue Augen, mit diesem geraden, for-
schen Blick des Nordens!« Mitte Oktober heuert er auf dem Woll-
clipper *Duke of Sutherland* an, der nach Australien ausläuft. Kurz
nach seinem 21. Geburtstag umrundet er zum ersten Mal das Kap
der Guten Hoffnung.

Er erlebt zum ersten Mal am eigenen Leib den regulären Dienst
auf hoher See: Die Matrosen arbeiten zwölf Stunden pro Tag, bei
schlechtem Wetter mehr. Die jeweils vierstündigen Wachen, nach
denen man vier Stunden frei hat, beginnen um 20 Uhr und gehen durch die Nacht bis 16 Uhr am folgenden Tag. Danach folgen
zwei Hundewachen von je zwei Stunden. Daraus ergeben sich täglich rotierende Schichten, mit wechselndem Schlaf- und Arbeits-
rhythmus. In den Freiwachen wird geschlafen und gegessen; in
der übrigen Zeit bessert man sein Zeug aus. Jeweils eine Hälfte
der Mannschaft ist dem Ersten oder dem Zweiten Offizier zuge-
teilt. Auch bei gutem Wetter haben die Männer an Deck ständig
zu tun. Sie setzen, kürzen oder bergen die Segel, überprüfen das
Rigg, bessern Taue und Segel aus, schrubben das Deck, säubern
die Quartiere. Während der Wache dürfen die Matrosen nicht miteinander sprechen. Der Rudergänger hat die härteste und schwie-
rigste Aufgabe.

Wirklich freie Zeit ist rar. Die Back im Vorschiff, wo alle Matrosen in Kojen ohne jede Privatsphäre hausen, ist schlecht beleuch-
tet und nicht geheizt. Es gibt nur eine Latrine, und die Männer
müssen sich an Deck waschen. Die tägliche Ration Verpflegung
für Matrosen bietet wenig Abwechslung: ein Pfund Brot oder
Schiffszwieback, ein halbes Pfund Pökelfleisch, ein halbes Pfund

Kartoffeln oder Gemüse, ein wenig Mehl, eine halbe Unze (ca. 15 g)
Kaffee und Tee, zwei Unzen Zucker und gut drei Liter Wasser. Anders als auf französischen Schiffen müssen britische Seeleute ihre
Kleidung und Ausrüstung selbst bezahlen. C. weiß davon nichts;
auf die fünf Pfund, die sein Onkel ihm schickt, kann er erst bei
seiner Ankunft in Australien zurückgreifen.

1879

Ende Januar erreicht die *Duke of Sutherland* Sydney, nach 109 Tagen auf hoher See. Fünf Monate liegt sie dort, und C. hält Hafen-
wache, liest Flauberts *Salammbô* und macht Pläne. Er will sich
später entweder im Malaiischen Archipel eine Arbeit suchen oder
ein paar Jahre in Australien bleiben. Zunächst aber geht es zurück
nach London, wo die *Duke of Sutherland* Mitte Oktober eintrifft.
Ein Seekamerad erinnert sich später, C. habe in seiner Freiwache
die Bibel und ein Wörterbuch studiert, um sein Englisch zu verbessern. Um sich für die Prüfung als Zweiter Offizier anzumelden,
muss C. vier Jahre Dienst tun. Kurz nach seinem 22. Geburtstag
fährt er als Vollmatrose auf dem Dampfschiff *Europa* über Pen-
zance ins Mittelmeer, nach Genua, Neapel, Messina, Patras und
Kephallinia.

1880–82

Nach einer Auseinandersetzung mit dem Kapitän mustert C. bei
der Rückkehr im Januar ab. Er bleibt einige Monate in London,
wo er für die nächsten sechs Jahre bei einer zehnköpfigen Familie
im nördlichen Stadtteil Stoke Newington unterkommt. Zwei seiner engsten Freunde sind sein Mitmieter Adolf Krieger, ein aus
Preußen gebürtiger Angestellter der Frachtfirma Barr, Moering &
Cie., sowie George F. Hope, ein ehemaliger Schiffsoffizier und Direktor eines Handelsunternehmens. C. nimmt Unterricht in Na-
vigationskunde und besteht Ende Mai die Prüfung als Zweiter
Offizier. Am 22. August segelt er als Dritter Offizier mit der *Loch
Etive* nach Australien. Drei Monate später läuft der Clipper in Sydney ein.

Im Januar 1881 tritt die *Loch Etive* mit Wolle beladen die Rückreise nach London an, wo sie Ende April eintrifft. C. muss einen
Besuch bei seinem Onkel verschieben (für die Russen ist er ein

Deserteur). Er gerät in Geldnot, muss mit Masern ins Seemannskrankenhaus. Mitte September heuert er als Zweiter Offizier auf der *Palestine* an, die Kohlen nach Bangkok bringen soll. Die Unglücksfahrt der alten, schon 1857 gebauten Bark bildet später die Grundlage für C.s Erzählung »Youth« (1898). Wegen schwerer Stürme braucht die *Palestine* drei Wochen bis ins nordenglische Newcastle. Dort bunkert sie ihre Ladung und läuft Ende November aus. Am 24. Dezember verliert sie bei schwerem Sturm im westlichen Ärmelkanal einen Mast, schlägt leck und steuert, da die Crew den Dienst verweigert, den Hafen von Falmouth in Cornwall an.

Die ersten acht Monate des Jahres 1882 wird die *Palestine* dort im Trockendock repariert. C. bleibt an Bord, um Dienstzeit für seine nächste Prüfung anzusammeln. Auf einem kurzen Urlaub in London trifft er seinen Freund Hope und versorgt sich mit Lektüre: Byron, Shakespeare, zeitgenössische Reiseberichte aus Asien und *Sartor Resartus* (1836), Thomas Carlyles Satire über einen idealistischen deutschen Philosophen namens Diogenes Teufelsdröckh. Mitte September läuft die *Palestine* mit einer neuen Crew in Richtung Bangkok aus. Zum ersten Mal befehligt C. eine vierköpfige Wache. Obwohl er nun eine kleine Kammer achtern hat und dort, nach dem Kapitän und dem Ersten, seine Mahlzeiten einnimmt, rangiert der Zweite Offizier in der Hierarchie eines kleineren Schiffes nur knapp über den Matrosen, denen er besonders entschlossen begegnen muss. Ein Sprichwort lautet: »Als Zweiter hast du deine Hand immer noch im Teertopf.«

1883–84

Dieses Jahr bringt einen Rekord von Unglücksfällen auf See: 2019 Seeleute, etwa ein Prozent der Männer in der britischen Handelsflotte, verlieren ihr Leben. Aber die langsame, monotone Reise der *Palestine* verläuft zunächst ohne Vorkommnisse. Am 12. März jedoch entzündet sich die Kohle im Frachtraum; zwei Tage später gibt es eine Explosion; am 15. März sinkt das Schiff in der Bangka-Straße vor Sumatra. Die Mannschaft rudert zur nahegelegenen Bangka Island hinüber; die SS *Sissie* bringt sie nach Singapur. Ein Seegericht spricht den Kapitän und seine Offiziere von jeder Schuld frei. C. verbringt zwei Wochen im Seemannsheim von Singapur, bevor er als Passagier über das Rote Meer und durch den Suezkanal zurückreist und im Mai in London ankommt. Ende Juli trifft er nach fünf Jahren in Marienbad seinen alten Onkel wieder.

An einen polnischen Jugendfreund schreibt er aus Teplitz (Teplice) bei Prag seinen ersten erhaltenen Brief: »In den beiden letzten Jahren – also seit meiner ersten Prüfung – habe ich nicht viel Glück gehabt auf meinen Reisen. Ich wäre fast ertrunken, fast verbrannt, aber ich bin im Allgemeinen gesund, mir fehlt es nicht an Mut, Arbeitswillen oder Liebe zu meinem Beruf.« Nie werde er vergessen, was der Freund ihm bei seinem Abschied aus Krakau gesagt habe: »Wohin du auch immer fährst, immer fährst du nach Polen!« Bobrowski gibt seinem »liebsten Jungen« zum Abschied Geld für seinen Einbürgerungsantrag und für eine Kapitalanlage bei Barr, Moering & Cie. Mit Kriegers Hilfe hält C. einen kleinen Anteil an der Speditionsfirma, für die er in den frühen 1890er Jahren auch dann und wann arbeiten wird. Am 10. September heuert er als Zweiter Offizier auf der *Riversdale* an. Der stattliche Clipper, dessen Mannschaft überwiegend aus Skandinavien stammt, läuft drei Tage später nach Indien aus. Von Anfang Dezember 1883 bis Februar 1884 liegt das Schiff vor dem südafrikanischen Port Elizabeth.

Nach einer siebenmonatigen Reise erreicht die *Riversdale* das ostindische Madras. Wegen eines Streits mit dem despotischen Kapitän, den C. der Trunksucht bezichtigt, wird er entlassen. Er reist über Land nach Bombay und heuert dort für fünf Pfund im Monat als Zweiter Offizier auf der *Narcissus* an. Der eiserne Clipper läuft Anfang Juni aus, passiert das Kap der Guten Hoffnung und nimmt über St. Helena Kurs auf Dünkirchen. Die 20-köpfige Crew besteht, wie häufig auf den harten Fernreisen der britischen Handelsflotte, zur Hälfte aus Ausländern; allein sieben Männer kommen aus Skandinavien. Ein schwarzer Vollmatrose aus der Karibik stirbt auf See. In seinem ersten Seeroman, *The Nigger of the Narcissus* (1898), wird C. später diese Reise verarbeiten, ohne freilich die erbärmlichen Arbeits- und Lebensbedingungen an Bord zu schildern: die Enge und den Gestank unter Deck, die Nässe und Kälte oder die Hitze in Äquatornähe, das schlechte Essen, die lähmende Langeweile. Mitte Oktober macht die *Narcissus* in Dünkirchen fest. C. mustert ab und begibt sich in Begleitung eines kleinen Äffchens nach London. Beim Versuch, die Prüfung zum Ersten Offizier zu bestehen, scheitert er im Fachgebiet Navigation; zwei Wochen später, an seinem 27. Geburtstag, hat er Erfolg und sieht sich nach einer Stelle um.

1885–86

Erst Ende April wird C. Zweiter Offizier auf dem über 1500 Tonnen großen Clipper *Tilkhurst*. Zunächst geht die Fahrt vom nordenglischen Hull nach dem walisischen Penarth, Kohle bunkern. In Cardiff macht C. die Bekanntschaft des emigrierten Polen József Spiridion. Am 10. Juni läuft die *Tilkhurst* mit dem Ziel Singapur aus, wo sie am 22. September eintrifft. Nach einem Monat segelt sie durch die Straße von Malakka nordwestwärts nach Kalkutta, wo C. sieben Wochen bleibt. In einem seiner ersten erhaltenen Briefe auf Englisch hofft er auf eine britische Allianz mit Deutschland gegen Russland und bekennt seinem neuen Freund Spiridion: »Wenn ich englisch spreche, schreibe oder denke, bedeutet das Wort ›Heimat‹ für mich stets die gastfreundliche Küste Großbritanniens.« Über den Sieg der Liberals in den Parlamentswahlen ist er enttäuscht: »Zweifellos herrscht eitel Freude in St. Petersburg und tiefer Ärger in Berlin.« Wer könne jetzt den »Ansturm sozialdemokratischer Ideen« stoppen? C. ist überzeugt: »Sozialismus endet unweigerlich in Cäsarismus.« Er plant, das Kapitänspatent zu erwerben. Frustriert über die schlechten Aussichten in der britischen Handelsflotte, erwägt er, in den Walfang zu investieren. Er ist es müde, »für wenig Geld und noch weniger Respekt« in der Welt herumzusegeln.

Mitte Januar 1886 verlässt die *Tilkhurst* den Hafen von Kalkutta mit dem Ziel Dundee. Nach sechs Monaten Fahrt mustert C. in der schottischen Hafenstadt ab und geht nach London. Sein Onkel drängt ihn, sich für die britische Staatsbürgerschaft und das Kapitänspatent zu bewerben; C. erwägt jedoch eine Tätigkeit an Land mit Krieger als Geschäftspartner. Im Rahmen des Wettbewerbs einer populären Wochenzeitschrift verfasst er wahrscheinlich seine erste Erzählung, »The Black Mate«. Der erste Versuch der Prüfung für das Kapitänspatent im Juli scheitert wegen unzureichender Kenntnisse in Mathematik und Navigation. Mitte

August wird C. britischer Staatsbürger; sein Freund Hope und drei weitere Männer der Londoner Hafenwelt bürgen für ihn. Am 11. November besteht er die Wiederholungsprüfung und erhält sein Kapitänspatent. Sein Onkel ist begeistert. Zwei Wochen nach seinem 29. Geburtstag nimmt C. eine Stelle als Zweiter Offizier auf der *Falconhurst* an, die nach Penarth segelt.

1887

Sobald er Anfang Januar von einem Posten als Zweiter Offizier auf der in Amsterdam liegenden *Highland Forest* hört, reist C. dorthin. Bei scharfem Frost überwacht er den Ladevorgang, noch bevor er am 16. Februar auf ihr anheuert, für sieben Pfund monatlich. Zwei Tage später läuft das Schiff unter dem irischen Kapitän McWhir mit dem Ziel Java aus; nur vier der 18 Männer sind Briten. Als Stellvertreter des Kapitäns hat C. große Verantwortung, auch für die vier Lehrlinge an Bord. Einer erinnert sich später an ihn: »Er war stets überaus freundlich zu uns Jungs; das vergisst man nicht. Wie die meisten Jungs in dem Alter, in dem ich unter Mr. Conrad Dienst tat, hatten wir nie echte Freundlichkeit erlebt.« Während der stürmischen Reise wird C. durch eine herabfallende Spiere am Rücken verletzt und verbringt im Juli einige Zeit im europäischen Krankenhaus von Singapur.

Ende August wird er Erster Offizier auf dem Schraubendampfer *Vidar*, mit dem er viermal zwischen Singapur und verschiedenen holländisch-ostindischen Häfen auf Borneo und Celebes (Sulawesi) hin und her fährt. Auf Borneo macht C. die Bekanntschaft des Holländers Karel William Olmeijer. Dessen Geschichte wird er – stark abgewandelt – in *Almayer's Folly* (1895), seinem ersten Roman, verarbeiten. In seinem autobiographischen Text *A Personal Record* (1912) heißt es später: »Hätte ich Almayer nicht so gut kennengelernt, wäre wohl nie eine Zeile von mir im Druck erschienen.« Singapur, der Malaiische Archipel und Borneo werden zu Schauplätzen zahlreicher Erzählungen und Romane. Der späte Roman *The Rescue* (1920) deutet an, was C. an dieser Weltgegend faszinierte: »Die Laster und die Tugenden von vier Nationen sind bei der Eroberung dieses Gebietes zutage getreten [...] – und den Menschenschlag, der gegen die Portugiesen, die Spanier, die Holländer und Engländer gekämpft hat, hat auch die unvermeidliche Niederlage nicht verändert. Bis zum heutigen Tag hat er sich die Liebe zur Freiheit erhalten.«

Kurz nach seinem 30. Geburtstag mustert C. am 5. Januar in Singapur von der *Vidar* ab und logiert für zwei Wochen im Seemannsheim. Unverhofft erhält er sein erstes Kommando: eine kleine eiserne Dreimastbark namens *Otago*, deren Kapitän kürzlich gestorben ist und die in Bangkok liegt. C. reist mit dem Postdampfer dorthin und tritt am 24. Januar seinen Dienst an. Die Abfahrt nach Australien verzögert sich; einige der Matrosen leiden an Ruhr und Cholera. Am 9. Februar verlässt die *Otago* Bangkok mit einer Ladung Teakholz. Erneute Krankheitsausbrüche und anhaltende Flauten verzögern die Fahrt durch den Golf von Siam. Nach drei Wochen muss C. Singapur ansteuern. Er ersetzt vier kranke Matrosen durch fünf neue und nimmt frische Medikamente an Bord. Am 3. März läuft die *Otago* mit Kurs auf Sydney aus. Nach heftigen Stürmen trifft sie erst am 7. Mai dort ein. Weitere Fahrten führen sie nach Melbourne und – über die riskante Route an der Nordküste Australiens vorbei – nach Port Louis auf Mauritius. Am 30. September angekommen, bleibt C. zwei Monate dort. Er wird von den anderen Kapitänen wegen seines Akzents, seiner Manieren und modischen Kleidung als »russischer Graf« belächelt, macht der Tochter eines Kolonialbeamten einen Heiratsantrag, erfährt, dass sie bereits verlobt ist, und segelt am 21. November nach Melbourne zurück.

Dort trifft die *Otago* am 4. Januar ein. Als sie Ende März mit einer Ladung Weizen in Port Adelaide an der australischen Südküste einläuft, gibt C. aus unbekannten Gründen und zum Bedauern der Reederei sein erstes (und einziges) Kommando auf. Am 3. April reist er als Passagier auf dem deutschen Dampfer *Nürnberg* nach Southampton. Er mietet eine kleine Wohnung im Londoner Stadtteil Pimlico, unweit der Themse. Die Stellensuche gestaltet sich schwierig. Er liest Mark Twains *Innocents Abroad* und *Life on the Mississippi* sowie Anthony Trollopes Romane und beginnt mit einer Geschichte, die sich innerhalb der nächsten fünf Jahre zu

Almayer's Folly auswachsen wird. Da er seit Juli offiziell aus dem Status eines russischen Untertanen entlassen ist, plant er eine Reise in seine polnische Heimat. Kurz nachdem er ein Visum erhalten hat, hört er Ende Oktober durch seinen Freund Krieger von einer Stelle als Kapitän eines Flussdampfers auf dem Kongo. Sein Jugendtraum, ins Innere Afrikas zu reisen, scheint in greifbare Nähe gerückt. Er reist nach Brüssel und bewirbt sich bei Generalmajor Albert Thys, dem Geschäftsführer der Société Anonyme Belge pour le Commerce du Haut-Congo. Thys dient auch als Berater des belgischen Königs Leopold II., der seit 1885 persönlicher Eigentümer des Kongo-Freistaats ist.

1890

Auf der Reise nach Polen besucht C. am 5. Februar in Brüssel seinen todkranken Cousin Aleksandr Poradowski, der zwei Tage später stirbt. Dessen Witwe, die 42-jährige Marguerite Poradowska, ist eine ansehnliche, gebildete Frau. Sie hat schon zwei Bücher publiziert und kennt einflussreiche Leute in Brüssel und Paris. Der 32-jährige C. entwickelt rasch eine tiefe Zuneigung zu ihr; die meisten seiner Briefe bis 1895 richten sich an »Ma chère petite tante«. Über Berlin, wo er das Manuskript von *Almayer's Folly* fast in einem Café in der Friedrichstraße vergisst, reist C. nach Warschau und Lublin und von dort zum Landsitz seines Onkels. Es ist sein erster Besuch bei seinen Verwandten und Freunden in Polen seit 16 Jahren. Er bleibt zehn Wochen. Ende April ist er wieder in Brüssel und kann – auch dank des Einflusses seiner Tante Poradowska – am 6. Mai einen Dreijahresvertrag als Kapitän der belgischen Handelsgesellschaft für den Kongo unterzeichnen. Vier Tage später sticht er (mit *Almayer's Folly* im Gepäck) in Bordeaux als Passagier auf der *SS Ville de Maceio* in See, die neben französischen Truppen auch Schwellen und Gleise für die erste Eisenbahn im Kongo transportiert.

Am 12. Juni geht C. in Boma von Bord, dem Sitz der belgischen Kolonialverwaltung, 80 km landeinwärts von der Mündung des Kongo entfernt. Er lernt den Iren Roger Casement kennen, der sich als britischer Konsul im Kongo aufhält und wenig später einen vielbeachteten Regierungsbericht über die Greueltaten der belgischen Kolonialisten publiziert. Über die ersten zwei Monate seiner Erlebnisse in Zentralafrika führt C. ein Tagebuch – das einzige Dokument dieser Art von seiner Hand. Es ist in englischer Sprache abgefasst, zeigt aber viele französische Einsprengsel und polnische Satzstrukturen. Die lakonischen Notizen verzeichnen die wichtigsten Daten jener Reise ins Innere des Kontinents, die er Jahre später in »Heart of Darkness« (1899) verarbeiten wird.

Zunächst fährt C. mit einem Flussdampfer bis Matadi; weiter östlich ist der Kongo wegen zahlreicher Stromschnellen zunächst nicht mehr schiffbar. Zwei Wochen wird C. vom belgischen Manager aufgehalten. Seine Notizen zeigen eine große Ernüchterung: »Habe erhebliche Zweifel an dem, was noch kommt. Mein Leben unter diesen Leuten (Weiße) wird wohl kaum sehr angenehm sein. Werde Kontakte so gut wie möglich vermeiden. [...] Habe mich damit beschäftigt, Elfenbein in Kisten zu verpacken. Idiotische Tätigkeit. Noch bin ich gesund.« Ende Juni macht er sich mit 30 einheimischen Trägern und einem belgischen Angestellten der Gesellschaft zu Fuß auf den Weg nach Léopoldville (Kinshasa). Der 370 km lange Marsch, auf dem er einigen Leichen und Gräbern begegnet, dauert über einen Monat. Als C. Anfang August sein Ziel erreicht, findet er das für ihn bestimmte Dampfschiff als Wrack vor. Er hat eine Auseinandersetzung mit Camille Delcommune, dem lokalen Chef der Gesellschaft, und denkt daran, seinen Kontrakt aufzukündigen.

Dennoch fährt er mit Delcommune auf dem kleinen Heckraddampfer *Roi des Belges* flussaufwärts nach Stanley Falls (Kisangani), einem strategischen Stützpunkt gegen den arabischen Sklavenhandel und für die europäische Ausbeutung des Kongo (Elfenbein, Kautschuk). Obwohl der 25-jährige Däne Ludvig Koch das Kommando hat, beginnt C. sofort mit einem privaten Logbuch, in das er Karten und Navigationshilfen einzeichnet. Als Kapitän Koch erkrankt, übernimmt er das Kommando. Nach 1600 km Fahrt erreicht die *Roi des Belges* am 1. September Stanley Falls. C. erkrankt an der Ruhr. Eine Woche später tritt man die Rückreise an, mit einem todkranken französischen Agenten der Gesellschaft namens Georges-Antoine Klein, der am 21. September stirbt. (Im Manuskript von »Heart of Darkness« wird sein Name erst spät durch »Kurtz« ersetzt.) Am 24. September kommt die *Roi des Belges* in Léopoldville an.

C. erwartet ein neues Kommando, wird jedoch nach Bamou am
französischen Nordufer des Kongo abgeordnet. Er erreicht das
50 km entfernte Dorf in einem Kanu, erkrankt aber schwer an
Malaria und Ruhr. Wie er sich in den folgenden Wochen bis zur
Küste durchschlägt, ist unbekannt. Jedenfalls trifft er am 16. November in Matadi ein. Einen Tag nach seinem 33. Geburtstag begibt er sich auf ein Schiff für die Rückreise nach Europa. Die Zeit
im Kongo wird, wie Garnett nach C.s Tod schreibt, zum »Wende-
punkt seines geistigen Lebens«. Sie fegt die »Illusionen seiner Jugend« hinweg und prägt seine »Verwandlung vom Seemann zum
Schriftsteller«.

1891

Ende Januar ist C., noch immer krank, in Brüssel. Wenig später
sucht er in London und im Februar in Schottland nach einer
neuen Anstellung. Im März wird er mit Malaria, Rheuma und
neuralgischen Ausfällen ins deutsche Hospital von Dalston im
Nordosten Londons eingeliefert. Er leidet an Depressionen, Atem-
not, Herzrasen. Sein Onkel schickt Geld und gute Ratschläge.
C. begibt sich auf eine Wasserkur nach Champel-des-Bains bei
Genf, wo er an *Almayer's Folly* weiterarbeitet. Im Sommer macht
er mit zwei Bekannten und seinem Freund Hope auf dessen Be-
sankutter *Nellie* zwei mehrtägige Segeltörns im Mündungsgebiet
der Themse und auf der Nordsee (offenbar die Grundlage für die
Rahmenerzählung von »Heart of Darkness«). Diese Erfahrung
hebt ein wenig seine depressive Stimmung. Er zieht für die nächsten fünf Jahre in die Nähe der Victoria Station, arbeitet in einem
Speicher von Barr, Moering & Cie. und bietet einer Zeitschrift
Übersetzungen polnischer Kurzgeschichten an. Um aber nicht
stumpfsinnig »vor sich hin zu vegetieren«, wie er der Poradowska
schreibt, verdingt er sich am 19. November als Erster Offizier auf
der berühmten *Torrens*, einem der schnellsten und luxuriösesten
Segelschiffe jener Zeit, das auch Passagiere befördert. Am nächsten Tag läuft sie mit dem Ziel Australien aus.

Die *Torrens* erreicht Adelaide am 28. Februar und liegt dort sechs Wochen vor Anker. C. hat viel zu tun und verbringt die freie Zeit mit der erneuten Lektüre von Flauberts *Madame Bovary*, in »respektvoller Bewunderung«, wie er der Poradowska schreibt. Anfang April beginnt die Rückreise, mit Aufenthalten in Kapstadt und auf St. Helena. Nach seiner Ankunft am 2. September bleibt C. zunächst, über seine Zukunft unschlüssig, in London. Der Poradowska schreibt er: »Wenn man recht verstanden hat, dass man an sich ein Nichts ist und dass ein Mann nicht mehr oder weniger wert ist als die Arbeit, die er in ehrlicher Absicht und aufrichtiger Weise erledigt, innerhalb der strengen Grenzen seiner Pflicht gegenüber der Gesellschaft, erst dann ist man Herr über sein Gewissen und hat das Recht, sich ein Mann zu nennen.« Er entschließt sich, »um des täglichen Brots willen« wieder auf der *Torrens* anzuheuern, die am 25. Oktober ausläuft. An Bord ist ein schwindsüchtiger Student aus Cambridge, der als Erster das Manuskript von *Almayer's Folly* liest. Sein Lob hellt C.s »eintönig graue Existenz« etwas auf.

Ende Januar 1893 trifft die *Torrens* mit dem kranken C. in Adelaide ein. Auf der Rückreise schließt er Freundschaft mit zwei jungen, gebildeten Engländern: dem späteren Erfolgsschriftsteller John Galsworthy und seinem Kommilitonen Edward Lancelot Sanderson. Für diesen ist der vornehme Erste Offizier »die einzige interessante Person an Bord« – ein »exilierter Pole, überaus kultiviert und kunstsinnig; seine Großherzigkeit ist genauso umfassend wie seine Belesenheit«. Im Juli macht die *Torrens* wieder in London fest. C. reist über Berlin und Warschau in die Ukraine zu seinem hinfälligen Onkel, der ihn, als er erneut erkrankt, hingebungsvoll pflegt. Mitte Oktober ist C. wieder in London, arbeitslos, ohne Perspektive, geplagt von einer »elenden Trägheit« (an Poradowska). Aber er verbringt zum ersten Mal glückliche Tage in Elstree, Hertfordshire, mit Sandersons großer Familie, die ihn zeitlebens unterstützen wird. Später widmet er *The Mirror of the Sea* der Mutter Sandersons, »deren reizende Herzlichkeit dem Freund ihres Sohnes die ersten dunklen Tage seines Abschieds von der See erhellte«.

Ende November geht C. als Zweiter Offizier an Bord der SS

Adowa, die die Franco-Canadian Transport Company für den Transport französischer Auswanderer nach Kanada gechartert hat. Am 4. Dezember, einen Tag nach C.s 36. Geburtstag, macht der Dampfer in Rouen fest. Fünf Wochen liegt er da, aber die Emigranten bleiben aus. C. liest Tennyson in polnischer Übersetzung und Alphonse Daudets *Jack*, und er schreibt weiter an *Almayer's Folly*.

1894

Am 10. Januar mustert C. in Rouen ab und kehrt nach London zurück. Er weiß noch nicht, dass damit seine Laufbahn als Seemann zu Ende ist. Im Februar tötet eine Bombe am Observatorium von Greenwich den terroristischen Attentäter, ein Ereignis, das C. in *The Secret Agent* (1907) verarbeiten wird. Er erfährt vom Tod seines Onkels Tadeusz und fühlt sich »als wäre alles erstorben«: »Ich bin ein wenig wie ein wildes Tier; ich versuche mich zu verstecken, wenn ich an Leib und Seele leide, und jetzt geht es mir so.« Der Tod des Onkels, der ihm 150 Pfund hinterlässt, das unerwartete Ende seines Lebens auf See und die Arbeitslosigkeit bringen C. dazu, sich wieder seinem Roman zuzuwenden. Im März besucht er die erste belgische Aufführung von Wagners *Tristan und Isolde* in Brüssel, wahrscheinlich mit der Poradowska. Im April verbringt er zwei Wochen bei den Sandersons in Elstree und begeistert nicht nur die 13 Kinder mit seinem in gebrochenem Englisch vorgetragenen Seemannsgarn. Er genießt die Gesellschaft anwesender Lehrer aus den Eliteschulen Eton, Harrow und Cambridge und beendet mithilfe der Sandersons sein Romanmanuskript, das er dem einflussreichen Kritiker Edmund Gosse zustellt, der als Lektor der »International Library« für den angesehenen Heinemann Verlag arbeitet. Am 4. Juli reicht C. das Typoskript unter dem Pseudonym Kamudi (malaiisch für »Ruder«) beim Fisher Unwin Verlag ein. Und wartet, erneut erkrankt, auf eine Reaktion.

Im August ist er wieder auf Kur im schweizerischen Champel. Er hat seinen Roman vom Verlag zurückerbeten und bittet die Poradowska, sie solle ihn übersetzen und unter ihrem Namen publizieren. Begeistert liest er Maupassant; Anatole France' *Le Lys rouge* lässt ihn kalt. Er schreibt an einer Kurzgeschichte, die in Ma-

laysia spielt und sich bald zu *An Outcast of the Islands* (1896) aus-
wächst, seinem zweiten Roman. Dennoch bemüht er sich, nach
London zurückgekehrt, um ein neues Kommando. Da erfährt er,
dass Unwin *Almayer's Folly* drucken will. Der am 8. Oktober un-
terschriebene Vertrag trägt ihm 20 Pfund und die französischen
Rechte ein. Er lernt den Lektor Edward Garnett kennen, der sein
früher Mentor und lebenslanger Freund wird – und eine 23-jäh-
rige Sekretärin namens Jessie George. Den literarischen Betrieb
bezeichnet C. im Brief an die Poradowska als »Sklavenhandel«,
und noch Mitte November hofft er, das Leben an Land mit dem
auf See zu vertauschen. Ende Dezember hat der nun 37-jährige
frischgebackene Autor acht Kapitel des *Outcast* vollendet.

1895

Krankheit verhindert eine Reise nach Newfoundland, wo C. wohl
sein Erbe investieren wollte. Am 29. April erscheint *Almayer's Folly*
in London und, wie damals üblich, einige Tage später in den USA
(bei Macmillan). Das Buch ist – sehr privat – seinem Onkel gewidmet: »To the memory of T. B.« Die Rezensionen für seinen Erstling
sind überwiegend positiv. Viele Kritiker, darunter der junge H.G.
Wells, loben die exotische Atmosphäre und stellen C. in eine
Reihe mit Robert Louis Stevenson und Rudyard Kipling. Andere
betonen den Unterschied zu heimischen Autoren und verweisen
auf Hugo, Pierre Loti und Émile Zola. C. kann hoffen, eine Nische
im anglophonen Buchmarkt gefunden zu haben.

Im Mai erleidet er akute »Anfälle von Melancholie« (an Poradowska) und sucht in Champel Erholung. Dort verliebt er sich in
die 20-jährige Französin Émilie Briquel, die seinen Roman übersetzen will. Er bittet seinen englischen Verleger, ihn nicht als Romancier des Pazifiks zu vermarkten: »Warum von allen Dächern
krähen, dass ich Seemann bin? Das gibt doch nur einen falschen
Eindruck.« Im Sommer unternimmt er mit Hope auf dessen Jacht
eine Kreuzfahrt an die holländische Küste sowie drei Geschäfts-
reisen nach Paris für Hopes Schwager, der ihm dafür Aktien einer
südafrikanischen Goldmine gibt. C. plant, zwei oder drei Jahre als
Eigner und Kapitän zur See zu fahren. Unwin akzeptiert dank
Garnetts Votum das Typoskript des *Outcast*.

Anfang des Jahres macht C. an einem verregneten Sonntag in der National Gallery Jessie George ihrem späteren Bericht zufolge folgenden Antrag: »Schau her, meine Liebe, wir sollten das hier hinter uns bringen und heiraten. Sieh dir bloß das Wetter an!« Er habe nicht mehr lange zu leben und wolle keine Kinder. In ein Vorausexemplar seines zweiten Romans, der seinem Freund Sanderson gewidmet ist, schreibt er ihr: »To Chiquita from the author«. Ende Februar reist er mit Jessie und Hope nach Schottland, um 500 Pfund in eine Bark namens *Windermere* zu investieren und dann ihr Kommando zu übernehmen. Aber das Schiff macht keinen guten Eindruck, und man wird nicht handelseinig. (Vier Jahre später geht die *Windermere* mit der ganzen Crew vor Dover verloren.) C. berichtet einem Cousin nach Polen über seine neuesten Pläne: »Ich werde heiraten. Keinen überrascht das mehr als mich selbst. Aber ich habe überhaupt keine Angst, denn wie Du weißt bin ich an Abenteuer und schreckliche Gefahren gewöhnt. Überdies macht meine Verlobte gar keinen gefährlichen Eindruck. Sie heißt Jessie; Nachname George. Sie ist eine kleine, alles andere als ansehnliche Person (ehrlich gesagt ist sie leider ziemlich schlicht), aber mir trotzdem lieb und teuer.« Eine Laufbahn als Kapitän, die Jessie durchaus begrüße, sei unwahrscheinlich geworden: »Der Schriftstellerberuf ist also meine einzige Einnahmequelle.« An seinem Erfolg bei den Kritikern zweifle er nicht. »Ich weiß, was ich kann. Es ist aber eine Frage des Geldverdienens – ›qui est une chose tout à fait à part du mérite littéraire‹. Diesbezüglich bin ich mir nicht so sicher – aber da ich wenig brauche, bin ich bereit, darauf zu warten. Ich bin ziemlich zuversichtlich, was die Zukunft betrifft.«

Garnett rät ihm brieflich von der Ehe ab. Der 38-jährige Bräutigam quittiert dies noch am Hochzeitstag so: »Hat man erst einmal die Wahrheit erkannt, dass die eigene Persönlichkeit nur eine lächerliche und ziellose Maskerade von etwas hoffnungslos Unbekanntem ist, dann hat man den Zustand heiterer Gelassenheit bald erreicht. Dann bleibt nichts, als sich seinen Impulsen hinzugeben, den flüchtigen Gefühlen treu zu sein; damit kommt man der Wahrheit vielleicht näher als durch irgendeine andere Lebensphilosophie.« Am 24. März werden C. und Jessie auf einem Londoner Standesamt getraut.

Am folgenden Tag reist das Paar über Southampton und St. Malo für sechs Monate in ein Häuschen in der Nähe des bretonischen Hafenstädtchens Lannion. C. beginnt mit *The Rescue*, dem letzten Roman seiner »malaiischen Trilogie«, den er erst 24 Jahre später vollendet. Er liest Rabelais und H. G. Wells, der den *Outcast* in einer anonymen Rezension einen der »besten Romane des Jahres« nennt. Im Juni quälen C. Depressionen und Malariaanfälle; das Geschäft mit der südafrikanischen Goldmine platzt, und er verliert alle seine Einlagen. Nach einem dreitägigen Törn in einem gemieteten Gaffelkutter geht es ihm besser. Er beginnt mit einer Seegeschichte, aus der *The Nigger of the Narcissus* wird, und vollendet »An Outpost of Progress«, seine erste Erzählung, die in Afrika spielt, den Kolonialismus scharf angreift und ihm die tiefe Freundschaft des charismatischen Schriftstellers und Sozialisten Robert Cunninghame Graham einträgt.

Wegen des schlechten bretonischen Wetters kehrt C. mit seiner Frau im September nach England zurück und mietet ein Haus in Stanford-le-Hope, Essex. *Almayer's Folly* erscheint in holländischer Übersetzung als Fortsetzungsroman in einer Amsterdamer Zeitung, und der Leipziger Tauchnitz Verlag druckt den *Outcast* in seiner Collection of British Authors. Nach längerem Zögern schickt C. ein Exemplar des *Outcast* an Henry James, mit einer überschwenglichen Widmung, die die Figuren des verehrten Meisters rühmt: »Diese kostbaren Schatten mit lebendigen Herzen, gekleidet in das wunderbare Gewand Ihrer Prosa, haben mir tröstend beigestanden, unter vielen Himmeln.« Im Herbst bringt Garnett C. mit literarischen Agenten und Verlegern in Kontakt, um *The Nigger of the Narcissus* zu plazieren.

1897

Mit dem *Outcast* als Fortsetzungsroman in einer Warschauer Wochenschrift erscheint die erste polnische Übersetzung eines Werks von C., während er den *Nigger* beendet. Im Februar schickt James seinen Roman *The Spoils of Poynton*, als »furchtbar verspäteten Dank für ein ungemein großzügiges und schönes Geschenk«. Die beiden Autoren treffen sich zum Lunch im noblen Londoner Reform Club. C. wird Mitglied der London Library und zieht mit Jessie in ein elisabethanisches Bauernhaus außerhalb von Stanford-le-Hope. Volle fünf Monate quält er sich mit »The Return«, einer naturalistischen Erzählung über den »Bourgeois als Biest«, die alle Zeitschriften ablehnen. Seine Schulden bei Krieger wachsen und belasten die Freundschaft; auch das Verhältnis zu seinem Verleger Unwin verschlechtert sich. Garnett vermittelt ihn an das berühmte *Blackwood's Magazine*, das fünf Jahre lang viele seiner Geschichten drucken wird. Der Verleger William Heinemann akzeptiert den *Nigger*, verlangt aber, allzu vulgäre Schimpfworte der Seeleute auszumerzen. Der Roman erscheint zunächst seriell in der *New Review* und im Dezember, Garnett gewidmet, als Buch.

Mitte Oktober lernt C. den jungen amerikanischen Schriftsteller Stephen Crane kennen, mit dem er durch London streift und Balzacs *Comédie humaine* diskutiert. Der *Nigger* erscheint in den USA unter dem unverfänglicheren, »absurd süßlichen« Titel *The Children of the Sea: A Tale of the Forecastle*. C. schickt Henry James ein Präsentationsexemplar und antwortet auf einen enthusiastischen Brief des Autors Arthur Quiller-Couch: »Zwanzig Jahre meines Lebens, sechs Monate Gekritzel und häufiges Fäustenagen und Haareraufen haben die Entstehung dieses Buchs begleitet.« Er hofft, dass es für die Seeleute das bewirkt, was die realistischen Gemälde Jean-François Millets für die Bauern taten. Im Dezember korrigiert er die Fahnen für seine erste Erzählsammlung, *Tales of Unrest*.

1898

Am 15. Januar wird Alfred Borys Leo, der erste Sohn, geboren, und C. beginnt mit der Erzählung »Youth«. Seine Briefe bezeugen Verwirrung und Gereiztheit über die Umstände und Folgen der Geburt. An Galsworthy schreibt er: »Ich bin sehr erleichtert und hoffe jetzt zum Arbeiten zu kommen.« An Crane: »Gestern traf hier ein männliches Kind ein und machte einen Höllenlärm. Er heulte wie ein Apache und ist seit heute Morgen schon wieder auf dem Kriegspfad. Eine greuliche Plage.« Und an seinen Mentor Garnett: »Jess sendet Mrs. Garnett beste Grüße und bittet mich zu betonen, das Baby sei ein sehr hübsches Baby. Ich lehne jede Verantwortung für diese Aussage ab. Meinen Sie wirklich, dass der Band [*Tales of Unrest*] gut genug ist?«

Besuche bei den Garnetts und den Cranes hellen C.s oft bedrückte Stimmung etwas auf. Im Frühjahr erscheinen die amerikanische und britische Ausgabe der *Tales*. Damit endet das Verhältnis zum Unwin Verlag, und C. muss für seine Werke neue Abnehmer finden. Er hat für die *Rescue* bereits Verträge unterschrieben und muss liefern, ist aber völlig blockiert. Stattdessen arbeitet er weiter an »Youth« und an »Jim: A Sketch«, eine Vorstudie zu *Lord Jim* (1900). Als die *Illustrated London News* ankündigt, im Oktober mit dem Abdruck der unvollendeten *Rescue* beginnen zu wollen, gerät C. in Panik. »Auf See gehen zu können wäre eine Erlösung«, schreibt er an Garnett, und an Cunninghame Graham: »Am besten, Du kommst her und erschießt mich.«

Im September lernt er den 24-jährigen Ford Madox Ford kennen, mit dem er in den nächsten zehn Jahren viel zusammenarbeiten wird. Er reist nach Glasgow, um sich nach einem Kommando auf See umzusehen – vergeblich. Nach seiner Rückkehr vermittelt ihm Ford eine neue Bleibe: Im Oktober zieht die Familie auf die Pent Farm in Postling, im Süden Kents. Anfang Dezember, kurz nach seinem 41. Geburtstag, beginnt C. mit einer neuen Erzählung: »Heart of Darkness«. Als der Verleger William Blackwood ihn für die Jubiläumsausgabe seiner Zeitschrift um einen Beitrag bittet, schlägt er diese Geschichte vor, denn ihr Thema sei aktuell: »die verbrecherische Ineffizienz und nackte Selbstsucht des Versuchs, Afrika zu zivilisieren«.

1899

Tales of Unrest gewinnt einen Preis über 50 Pfund, mit denen C. ein knappes Drittel seiner Schulden bei Krieger begleicht. Er vollendet »Heart of Darkness«, das ab Februar in *Blackwood's Magazine* erscheint. Cunninghame Graham und Blackwood sind begeistert: »eine wundervolle Studie über das, was man den Prozess der Verwilderung [decivilisation] nennen könnte«. Graham zuliebe besucht C. ein von der Social Democratic Federation organisiertes Pazifistentreffen in Piccadilly. Er weigert sich, auf die Bühne zu kommen, lauscht aber den Reden von Graham, Jean Jaurès, Émile Vandervelde und Wilhelm Liebknecht. »L'idée democratique est un très beau phantôme, und ihm hinterherzulaufen mag Spaß machen, aber ich bekenne: ich sehe nicht, welches Übel sie heilen könnte«, schreibt er dem Freund. »Was bedeutet schon Brüderlichkeit. Selbstverleugnung – Aufopferung: das bedeutet etwas. Brüderlichkeit bedeutet nichts außer der Sache zwischen Kain und Abel.« Er glaube nicht an die Reformierbarkeit des Menschen: »L'homme est un animal méchant.« Am Ende entschuldigt er sich: sein Brief sei »incoherente comme mon existence«.

Ende Februar gesteht C. dem Herausgeber der *London Illustrated News*, er könne die Abgabefrist für die *Rescue* nicht einhalten. Er legt das unfertige Manuskript für Jahre beiseite, schreibt in den nächsten Monaten nichts mehr und meidet London. Anfälle von Gicht und Schwermut suchen ihn heim. Im Juni gehen er und Crane mit *La Reine*, ein Boot, das Hope ihnen verkauft hat, von Rye aus segeln. Einen Monat später kann C. die ersten 30 Seiten von »Jim« an Garnett abschicken. Es soll eine längere Erzählung von 40 000 Wörtern werden, zwei Lieferungen für eine Zeitschrift. Aber die Geschichte rennt ihm davon. In den folgenden Monaten entwickelt sie sich zu einem »Ausreißer-Roman« (runaway novel). Das wird zu einem Muster: C. macht aus Geldnot voreilige Versprechungen, überschätzt sich und braucht Vorschüsse, seine Verleger brauchen Geduld, und wohlhabende Freunde wie Galsworthy müssen mit Krediten aushelfen.

Im August bietet ihm der bekannte Literaturagent James Brand Pinker seine Dienste an. C. lehnt dankend ab: »Meine Art zu schreiben ist so unökonomisch, dass Sie eine derart untaugliche Person bestimmt nicht brauchen können.« Er kämpft mit *Lord Jim*, bittet Crane um einen Besuch: »Ich bin wie eine verfluchte Schlammschildkröte. Kann mich nicht regen. Kann nicht schreiben. Kann nichts tun. Nur elend kann ich sein, und bei Gott, das bin ich!« Im Oktober startet der Abdruck von *Lord Jim* als Fortsetzungsroman in *Blackwood's Magazine*, während C. sein Manuskript vorantreiben und parallel dazu die Fahnen der monatlichen Lieferungen korrigieren muss. Außerdem beginnt die Zusammenarbeit mit Ford an dem Roman *The Inheritors*: Ford verfasst die ersten Entwürfe, C. überarbeitet sie.

1900

Garnett lobt die Teile von *Lord Jim*, die er schon hat lesen können; C. meldet sich wochenlang krank mit Bronchitis, Malaria, Gicht – »eigentlich ein Zusammenbruch« (an Graham). Im März plant C. mit Ford einen »großen historischen Roman« über die Wiedertäufer von Münster, aber das Projekt kommt nicht zustande. Im Mai bittet Crane, der schwer an Tuberkulose erkrankt ist, einen Freund, C. eine staatliche Förderung zu verschaffen: »Er ist arm und ein Gentleman und stolz.« Am 16. Mai treffen sich C. und Crane in Dover ein letztes Mal, bevor der Amerikaner nach Badenweiler transportiert wird. Die Nachricht vom Tod des erst 28-jährigen Freundes am 5. Juni bereitet C. einen tiefen Schock.

Am 14. Juli um 6 Uhr morgens vollendet er nach 23 Stunden pausenloser Arbeit den Schluss von *Lord Jim* und liefert das Manuskript in London ab. Wenig später reist die Familie nach Brügge, wo Ford und C. mit einem neuen Romanprojekt beginnen wollen. Eine Hitzewelle treibt sie nach Knokke an die Küste; dort überarbeitet C. die Druckfahnen von *Lord Jim*. Der kleine Borys erkrankt an Ruhr, sein Vater, erschöpft und depressiv, erleidet einen Gichtanfall. Mitte August ist die Familie wieder auf der Pent Farm, wo Ford und C. an *Romance* arbeiten. Pinker soll sich um die Vermittlung des Romans an eine Zeitschrift kümmern. Anfang Oktober erscheint *Lord Jim* in London und New York. Die ersten positiven Besprechungen heitern C. etwas auf. Als ein enthusiastischer Brief von Henry James eintrifft, ist er außer sich: »Ein Schluck aus der Quelle ewiger Jugend.« Über Weihnachten arbeitet er sowohl an eigenen Erzählungen als auch mit Ford an der *Romance*.

1901

Mitte Januar beendet er »Typhoon« und beginnt mit »Falk«. Am 22. Januar stirbt Königin Victoria; Edward VII. besteigt den Thron. Aus Polen erhält C. die zweibändigen Memoiren seines Onkels Tadeusz Bobrowski. Im Frühjahr erkranken Jessie, ihre Mutter und C. mehrfach; erst im Mai kann er mit Ford die Arbeit an der *Romance* weiterführen. Ihr erstes Gemeinschaftsprodukt, die futuristische Satire *The Inheritors*, erscheint bei Heinemann in London und bei McClure in New York. Nach vergeblichen Kreditverhandlungen mit einer Lebensversicherung leiht sich C. 100 Pfund von Ford. Blackwood lehnt *Romance* ab; die aufwendige Revision des Textes hindert C. im Herbst an eigenen Arbeiten. Nach der Lektüre von Galsworthys Geschichten in *A Man of Devon* rät er dem

Freund: »Du brauchst mehr Skepsis als Fundament Deiner Texte. Skepsis ist eine Wohltat für den Geist und das Leben, sie ist das Werkzeug der Wahrheit – der Weg der Kunst und der Erlösung.« Über Weihnachten ist er bei den Fords, aber die Arbeit an der *Romance* kommt kaum voran. Im Brief an David Meldrum, seinen Fürsprecher bei Blackwood, zieht C. Bilanz: »Das vergangene Jahr war für mich ein Desaster. Ich habe es vergeudet – nicht vertrödelt – hier herumgebastelt, dort herumgebastelt«, an der *Rescue*, vor allem aber an der *Romance*. Dieses Buch verfolge ihn »wie ein Fluch«. An der Verbindung mit dem Verlag wolle er festhalten: *Blackwood's Magazine* sei seine »erste und einzige Liebe«.

1902

Wegen fällig werdender Versicherungsraten muss C. Blackwood durch Meldrum um einen Vorschuss bitten. Als Pinker ein ähnliches Ansinnen ablehnt, entgegnet er: »Behandeln Sie mich nicht wie einen Tölpel, der im Finstern herumwankt. Es gibt andere Tugenden als Pünktlichkeit.« Darauf kauft ihm der Agent seine Lebensversicherung ab; C. will seine Schulden aus den Erlösen zukünftiger Werke begleichen. Anfang März übergibt er Pinker in London den Schluss der *Romance* und beginnt mit der Erzählung »The End of the Tether«. Bei einem Treffen mit Blackwood im Mai verweigert der Verleger, verärgert über C.s Säumigkeit und sein Vertrauen zu einem Agenten, einen weiteren Vorschuss. Zu Hause angekommen, rechtfertigt sich C. in einem Brief, in dem er sich als »moderner« Autor definiert und auf Wagner, Rodin und Whistler verweist. Auch diese »mussten vieles ertragen, weil sie ›neu‹ waren. Und ich hoffe, meinen Platz hinter denen, die besser sind, einzunehmen. Aber eben *meinen* Platz.« Seine Werke bestünden nicht aus »endlosen Analysen affektierter Empfindungen«, sondern aus Handlung – »beobachtet, gefühlt und gedeutet mit absoluter Treue zu meinen Wahrnehmungen (und diese sind die Basis für die Kunst in der Literatur)«.

Im Juni ist C. wieder in London. »Die Zeiten haben sich geändert«, gesteht er Garnett: »All meine Kunst ist zu einer listigen Kunstfertigkeit verkommen, mit der ich Agenten und Verleger ausbeute.« Er habe jeden Glauben an sich und jedes Stilgefühl verloren. »Meine Ausdruckskraft ist völlig wertlos geworden: jetzt ist es höchste Zeit, dass Geld hereinkommt.« Er gratuliert Garnetts Frau Constance zu ihrer Übersetzung von *Anna Karenina*, obwohl er den Roman nicht mag. Kurz darauf verbrennt ein großer Teil des Manuskripts von »The End of the Tether«, als eine Öllampe explodiert. Mitte Juli bekommt C. dank des Engagements von Gosse, dem Henry James und einige andere Bewunderer sekundieren, 300 Pfund aus dem Royal Literary Fund zugesprochen. Aber er ist einsam. »Große sumsende Fliegen, herrliche Riesenwespen – das sind meine einzigen Besucher«, berichtet er Garnett. »Vor vier oder fünf Monaten zerrte Wells den widerstrebenden G. B. S. [Shaw] her; ich hätte ihn fast gebissen.«

Im Oktober vollendet er mit Fords Hilfe nach drei schlaflosen Nächten »The End of the Tether«. Wegen des auf 19 000 Wörter angewachsenen Schlussteils der seit Juli im *Blackwood's Magazine* abgedruckten Erzählung muss der Verlag umdisponieren und kann die längst geplante Sammlung *Youth and Other Stories* erst Mitte November publizieren. Der Jessie gewidmete Band, der auch bei McClure in New York erscheint, erhält mehr Lob für die rasant erzählte Titelgeschichte als für das albtraumhafte »Heart of Darkness« oder die Tragik von »The End of the Tether«. C. hilft Fords Frau Elsie bei der Korrektur ihrer Übersetzung von Maupassants Erzählungen. Weihnachten verbringt er mit seiner Familie bei den Fords in Winchelsea; auch Henry James kommt aus dem nahen Rye herüber. C. beginnt mit *Nostromo*, der als eine längere Erzählung schon in einem Monat fertig sein soll, sich aber zu seinem längsten Roman auswachsen wird.

1903

In der zweiten Januarhälfte fällt C. in die erste von vielen Depressionen dieses Jahres. Dennoch verspricht er die Vollendung von *Nostromo* für Juni. In der Pariser Zeitschrift *Les Nouvelles Illustrées* erscheint Marguerite Poradowskas Übersetzung von »An Outpost of Progress« – das erste Werk C.s in französischer Sprache. Mitte Februar versendet er einen Rundbrief an einige Verlage: Pinker übernimmt ab jetzt als sein »einziger Agent« die Vermittlung und Vermarktung seines literarischen Werks. Im April erscheint *Typhoon and Other Stories* bei Heinemann in London und McClure in New York. Mitte Mai verkauft C. die Rechte an *Nostromo* an den amerikanischen Harper Verlag, obwohl »noch nicht einmal ein Viertel« des Romans geschrieben ist (an Garnett). Er sitzt dem Maler William Rothenstein für ein Porträt. Die harte Arbeit an *Nostromo* über den ganzen Sommer führt im Herbst zu schweren Gichtattacken und »grässlicher mentaler Erschöpfung« (an Elsie Ford), die die Publikation der *Romance* in London und New York nur wenig aufhellt. Galsworthy und andere Freunde geben ihm moralischen und finanziellen Beistand; J.B.Barrie, der schottische Erfolgsautor (*Peter Pan*), schenkt ihm gar 150 Pfund. Auf die Umfrage einer Zeitschrift nach den besten Büchern des Jahres entscheidet sich C. für H.G.Wells' zeitkritische Essaysammlung *Mankind in the Making* und Henry James' Meisterwerk *The Ambassadors*.

1904

Die Familie mietet für einige Wochen eine Wohnung im Londoner Stadtteil Kensington, auch um den dorthin gezogenen Fords nahe zu sein. Bei einem Sturz verletzt sich die korpulente Jessie beide Knie schwer; damit beginnt ihre bald dauerhafte Invalidität. Ende Januar druckt die Wochenzeitung *T. P.'s Weekly* die ersten Kapitel des noch unvollendeten *Nostromo*. C.s Bank geht pleite; sein Konto ist um 200 Pfund überzogen. Tagsüber arbeitet er an *Nostromo*, spätabends diktiert er Ford einige gut verkäufliche, autobiographisch gefärbte Essays, die zwei Jahre später als *The Mirror of the Sea* herauskommen. Zudem schreibt er *One Day More*, einen Einakter, der auf seiner Kurzgeschichte »To-morrow« basiert.

Da C.s herzkranke, gehbehinderte, von neuralgischen Schmerzen geplagte Frau ausfällt, vermittelt ihm Pinker die Sekretärin Lilian Hallowes, die ihm bis zu seinem Tod immer wieder eine »große Hilfe« ist. Steigende Arztkosten zwingen ihn, Pinker und Galsworthy erneut um Geld zu bitten. Im Mai schreibt er das Vorwort zu einem Band mit Kurzgeschichten Maupassants, die Galsworthys Geliebte Ada (bald seine Frau) übersetzt hat. Ford, der einem Zusammenbruch nahe ist, fordert seine Schulden ein; C. kann nicht zahlen und verspricht ihm die Hälfte des Honorars für *The Mirror of the Sea*.

Die einflussreiche *North American Review* druckt im Juni einen Artikel über »The Genius of Joseph Conrad« von Hugh Clifford, mit dem sich C. seit 1899 oft ausgetauscht hat. Er ist dankbar, widerspricht aber Cliffords These, er habe anfangs zwischen der französischen und der englischen Sprache geschwankt. Am 28. Juli wird der russische Innenminister in St. Petersburg ermordet; C. wird dies Ereignis in *Under Western Eyes* (1911) aufgreifen. Ende August ist die Zeitschriftenfassung von *Nostromo* endlich fertig. Für die Buchversion fügt C. im Herbst noch 14 000 Wörter hinzu. Den Herbst verbringen die Conrads in London, wo Jessies Knie zum ersten Mal operiert werden. Mitte Oktober publiziert Harper in London und New York *Nostromo*; C. hat den Roman, der von der Kritik nicht gut aufgenommen wird, Galsworthy gewidmet. Am 21. Oktober feuern russische Kriegsschiffe in der Nordsee versehentlich auf britische Fischkutter; fünf Tage später erscheint C.s Protestbrief in der *Times*. Jessies Operation Ende November misslingt. Ihr Mann plant einen Erholungsurlaub auf Capri.

1905

»Henry James: An Appreciation«, C.s Essay über seinen einzigen »Meister«, erscheint im Januar in der *North American Review*. Mit Jessie im Rollstuhl und einer Krankenschwester fährt er über Paris, Genf, Rom und Neapel nach Capri. Noch auf der Reise beginnt er mit »Autocracy and War«, einem Essay über den drohenden Zusammenbruch Russlands, das Erstarken des expansionistischen Deutschen Reichs und die Gefahr für das europäische Gleichgewicht der Kräfte. Der Text erscheint im Juli in der britischen *Fortnightly Review* und der *North American Review*. C. verspricht Pinker einen neuen Roman oder ein Buch über Capri und Neapel, für amerikanische Touristen. Daraus wird nichts. Der Arbeitsurlaub auf Capri ist wenig ergiebig und teuer. Aber im März erfährt C., dass er 500 Pfund aus dem Royal Bounty Fund erhalten soll. Gosse, Rothenstein und andere Freunde haben dafür sogar Premierminister Balfour mit seinen Werken versorgt und so an zweithöchster Stelle für ihn geworben.

Zahnschmerzen treiben C. zur Behandlung nach Neapel; danach besichtigt er mit der Familie Pompeji. Anfang Mai drängt er Rothenstein, ihm sofort 150 Pfund nach Capri zu schicken. Wenig später nimmt die Familie das Schiff nach Marseille und reist über Paris zurück nach Kent. C. ist entrüstet, als er erfährt, dass er die

Preissumme nur in Raten, über einen längeren Zeitraum und überwacht von Kuratoren ausbezahlt bekommt. Was ihn am meisten empört, ist der öffentliche Eindruck: »Conrad muss vor sich selbst geschützt werden!« (an Gosse) In langwierigen Verhandlungen erreicht man einen Kompromiss, der sein Gesicht wahrt.

Im Sommer schreibt er Kurzgeschichten, kleine Rezensionen und Essays für verschiedene Zeitungen und beginnt, noch etwas unschlüssig, mit *Chance*. (Das Buch wird erst 1914 erscheinen.) Nach weiteren Krankheiten und Depressionen gesteht er Wells Mitte Oktober, er fühle sich »wie eine in die Enge getriebene Ratte«.

Wenig später erfährt er vom russischen Generalstreik und dem Versprechen des Zaren, seinen Untertanen Bürgerrechte zu gestatten. C. ist »zutiefst bewegt«. Aber er sorgt sich um Jessie, die wieder schwanger ist und an Herzrasen leidet. Während eines Aufenthalts in London muss Borys mit Scharlach ins Krankenhaus; auch sein Vater liegt über Weihnachten mit schwerer Gicht im Bett. Die Arztkosten steigen; Galsworthy hilft.

1906

Anfang Februar reist die Familie für zwei Monate zur Erholung nach Montpellier. C. plant eine Kurzgeschichte mit dem Titel »Verloc«, die sich in den folgenden Monaten in den Roman *The Secret Agent* verwandelt. Im März beendet er einen Essay über Galsworthy, dem er brieflich von großer »mentaler Erschöpfung« und »Zukunftsangst« berichtet: »Ich habe gelernt, dagegen anzuschreiben – mehr aber nicht. Du kannst Dir die Willensanstrengung vorstellen – und das Gefühl des Versagens.«

Nach der Rückkehr Mitte April hilft er Ford bei einem Briefroman über einen suizidalen Anwalt, der das Geld eines Freundes verschleudert, dessen Verlobte er liebt. Dieses letzte Gemeinschaftsprodukt wird drei Jahre später unter dem Titel *The Nature of a Crime* in Fords *English Review* gedruckt. C. steckt mitten in der Arbeit am *Secret Agent*, als am 31. Mai Anarchisten in Madrid mit Bomben 18 Menschen töten. Am 2. August wird der zweite Sohn John Alexander in London geboren. Anfang Oktober erscheint *The Mirror of the Sea*, und C. präsentiert dem Premierminister ein Exemplar. Die Rezensionen auf beiden Seiten des Atlantiks sind sehr positiv, auch Wells, Galsworthy, James und sogar Kipling schreiben begeisterte Briefe.

Aber C. ist nicht glücklich über sein populäres Image als exotischer Seeschriftsteller. Er schreibt seinem französischen Übersetzer Henry-Durand Davray: »Die Kritiker haben mich kräftig mit Weihrauch eingenebelt. Einige wollten mir dabei nur die Nase brechen. Sie haben die Gelegenheit genutzt, dem armen *Nostromo* einen Tritt zu versetzen, der vor zwei Jahren lebendig begraben wurde. Wissen Sie noch? Hinter diesem Konzert von Lobeshymnen kann ich ein Flüstern hören: ›Bleiben Sie auf der hohen See! Kommen Sie nicht an Land!‹ Sie wollen mich auf die Mitte des Ozeans verbannen. Sehr schmeichelhaft. Das haben sie nur mit Napoleon geschafft.« Aber diese Kritiker werden sich »gewaltig täuschen. Ich habe soeben einen Roman (?) beendet, in dem nicht ein Tropfen Wasser vorkommt – außer dem Regen, und das ist nur natürlich, weil er in London spielt. Es gibt darin ein halbes Dutzend Anarchisten, zwei Frauen und einen Idioten. Aber es sind sowieso alles Schwachköpfe, einen Legationsrat, einen Staatsminister und einen Polizeiinspektor eingeschlossen.« Im November vollendet C. die erste, gekürzte Fassung des *Secret Agent*, deren Abdruck in einer amerikanischen Zeitschrift schon einen Monat zuvor begonnen hat. Kurz nach seinem 49. Geburtstag reist die Familie über Paris wieder nach Montpellier.

1907

Im Januar revidiert C. einige Übersetzungen seiner Kurzgeschichten und erholt sich mit der Lektüre seiner französischen Lieblingsautoren: Maupassant, Daudet, France. Er genießt das Winterwetter, nimmt Spanischunterricht, besucht Cafés und eine Aufführung von Bizets *Carmen*. »Die Arbeit steht still«, schreibt er Ford: »Mir schwirren allerlei Pläne im Kopf herum, aber mein Englisch ist mir fast völlig abhandengekommen.« Oxford University Press bittet ihn um ein Vorwort für eine Neuausgabe von Herman Melvilles *Moby-Dick*. C., der »kürzlich« die Londoner Erstausgabe von 1851 »in meiner Hand« hielt, lehnt dankend ab: »Es wirkt auf mich wie eine ziemlich überspannte Rhapsodie mit dem Walfang als Thema; in den drei Bänden ist nicht eine einzige aufrichtige [sincere] Zeile.«

Borys leidet unter einer mysteriösen Lungenkrankheit (die Ärzte schwanken zwischen Bronchitis, Lungenentzündung und Tuberkulose), und C. bittet Pinker um Geld für einen Aufenthalt in der klimatisch günstigeren Schweiz. Nach einer Gichtattacke Anfang Mai bricht die Familie in die Schweiz auf, zunächst nach Genf, dann nach Champel. Dort mehren sich die Komplikationen: Beide Kinder bekommen Keuchhusten, Borys zudem hohes rheumatisches Fieber, sein Vater entwickelt ein schmerzhaftes Ekzem und quält sich mit den schon umbrochenen Fahnen für die Buchausgabe des *Secret Agent*, an denen er zahlreiche Änderungen und Erweiterungen vornimmt. Eine neue Diagnose: Borys leidet an Brustfellentzündung. Wieder bittet C. Pinker um Geld und um die Vermittlung einer billigeren Unterkunft in England: »Keine Auslandsreisen mehr. Ich habe die Schnauze voll.«

Nach seiner Rückkehr im August trifft er mit Pinker eine Vereinbarung: Für 600 Pfund wird er in den nächsten zwölf Monaten mindestens 80 000 Wörter für einen neuen Roman liefern. Mitte September zieht die Familie in ein altes Bauernhaus bei Luton in Bedfordshire. Ford droht C. wegen der ausstehenden Schulden mit einem Prozess. Am 12. September erscheint der Wells gewidmete *Secret Agent* bei Methuen in London und Harper in New York. Seine »durchweg ironische Behandlung eines melodramatischen Themas« (so C. an Graham) findet in der Kritik wenig Anklang. Dennoch werden in den ersten Monaten 5000 Exemplare verkauft; auf dem wichtigen amerikanischen Markt fällt das Buch jedoch durch. An seinem 50. Geburtstag beginnt C., frustriert durch die schleppende Arbeit an *Chance*, mit einer Geschichte, die den Arbeitstitel »Rasumov« trägt.

1908–09

Schon früh im Januar macht C. seinem Agenten höchst unterschiedliche Angaben über »Rasumov«. Mal meint er damit eine kürzere Erzählung, mal ein ambitionierteres Werk über »russisches Fühlen und Denken«: »Das Thema hat mir lange im Kopf herumgespukt. Nun muss es heraus.« In den nächsten beiden Jahren entwickelt sich daraus der in den anarchistischen Kreisen St. Petersburgs und Genfs spielende Roman *Under Western Eyes*. Um Geld zu verdienen und Pinker zu besänftigen, bei dem er mit

1500 Pfund in der Kreide steht, verfasst C. in der nächsten Zeit Geschichten, Rezensionen und andere kurze, einträgliche Texte. Im April bewirbt er sich erfolgreich um einen Preis des Royal Literary Fund von 200 Pfund. Aber Pinker sieht nichts von dem Geld, und als C. im August kaum ein Drittel der vereinbarten Seiten für den Roman vorlegen kann, kommt es zu einem schweren Zerwürfnis. Galsworthy muss vermitteln.

A Set of Six, ein Band mit Erzählungen, erscheint Anfang August in London. Der Kritiker der Daily News bezeichnet C. als fremden Autor »ohne Land und Sprache«, der riskiere, als »zweitrangiger Kosmopolit« zu erscheinen. C. schäumt und plant eine autobiographische Selbstdeutung, die in Fords English Review erscheinen und »polnisches Leben in die englische Literatur« tragen soll. Pinker ist nicht erbaut, da dies die Vollendung des Russlandromans verzögert. Im November verfasst C. schnell eine Besprechung von Anatol France' L'Île des pingouins für die erste Nummer der English Review. In den nächsten Monaten engagiert sich C. stark für die Zeitschrift.

Da das Haus in Luton zu teuer ist, zieht die Familie im Februar 1909 in vier kleine Zimmer über einer Schlachterei in Aldington im Süden Kents. Es kommt zum Bruch mit Ford, denn dessen außereheliche Affären und anmaßende »Manie beim Management des Universums« ziehen auch C.s Familie und Freunde in Mitleidenschaft. C. kann weder seine Erinnerungen für die English Review noch seinen Roman beenden. Ihn quälen Gicht, Trübsinn und ein schlechtes Gewissen. Seine Schulden bei Pinker belaufen sich auf 2250 Pfund. Im September bekommt er Besuch von Kapitän Carlos Marris. Die Gespräche mit dem in Indonesien lebenden Neuseeländer wecken in C. alte Erinnerungen an seine Zeit in Ostindien. Im Dezember unterbricht er die Arbeit an Under Western Eyes und schreibt in knapp zwei Wochen die Erzählung »The Secret Sharer«: »Etwas Leichtes zu tun hat mir wieder Selbstvertrauen gegeben« (an Galsworthy). Pinker droht, die wöchentlichen Unterhaltszahlungen zu streichen. C. antwortet, er sei »ein Romancier, der manchmal lange Romane schreibt« – und kein »verdammter Hypochonder auf der Suche nach Mitleid«.

1910

Nach einer schweren Grippe übergibt C. am 27. Januar seinem Agenten in London das fast vollendete Manuskript seines Romans. Dennoch kommt es zum Krach. Pinkers Bemerkung, er spreche »kein Englisch«, verletzt C. bis ins Mark. Kurz danach erleidet er einen totalen Zusammenbruch. Seine Frau berichtet Rothenstein: »Überall Gicht und Entzündungen, Hals, Zunge, Kopf ... Der arme Junge, er durchlebt seinen Roman, phantasiert die ganze Zeit und behauptet, der Doktor und ich wollten ihn ins Irrenhaus stecken.« Zwei Monate muss C., bandagiert an Armen und Beinen, das Bett hüten. Nur die engsten Freunde dürfen ihn sprechen.

Am 6. Mai stirbt Edward VII.; George V. wird König. C. ist noch bettlägerig, beendet aber die Überarbeitung von *Under Western Eyes*. Er beginnt mit »A Smile of Fortune« und teilt Pinker kühl mit, in Zukunft werde Robert Garnett, der ältere Bruder seines Freundes, seine literarischen und juristischen Geschäfte regeln. Mitte Juni zieht die Familie in ein einsam gelegenes Landhaus aus dem 17. Jahrhundert. Capel House, in der Nähe des Dörfchens Orlestone und zehn Kilometer südlich von Ashford in Kent, wird zu C.s Lieblingswohnsitz. Der Journalist und frühere Seemann Perceval Gibbon, mit dem sich der 20 Jahre ältere Autor angefreundet hat, braust mit ihm auf einem Motorrad mit Seitenwagen über Land. Neben anderen Schriftstellern unterschreibt C. eine Petition für das Frauenwahlrecht und tritt einer von Gosse organisierten Kommission der Royal Society of Literature bei. Dank der Civil List, aus der insgesamt 25000 Pfund jährlich unter verdienten Persönlichkeiten verteilt wird, erhält er auf Galsworthys Betreiben ein jährliches Stipendium von 100 Pfund. Aber ihm fehlt die Energie für neue, große Projekte. Stattdessen liest und unterstützt er seine jüngeren Freunde wie Galsworthy, Garnett und Arthur Symons. Im Dezember beginnt der Abdruck von *Under Western Eyes* in der *English Review* und der *North American Review*.

1911

C. fühlt sich ausgebrannt und glaubt seine beste Zeit hinter sich zu haben, arbeitet aber an der im Malaiischen Archipel spielenden tragischen Erzählung »Freya of the Seven Isles«. Unter dem

Pseudonym Daniel Chaucer erscheint im Februar Fords satirischer Schlüsselroman *The Simple Life Limited*, in dem C. als »Simon Brandson« figuriert: »vielleicht polnisch, vielleicht litauisch, vielleicht ein kleiner russischer Jude« – und der Autor eines Buchs mit dem Titel »Clotted Vapours« (»Klumpiger Dunst«). Von C. ist darüber kein Kommentar bekannt. Ende März schreibt er dem früheren Freund, der mittlerweile in Gießen lebt, einen warmherzigen, nostalgischen Brief. Er habe Fords Biographie seines Großvaters, des präraffaelitischen Malers Ford Madox Brown, bestellt und freue sich auf die Lektüre, kämpfe aber gerade mit *Chance*. Danach müsse er sich auf gut verkäufliche autobiographische Texte konzentrieren, »wie eine ernüchterte Spinne, die noch im Sturm ihr Netz aus sich herausspinnt«.

Der Sommer bringt erfreuliche Entwicklungen. C. kommt mit *Chance* unerwartet gut voran, und er lernt André Gide kennen, der in Frankreich für ihn werben, *Typhoon* übersetzen und die französische Werkausgabe bei Gallimard maßgeblich prägen wird. Der amerikanische Sammler und Mäzen John Quinn kauft C. die ersten von vielen Manuskripten ab, und der 13-jährige Borys beginnt seine Ausbildung an Bord des Schulschiffs HMS *Worcester*, das an der Nordküste Kents liegt. Im Oktober erscheint *Under Western Eyes* in London und New York. Ford ist begeistert. Ein Kritiker behauptet, der Roman helfe westlichen Lesern, Turgenjew und Dostojewski besser zu verstehen. Garnett und andere bemängeln seine antirussische Tendenz, der junge D. H. Lawrence die düstere Stimmung. Ford lobt das Buch; seine Konzentration auf Fragen der Ehre aber wirke sehr »fremd« und sei wohl dem »fremden Geblüt« des Autors zuzuschreiben. Die *Pall Mall* äußert Respekt, verweist aber auf Grammatikfehler. Der Verkauf ist schlecht.

Bei Tumulten vor den Houses of Parliament werden Ende November 220 Suffragetten festgesetzt. Das New Yorker *Metropolitan Magazine* bietet 2000 Dollar für »Freya«, ein Vorgeschmack auf den Erfolg von *Chance*, der ab Januar im *New York Herald* publiziert wird. In seinem Ende Dezember geschriebenen Brief an die Zeitung wendet sich C. geschickt an neue Lesergruppen: »Mein Ziel war es, mein Thema so zu behandeln, dass es Frauen interessieren könnte. Das ist alles. Ich glaube nicht, dass man so für Frauen schreiben müsste, als wären sie noch Kinder.«

1912

Am 3. Januar erscheint *A Personal Record* bei Harper in New York; die Londoner Ausgabe trägt den bescheideneren Titel *Some Reminscences*. Die amerikanischen Kritiken sind im doppelten Wortsinn besser als die britischen. C. arbeitet hart an *Chance*, und es kommt zu einer Wiederannäherung mit »Dear Mr. Pinker«, auch mit Ford. Am 25. März morgens um 3 Uhr ist *Chance* vollendet, und C. bringt das Manuskript zu Pinker nach London. Für zwei Wochen ist er »wie betäubt« (an Gide). Dann macht er Pläne: ein Buch über Napoleon auf Elba? »Über die Form bin ich mir noch nicht im Klaren – entweder als Ich-Erzählung oder in der dritten Person« (an Pinker). Dann hört er vom Untergang der *Titanic* am 14. April, mit der auch ein an Quinn verkauftes Manuskript verloren geht. Er schreibt zwei lange Artikel über die Katastrophe, die die *English Review* druckt. Darin empört er sich über die Heldenverehrung in den Massenmedien: »Ich bin nicht sentimental, aber es wäre schöner gewesen, die Kapelle der *Titantic* wäre still und leise gerettet worden, anstatt beim Spielen unterzugehen – egal, welches Stück sie spielten, die armen Teufel.«

Er beginnt eine Kurzgeschichte mit dem Titel »Dollars«. Im Mai liest er Constance Garnetts Übersetzung der *Brüder Karamasow*: »ein unmöglicher Klumpen wertvollen Materials«, teilt er ihrem Mann mit. »Ich weiß nicht, wofür D. steht, aber ich weiß, er ist zu russisch für mich. Hört sich für mich an wie wildes Geschrei aus prähistorischen Zeiten.« Natürlich sei die Übersetzung von Garnetts Frau wundervoll. Aber Dostojewski verdiene dieses Glück nicht. »Turgenjew (und vielleicht Tolstoi) sind die einzigen, die sie wirklich wert sind.« Im Juli bekommt er die erste Anfrage einer (hier französischen) Filmgesellschaft zur Adaption seiner Werke. Am 13. August kauft er sein erstes Auto, einen gebrauchten Cadillac, »ein tapferer, unverdrossener Ein-Zylinder, der uns viel Freude macht«, schreibt er dem befreundeten Kunstprofessor Sidney Colvin nach London. »Eine Reise von 80 Meilen in dieser Antiquität aber wäre leichtfertig.« Auch Jessie und Borys steuern den »puffer«, besser als C. selbst, der rasant in der Gegend herumfährt und manchen kleinen Unfall baut.

C. bekommt für einige Tage Besuch vom jungen französischen Dichter Saint-John Perse, der ihm neun Jahre später aus Peking schreibt: »Noch immer bin ich überrascht von Ihrem Bekennt-nis, unter allen französischen Autoren seien Ihnen Molière und Zola am nächsten. Und davon, wie Sie, als ich Sie als einzigen Dichter der See bezeichne, erregt auffahren, da Sie doch nichts als das Schiff selbst feiern wollten, als Geschöpf des Menschen gegen die See – wie ein gegen das Schicksal gespannter Bogen oder eine Geige gegen die Nacht.« Im Frühherbst fühlt sich C. »leergeschrieben« (an Gide), wie ein »halb zerquetschter Wurm« (an Pinker).

Mitte Oktober erscheint der Kapitän Marris gewidmete Sammelband 'Twixt Land and Sea mit dem »Secret Sharer« und zwei weiteren Erzählungen, in denen sich C. nach Under Western Eyes wieder fernöstlichen Sujets zuwendet. Die Kritiker sind einhellig begeistert. Endlich, schreibt einer, habe sich der Autor von dem »beklagenswerten« Einfluss Henry James' »freigemacht«. Der Band ist ein Zeichen von C.s wachsender Popularität. Inzwischen hat sich »Dollars« zu einem Roman über einen »unkonventionellen Mann und ein Mädchen« auf einer tropischen Insel ausgewachsen. Das Ganze sei aber, wie C. seinem Agenten mit Blick auf die für den Verkaufserfolg damals entscheidende Lesergruppe mitteilt, »durch und durch anständig. Nichts, was das Zeitschriftenpublikum schockieren würde«. Er gibt Pinker für dessen Reise in die USA eine Inhaltsskizze mit, nicht ahnend, dass sein letzter »malaiischer« Roman erst 1915 unter dem Titel Victory erscheinen wird.

Im November lernt er zwei Männer kennen, denen er bald sehr nahesteht. Der Journalist und Reisebuchautor Richard Curle arbeitet an dem ersten, freilich oberflächlichen Buch über C.s Werk; später wird er zu seinem Nachlassverwalter werden. Józef Hieronim Retinger, ein in Paris ausgebildeter patriotischer Pole aus Krakau, wird ihn 1914 dorthin begleiten und später bei seinen politischen Stellungnahmen zur Situation Polens beraten. Ende des Jahres, C. leidet an einer schweren Gesichtsneuralgie, arbeitet er weiter an Victory. Gide stattet ihm einen Besuch ab. Die amerikanische Schriftstellerin Edith Wharton, eine Freundin von Henry James, legt eine französische Übersetzung des »Secret Sharer« nahe. C. aber winkt ab: »Das Ding ist in seiner moralischen Atmosphäre, seiner Stimmung und sogar in einzelnen Details so durch und durch englisch – n'est-ce pas?«

Zusammen mit Pinker bemüht er sich vergeblich darum, *Chance* in einer britischen Zeitschrift unterzubringen. Er ist viel krank (Neuralgien, Grippe, Gicht), aber seine Schulden sind auf unter 500 Pfund gesunken. In den USA hat er sich einen Namen gemacht; sein dortiger Verleger Doubleday plant eine Werkausgabe. Im Sommer empfängt er viele Besuche, darunter junge Autoren, deren Werke er redigiert und Verlegern zu vermitteln versucht. Auch der junge Bertrand Russell macht ihm seine Aufwartung. »Ich war völlig überrascht«, heißt es in seiner Autobiographie: »Er sprach Englisch mit sehr starkem ausländischen Akzent, und nichts in seinem Gebaren erinnerte an die See. Ein aristokratischer polnischer Landedelmann bis in die Fingerspitzen.« Bald wird das Gespräch vertraulich. »Es war, als sänken wir allmählich durch Schichten von Oberflächlichkeit hinab, bis wir beide das innere Feuer erreichten. So etwas habe ich nie wieder erlebt.« C. bittet Russell kurz darauf wegen seines »dünkelhaften Egoismus« um Verzeihung: »Meist weiß ich nicht, was ich den Leuten sagen soll. Aber Ihre Persönlichkeit hat mich zum Reden animiert. Mein Instinkt sagte mir, Sie würden mich nicht missverstehen.«

Wegen dringender Sanierungsarbeiten an Capel House muss sich die Familie kurzfristig bei einem Bauern einmieten. C. nutzt die Zeit für kurze Aufenthalte in London oder bei Russell in Cambridge, und er besucht kranke Freunde. Die rechtzeitige Auslieferung von *Chance* verzögert sich im Oktober; die Londoner Buchbinder streiken. C. beginnt mit »The Planter of Malata« und einer Kurzgeschichte: »Es wird mir guttun«, schreibt er Pinker, »etwas *fertig* zu machen; danach kann ich leichteren Herzens an den Roman zurückkehren.« Im Dezember hat er »The Planter of Malata« beendet und beginnt mit der Geschichte »Because of the Dollars«. Russell besucht ihn, und C. dankt ihm für seine *Philosophical Essays* – »ein Geschenk der Götter. Sie haben die unausgegorenen Gedanken eines ganzen Lebens in Ordnung gebracht und jenen obskuren mouvements d'âme, die ohne Führung einem müden Mann nur Ärger machen auf Erden, eine Richtung gewiesen.«

Am 15. Januar publiziert Methuen die Londoner Ausgabe von *Chance*. Die Kritiker reagieren enthusiastisch. Rasch zeichnet sich ab, dass sich der etwas melodramatische, wenn auch komplexe Roman mit seinem glücklichen Ende gut verkauft. In zwei Monaten druckt der Verlag 12 500 Exemplare, und C. hofft für den Herbst auf einen Scheck von 300 Pfund. Aber sein erster großer Erfolg weckt in ihm gemischte Gefühle. »Wie ich darüber vor zehn oder acht Jahren gedacht hätte, kann ich nicht sagen«, schreibt er Galsworthy am 19. März. »Jetzt kann ich nicht mal so tun, als freute ich mich. Hätte ich *Nostromo*, den *Nigger* oder *Lord Jim* noch in der Schublade, wär's zweifellos anders.« Am gleichen Tag erscheint im *Times Literary Supplement* ein launiger Überblick des alten James über »Die jüngere Generation«, in dem er *Chance* trocken als »Stachelschwein mit extravaganten, allerdings auch abnormal schlaffen Borsten« beschreibt. Kurz nach James' Tod zwei Jahre später wird C. seinem amerikanischen Gönner Quinn gestehen, diese Kritik sei die einzige, die ihn wirklich »geschmerzt« habe.

Ende März erscheint die amerikanische Ausgabe bei Doubleday. Auch dank einer effektiven Werbekampagne verkauft der Verlag schon in der ersten Woche mehr als 10 000 Exemplare. Im Mai trifft C. bei einem Arbeitsessen seine amerikanischen Verleger in London, um über eine Werkausgabe zu verhandeln. Der junge Artur Rubinstein, der im Vorjahr seine polnische Heimat besucht hat, besucht ihn in Capel House, und kurz darauf lässt sich C. vom Ehepaar Retinger zu einer Sommerreise nach Krakau überreden.

Am 28. Juni werden der österreichische Erzherzog Franz Ferdinand und seine Frau in Sarajevo ermordet. Unter Aufbietung aller Kraft vollendet C. im Juli das Manuskript von *Victory*. Trotz großer Bedenken reist er am 25. Juli mit seiner Familie und den Retingers über Hamburg und Berlin in seine alte Heimat. Die Nachricht von der österreichischen Kriegserklärung an Serbien und der deutschen an Russland erreicht ihn auf der Fahrt von Berlin nach Krakau, das er noch im Mondlicht zum ersten Mal nach 40 Jahren wieder in Augenschein nimmt. Zwei Tage lang kann er seiner Frau und den Söhnen alles zeigen: die Jagiellonische Bibliothek, die Kathedrale, das Grab des Vaters.

Dann muss die Familie die Stadt Hals über Kopf verlassen und flieht nach Zakopane in die nicht militarisierte Hohe Tatra. Retinger reist zurück nach England. Am 4. August erklärt Großbritannien dem Deutschen Reich den Krieg. Anders als Artur Rubinstein, der polnische Schriftsteller Stefan Żeromski und andere Bekannte in Zakopane glaubt C. nicht an ein rasches Ende des Krieges. Ende September geht ihm das Geld aus, und er erleidet eine schwere Gichtattacke. In letzter Minute bekommt die Familie mit Hilfe Pinkers und des amerikanischen Botschafters Anfang Oktober die Erlaubnis, über Wien nach Mailand und Genua auszureisen. Dort schiffen sie sich auf dem holländischen Dampfer *SS Vondel* ein. Zwei Wochen später, am 2. November, sind sie wieder in London.

Gicht, eine akute Arthritis und das Gefühl völliger Nutzlosigkeit machen C. in den folgenden Monaten schwer zu schaffen. Er ist »krankhaft apathisch« (an Galsworthy). Dennoch arbeitet er an einem langen autobiographischen Essay mit dem Titel »Poland Revisited«. Mitte Dezember bricht der nun 57-Jährige nach der Rückkehr aus London zusammen. »Er grämt sich und spricht vom Diktieren«, schreibt Jessie an Pinker, »aber das kommt gar nicht in Frage, denn er redet unvernünftiges Zeug und bleibt nicht bei der Sache.«

1915

Nach einem Vorschlag Pinkers, dem C. nur noch 250 Pfund schuldet, will er eigentlich das alte Romanfragment *The Rescue* wieder aufnehmen. Aber er beginnt, auch als ein Akt der Solidarität für die jungen Soldaten im Krieg, mit der Arbeit an der *Shadow-Line*, seiner autobiographisch getönten Erkundung einer existentiellen Grenzerfahrung.

Der Ende Februar bei dem Londoner Verleger Joseph Mallaby Dent publizierte Erzählband *Within the Tides* bekommt schmeichelhafte Kritiken. Einen Monat später erscheint *Victory: An Island Tale* in New York; in gut einem Monat werden 12 000 Exemplare abgesetzt. C.s vormals häufige gesellige Kontakte kommen durch den Krieg fast zum Erliegen. Am 31. Mai wirft erstmals ein deutscher Zeppelin Bomben auf London. Aus Hawaii schreibt Jack London, *Victory* habe ihn »umgeworfen«. Im Juni besteht

Borys die Aufnahmeprüfung für Oxford, meldet sich aber wenig später zur Armee, ebenso wie Ford und viele jüngere Bekannte. Am 20. September fährt C. seinen Sohn zu seinem Aufnahmelager im Süden Londons. Die britische Buchausgabe von *Victory* bekommt »exzellente Besprechungen« (an Pinker). Man bittet C., auf der »Polish Association« in London zu sprechen, aber er verzichtet. Er sei »zu einer öffentlichen Rede nicht fähig«. Im Herbst muss C. wegen seiner gichtigen Hand große Teile der *Shadow-Line* einer Schreibkraft in die Maschine diktieren. Kurz nach seinem Geburtstag beendet er den ersten Entwurf. Zu Weihnachten bekommt Borys Heimaturlaub.

1916

Ende Februar klagt C., er werde »mehr und mehr zu einem Krüppel« (an Quinn). Am Tag darauf stirbt Henry James in London. C.s jüngerer Sohn John, den er zärtlich Jackolo nennt, besucht ein Internat; Borys, Curle und Ford gehen nach Flandern. Anfang März führt die Regierung die Wehrpflicht ein. C. protestiert gegen die Inhaftierung von Galsworthys deutschem Schwager, verweigert sich aber dem von Conan Doyle organisierten Gnadengesuch für den wegen Hochverrats zum Tode verurteilten Roger Casement. Er unterstützt die Bewerbung des befreundeten Lyrikers Edward Thomas für ein Stipendium über die Civil List und empfängt Hausbesuche einer attraktiven Kriegsreporterin namens Jane Anderson: »Sie kommt aus Arizona und hat (seltsam!) eine europäische Gesinnung. Sie bemüht sich darum, als unsere große Tochter adoptiert zu werden, und es gelingt ihr ganz gut. Kurz gesagt, sie ist ziemlich lecker« (an Curle). Im Mai beantwortet C. Gides ausführliche Fragen zur französischen Version von *Victory* und rät der Übersetzerin, seinen »fast immer idiomatischen« Stil nicht wortgetreu wiederzugeben, sondern durch »äquivalente französische Wendungen« zu ersetzen. Im Juni publiziert der junge Romancier Hugh Walpole eine Monographie über C., der ein Memorandum über das »polnische Problem« für das Außenministerium verfasst.

Am 1. Juli beginnt die britisch-französische Offensive an der Somme. Auch im friedlichen Orlestone ist der Krieg nicht fern, wie C. seinem amerikanischen Verleger berichtet: »Als wir im

Garten saßen, konnten wir das dauernde dumpfe Wummern der Geschütze in Flandern hören.« Der Journalist und Dramatiker Macdonald Hastings will *Victory* für die Bühne einrichten; C. plant, nur bei den Proben dabei zu sein, wie er Pinker versichert, aber er erhofft sich auch einen »Profit in Form von Erfahrung« mit der lukrativen Theaterwelt: »Wenn ich lerne, wie ich mein Talent für Dialoge und dramatische Konflikte an die Bedingungen der Bühne anpassen kann – dann ...« Er sei schließlich »noch nicht verknöchert« und »noch immer empfänglich für neue Eindrücke«.

Der Herbst bringt neue Aufgaben. Auf Anfrage der Admiralität besucht C. Flottenstützpunkte in Ramsgate an der Nordspitze Kents und im ostenglischen Lowestoft, wo er die Luftabwehr inspiziert. »Bin viel herumgekommen, habe viel gesehen und noch mehr gehört«, berichtet er Jessie am 15. September. »Gestern Abend, nachdem ich von 3:30 bis abends um sieben auf den Beinen war – in Maschinenräumen, auf Masten, in Munitionskammern, auf Kommandobrücken und Geschützdecks (Schießübungen – Heidenspaß), in Baracken, Speichern, Werkstätten –, habe ich mit dem Kommodore gespeist. Alle sind überaus reizend.« Für zwei Tage ist er auf dem Minensucher *Brigadier* unterwegs, und er klettert für einen Patrouillenflug in einen Zweidecker.

Von diesen durchaus gefährlichen Unternehmungen erzählt er seiner Frau zunächst nichts. Aber sein Bericht mit dem Titel »Never Any More: A First and Last Flying Experience« wird neben anderen Artikeln später publiziert. Im Oktober besichtigt er Werften in Schottland und schreibt seine einzige Kriegsgeschichte (»The Tale«), die sich von der damals gängigen Hurrapropaganda durch ihre komplexe Erkundung moralischer Grauzonen stark absetzt. Wenig später sticht er für knapp zwei Wochen mit der als norwegisches Handelsschiff getarnten *HMS Ready* in See. Der bewaffnete Briggschoner soll deutsche U-Boote anlocken, und C. berichtet Pinker: »Alles gut. Machen Schießübungen in Küstennähe. Wetter wird besser. Bin gesund. Sind guter Hoffnung, Fritz zu schnappen.« Erst Ende November ist C. wieder zu Hause. Sein düsterer Artikel »The Unlighted Coast« wird von der Admiralität unterdrückt und erst 1925 in der *Times* gedruckt. Zu Weihnachten schreibt er Ford, der nach einem Gasangriff im Lazarett liegt. Jessie sei wegen Borys in großer Sorge. »Ich bin etwas ruhiger. Che sará sará. Und Sie, mein lieber Ford, wissen so gut wie jeder, es gibt in dieser Welt keine ›remedios‹ – für nichts, was in uns liegt oder außerhalb.«

1917

Mitte Januar kommt Borys, der bei der Feldartillerie in Flandern dient, zu seinem 19. Geburtstag kurz nach Hause. Nach seiner Abreise beginnt für seinen Vater eine sechsmonatige Phase, in der er bis auf drei Vorworte, für Garnetts Turgenjew-Biographie sowie für Neuausgaben von *Lord Jim* und *Youth and Other Stories*, nichts zuwege bringt. Mitte März bringt Dent die britische Ausgabe der *Shadow-Line* heraus und verkauft in acht Tagen 5000 Stück. Die ersten positiven Besprechungen können C. nur kurz aufheitern. Auch die Märzrevolution in Russland lässt ihn kalt: »Das Einzige, was mich interessiert – die Effizienz der Alliierten –, wird dadurch für uns nicht verbessert. Politische Verlässlichkeit wird dadurch nicht geboren, und sie reift nicht in drei Tagen« (an Dent).

Jessie kann kaum gehen. Zum Hochzeitstag versucht ihr Mann einen selbstfahrenden Rollstuhl aufzutreiben. Er fühlt sich »wie in einem Albtraum. Und wer kann sich in einem Albtraum verständlich machen?« schreibt er Curle an die Front. Borys sei nach zehn Tagen Urlaub »voll Ungeduld« wieder zu seiner Einheit aufgebrochen. Er selbst bringe »einfach *nichts* zu Papier«. Der Krieg hat alles verändert: »Wir sind hier sehr einsam. Seit Monaten kein einziger Besuch.« Am 6. April treten die USA in den Krieg ein. Kurz darauf ist Edward Thomas in Capel House zu Gast; wenige Tage später fällt er in der Schlacht bei Arras. C. ist wie gelähmt. »Unmöglich, mich in Gang zu bringen; unmöglich, mich auf etwas richtig zu konzentrieren. Ist das vielleicht der Krieg? Oder nur das Ende von Conrad?« fragt er Garnett. »Einer von beiden muss eines Tages aufhören. Das gebietet der bloße Anstand.« Ende April bittet er Pinker, ihm C. G. Jungs *Psychology of the Unconscious* zu besorgen (der deutsche Titel lautete noch *Wandlungen und Symbole der Libido*).

C. beginnt mit dem in Marseille spielenden Roman *The Arrow of Gold*, das erste Buch, das er fast vollständig diktiert. Im Sommer erscheint die Neuausgabe von *Lord Jim*, laut Virginia Woolf im

Times Literary Supplement sein Meisterwerk. Im Herbst wird eine erneute Operation bei Jessie angeraten, aber eine drohende Amputation wird abgewendet; sie bekommt eine Eisenprothese. Drei Monate bleibt das Ehepaar in London.

1918

C. trifft den jungen Walpole und liest Gedichte und Kritiken von Ezra Pound, ist aber, wie er seinem amerikanischen Gönner Quinn schreibt, »zu alt und holzköpfig, um ihn so zu würdigen, wie er es vielleicht verdient«. Die russische Revolution bedrohe die ganze Welt und überschatte die Zukunft Polens; Präsident Wilsons Idee einer Friedensordnung und andere idealistische Konzepte wirkten merkwürdig »irreal«: »Nichts in der Welt gibt einem Halt; nur die Arbeit, die an jedem neuen Tag zu tun ist.«

Aber es gibt auch Lichtblicke. Ende Februar kehren die Conrads nach Capel House zurück, dank der unermüdlichen Miss Hallowes macht der *Arrow* gute Fortschritte, C. wird in den berühmten Athenaeum Club aufgenommen und Borys hat die deutsche Offensive in Flandern bisher heil überstanden. Im Frühsommer empfängt er Besuche von Garnett, Walpole, Gide und dem jungen französischen Schriftsteller und Musikkritiker Gérard Jean-Aubry, der neben Gide zu seinem wichtigsten Fürsprecher in Frankreich werden wird.

Im September erfährt C., dass die Familie das geliebte Capel House verlassen muss, weil der Eigentümer einziehen will. Jessie muss sich in London einer weiteren Operation unterziehen. Ende Oktober hören die Eltern, dass Borys nach schwerem Trommelfeuer einen »shell shock« erlitten hat und im Krankenhaus von Rouen liegt. Am 11. November, dem Tag des Waffenstillstands, läuten auch in Orlestone die Glocken, und C. formuliert seine »ernüchtert dankbaren« Gefühle in vier kurzen Briefen. »Das große Opfer ist erbracht«, schreibt er an Colvin, »und man wundert sich schaudernd über die unerforschlichen Wege der Menschheit auf dieser Erde.« Er beglückwünscht Pinker und die Sandersons, deren Söhne »heil aus diesem Feuerofen« entkommen sind. Aber er gesteht Walpole, er sei alles andere als beruhigt. Der Krieg habe »riesige und sehr blinde Kräfte« freigesetzt, die nun die ganze Welt heimsuchen würden. Im Dezember beginnt im *Lloyd's Magazine* der Abdruck des *Arrow*, aber Pinker und C. erwägen, die Buchausgabe der *Rescue* vorzuziehen. Die Suche nach einer neuen Bleibe geht weiter; C. vollendet seinen letzten Essay über das Schicksal Polens (»The Crimes of Partition«) und plant einen neuen Roman: *Suspense*.

1919

Anfang Januar besucht er das frühere Hausmädchen der Familie, das im Sterben liegt. Die Zeitschrift *Land and Water* beginnt mit dem illustrierten Abdruck der *Rescue*. C. hofft auf den Nobelpreis, »weniger als Ehrenerweis denn als Lohn« (an Pinker). Im März wird Borys als Invalide entlassen, und die Familie mietet eine temporäre Unterkunft in Wye bei Ashford. Kurz darauf erscheint *The Arrow of Gold* in London und New York. Die britische Kritik reagiert enttäuscht; die Auflage der amerikanischen Ausgabe übersteigt zum ersten Mal die 10 000er Marke. C. liegt wochenlang mit Gicht im Bett.

Ende Mai beendet er die Erstfassung der *Rescue*, 23 Jahre nach Beginn der Arbeit am chronologisch ersten Teil seiner »malaiischen Trilogie«. Pinker ermutigt ihn, den *Secret Agent* für die Bühne zu bearbeiten. Im Juni fährt Borys ihn in die amerikanische Botschaft, wo er die Filmrechte für *Romance*, *Lord Jim*, *Chance* und *Victory* verkauft, für 22 500 Dollar. Anfang Oktober bezieht die Familie ein elegantes Landhaus (Oswalds) in dem alten Dörfchen Bishopsbourne, 6 km südöstlich von Canterbury. Dort wird C. bis zu seinem Tod viele Gäste empfangen. Bedenken gegen die französische Übersetzung des *Arrow* führen zu Irritationen zwischen ihm und Gide. Einen Tag vor seinem 62. Geburtstag wird Jessie in Liverpool operiert, und er hält wenig später im University Club seine erste öffentliche Rede – über die Traditionen der Handelsmarine.

1920

Eine schwere Bronchitis, dann Gicht und Depressionen werfen ihn über zwei Monate aufs Lager. Jessie kehrt nach einer weiteren Operation (es ist nicht die letzte) erst Ende April auf einer Trage nach Oswalds zurück. Eine Woche später ist C. nach langer Zeit wieder in London, trifft Pinker und Dent, besorgt sich einen Leseschein für den Leseraum des British Museum und studiert dort Werke zur napoleonischen Geschichte. Er verfasst oder diktiert Vorworte zu den Neuausgaben von *Under Western Eyes, Chance, Victory, The Shadow-Line* und *Within the Tides* und bestellt bei Pinker Bücher über den Kapitalismus, den Weltkrieg und die Physiologie des Sehens. Ende Mai erscheint in New York die *Rescue*, mit einer Widmung für den ehemaligen amerikanischen Botschafter in Wien, der den Conrads im Herbst 1914 die Rückkehr nach England ermöglichte. Auch die britische Ausgabe bekommt enthusiastische Kritiken, unter anderen von Katherine Mansfield. Nur Virginia Woolf findet den Autor zu alt für solche tragischen Liebesromane.

C. gibt nun viel Geld für die Unterstützung von Freunden und Verwandten aus. Seine Gastfreundschaft, die er auch durch den Verkauf seiner Manuskripte finanziert, wird legendär. Im Sommer lädt er zu aufwendigen Lunches oder Soireen nach Oswalds ein. Der amerikanische Pianist John Powell spielt für ihn nicht nur Chopin, sondern auch seine *Rhapsodie Nègre*, die auf »Heart of Darkness« basiert. Auf Bitte eines großen Liverpooler Schiffsausrüsters schreibt C. voller Stolz ein Memorandum über die Ausstattung eines Segelschulschiffs. Im September geht er (der nie schwimmen gelernt hat) mit seinem jüngeren Sohn John vor der Küste Kents segeln. Er plant die Veröffentlichung seiner verstreuten *Notes on Life and Letters*, sieht sich zusammen mit Pinker Anfang November in Canterbury Maurice Tourneurs Verfilmung von *Victory* an, hilft Jean-Aubry bei der Übersetzung von dessen Essays über »Joseph Conrad's Confessions« und sitzt in London Max Beerbohm Modell für eine Karikatur mit dem Titel »Somewhere in the Pacific«.

1921

Ende Januar fährt C. mit Jessie, Borys, einer Krankenschwester und einem Chauffeur zum Schlachtfeld von Armentières in Flandern und nach Rouen. Von dort geht es ohne Borys weiter, über Lyon nach Marseille, wo C. seiner Frau die Stätten seiner Jugend zeigt, dann für drei Monate nach Korsika. Dort will er, sobald die Pinkers und Miss Hallowes eintreffen, mit seinem Napoleonroman weiterkommen. C. besichtigt Napoleons Geburtshaus in

Ajaccio, borgt sich Bücher aus der Bibliothek, aber sein Roman, der zunächst *The Island of Rest* und später den Titel *Suspense* bekommt, wird Fragment bleiben. »Kopf leer. Fühle mich wie tot« (an Garnett). Anfang April reisen die Conrads über Nizza, Toulon, Avignon und Lyon zurück nach England.

Kurz darauf schickt ihm Bruno Winawer, ein jüdisch-polnischer Physiker, Autor und Wissenschaftsjournalist aus Warschau, seine Komödie *Księga Hioba* (Das Buch Hiob). C. lässt alle anderen Arbeiten liegen, übersetzt diese satirische Gesellschaftskomödie und schreibt einen langen Brief. Winawer möge nach dem ersten »Ärger« über einige Freiheiten der Übersetzung (leicht gekürzte Regieanweisungen und Monologe, veränderte Namen und Redewendungen) erkennen, worum es ihm gegangen sei: das Stück für das »englische oder amerikanische Theaterpublikum« tauglich zu machen. Winawer, der später die Bühnenfassung des *Secret Agent* ins Polnische übersetzen wird, ist begeistert. In den folgenden Monaten bemüht sich C. vergeblich, die Komödie »mit dem absurden Titel, für die ich eine unerklärliche Vorliebe habe, als sei sie von mir« (an Allan Wade), irgendwo auf die Bühne zu bringen.

Im Sommer empfängt er viele Besucher. Erst im Oktober kommt er zum Arbeiten und diktiert eine Kurzgeschichte, aus der in den kommenden Monaten *The Rover* wird, ein abenteuerlicher Roman über die Revolutionszeit in Südfrankreich. Er schickt Borys ein Exemplar der *Shadow-Line*, mit folgender Widmung: »Für meinen liebsten Jungen, als Ersatz für seine Erstausgabe, die im März 1918 an der Somme verloren ging, trotz seiner Versuche, sie aus dem Feuer zu retten. JC.« Auf Galsworthys Vorschlag wird C. Mitglied des neu gegründeten P.E.N. Clubs. Auf die Frage einer Zeitschrift nach seinen frühesten Erinnerungen antwortet er: der Anblick seiner Mutter am Klavier und das Gefühl des Dreijährigen, der mit Schnee eingerieben wird, um nicht zu erfrieren. Nach seinem 64. Geburtstag dankt C. seinem alten Freund Cunninghame Graham, der *Almayer's Folly* und den *Outcast* begeistert wiedergelesen hat: »Ich bin seit langem angeschlagen und habe oft Schmerzen; das macht mir weniger aus als die Depression (wenn ich nicht richtig arbeiten kann), die ich nicht loswerde. Dein freundschaftliches Lob war eine große moralische Hilfe.«

Grippe und Gicht zwingen C. im Januar ins Bett; er liest Tsche-
chow in Constance Garnetts Übersetzung und bedauert, Pinker
für dessen Geschäftsreise in die USA nicht den vollendeten *Rover*
mitgeben zu können. Am 8. Februar stirbt der 60-jährige Pinker
in New York plötzlich an Lungenentzündung. C. ist tief erschüttert über diesen »unwiederbringlichen Verlust« (an Eric Pinker).
»Der in unserer zwanzigjährigen Freundschaft fast ununterbro-
chene Austausch persönlichster Gedanken und Gefühle hat eine
Bindung entstehen lassen, die so stark war wie die engste Ver-
wandtschaft.« Über 1300 Briefe haben die beiden Männer gewechselt. Nun wird Pinkers Sohn Eric zu C.s Agenten.

C. ist lange krank. Nach seiner Genesung beendet er zwischen
Mai und Juli das Manuskript des *Rover*. Anfang September hei-
ratet Borys heimlich eine Krankenschwester, die er im Krieg in
Frankreich kennengelernt hat. Im Oktober erwirbt eine illustrierte
Frauenzeitschrift aus New York für 2000 Dollar die Vorabdruck-
rechte für den *Rover*. Über den großen Erfolg der Labour Party bei
den Parlamentswahlen zeigt C. sich vorsichtig erfreut. Im Salon
von Lady Sybil Colfax trifft er Maurice Ravel und Paul Valéry, der
sich über C.s »grauenhaftes« Englisch wundert. »Beide waren reizend«, schreibt C. an Gide. »Ich habe Valéry sofort gemocht.« Er
lädt den französischen Lyriker und Philosophen nach Oswalds ein.

Am 1. November besucht C. die Generalprobe des *Secret Agent*.
Sein letzter Versuch als Dramatiker ist ein Misserfolg. Nach zehn
Aufführungen im Londoner Ambassadors Theatre wird das Stück
abgesetzt. »Meine Zeilen klangen hohl und völlig lächerlich«,
gesteht C. einem guten Freund, dem Journalisten Christopher
Sandemann. »In letzter Zeit habe ich nichts als Proust gelesen.«
Die Universitäten von Cambridge, Oxford, Edinburgh, Liverpool
und Durham tragen C. die Ehrendoktorwürde an; er lehnt dankend ab. »So eine Ehrung auszuschlagen ist das unangenehmste
von der Welt«, erklärt er seinem amerikanischen Verleger, »aber
ich bin fest entschlossen, nichts mit einer akademischen Aus-
zeichnung zu tun zu haben«. Nach seinem 65. Geburtstag trifft
er Doubleday in London, der ihn nachdrücklich zu einer Werbe-
tour in die USA einlädt. Auch Galsworthy rät ihm dazu. C. spielt
mit der Idee, für zwei Jahre nach Frankreich zu ziehen, um sein

Steueraufkommen zu reduzieren. An den polnischen und französischen Übersetzungen seiner Werke zeigt er lebhaftes Interesse.

1923

Anfang des Jahres widmet sich C. der Arbeit an *Suspense*. Er liest
Prousts *Sodome et Gomorrhe*, Valérys Gedichte, Bücher über Japan
und Jules Laforgues *Berlin, le cour et la ville*. Sein Londoner Verleger Dent startet eine Werbekampagne für seine große Werkausgabe. Auch Doubleday publiziert eine Broschüre für den *Rover*
und kündigt den Besuch des berühmten Autors in den USA an:
»Er hat hier viele enge Freunde. Endlich kommt er.« C. glaubt, es
handele sich nur um eine Einladung nach »Effendi Hill«, Doubledays Landsitz auf Long Island. Aber er werde wohl auch einige
»halböffentliche Auftritte« erdulden müssen. »Je weniger ich daran denke, desto besser, sonst sterbe ich noch aus reinem Schiss,
bevor ich einen Fuß an jene ferne Küste setze« (an Garnett). Vor
seiner Abreise schreibt er noch ein Vorwort zu einer Biographie
über Stephen Crane und hält in London eine Rede für die National Lifeboat Association, bevor er sich von seinen Freunden und
seiner Frau verabschiedet. Jessie hat inzwischen von Borys' heimlicher Heirat erfahren, sagt ihm aber nichts davon. Am 21. April
sticht C. in Glasgow auf der *Tuscania* in See. Ihren Kapitän kennt
er seit Jahren. Während der Überfahrt verfasst er für eine Londoner Zeitung einen Artikel (»My Hotel in Mid-Atlantic«). Darin
vergleicht er den Komfort eines langweiligen Luxusliners diskret
mit seinen aufregenden Fahrten auf der *Torrens*.

Der Empfang in New York überwältigt ihn. Die Zeitschrift
Time hatte schon am 7. April mit seinem Porträt auf dem Titelblatt
aufgemacht; die Boulevardzeitungen folgten am Tag seiner Ankunft am 1. Mai. »My dearest Chica«, schreibt er seiner Frau, »ich
werde nicht versuchen, Dir meine Ankunft hier zu beschreiben,
denn es ist unbeschreiblich. Dass vierzig Kameras auf Dich zie-
len, gehalten von vierzig Männern, die aussehen, als kämen sie
direkt aus den Slums, ist eine nervenzerfetzende Erfahrung. Sogar Doubleday sah erledigt aus, als wir diesem Mob entronnen
waren – und dem anderen Mob der Journalisten.« C. residiert in
Doubledays Landsitz auf Long Island. Powell kommt und spielt
für ihn Beethoven und Chopin. Auf mehreren Abendgesellschaf-

ten feiert man den alten Autor. Zu den Gästen gehören neben ausgewählten Journalisten und Verlegern auch Industriekapitäne und Politiker, sogar John Davis, der ehemalige Botschafter in London und Präsidentschaftskandidat von 1924. Auch der junge F. Scott Fitzgerald und sein Kollege Ring Lardner sprechen vor, erhalten aber keinen Zutritt. Darauf vollführen sie einen Tanz auf dem Rasen vor Doubledays Residenz, bevor man sie als Trunkenbolde verscheucht.

Nach dem 5. Mai ist C. ständig gefordert. Am Morgen spricht er zu den »anderen« Angestellten des Verlags, aber so leise und in einem derart fremden anglopolnischen Akzent, dass sogar die Stenographinnen nichts verstehen. Anders als in Großbritannien wird fast jeder öffentliche Auftritt C.s zu einem Medienereignis. Die Presse betont den exotischen Charakter des ehemaligen Seemanns, der zu einer literarischen Berühmtheit geworden ist. Am 7. Mai gibt er, gichtgeplagt und auf einen Stock gestützt, 19 Journalisten ein Interview. Er bemüht sich um höfliche, auch scherzhafte Antworten, gibt aber keine Auskunft zur Erzähltechnik, Komposition oder Deutung seiner Werke. Alles, was er habe sagen wollen, stehe in seinen Büchern. Am 10. Mai hält er eine Rede über »Author and Cinematograph«. Spätabends liest er vor geladenen Gästen einer reichen Gönnerin an der Park Avenue in Manhattan aus *Victory*: »Aufmerksame Stille, ein wenig Gelächter an den richtigen Stellen und zuletzt Geschniefe, als ich das Kapitel über Lenas Tod las. Dann Händeschütteln mit 200 Leuten. Ein großartiges Erlebnis« (an Jessie).

Eine Zuhörerin, die Countess Palffy, schreibt gut fünf Jahre später in der *Fortnightly Review* etwas anders darüber: »Unter dem gleißenden elektrischen Licht eines Kandelabers stand ein bärtiger Mann auf dem Podium. Er sah aus wie ein gehetzter Hase, bevor ihm ein Wilderer den Hals umdreht. Sein Atem ging keuchend, seine Stimme zitterte.« Allmählich habe sie aber an Kraft gewonnen, und die Magie seiner Prosa habe alles überdeckt. Sogar erschöpfte Geschäftsmänner wären im Saal geblieben. »Schließlich war dies, wie sie sich erinnerten, der wohl größte lebende Schriftsteller der englischen Sprache (für einige ist es Joyce, aber die sind obszön). Leider war seine Aussprache so schlecht.« C. habe fast zweieinhalb Stunden gelesen, bis zum Tod seiner Heldin. Da sei seine Stimme gebrochen: »Er war plötzlich in Tränen gebadet. Conrad selbst und alle, die ihm bis dahin gefolgt waren – besoffen von Conrad.« Mitte Mai nehmen die Doubledays ihn im Auto mit auf eine einwöchige Tour durch Neuengland, vor allem nach New Haven und Boston. Am 2. Juni, nach zwei weiteren Interviews vor vielen Reportern, fährt C. mit den Doubledays auf der *Majestic* zurück nach Southampton.

Als er in London am 9. Juni eintrifft, gesteht ihm Jessie, dass der hoch verschuldete Borys seit letztem September verheiratet ist. Der Vater ist erzürnt, wird ihn aber mit 1000 Dollar jährlich unterstützen. »Heiraten ist kein Verbrechen; man kann seinen Sohn deshalb nicht verstoßen« (an Eric Pinker). Doubleday garantiert C. für drei Jahre ein Jahreseinkommen von 4000 Dollar. Die Amerikareise hat sich gelohnt, aber sie war aufreibend und verwirrend, wie er Winawer berichtet: »Die ganze Zeit fühlte ich mich wie ein Mann dans un avion, wie im Nebel, in einer Wolke idealistischer Phrasen; verloren, erstaunt, amüsiert – aber auch voller Angst.« Im September beginnt der Abdruck des *Rover* in der New Yorker *Pictorial Review*; wenig später bekommt Quinn für die Erstausgaben und Manuskripte, die er einst für etwa 10 000 Dollar erworben hat, auf einer Auktion mehr als das Zehnfache. Mit *Suspense* kommt C. nicht weiter; seine letzte substantielle Arbeit ist ein nostalgischer Essay: »Geography and Some Explorers«. Anfang Dezember erscheint der Jean-Aubry gewidmete *Rover* in New York und London.

1924

Der 66-jährige C. ist krank; zeitweilig sitzt er im Rollstuhl. Am 11. Januar wird sein erster Enkel geboren. Im Frühjahr schafft er es ein paarmal nach London, wo er seine Freunde besucht und dem Bildhauer Jacob Epstein Modell sitzt. Dieser erinnert sich später: »Er war krumm vor Rheuma; launisch, nervös, krank. Er sagte zu mir: ›Ich bin am Ende.‹« Im Mai will ihm Premierminister Ramsay MacDonald von der Labour Party einen Ritterorden verleihen. Aber der Sohn eines polnischen Landedelmanns verzichtet: »Indem ich Sie meines tiefen Danks versichere, erlaube ich mir zu ergänzen, dass dieses Angebot während Ihrer Amtszeit mich, der ich meine jungen Jahre in schwerer Mühsal und unvergesslicher Freundschaft mit britischen Arbeitern verbracht habe, besonders berührt.«

Mitte Juni wird Jessies Bein erneut operiert; Graham, Curle und Jean-Aubry besuchen ihren niedergeschlagenen Mann in Oswalds. Erst Ende Juli kommt Jessie nach Hause. Am 1. August ist C. guter Laune. »Mein Kopf ist klarer als seit vielen Monaten; bald werde ich wieder an meine Arbeit gehen können.« Aber nach einer morgendlichen Ausfahrt mit Curle klagt er am 2. August über starke Brustschmerzen. Der Doktor kommt, am Abend auch seine beiden Söhne. Nach einer schlechten Nacht ruft C. seiner im Nachbarraum liegenden Frau frühmorgens noch aufmunternde Worte zu. Um halb neun fällt er in seinem Arbeitszimmer vom Stuhl und ist tot.

Man bestattet ihn auf dem katholischen Teil des Friedhofs von Canterbury. Auf dem schlichten Grabstein steht das Motto des *Rover*, seines letzten vollendeten Romans über den alten Freibeuter Peyrol. Es sind die Worte, mit denen in Edmund Spensers elisabethanischem Versepos *The Fairie Queene* die allegorische Figur der Verzweiflung den Ritter des Roten Kreuzes zum Freitod überreden will: »Nach Mühsal Schlaf, nach Stürmen sich'rer Port,/ Frieden nach Krieg, der Tod am Lebensend tun wohl.«

ANMERKUNGEN

Schattenlinie: »Shadow-Line«. Das engl. Wort kann den strichförmigen Schatten bezeichnen, den der Zeiger einer Sonnenuhr auf das Zifferblatt wirft, oder aber – wie im Deutschen seit Herder – die Linie, die einen Schatten begrenzt. So versteht es offenbar auch Conrads Erzähler (S. 56) und sogar sein jüngeres Ich, der junge Kapitän. Der nennt in seinen Tagebuchnotizen die Zeit vor seinem ersten Kommando »eine verblassende Erinnerung aus unbekümmerter Jugend; etwas auf der anderen Seite eines Schattens« (S. 146 f.).

Ein Bekenntnis: »A confession«. Der Untertitel fehlte in beiden Zeitschriftenfassungen, ebenso wie das Motto und die Widmung. Das Bedeutungsspektrum des engl. Wortes umfasst (ähnlich wie das frz.) die religiöse Beichte von Sünden, das Geständnis im juristischen Sinn, das bloße Eingeständnis eines Fehlers, das freimütige Bekenntnis zu einer Überzeugung oder eine erzählerische Lebenserinnerung. Anders als die französischen Übersetzer Hélène und Henri Hoppenot (1929), Florence Herbulot für die vierbändige Conrad-Ausgabe in der Pléiade (1989) und Odile Lamolle (1996) mussten sich die deutschen Übersetzer entscheiden. Die erste Fassung von Elsie McCalman (1926) spricht, ebenso wie Ellie Bergers 1980 in der DDR gedruckte Übersetzung, von einer »Beichte«, Ernst Wagners ansonsten stark an McCalman angelehnte Version (1971) dagegen von »Bekenntnis«. (Heinz Piontek lässt den Untertitel, den er im Nachwort »etwas überzogen« nennt, ganz weg.) Für den Erzähler ist die religiöse Konnotation einer »Beichte« trotz seiner Gewissensbisse wohl unpassend. Es geht ihm offenbar eher um ein Bekenntnis zu einer Haltung. So hat Conrad das Wort »confession« auch in seinen nichtfiktionalen Texten benutzt. Im »Initiation« betitelten Essay für *The Mirror of the Sea* (1906) heißt es: »Der Ozean kennt kein Mitleid, keinen Glauben, kein Gesetz, kein Gedächtnis. Seine Wankelmütigkeit lässt sich den Zwecken des Menschen nur gefügig machen durch furchtlose Entschlusskraft und eine nimmermüde, gerüstete, arg-wöhnische Wachsamkeit, in der vielleicht stets mehr Hass als Liebe steckte. *Odi et amo* [ich hasse und liebe] mag also das Bekenntnis [confession] all jener sein, die ihre Existenz bewusst oder blind-lings der Faszination der See unterworfen haben.« Der Untertitel zur *Shadow-Line* erinnert freilich auch an die große autobiogra-phische Tradition von Augustinus' *Confessiones* (ca. 401 n. Chr.) bis zu Rousseaus *Confessions* (1782) und ähnlich betitelten Memoiren. Conrad wollte damit die persönliche Färbung des Romans her-vorheben, ohne freilich, wie er im März 1917 an Sidney Colvin schrieb, die »übliche Selbstenthüllung« der autobiographischen Gattung zu betreiben.

»Meiner unvergänglichen Hochachtung wert«: Conrads Selbstzitat in dem erst drei Jahre später verfassten Vorwort zu den Neuausga-ben von 1921 entstammt dem Roman (S. 138).

Borys und allen anderen: Conrads älterer Sohn Borys Alfred Leo (1898–1978) hatte sich im September 1915 freiwillig gemeldet; sein Vater arbeitete da schon seit Monaten an seinem Roman. Borys diente später als Leutnant bei der schweren Artillerie in Flandern. Mitte Oktober 1918 wurde er während des britischen Vormarschs durch gegnerisches Granatfeuer schwer traumatisiert. Zu seiner Generation junger Soldaten, die im Krieg die Schattenlinie ihres Lebens überquerten, gehörten auch einige Söhne von Conrads Freunden und Bekannten, darunter auch der seines Agenten James Brand Pinker. Diesem vertraute der Autor im Februar 1917 brieflich seine Zweifel über die Angemessenheit der Widmung an: »Mir ist wirklich ziemlich unwohl dabei, und ich denke, ich werde sie wieder streichen, denn ich will nicht, dass der Name meines Jungen mit einem Werk in Verbindung gebracht wird, von dem irgendein Schwachkopf wahrscheinlich sagen wird, dass es für eine Geschichte in Conrads Manier ›ganz gut‹ ist, aber nicht mit all diesem Pomp für sich allein publiziert werden sollte usw. usw., und dann noch für so einen Preis.« Offenbar konnte Pinker diese Bedenken ausräumen.

D'autres fois, calme plat, grand miroir / De mon désespoir!: Schluss-zeilen von Charles Baudelaires Gedicht »La Musique« aus *Les Fleurs du Mal* (1857), dessen nautische Metaphern den Kenner auf Sujet und Stimmung von Conrads Roman einstimmen. »Die Musik erfaßt mich oft wie ein Meer!« beginnt es (in Friedhelm Kemps Prosaübersetzung), und die letzten sechs Verse lauten: »Ich fühle alle Leidenschaften mich durchzittern eines schmerzlich ringenden Schiffes; der gute Wind, der Sturm und seine Zuckungen // Auf dem unendlichen Abgrund wiegen mich. – Und manchmal auch: Windstille, großer Spiegel meiner Verzweiflung!« Das Motiv der Flaute, die das Ennui der Seele spiegelt oder besser verstärkt, passt zu Conrads Roman. Wann und wie intensiv er Baudelaire las, ist unklar. Seine spätere Behauptung, symbolistische Lyrik nicht lesen zu können, ist wohl eins der vielen Dementi, mit denen er seine literarische Bildung zu verschleiern versuchte. Baudelaires Hinweis auf die »stérilités des écrivains nerveux« (aus dem Essay über Poe) machte sich Conrad jedenfalls schon im März 1905 zu eigen, im Brief an den einflussreichen Autor und Kritiker Edmund Gosse. Vielleicht inspirierte ihn Baudelaires Bild von der See als Spiegel der Seele, das auch in dessen Gedicht »L'Homme et la mer« vorkommt, für den Titel seines autobiographischen Essaybands *The Mirror of the Sea*. Dort präsentiert er sich zugleich als Mann der Tat (Seemann) und der Reflexion (Schriftsteller), und das erinnert an Baudelaires Formulierung vom »homo duplex«, die Conrad schon in einem Brief vom Dezember 1903 zitiert.

11 *Momente*: »moments«. Ein im Roman insgesamt fast 60-mal wiederholtes Wort, das in Conrads erzählter Welt die mangelnde Planbarkeit des menschlichen Daseins betont, also die in aufrichtiger Rückschau erkennbare Unordnung eines Lebensverlaufs.

– *unentdecktes Land*: »undiscovered country«. Das erste Echo aus *Hamlet*, hier aus Hamlets Monolog über »die Furcht von etwas nach dem Tod – / Das unentdeckte Land, von des Bezirk / Kein Wandrer wiederkehrt« (III, i, 79–80, August Wilhelm von Schlegel).

– *dass alle Menschen in diese Richtung getrieben worden sind*: engl.: »all mankind had streamed that way«. Conrads eigentümliches Englisch betont hier den deterministischen Sinn der Metapher von der unwiderstehlichen Strömung des Daseins.

– *Sprichwort*: »taking the kicks and the halfpenny«. Die rüde Redewendung geht wohl auf Bettler zurück, deren dressierte Äffchen ihre Geschlechtsteile herzeigten. Machten sie das schlecht, bekamen sie einen Tritt, und ihr Herrchen steckte die Münze ein.

– *hinter sich lassen:* In Conrads Manuskript folgten noch folgende Sätze: »Zuerst ist es wenig mehr als ein unbehaglicher Verdacht. Man zählt ja noch so wenige Jahre!«

12 *Stelle:* Am 4. Januar 1888 hatte Conrad seinen Posten als Erster Offizier an Bord der *Vidar* aufgegeben, auf der er seit August 1887 vier Fahrten zwischen Singapur und verschiedenen Häfen im holländischen Ostindien, an der Nordostküste Borneos und der des damaligen Celebes (Sulawesi) unternommen hatte. Anders als es der Roman suggeriert, könnte seine Entscheidung durchaus vernünftige Gründe gehabt haben. Die Stelle bot keine Aufstiegsmöglichkeiten und wenig Lohn. Das Klima war mörderisch, und auf der *Vidar* zu bleiben hätte bedeutet, Europa endgültig hinter sich zu lassen und sich in Singapur oder im Malaiischen Archipel anzusiedeln. Diesen Plan hatte Conrad nie. Wahrscheinlich dachte er 1888 noch immer an eine geschäftliche Tätigkeit in London, vielleicht auch schon an ein Leben als Schriftsteller. In seinem Roman von 1917 stilisiert er seine damalige Entscheidung zur rätselhaften Caprice, denn es geht ihm um den Gegensatz zwischen jugendlicher Impulsivität und verantwortungsvoller Reife.

– *blinde Loyalität:* Conrads Treue zur Segelschifffahrt, die den Charakter von Seeleuten besonders fordert und formt, äußert sich in vielen seiner Erzählungen und Romane. In *The Mirror of the Sea* spricht er von einer Analogie zwischen der herrlichen Unberechenbarkeit des Segelns und wahrer Kunst: »Fährt man mit einem modernen Dampfschiff um die Welt, erlebt man nicht jene intime Nähe zur Natur, die am Ende unentbehrlich ist, um sich zu wahrer Kunstausübung heranzubilden. Die Dampfschifffahrt ist kein so persönliches, aber dafür ein exakteres Gewerbe; nicht so hart, aber auch nicht so befriedigend, entbehrt sie doch der engen Gemeinschaft des Künstlers mit dem Medium seiner Kunst. Kurz gesagt, sie hat weniger mit Liebe zu tun. Ihre Ergebnisse lassen sich exakt in Zeit und Raum messen; das gilt für kein Ergebnis irgendeiner Kunst.«

– *Hafen des Fernen Ostens:* »Eastern port«. Frühere Übersetzungen sprechen hier von »Orient«; dieses Wort benutzt Conrad aber nicht im rein geographischen Sinn, sondern oft für das aus europäischer Sicht Wilde, Unzivilisierte, Abenteuerliche dieser Weltgegend. Später im Roman wird klar, dass es sich bei der hier namenlosen Hafenstadt um Singapur handeln muss. Seit dem britisch-holländischen Vertrag von 1824, der den Malaiischen Archipel unter den beiden Kolonialmächten aufteilte, gehörte die Inselstadt zu den sog. »Straits Settlements« (Penang, Singapur, Malacca und Dinding) in der Meerenge zwischen Malaysia und Sumatra. Durch die Öffnung des Suezkanals (1869) und des chinesischen Marktes sowie die ständig steigende Zahl an Dampfern, die um 1880 schon 80 Prozent der Güter beförderten, hatten sich in der zunehmend multikulturellen Stadt mit ihrem Freihafen zahlreiche europäische Firmen, aber auch chinesische, arabische, jüdische, armenische, amerikanische und indische Händler angesiedelt. Und so war Singapur, seit 1867 eine eigene Kronkolonie, tatsächlich ein wichtiger Teil des »komplexen britischen Weltreichs« jener Zeit. Zwischen 1883 und 1888 machte Conrad auf mehreren Törns dort Station. Eigene Erfahrungen, Berichte in Zeitungen und Gerüchte von Seeleuten, Händlern und Einheimischen prägten die Stoffe, die er Jahre später in Erzählungen wie »The End of the Tether« (1902) und in Romanen wie *Almayer's Folly* (1895) oder *Lord Jim* (1900) verarbeitete. Der Anfang der *Shadow-Line* stützt sich auf Details seines Aufenthalts in Singapur Ende 1887, bevor er, 30-jährig, am 24. Januar 1888 in Bangkok auf der Bark *Otago* sein erstes und einziges Kommando als Kapitän antrat.

– *gehörte sie zu den Schiffen des Ostens:* »She was an Eastern ship«. Schiffe sind im Englischen und bei deutschen Seeleuten weibliche Wesen. Conrad nutzt diesen Aspekt, indem er sich (nicht nur hier) einer verstärkt erotisierten Sprachfärbung bedient, vor allem, wenn es um Segelschiffe geht.

– *roten Flagge:* das »Red Ensign«, die rote Flagge mit einer kleinen britischen Nationalfahne, dem »Union Jack«, im oberen linken Eck war seit 1801 das offizielle Zeichen der britischen Handelsflotte. In der Farbenlehre der Kontor- oder Reedereiflagge an der Mastspitze (»house flag«) bezeichnet das Rot die Zugehörigkeit zur britischen Handelsmarine und das Grün die Farbe des Islam, auch als Zeichen jener, die die Pilgerreise nach Mekka bereits absolviert hatten. Der weiße Halbmond der Kontorflagge war seit dem 19. Jh. ebenfalls als Symbol für den Islam bekannt.

– *Syed:* Das Wort (auch: Sayyd oder Said) bezeichnet eigtl. einen

Muslim, der seine Abstammung auf die Enkel des Propheten Mohammed zurückführt, ist aber auch der Ehrentitel des Oberhaupts oder Fürsten eines Stammes. Der Eigentümer der *Vidar*, Syed Mohsin bin Salleh Al Jufri (1809–94), hatte 1834 einen Laden in Singapur eröffnet. Später wurde er zum Oberhaupt einer der größten arabischen Handelsfamilien. In den 1880er Jahren war er, so seine Todesanzeige im *Daily Advertiser* vom Mai 1894, »einer der reichsten Eingeborenen der Kolonie, mit Dampfern, Segelschiffen, Häusern und Landbesitz überreich gesegnet«.

13 *malaiischer Pilger:* Malaien auf der Hadsch nach Mekka. Die Seereise von Singapur nach Arabien war lang, mühsam und teuer, wie Conrad in den ersten Kapiteln von *Lord Jim* andeutete.

– *fast den ganzen Archipel:* Der Malaiische Archipel erstreckt sich am Äquator entlang vom nördlichen Malaysia bis nach Nordaustralien. Als Conrad in dieser Gegend war, teilten sich vier europäische Kolonialmächte die Herrschaft über diese größte Inselgruppe der Welt auf: Holländisch Ostindien umfasste Teile von Sumatra, Java, Sulawesi, Borneo und die Molukken, Großbritannien beherrschte Malaysia, Singapur und den Norden Borneos, Spanien die Philippinen und Portugal Timor.

– *Der Barmherzige:* kein wörtliches Zitat aus dem Koran oder dem Hadith, aber ein aus beiden abgeleitetes Sprichwort. Das Almosengeben ist die dritte Pflicht aller Muslime.

14 *Ihr wisst schon:* »It was one of these moments, you know«. Wem erzählt Conrads Erzähler seine Geschichte? Das engl. »you« ist mehrdeutig; die Übersetzer müssen sich entscheiden. Bei McCalman (»wissen Sie«) und Wagner (»verstehen Sie«) wendet sich der Erzähler (wie bei allen französischen Übersetzern) mit einer gewissen höflichen Distanz an einen oder mehrere Leser oder Zuhörer; Berger hat die Anrede ganz eliminiert. Aber wird das der Erzählsituation gerecht? Conrads Duktus erinnert hier wohl eher an seinen lakonischen Erzähler Marlow, der sich in »Youth« (1898), »Heart of Darkness« (1899), *Lord Jim* (1900) und *Chance* (1914) an eine vertraute Gruppe von Zuhörern wendet. Die früheren deutschen Übersetzer der *Shadow-Line* tendieren dazu, den informellen, manchmal brüsken Ton des Erzählers und den teilweise dezidiert sprechsprachlichen Satzbau Conrads in ein regelmäßigeres Schriftdeutsch zu überführen.

– *Bleichsucht:* »green sickness«. Chlorosis, früher auch ›Jung-frauenkrankheit‹ genannt: eine Form von Anämie oder Blutarmut, die man vor allem bei pubertierenden Mädchen diagnostizierte, deren Teint blassgrün aussah. In der Umgangssprache bezeichnete das Wort aber generell die Launenhaftigkeit, den Selbstekel oder Ennui der späten Jugend. Frühere Übersetzer deuteten Conrads ironische Bezeichnung als »Kinderkrankheit« (McCalman, Wagner), »Unrast« (Berger), »malaise nouveau« (Hoppenot), »mal de vivre« (Lamolle) oder »souffle chlorotique« (Herbulot).

– *meine ich:* Hier folgte im amerikanischen *Metropolitan Magazine* ein Zusatz, den Conrad wenig später strich: »Raffte mich hinweg, trotz der Proteste von Kapitän Kent. Sie waren nicht besonders wütend.«

– *Kalaschen:* »Kalashes«. Malaiische Arbeiter und Seeleute.

– *Der Kapitän:* Das Vorbild für Kapitän Kent war offenbar ein Schotte namens James Craig, der 1875 nach Singapur gekommen war und Conrad im Sommer 1887 als Ersten Offizier auf der *Vidar* angemustert hatte. Über 40 Jahre befuhr Craig die Meere des Fernen Ostens, bevor er sich 1920 in England zur Ruhe setzte. Vier Jahre später, im Todesjahr Conrads, erzählte er dessen erstem Biographen vom Eindruck, den sein Erster Offizier damals auf ihn gemacht hatte: »Ich lernte Conrad Mitte August 1887 im Heuerbüro von Singapur kennen. Er gefiel mir sofort durch seine vornehmen, zurückhaltenden Manieren. Als eines der ersten Dinge erzählte er mir, er sei gebürtiger Ausländer, aber das hatte ich schon aus seinem Akzent geschlossen. Ich sagte, das mache gar nichts, sofern er sein Patent habe. (Es war damals ziemlich schwierig, Offiziere im Fernen Osten zu finden, die nicht allzu innig an der Flasche hingen.)« Craig berichtete weiter, wenn er für ein Gespräch mit seinem Ersten zu dessen Kajüte ging, habe er »ihn gewöhnlich beim Schreiben« angetroffen – vielleicht ein Anzeichen dafür, dass Conrad schon einige Zeit vor seinem 1889 begonnenen Erstling *Almayer's Folly* literarische Ambitionen hatte. Darauf deuten auch die durchaus beredten »Aufzeichnungen« des jungen Kapitäns in der *Shadow-Line* hin. Vielleicht beruhen sie auf verschollenen Skizzen, die Conrad auf der *Otago* verfasst hatte.

15 *Niven:* Der echte John Niven war wie James Allen, der Erste

Maschinist, schon seit 1883 an Bord der *Vidar* gewesen. Niven war nur vier Jahre älter als Conrad. Auch er ging später zurück nach England und heiratete dort. Seinen Ersten Offizier von 1888 hatte er offenbar in guter Erinnerung, denn im Dezember 1923 gratulierte Niven dem mittlerweile berühmten Autor zum 66. Geburtstag. Conrad versicherte ihn postwendend seiner »aufrichtigen Wertschätzung«.

– *inneren Haushalt:* »internal economy«. Den verbreiteten Glauben an die geheimen Zusammenhänge zwischen Verdauungsstörungen (Dyspepsie) und seelischen Verstimmungen machte sich schon damals die Arzneimittelindustrie zunutze. Die populären »Little Liver Pills« einer amerikanischen Firma z. B. sollten mit der Purgierung »träger« Lebersäfte zugleich Stimmungsschwankungen, Reizbarkeit und Kopfschmerzen lindern. Der ironische Ton des Erzählers, der in den früheren Übersetzungen entschärft wird, weist bereits auf die Spintisiereien des Ersten Offiziers Burns voraus.

16 *im Hafenamt:* Im stark gekürzten Text des New Yorker *Metropolitan Magazine* endete die ganze skurrile Vorgeschichte im Hafenamt und im Seemannsheim mit folgendem Satz: »Am nächsten Tag erledigten der Kapitän und ich das Geschäftliche mit dem Chef des Hafenamts. Ich leistete meine Unterschrift, erhielt meine Entlassungspapiere und trat, keine Minute zu früh, aus dem abgedunkelten Inneren des Amtes hinaus ins helle Himmelslicht, als freier Mann.«

– *Punkahs:* (Hindi) große, rechteckige Fächer aus Palmblättern, Leinen oder Baumwolle, die an der Zimmerdecke befestigt und damals von Hand hin und her bewegt wurden.

17 *palastartiges Gebäude:* Conrad dachte wahrscheinlich an das 1857 eröffnete, zweistöckige Hôtel de l'Europe mit seinem imposanten Säulenportikus. Das über drei Jahrzehnte führende Hotel Singapurs kommt auch in seiner Erzählung »The End of the Tether« vor.

18 *Seemannsheim:* Das 1851 eröffnete »Sailors' Home«, ein zweistöckiges, von Büschen und Bäumen umstandenes und von einer niedrigen Mauer umgebenes Gebäude, stand gegenüber der St. Andrew's Cathedral an der North Bridge Road. Neben günstiger Unterkunft und Verpflegung bot es den Seeleuten ein Lese-

kabinett und eine Bankfiliale. Das einstöckige Heim für Offiziere befand sich in einem Anbau.

– *döste:* »drowsed under«. Conrads suggestives Bild wurde in der englischen Erstausgabe und späteren Druckfassungen und Übersetzungen entschärft; dort »senkte sich« die Hitze durch die belaubten Äste hinab (»descended through«).

– *kleiner Mann:* Charles Phillips (1834–1904), ein ehemaliger Soldat, leitete von 1872 bis zu seinem Tod das Heim. Der überzeugte Antialkoholiker war außerdem der Gründer der methodistischen Gemeinde von Singapur und Inspektor der örtlichen Bordelle. Unter seiner Führung wurde das Seemannsheim häufig für Missionsveranstaltungen und Treffen der Temperenzler genutzt. »Er war ein mickriges, runzliges Geschöpf«, erinnerte sich Conrad im März 1917 im Brief an William Graeme St. Clair, den ehemaligen Leiter der *Singapore Free Press,* »und versuchte aus irgendeinem Grund, mir eins auszuwischen.«

19 *fischartiges Auge:* » fish-like eye«. Frühere Übersetzer machen aus diesem anschaulichen Vergleich ein »verglastes« (McCalman und Wagner), ein »starres« (Berger) oder »glasiges« Auge (Piontek).

– *East End:* die ärmlichen, vor allem von Dockarbeitern bewohnten und von der deutschen Luftwaffe im Zweiten Weltkrieg besonders zerbombten Gebiete im Osten Londons.

– *Antimacassars:* Sofa- und Sesselschoner aus Stoff, als Schutz vor dem damals beliebten, aus dem indonesischen Makassar stammenden Haaröl, das aus Kokosnuss- oder Palmöl gewonnen wurde. Schon Lord Byron hatte 1819 im ersten Canto seines *Don Juan* »dein unvergleichlich' Öl, Makassar« besungen.

21 *Hamilton:* Dieser liederliche Seemann, der auch in »The End of the Tether« als Bewohner des Heims erwähnt wird, geht vermutlich auf einen 1883 in Singapur übel beleumundeten Ersten Offizier gleichen Namens zurück.

– *Giles:* Über das Vorbild dieser Figur ist wenig bekannt. Im Brief an St. Clair vom 31. März 1917 schrieb Conrad: »Mein Kapitän Giles war ein Mann namens Patterson, ein nettes, dickes, ödes Geschöpf, enorm berühmt für seine Kenntnis der Sulusee.«

– *Sulusee:* zwischen Borneo und dem Sulu-Archipel im Südwesten, der Insel Palawan im Norden und den ostwärts gelegenen Philippinen.

– *Gabelfrühstück:* »tiffin«, ein angloindisches Wort für einen leichten Imbiss zur Mittagszeit.

23 *Dampfschifffahrtsgesellschaft:* vermutlich die auf der Halbinsel Malakka gegründete Kim Seng Shipping Company, die im gesamten Südostasien regen Handel trieb und auch mit vielen europäischen Handelshäusern gute Geschäfte machte.

25 *Rajah:* in der indischen Amtssprache Hindi die Bezeichnung für einen Fürsten oder generell einen orientalischen Herrscher.

26 *ihr könnt bestimmt verstehen:* »for you can understand«. McCalman (»man kann sich denken«), Wagner und Berger (»denn es ist verständlich«) biegen auch hier – anders als ihre französischen Kollegen – die fingierte Sprechhaltung des Erzählers, der sich offenbar an Gleichgesinnte wendet, ins Unpersönliche um.

29 *erstem Jubiläum:* Im Jahr 1887 feierten das britische Königreich und Empire das Golden Jubilee, also Queen Victorias 50-jährige Herrschaft seit ihrer Thronbesteigung; das zweite, »diamantene« Jubiläum folgte zehn Jahre später. Der populäre Höhepunkt der Feierlichkeiten in London am 21. Juni 1887 war eine von indischer Kavallerie begleitete triumphale Kutschfahrt der Königin, die seit 1877 auch Kaiserin von Indien war, durch die Straßen Londons. Den Abschluss bildete ein Dankgottesdienst in Westminster Abbey. Conrad war an dem Tag auf hoher See und erreichte Singapur erst zwei Wochen später. In der *Straits Times* und anderen Erzeugnissen der Kolonialpresse konnte er freilich von den Feiern in London, Singapur und anderen Orten des Empire lesen. Sein Hinweis auf die »alten« Zeitungen erlaubt es, die Romanhandlung auf die zweite Hälfte des Jahres 1887 oder das Frühjahr 1888 zu datieren, als Conrad sein erstes Kommando (an Bord der *Otago*) erhalten hatte.

– *dieser junge Esel:* »that young ass«. In Pionteks betont burschikoser und auch hier ausgeschmückter Fassung nennt Hamilton den Erzähler zunächst einen »grünen Schnittlauch« und dann (nach eher heutigem amerikanischen Gebrauch) einen »jungen Arsch«.

31 *in seiner kuriosen, ohrneigenden Haltung:* »a particular, lending-the-ear attitude«. Frühere Übersetzer haben diese ungewöhnliche, jedoch für Conrads plastische Ausdrucksweise und Giles'

Körpersprache bezeichnende Wendung zur »eigentümlich-auf-merksamen Miene eines Ratgebers« (McCalman) oder bloß »ge-spannten Aufmerksamkeit« (Wagner) abgeschwächt. Berger hat sie ganz weggelassen.

– *diese etwas öde Kehrseite der Lage:* »that rather blank side of the situation«. Auch hier haben frühere Übersetzer mit Conrads lakonischem Stil auch die Haltung des Erzählers verändert. Bei McCalman erwägt er »das ziemlich Aussichtslose der Lage«, Wagner verstärkt dies zur »unbezweifelbaren Aussichtslosigkeit meiner Situation«; Berger spricht von der »ziemlich mißlichen Seite der Lage«.

32 *aus welchem Zeug:* »what sort of stuff it was made of«. Viel-leicht ein leises Echo von Prosperos illusionsloser Rede vom klei-nen Menschenleben: »We are such stuff / As dreams are made on; and our little life / Is rounded with a sleep« (*Tempest*, IV, i, 156 ff). Auf der Basis von Christoph Martin Wielands Übersetzung heißt es bei Schlegel etwas ungelenk: »Wir sind solcher Zeug / Wie der zu Träumen, unser kleines Leben umfasst ein Schlaf.«

33 *zugegen war:* In der zuerst publizierten, stark gekürzten New Yorker Fassung wurde das spannungssteigernde Geplänkel der nächsten Seiten rigoros gestrichen und durch folgende Abkür-zung ersetzt: »… und der den Brief, da es gerade Zeit für das Ga-belfrühstück war, ungelesen in seine Rocktasche schob. Am Tisch jedoch bemerkte er, dass der Brief an mich adressiert war, und war-tete nur auf eine günstige Gelegenheit, ihn mir zu übergeben, was er nun tat. Gleichmütig riss ich den Umschlag auf und las die we-nigen Wörter, die er enthielt, mit tiefem Erstaunen. Warum sollte Kapitän Elliot, der Chef des Hafenamts, mich noch einmal spre-chen wollen? Er hatte mir doch erst gestern meine Papiere ausge-händigt.«

– *Kapitän Ellis:* Der gebürtige Ire Henry Ellis, der seit 1873 dem Hafenamt von Singapur vorstand, hatte im Januar 1888, kurz vor seinem Eintreten in den Ruhestand, Conrad als Kapitän der *Otago* eingestellt. Die Todesanzeige in der *Singapore Free Press* vom 17. Fe-bruar 1908 charakterisierte Ellis als einen »starken Beamten, derb und geradeheraus; er ließ sich nichts gefallen und verfügte über eine gute Portion irischen Humors und nationaler Reizbarkeit«. Der Chef des Hafenamts namens Elliott in *Lord Jim* und »The End of the Tether« trägt offenbar seine Züge. Seine Funktion erläutert Conrad in dieser Erzählung so: »Er ist eine Art höherer Hafenmeister; eine Person, die dort draußen, im Fernen Osten, ein beträchtliches Ansehen in seinem Bereich genießt; ein Beamter der Regierung, oberster Magistrat für alle Hafengewässer und mit umfassender, aber nur ungenau definierter Disziplinargewalt über die Seeleute aller Ränge ausgestattet.«

38 *Sei's drum:* »So be it.« Ein typisches Beispiel für die gelegentlich brüske Lakonie der Conradschen Erzählweise, die frühere Übersetzer gern abmilderten: »Damit mußte man sich abfinden« (McCalman), »So stand es« (Berger). Wagner macht daraus sogar eine begütigende Aussage des älteren Erzählers: »So ist nun einmal das Leben!« In Pionteks Nacherzählung fehlt dieser wichtige Absatz ganz, wie auch der vorige.

40 *Macht, die unser Leben formt:* »that force somewhere within our lives which shapes them this way or that«. Vielleicht ein Echo von Hamlets Bemerkung zu Horatio (»There's a divinity that shapes our ends«), dass nämlich »Unbesonnenheit uns manchmal dient,/ Wenn tiefe Pläne scheitern; und das lehr' uns,/ Dass eine Gottheit unsre Zwecke formt« (V, ii, 8–10; Schlegel).

41 *wurden meine Augen aufgetan:* Conrads Wortwahl (»my eyes became opened«) erinnert an die biblische Wendung für eine plötzliche Erkenntnis, z. B. Gen 3, 7 oder Lk 24, 31.

42 *lebte und webte:* »had my being«. Conrads Formulierung erinnert hier von fern an Paulus' Rede auf dem Areopag über den unbekannten Gott in Apg 17, 28, nach der berühmten *King James Bible*: »in him we live, and move, and have our being« (Luther: »Denn in ihm leben, weben und sind wir«).

43 *nie nach meinem Geschmack:* Diese Reserve lässt an Conrads berühmtesten Erzähler denken. In »Heart of Darkness« bekennt Marlow seinen Freunden: »Ihr wisst, ich hasse und verabscheue die Lüge, kann sie nicht ertragen, nicht weil ich aufrichtiger bin als der Rest von uns, sondern einfach weil mir davor graut. Es liegt etwas vom Makel des Todes, vom Beigeschmack der Sterblichkeit in der Lüge – und genau das ist es, was ich am meisten hasse und verabscheue auf der Welt – was ich vergessen will. Es macht mich elend, und mir wird davon übel, als hätte ich in etwas Fauliges gebissen. Ist wohl Veranlagung.«

44 *ausgekuppelt worden:* »I had been […] put out of gear mentally.« Mit dem Hinweis auf seine »Mobilität« (»powers of locomotion«) am Ende des Absatzes ist dies eine dezidiert moderne Metapher. Frühere Übersetzer sahen den Erzähler dagegen »seelisch aus dem Gleise gebracht« (McCalman), »innerlich völlig durcheinander« (Wagner) oder »geistig außer Betrieb gesetzt« (Berger), bevor er das »Bewegungsvermögen« (McCalman), die »Bewegungsfähigkeit« (Berger) oder gar seine »Lebensgeister« (Wagner) wiedererlangt. Conrad war fasziniert von der damals neuen Technik des Automobils. Er hatte sich, mit Erlaubnis seines Agenten und Kreditgebers Pinker, 1912 einen Chevrolet und 1915 für 40 Pfund einen gebrauchten Ford gekauft. »Das Ding sieht wirklich furchtbar schäbig aus. Aber ich will ja nicht damit angeben. Ich will damit nur ein wenig herumfahren.« Conrad war ein wilder Fahrer, sah jedoch am Steuer aus wie ein Gentleman, mit Bowler, Pelerine und Monokel.

– *diese schale, unersprießliche Welt meines Missvergnügens:* »this stale, unprofitable world of my discontent«. Eine Zitatcollage aus Hamlets erstem Monolog (»How weary, stale, flat, and unprofitable / Seem to me all the uses of this world!«) und dem »winter of our discontent« im ersten Satz des schurkischen Gloucester in *Richard III* (I, i, 1). Schlegel verdeutschte den Ausruf des ennuyierten Dänenprinzen so: »Wie ekel, schal und flach und unersprießlich / Scheint mir das ganze Treiben dieser Welt!« (*Hamlet* I, ii, 134f).

45 *plötzlich, in einem Augenblick:* »in the twinkling of an eye«. Die von Conrad oft benutzte Formulierung (eigtl. »in einem Augenzwinkern«) geht zurück auf William Tyndales geniale Übersetzung der paulinischen Rede von der Verwandlung der Lebenden und der Auferstehung der Toten in 1. Kor 15, 52. Tyndale wurde 1536 in der Nähe von Brüssel hingerichtet, bevor er sein Lebenswerk vollenden konnte; seine von Luther inspirierte, überaus bildreiche und klangvolle Bibelübersetzung bildete noch das Fundament der *King James Bible* von 1611. Sie fand auch Eingang in das *Book of Common Prayer* (zuerst 1552) und die dort abgedruckte Liturgie für die christliche Beerdigung, die Conrad von zahlreichen Seebestattungen her gut kannte.

46 *schottischen Namen:* Vielleicht ist die Figur identisch mit

Archie Ruthvel, dem Heuerbaas des Hafenamts von Bombay, in *Lord Jim*.

– *Provinzposeidon:* »deputy-Neptune«, also eigtl. ein Stellvertreter des (röm.) Meeresgottes. Conrads im gesprochenen Englisch gut hörbares Sprachspiel funktioniert im Deutschen besser auf Griechisch. Diese gottgleiche Erscheinung oder Ausdünstung (»emanation«), so spöttelt der Erzähler in Anspielung auf die patriotische Hymne »Rule, Britannia«, »did not actually rule the waves«. Kapitän Ellis, der reale wie der fiktive, wurde dennoch als oberste Gewalt durchaus gefürchtet.

– *die da über das Wasser fahren müssen:* »whose lives were cast upon the waters«. Conrads Ton erinnert auch hier vage an die *King James Bible*, z. B. in Ecclesiastes (Prediger Salomo) 11, 1.

48 *Generalkonsul:* Der echte Kapitän Ellis hatte dem Generalkonsul von Bangkok, Edward Blencowe Gould, am 19. Januar 1888 von der Einstellung Conrads als Kapitän der *Otago* berichtet. Fast 30 Jahre später, im Brief an St. Clair vom 31. März 1917, erinnerte sich Conrad gern an den Konsul: »Er war während der mühseligen Zeit im Hafen sehr nett zu mir.«

– *Sie hätten Schiss:* »you were funking it too«. Ein Slangausdruck, der gut zu Ellis passt (und schon um 1910 im großen Wörterbuch von Muret-Sanders so wiedergegeben wird). In allen früheren Übersetzungen argwöhnt Ellis nur, der Erzähler wolle sich »drücken«.

49 *Bedingungen:* In Londons Public Record Office hat sich der Brief des realen Kapitän Ellis an den Konsul in Bangkok vom Januar 1888 erhalten. Darin heißt es: »Die Person, die ich heute eingestellt habe, ist Mr. Conrad Korzeniowski, der ein Kapitänspatent des Board of Trade hält. Er besitzt gute Zeugnisse von mehreren Schiffen, mit denen er aus diesem Hafen in See gestochen ist. Ich bin mit ihm übereingekommen, dass sein Lohn 14 Pfund pro Monat sein wird, gezählt vom Tag seiner Ankunft in Bangkok. Seine Kost und alle notwendigen Navigationsinstrumente sind vom Schiffseigner zu stellen. Ebenso die Überfahrt von Singapur nach Bangkok und, wenn sein Dienst nach seiner Ankunft in Melbourne nicht mehr gewünscht ist, die Rückkehr als Kabinenpassagier nach Singapur. Ich halte diese Bedingungen für günstig und vernünftig und rechne mit Ihrer Zustimmung.«

50 *bloßem Zeug aus Träumen:* »mere dream-stuff«. Vielleicht ein erneutes, schwaches Echo aus Prosperos Monolog (s. Anm. zu S. 32).

– *Kameradschaft der Seeleute:* »fellowship of seamen«. Conrads Credo, sein Bekenntnis zu dieser speziellen Form einer Berufsgenossenschaft, klingt in vielen seiner fiktionalen und autobiographischen Texte an. Die Zuhörer Marlows in »Youth« und »Heart of Darkness«, längst arrivierte Geschäftsleute, Generaldirektoren, Juristen oder Buchhalter, haben früher alle als Seeleute in der Handelsmarine gedient. Darauf beruht ihre Freundschaft, wie der Rahmenerzähler in »Youth« sagt: »uns fünf vereinte das starke Band der See, auch die Kameradschaft unseres Handwerks [fellowship of the craft], die eine bloße Begeisterung für das Freizeitsegeln, für Kreuzfahrten oder Ähnliches nicht erzeugen kann, denn das eine ist nur eine Lebensbelustigung und das andere ist das Leben selbst.«

51 *Melita:* der Name des Dampfschiffs, mit dem Conrad im Januar 1888 nach Bangkok reiste. Im Gegensatz zu dem Dampfer bleibt das fiktive Pendant seiner *Otago* namenlos.

52 *Herzog:* Vielleicht eine Anspielung auf George Grenville Gower, Duke of Sutherland, der den Hafen von Singapur, während die *Otago* dort festlag, auf seiner Jacht im Frühjahr 1888 zweimal angelaufen hatte. Conrad schildert die Episode in »The End of the Tether«.

53 *weißen, braunen und gelben Teilen der Menschheit:* Um 1820, kurz nach Gründung der britischen Niederlassung auf Singapur, leben nur einige Tausend indigene Malaien und eine Handvoll Chinesen auf der Insel. Um 1860 war die Bevölkerung bereits auf 80 000 und 1880 auf über 175 000 Menschen angewachsen; mehr als die Hälfte waren Chinesen.

56 *diesseits der Schattenlinie:* »this side of the shadow-line«. Der ältere Erzähler berichtet von jenseits dieser Grenze und kommentiert von dort aus sein jüngeres, noch unreifes Ich.

60 *Cinderella:* die englische Version des Aschenputtels. Das uralte, in zahlreichen Sprachen und Kulturen verbreitete Märchen wurde breiten Leserschichten in Europa zuerst durch Charles Perraults *Histoires ou contes du temps passé* (1697) bekannt, bevor es die Brüder Grimm in ihren *Kinder- und Hausmärchen* (zuerst 1812),

die Conrad in englischer Übersetzung auch seinen Kindern vorlas, populär machten.

– *Gedeih und Verderb:* »to sink or swim together«. Im MS folgte hier noch dieser Absatz: »Eine große Gefühlsaufwallung ließ mich ein wenig zittern. Es lag etwas wie Triumph darin und ein seltsames Gefühl in meiner Brust. Es war, als wäre man auf Entfernung mit einer Frau verheiratet worden, die man zuvor nie gesehen, von der man nie gehört hatte.«

– *Intensität des Daseins:* »intensity of existence«. Diese für Conrad typische Wendung taucht später erneut auf. Im Manuskript folgte hier noch der Satz: »Jede Faser meines Seins vibrierte, und es schien mir, als sei ich erst jetzt zum Leben erwacht, als sei ich noch eine Minute vorher tot gewesen.«

61 *Kuli:* »coolie«; Hindi für einen einheimischen, ungelernten Arbeiter.

65 *vertraut:* Im Manuskript hieß es danach voller Überschwang: »Es war nur die nostalgische Sehnsucht eines Mannes der Tiefsee nach den großen offenen Flächen zwischen den Kontinenten, nach den leeren Horizonten meiner Jugendzeit, der Wunsch, außer Sichtweite des Landes zu sein, allein mit meinem Schiff, um es, zwischen Himmel und Wasser, in voller Überfülle zu besitzen.«

– *geistigen Auge:* »in my mind's eye«. Hamlets berühmte Formulierung im Gespräch mit seinem Studienfreund Horatio (*Hamlet* I, ii, 185; Schlegel: »in meines Geistes Aug'«) war zu Conrads Zeit längst sprichwörtlich.

– *der ich noch fremd war:* »I was a stranger to«. Eine ungewöhnliche Formulierung, die ihrerseits darauf aufmerksam macht, dass Conrad das für ihn selbst in den 1880er Jahren wichtigste Fremdheitsgefühl hier nirgendwo erwähnt. Im Gegensatz zu seiner Erzählerfigur, die keinen anderen sprachlichen und kulturellen Hintergrund zu haben scheint als seine Männer, war er erst im August 1886, drei Monate vor seiner Erlangung des Kapitänspatents, als »Conrad Korzeniowski« britischer Untertan geworden. Als Matrose nannte man ihn »Polish Joe«; die Musterrollen seiner Schiffe nannten immer seinen polnischen Geburtsort. Noch im Jahr seines einzigen Kommandos verzeichneten ihn die Schiffsnachrichten der Zeitungen von Singapur und Bangkok mal als »Korgemourki« oder als »Konkorzentowski«. Auch deshalb änderte er später seinen Nachnamen. Conrads Englisch war zeitlebens von einem starken Akzent geprägt, und seine äußere Erscheinung war nicht nur für einfache Seeleute auffällig und fremdartig.

– *Golf von Siam:* heute der thailändische Golf, ein Teil des südchinesischen Meeres, zwischen Thailand (dem früheren Siam), Kambodscha und Südvietnam.

66 *Art dieser Seltsamkeit:* »nature of that funniness«. Ein Beispiel für Conrads manchmal seltsamen Nominalstil, der hier aber die innere Reserve des Erzählers andeutet.

69 *Barre:* »bar«. Gemeint ist hier die große Untiefe vor der Mündung des Meinam oder Chao Phraya, der neben dem Mekong der größte und wichtigste Fluss Thailands ist und durch Bangkok fließt. Die große Barre war damals, wie ein Lotsenhandbuch von 1889 belegt, an einigen Stellen nur knapp einen Meter tief. Zahllose Sand- und Schlammbänke, versunkene Wracks und starke Strömungen erschwerten die Navigation. Die Untiefe wurde erst 1938 beseitigt, und Conrad beschrieb sie in »Falk: A Reminiscence« (1903) noch als beträchtliches Hindernis. In der *Shadow-Line* aber widmet der Erzähler der schwierigen Überwindung der Barre nur einen knappen Satz, denn er verachtet den Kapitän der *Melita* und ist in Gedanken längst bei seinem Schiff.

70 *Windungen:* Bangkok liegt 40 km stromaufwärts am Ufer des stark mäandernden Meinam. Die Silhouette der Stadt war damals noch geprägt von den bunten, teils vergoldeten Dächern und Türmen der zahlreichen buddhistischen Klöster, Tempel und Pagoden. Die größte Pagode Wat Saket, auch »Goldener Berg« genannt, war über 120 m hoch, befand sich aber auf halbem Weg zum Meer. Hier bezieht sich der Erzähler offenbar auf die ab 1827 errichtete »Phra Chedi Klang Nam«-Pagode im Osten der Stadt. Zu Beginn des »Secret Sharer« (1910) gibt Conrad eine anschauliche Beschreibung der Flussmündung von der See aus. In der *Shadow-Line* rückt er die Pagode näher an die Stadt heran, als fremdartiges, eigenartiges Symbol für Bangkok, dem »orientalischen und schmutzigen« Gegenstück zum zivilisierten Singapur. Das Beispiel zeigt, wie Conrad bei aller grundsätzlichen Treue zum Detail nicht selten die reale Topographie seinen literarischen Zwecken anpasste.

– *keinen weißen Eroberer:* Als einziges Land in Südostasien blieb Siam formell selbstständig, wiewohl Frankreich vom östlichen Indochina aus und Großbritannien aus dem Westen (Burma) und Süden (Malaisien) großen Einfluss auf das Königreich ausübten. Bangkok, seit 1782 die Hauptstadt der Thais, hatte damals noch wenig Straßen und wurde wegen seiner unzähligen Kanäle das »Venedig des Ostens« genannt. Um 1820 hatte die Stadt ca. 50 000 Einwohner; dank seiner Modernisierung im späten 19. Jh. waren es um 1917 gut 400 000. Conrad hatte sich nur vom 24. Januar bis 9. Februar 1888 in Bangkok aufgehalten, aber die Stadt mit ihren Kais, Kneipen und Kanälen spielt auch in »Falk« und »The Secret Sharer« eine wichtige Rolle. In seinem Brief an St. Clair vom 31. März 1917 erinnerte er sich: »Als ich in Bangkok mein Kommando übernahm, habe ich mein Schiff nur verlassen, um meinen Befrachter aufzusuchen; da mein Erster Offizier krank war, war ich viel zu sehr beschäftigt, um von den Leuten an Land auch nur viel zu *hören*.« Die Fracht, die Conrads *Otago* 1888 aufnahm, bestand vor allem aus Teakholz.

– *aus der dicht gedrängten Meute flacher brauner Dachrücken:* »above the crowded mob of low brown roof ridges«. Ein weiteres Beispiel für Conrads komprimiert-anschauliche Metaphorik.

– *Königspalast:* Der im 19. Jh. von europäischen Architekten auf der Rattanakosin-Insel im Herzen der Altstadt als Residenz des siamesischen Königs errichtete Palast bestand aus zahlreichen Tempeln und Amtsgebäuden.

72 *waren eine Augenweide:* »filled my eyes with a great content«. Die schon von McCalman verwendete, aus dem deutschen Minnesang stammende Metapher ist viel sprechender als Conrads eigenartig umständliche Formulierung. »Lebensleere« ist fast so ungewöhnlich wie die englische Wendung (»life-emptiness«).

– *so unruhig gemacht hatte:* Im Manuskript folgte hier noch der Zusatz »jene halb bewusste Ahnung, dass das Dasein nur der Weg zum Tode ist«.

– *Gepräge ihrer Herkunft:* Conrads eigenes Kommando war 1869 in Glasgow auf Kiel gelegt worden. Die *Otago* war eine 50 m lange Dreimastbark (also bis auf den Besanmast rahgetakelt). Das elegante, ausgesprochen seetüchtige Schiff besaß einen Eisenrumpf und zählte nur 367 Bruttoregistertonnen. Ihr Heimathafen war seit 1871 das australische Adelaide, wo Conrad auch im April 1889 abmusterte. Im Scheidebrief seiner Reeder heißt es: »Wir bestätigen gern, dass Ihr frühes Ausscheiden aus unserem Dienst allein auf Ihren Wunsch geschieht, da Sie Europa zu bereisen planen, und dass wir Ihrem Geschick in der Position, die Sie nun räumen, und Ihren sonstigen Kenntnissen eine hohe Wertschätzung bewahren werden und uns freuen würden, von Ihren zukünftigen Erfolgen zu hören.« Conrads Motive für diesen Schritt, den er in seinen autobiographischen Schriften nie kommentierte, sind unklar. Wollte er noch einmal seinen kränkelnden Onkel Tadeusz besuchen? Sah er nun seine Zukunft eher in der Gesellschaft Gleichgesinnter an Land? Jedenfalls begann er in diesem Jahr mit der Niederschrift seines ersten Romans. Vom weiteren Schicksal der *Otago* erfuhr er nichts; 1906 nahm er an, sie sei »vom Antlitz der Erde verschwunden«. Tatsächlich war sie 1903 entmastet und seitdem in den Gewässern Tasmaniens als eine Art schwimmender Kohlenspeicher genutzt worden. Jahrzehnte später setzte man die *Otago* so weit auf einen Strand, dass ihr Bugspriet fast in einen Apfelbaumgarten hineinragte. Dort rottete sie vor sich hin. Ein Feuer machte ihr im August 1957 ein Ende.

73 *lebt und webt:* »has her being«; wieder das sonore Echo von Apg 17, 28 (s. Anm. zu S. 42). Im Manuskript war hier zuerst nur von bloßer Existenz die Rede (»exists«).

75 *auf diesem Stuhl nachgefolgt:* im Englischen mit einem noch deutlicheren Anklang an eine dynastische oder gar hierarchische Sukzession: »A succession of men had sat in that chair.«

– *etwas zugeflüstert:* Conrad liebte die Metapher von den Einflüsterungen überindividueller Kräfte. In »Heart of Darkness« war es freilich nicht die Tradition gewissenhafter Amtsvorgänger, sondern die Wildnis gewesen, die dem innerlich ungefestigten Idealisten Kurtz ihr Geheimnis zuflüstert und ihn zum moralischen Monster macht: »sie hatte ihm Dinge über ihn selbst zugeflüstert, von denen er nichts wusste, Dinge, deren er sich nicht bewusst war, bis er mit dieser tiefen Einsamkeit zu Rate ging – und dies Flüstern hatte eine unwiderstehliche Faszination auf ihn ausgeübt. Es hallte dröhnend in ihm wider, denn er war innen hohl ...«

77 *Erste Offizier:* Darauf folgte im Manuskript der später gestrichene Zusatz: »Ich war verärgert und verstört.«

– *Burns:* Das Vorbild für den offenbar britischen Ersten Offizier war ein Deutscher namens Karl Born. Dieser hatte die *Otago* nach der Seebestattung des Kapitäns im Dezember 1887 zurück nach Bangkok gebracht. Dort musste er selbst ins Krankenhaus eingeliefert werden. Dennoch hatte er Conrad überredet, die Weiterreise nach Australien mitmachen zu dürfen. Im Juni 1888 erwarb er in Melbourne sein Kapitänspatent, und er diente Conrad während dessen einjährigem Kommando auf der *Otago* bei Fahrten zu verschiedenen australischen Häfen und nach Mauritius als Erster Offizier. Born, der sich in Australien niederließ, ertrank im November 1902 im Murrumbigee River bei Hay in New South Wales. Vier Jahre später würdigte Conrad ihn in *The Mirror of the Sea* als einen verlässlichen Seemann: »Von allen meinen Offizieren traute ich am meisten einem Mann namens B––– . Er hatte einen roten Bart, ein hageres, ebenfalls rotes Gesicht und einen unsteten Blick.« Aber dieser B. war auch »für einen jungen Schiffsführer ein höchst unbehaglicher Schiffskamerad. Wenn es erlaubt ist, einen Abwesenden zu kritisieren, möchte ich sagen, er hatte etwas zu viel von jenem Gespür für die Gefahr, das eigentlich für einen Seemann unschätzbar ist. Er hatte eine äußerst verstörende Ausstrahlung, als sei er jederzeit bereit, es mit irgendeinem drohenden Unheil aufzunehmen [...]. Sein ewig wachsames Gehabe, seine sprunghaften, nervösen Äußerungen, sogar sein gleichsam entschiedenes Schweigen schienen anzudeuten – und sollten, wie ich glaube, auch andeuten –: das Schiff war seiner Meinung nach in meinen Händen nie sicher.« Ein offenbar riskantes »Segelmanöver« im Golf von Siam, so Conrad weiter, »hatte ihm einen unvergesslichen Schrecken eingejagt« (vielleicht war dies der Anlass für die Schilderung im »Secret Sharer«). Aber nach den 27 Monaten auf der *Otago* – real waren es nur 14 – habe man sich gemocht. »Was uns verband, war das Schiff; und darin unterscheidet sich ein Schiff, obwohl sie weibliche Eigenschaften besitzt und auf sehr irrationale Weise geliebt wird, von einer Frau. Dass ich in mein erstes Kommando unglaublich verschossen war, wird niemanden verwundern, aber ich muss wohl zugeben, die Gefühle von Mr. B––– waren stärker und edler.« Das wird in der *Shadow-Line* nicht so deutlich. Zudem macht Conrad den Ersten Offizier deutlich älter als sein reales Vorbild. Nach Auskunft der Musterrolle der *Otago* von 1888 war Born mit 33 Jahren kaum älter als sein neuer Kapitän. Conrad nahm offenbar häufiger Maß an ihm. In »A Smile of Fortune« (1911) taucht ein Offizier namens Burns auf, und gewisse Eigenheiten des Jones in *Lord Jim* sowie der namenlosen Steuermänner in »Falk« und im »Secret Sharer« könnten auch auf seinen ehemaligen deutschen Offizier zurückgehen.

– *Welpe:* »cub«. Das Wort bezeichnet das Jungtier von Bären, Löwen, Wölfen oder Hunden, kann im übertragenen Sinn aber auch einen Neuling und sogar einen Trampel oder Tölpel meinen. Was genau Conrad hier meint, ist also unklar. Die früheren Übersetzer haben zwar alle die Tiermetapher entfernt, die Figur aber sehr unterschiedlich gedeutet. Der Zweite wirkt bei McCalman wie ein »ungehobelter Mensch«, bei Wagner »recht unreif« und bei Berger »reichlich ungelenk«. Bei Piontek, der Conrads lakonische Bemerkung frei ausschmückt, macht der Zweite »den Eindruck eines etwas pomadigen Menschen, der mir auch nicht ganz bei der Sache zu sein schien«. Isaac Jackson, der 23-jährige Zweite Offizier der *Otago*, war übrigens nur sieben Jahre jünger als Conrad.

79 *dégagé:* (frz.) Conrad benutzt diesen auch in der Fechtersprache verwendeten Ausdruck, den man mit »entwaffnend« oder »ungezwungen« übersetzen könnte.

80 *Der letzte Kapitän:* In diesem Fall eine echte Kunstfigur, die als Widerpart zum Erzähler konzipiert ist, wie der Vergleich mit Conrads realem Vorgänger zeigt. Der gebürtige Schotte hieß John Snadden, war ein sehr erfahrener und geachteter Kapitän und keineswegs ein »sonderbarer alter Mann« (S. 83). Er hatte 1865 sein Patent erworben, seit 1875 oft die *Otago* befehligt und war schließlich ihr Teileigner geworden. Mit seinem viel älteren fiktionalen Gegenüber teilte Snadden, der gute Beziehungen mit seinen Offizieren und seiner Mannschaft pflegte, nur eine Vorliebe fürs Geigenspiel. Am 8. Dezember 1887 erlag der gerade erst 50-Jährige an Bord seines Schiffes einem Herzleiden und wurde irgendwo vor der Südostküste Vietnams auf See bestattet. Ein früherer Angestellter der Reederei, der ihn gut gekannt und Conrads Roman offenbar als Tatsachenbericht gelesen hatte, ließ im *Nautical Magazine* vom Juni 1921 eine Ehrenrettung drucken. Darin heißt es: »Ich habe einige freundschaftliche Briefe mit Joseph Conrad be-

züglich der *Otago* gewechselt und schreibe diesen Brief, um meinem alten Freund Kapitän Snadden und um Joseph Conrad Gerechtigkeit widerfahren zu lassen. Es liegt auf der Hand, dass sich Kapitän Snadden und Kapitän Conrad niemals getroffen haben; daher war Kapitän Conrad darauf angewiesen, was die Offiziere der *Otago* ihm berichteten, und was sie sagten, ist nicht wahr. Der Bericht über Kapitän Snadden in der *Schattenlinie* ist absurd, aber dafür gebe ich nicht Kapitän Conrad die Schuld. Kapitän Snadden war kein wortkarger Mann; er war ziemlich gesprächig, und er ließ auch sein Schiff auf See niemals herumbummeln. [...] Ich habe Kapitän Conrads beste Grüße an die Witwe der Eigner der *Otago* übermittelt, und sie erwiderte: ›Wir alle erinnern uns mit Vergnügen an Kapitän Korzeniowskis Besuch bei uns in Woodville. Meine Söhne haben ihn ebenso genossen wie mein Gatte und ich.‹«

– *Eingang zum Golf:* vermutlich an der Ostseite des Golfes von Siam, also vor der Südspitze des heutigen Vietnam, denn das Schiff kam (wie die *Otago*) aus dem nordvietnamesischen Haiphong.

– *geräumiges Grab:* »roomy grave«. Vielleicht ein fernes Echo des »fosse profonde« aus der ersten Strophe von Baudelaires »Le Mort joyeux«, wo der Sprecher sich ein tiefes Grab wünscht, in dem er schlafen kann wie ein Hai in den Wellen (»comme un requin dans l'onde«).

81 *sieben Glasen:* »seven bells«. Der deutsche Ausdruck geht auf das niederländische Wort für Stundenglas zurück. An Bord wurde jede halbe Stunde der jeweils vierstündigen Wache auf der Schiffsglocke angeschlagen. Da die Vormittagswache um acht Uhr begann, wurde die Mannschaft also um halb zwölf zusammengerufen.

– *die Sonne zu schießen:* »to take the sun«. Mittagspeilung der Höhe des Sonnenstandes mithilfe eines Sextanten.

83 *Haiphong:* Der 20 km vor dem Golf von Tonking im sumpfigen Mündungsdelta des Roten Flusses gelegene Ort entwickelte sich erst nach seiner Abtretung an die Franzosen im Jahr 1874 zu einem wichtigen Handelshafen und Marinestützpunkt.

84 *halbe Krone:* »half a crown«, also zwei Shillings und sechs Pence, damals etwa 2,50 Mark.

– *Hongkong:* Die Hafenstadt an der chinesischen Südküste, die

1842 im Vertrag von Nanking an die britische Krone gegangen war, liegt fast 800 km östlich von Haiphong. Die Geschichte der *Otago* vor Conrads Zeit als ihr Kapitän verlief weniger erratisch. Das Schiff war am 22. November 1887 nach gut drei Wochen aus Haiphong mit dem Ziel Hongkong ausgelaufen, denn im Dezember waren keine Stürme zu erwarten. Anders als im Roman war Kapitän Snaddens Ziel nicht das Ergebnis eines »wahnwitzigen Plans«. Er starb auch nicht an einer »geheimnisvollen Krankheit«, sondern an Herzschwäche.

86 *Leeruder gebe:* »put the helm up«. Burns will den Kurs also so ändern, dass das Schiff nicht mehr hart am Wind kreuzen, sondern mit achterlichem Wind nach Lee ablaufen kann. In der englischsprachigen Welt vor 1928 bezogen sich die Ruderbefehle auf die Pinne (»helm«) oder das Steuer und nicht – wie im Deutschen – auf das Ruderblatt im Wasser. Bei dem Kommando »helm up!« wurde die Pinne bzw. das Steuer nach Luv (dem Wind entgegen) gelegt, so dass das Ruderblatt im Wasser nach Lee zeigte und sich das Vorschiff entsprechend nach Lee drehte. Erst vier Jahre nach Conrads Tod, auf der internationalen Schifffahrtskonferenz in London von 1928, wurde empfohlen, die Kommandos an den Rudergänger nach der gewünschten Richtung zu geben, in die sich das Vorschiff drehen sollte.

– *Pulo Condor:* eine schon 1292 von Marco Polo beschriebene Insel im Osten der Südspitze Vietnams, heute Côn So'n genannt.

87 *seine alte Frau:* Auch dieses Detail in Burns' Bericht hat Conrad wohl erfunden. Der Kapitän der *Otago* jedenfalls, der bereits eine Woche nach dem Auslaufen aus Haiphong sehr krank geworden sein muss, diktierte am 5. Dezember 1887 seinem Ersten Offizier Karl Born einen Abschiedsbrief an seine Frau und seine Kinder. Darin spricht Snadden andeutungsweise von Konflikten mit dem Miteigner des Schiffs. Diese hätten seine Herzprobleme derart verstärkt, dass er wohl bald sterben müsse. Der todkranke Kapitän dankt Born, dem Zweiten Offizier Jackson und der Mannschaft für ihre Güte und empfiehlt seiner Witwe, sich einen guten Anwalt zu nehmen, »sollten sie sich auf Dich stürzen, wie es in solchen Fällen meist geschieht. […] In Christo, Dein John Snadden.« Ob Conrad diese Details kannte, ist unklar. Entscheidend ist, dass und wie er seinen fiktiven Kapitän als ominöse, weltver-

neinende Gegenfigur zu seinem jungen, auf See gereiften Erzähler gestaltet.

– *alle Bindungen zu kappen:* »to cut adrift from everything«. Frühere Übersetzer haben diese für den Seemann Burns sprechende und höchst anschauliche nautische Metapher ins eher Landläufige (»alle Brücken hinter sich abzubrechen«) oder ins Allgemeine (»sich von allem befreien«) abgebogen.

88 *ein bloß gewähltes Staatsoberhaupt:* »a mere elected head of the state«. Anders als im Großbritannien des 19. Jh.s waren manche europäische Könige wie der frz. Bürgerkönig Louis Philippe vom jeweiligen Parlament gewählt worden.

89 *der Frau des Kapitäns geschrieben:* Diese Behauptung des fiktionalen Ersten Offiziers Burns steht im Gegensatz zum Verhalten seines realen Vorbilds Born (s. Anm. zu S. 87).

– *Gottesdienst:* »service«. Gemeint ist die Liturgie des »Burial of the Dead« und die »Forms of Prayer to be Used at Sea« nach dem *Book of Common Prayer* der anglikanischen Kirche. Conrad kannte diese Texte so gut, dass er sie nach Aussage seiner Frau noch im Alter neben einzelnen polnischen Brocken im Fieberdelirium seiner Gichtanfälle hersagte.

90 *Telegraphenkabel:* eine Zutat Conrads. In Wirklichkeit gab es weder während seines Kommandos auf der *Otago* noch 1915, als er die *Shadow-Line* begann, ein unterseeisches Kabel zwischen Bangkok und Singapur. Die Kommunikation lief entweder direkt über Postdampfer oder über eine telegraphische Land-See-Verbindung via Saigon. Erst 1927 verlegte man ein Kabel durch den Golf von Siam.

– *Heimathafen:* Im Fall der *Otago* war dies das australische Melbourne, wo auch ihr Erster Offizier Born lebte, wenn er nicht auf See war. Im Roman lässt Conrad die jeweilige Heimat des Schiffs und der Männer offen.

93 *Zeit ist Geld:* Dies Sprichwort wird auf den amerikanischen Staatsmann, Erfinder, Publizisten und Autor Benjamin Franklin (1706–90) zurückgeführt, der es zuerst druckte. Es ist ein Kernsatz seines 1748 erschienenen Ratgebers für einen jungen Händler (»Advice to a Young Tradesman, Written by an Old One«).

– *Arzt:* Das Vorbild für diese Figur ist der Ire William Willis, der lange in Japan gearbeitet hatte, von 1885 bis 1892 der britischen

Gesandtschaft in Bangkok als Arzt diente und sich auch um die Crew der *Otago* kümmerte.

94 *Anzeichen von Cholera:* Johann Carlson, der 28-jährige schwedische Koch und Steward der *Otago*, war am 16. Januar 1888, acht Tage, bevor Conrad das Kommando übernahm, im Hospital von Bangkok an Cholera gestorben. Der 19-jährige Pat Conroy aus England ersetzte ihn, wurde aber selbst bald krank. Im Roman scheint die Mannschaft freilich eher an Malaria zu leiden; das würde das spätere Entsetzen über das aus der Bordapotheke verschwundene Chinin erklären. Die Ursache dieser Tropenkrankheit war damals noch unbekannt.

96 *Gharry:* Auf Hindi die Bezeichnung für einen leichten, oft als eine Art Taxi genutzten Pferdekarren. In »Falk« steigt der Erzähler in so »eine winzige Schachtel auf Rädern, die an einem störrischen burmesischen Pony hängt«.

102 *unserer Abreise:* Conrad hatte Bangkok am 9. Februar 1888 auf der *Otago* (ihre Crew bestand aus drei Engländern, zwei Norwegern, zwei Deutschen, einem Schotten) verlassen. Für den ca. 1240 km langen Törn nach Singapur brauchte die Bark wegen der andauernden Windstille fast drei Wochen. Auf dem Hinweg mit dem Dampfschiff war Conrad nur vier Tage unterwegs gewesen.

– *ruhmlosen Kampf:* Die komplizierte, langwierige und von einem Lotsen verantwortete Navigation auf dem Menam River schildert Conrad in »Falk« und anderen Erzählungen, nicht aber hier, wo er offenbar die einsame Anspannung des Protagonisten betonen will.

103 *Drang der irdischen Verwicklungen an Land:* »mortal coil of shore affairs«. Ein Echo aus dem großen Monolog über Todessehnsucht und Jenseitsfurcht in *Hamlet* III, i, 67 (»When we have shuffled off this mortal coil«; Schlegel: »Wenn wir den Drang des Ird'schen abgeschüttelt«). Conrads Prosa ist voller Anklänge an Shakespeare, den er seit seiner Jugend gelesen und deklamiert hatte. Hier kommt hinzu, dass das Wort »coil« (Aufruhr, Durcheinander) auch eine handfeste nautische Bedeutung hat, nämlich aufgewickeltes Tauwerk. Conrads Kapitän, der sich in die kommerziellen und anderen Komplikationen an Land verstrickt fühlt, macht sich also zumindest unbewusst Hamlets Weltekel zu eigen. In den früheren Übersetzungen spricht der Erzähler dagegen nur

von »lästigen Landangelegenheiten« (McCalman), »dem Haufen langwieriger Landangelegenheiten« (McCalman) oder von der »Wirrsal des Daseins an Land« (Berger).

– *Grazie:* »grace«. Das engl. Wort war – vor allem auf Männer angewandt – nicht nur zur damaligen Zeit mehr- oder gar zweideutig. Bei McCalman hat Ransome »Grazie«, bei Wagner »Charme«. Berger vermeidet jeden homoerotischen Unterton; bei ihr bietet er seinem Kapitän nur »einen erfreulichen Anblick«. Ransome ist einer jener hübschen Matrosen in Conrads Werk und in der englischsprachigen Literatur, die wie Billy Budd, die Titelgestalt in Herman Melvilles Alterswerk, seemännisches Geschick und ein ansehnliches Äußeres mit einem körperlichen, potentiell tragischen Makel verbinden. Anders als Billy Budd hat Ransome aber keine dämonischen Gegenspieler; er trägt seinen Feind in der eigenen Brust.

104 *Emanation aus den stummen, einsamen Wassern:* »emanation from the dumb and lonely waters«. Nicht nur die ungewöhnliche Pluralform erinnert von fern an das biblische Urbild dieser Szene: das Chaos oder Tohuwabohu, die Finsternis auf den konturenlosen Wassern, vor Beginn der Schöpfung (Gen 1, 1). Aber hier schwebt kein Geist mehr über den Wassern; kein Gott spricht und schafft eine geordnete Welt. Conrad psychologisiert die angeblich moderne Ahnung von der »herzlosen Leere« (Melville) des Weltalls. Sein Erzähler versucht ihr Herr zu werden, indem er sie als »absurd« bezeichnet.

105 *einsamen Verantwortung:* »lonely responsibilities«. Im Manuskript folgte hier ein langer Abschnitt über einen Albtraum, in dem der Erzähler von einem Stier attackiert wird. Im Hintergrund stehen Verse aus dem großartigen 22. Psalm nach der *King James Bible*: »Many bulls have compassed me: strong bulls of Bashan have beset me round« (»Große Farren haben mich umgeben, gewaltige Stiere haben mich umringet«, Ps 22, 12). Die stilistisch noch nicht ausgereifte Traumerzählung des Manuskripts spielt mit dem Motiv des Übernatürlichen, und sie treibt die Seelenzustandszergliederung des Protagonisten sehr weit. Wahrscheinlich hat Conrad diese Passage deshalb später gestrichen. Dennoch ist sie nicht ohne Reiz: »Mich bedrückten die Pflichten meiner einsamen Verantwortung; sie lastete auf mir in der düsteren Kammer, wo im

gedämpften Licht der Lampe mein Vorgänger verschieden war im Angesicht von ein paar furchtsamen Matrosen. Durch seine Überfahrt in das Totenreich wurde sie eine riesige Einöde. Ich flüchtete mich in meine Kapitänskajüte, wo meines Wissens niemand gestorben war. Nach all der leidenschaftlichen Wut und Empörung, die ich in meine Angelegenheiten an Land geworfen hatte, lastete die menschenleere Stille des Golfs auf meinem erschütterten Selbstvertrauen wie das schwere, künstliche Gewicht einer feindlichen Macht. Ich tadelte mich für die bloße Existenz dieser ungesunden Empfindung. Ich widersetzte mich ihr. Aber dieser Widerstand war selbst nur die Manifestation einer Befangenheit, die mir eine eigenartige Erfahrung war, ekelhaft und beunruhigend. Eine Woge von Erschöpfung, die mich plötzlich von Kopf bis Fuß überrollte, war mir willkommen. Ich wehrte mich gegen meine morbiden Gedanken. Ohne meine Kleider abzuwerfen, ohne selbst meine Mütze abzusetzen, warf ich mich in die Sofaecke, verschränkte meine Arme vor der Brust und fiel in einen tiefen Schlummer. Ich träumte vom Stier von Bashan. Er tobte brüllend auf seiner Seite eines sehr hohen Zaunes, den er dann und wann krachend mit seinen Vorderhufen und seinen Hörnern bearbeitete. Es war mein Wille (im Traum), auf meiner Seite ein kontemplatives Dasein zu führen. Ich verachtete das Vieh, aber allmählich wuchs in mir die Furcht, dass er ihn am Ende zerbrechen würde – nicht den Zaun, sondern meinen Willen. Eine grauenhafte Furcht. Ich versuchte, gegen sie anzukämpfen und mit meinen eigenen Händen zu Boden zu drücken. Aber sie war stärker als ich, wie eine gewaltige, zusammengedrückte Feder. Dann fand ich mich plötzlich aufrecht auf beiden Beinen, tief verängstigt von meinem Traum und zudem entsetzt angesichts der Erscheinung des toten Kapitäns vor meiner offenen Tür. Denn wer konnte diese dunkle Figur im Zwielicht der Messe sonst sein – gestaltlos still, bösartig schweigend, kein Wesen jedenfalls von dieser Welt. Aber noch bevor meine Zähne klappern konnten, begann die Erscheinung zu sprechen, in einem heiseren, unterwürfigen Ton, den kein Geist anzuschlagen für nötig befunden hätte. Ganz bestimmt nicht der Geist jenes rohen, trotzigen alten Sünders, der diese Welt am liebsten zusammen mit seinem Schiff verlassen hätte. Aber es war nur die Stimme des wachhabenden Matrosen, der unter Deck gekommen war, um mir schwache, ablandige Winde zu melden. Genug, um unter Segel zu gehen, meinte er. Ich befahl ihm, alle Mann ans Ankerspill zu rufen. Bevor er die Kajüte verließ, fiel mir ein, ihn zu fragen, ob es schwer gewesen sei, mich zu wecken. »Sie haben sehr tief geschlafen, Sir«, sagte er mitfühlend, als er sich zurückzog. Das war es gewesen! Er musste ziemlich laut gerufen haben. Er war der Stier von Bashan in meinem Traum, der in allen Einzelheiten so konkret und so lebensnah war, dass er mir weniger unwirklich vorkam als der große, schattenhafte Frieden, auf den ich traf, als ich an Deck kam. Das Klicken der vorderen Ankerwinde, die Stimmen der Männer, die oben im Rigg die Segel loswarfen – ›Großmast ist klar!‹ ›Fockmast ist klar!‹ –, wehten an meinen Ohren vorüber wie gespenstische Geräusche, die nicht von dieser Welt waren. Und der dunkle, stille Golf erschien mir wie ein geheimnisvolles, unzugängliches Heiligtum, in dem meine leisen Befehle den Formeln eines magischen Rituals glichen, das das leblose Schiff in jene Bewegung versetzen würde, die das Leben bedeutet – oder doch die Illusion von Leben. Dies also war der Moment, den ich in meinen Tagträumen als Junge, als ein sehr junger Mann, ersehnt hatte, der erste und erhabenste Moment, da ich, mit nichts als dem großen Atem der weiten Welt als Werkzeug meines Willens, fühlen sollte, wie sich mein erstes Kommando, auf mein Wort und unter meinen Füßen, in Bewegung setzt. Und doch waren jene Tagträume ohne Farbe und Form gewesen, Vorahnungen nicht von realen Umständen, sondern reines, inneres Empfinden. Aber wer hätte sich denn das auch vorstellen können, diesen seltsamen Moment, ohne Zeugen außer den großen Sternen, die klar in einem schwarzen Himmel standen, die Einsamkeit und die Stille und die Entlegenheit dieses Flecks, das unbehagliche Gefühl eines verstohlenen Abschieds von einer schlummernden Küste, für eine geheime und riskante Expedition.«

108 *Kap Liant:* An der Südostküste Siams (Thailands) gelegen, markiert es die Grenze zwischen der Bucht von Bangkok und dem Golf von Siam.

112 *rammte:* »rammed«. Conrads ungewöhnliche Wortwahl illustriert die Erregung des Protagonisten. (In den früheren Übersetzungen »stopfte« oder »steckte« er den Brief in die Tasche.)

113 *behauptete er sich:* »asserted himself«. Ein Blick in das revi-

dierte Typoskript und die Fassung der *English Review* zeigt, wogegen: die drohende Gefahr seiner Vernichtung (»menace of annihilation«). Da alle früheren Buchausgaben diesen Zusatz wegließen, mussten die Übersetzer spekulieren: »Seine Lebenskräfte kehrten allmählich wieder« (McCalman); »Mit aller Gewalt brachte er sich zur Geltung« (Wagner); »Er gab sich energisch« (Berger).

114 *8° 20':* Burns hat den Kapitän also auf der Position acht Grad 20 Minuten nördlicher Breite an der Südwestspitze des heutigen Vietnam bestattet, ungefähr da, wo der Golf von Siam in das südchinesische Meer übergeht. Der reale Ort der Seebestattung des historischen Kapitäns der *Otago* lag viel weiter östlich.

115 *eine kleine Strecke vorangekommen:* »advanced a little way«. Englische Leser um 1917 konnten diese und verwandte Stellen, in denen von »attacks« und »retreats« im Niemandsland der See die Rede ist, mit der Situation der Soldaten auf den Schlachtfeldern Europas in Verbindung bringen.

– *die größere Weite des Golfs von Siam:* Im revidierten Typoskript findet sich die folgende, stilistisch unausgereifte und vielleicht allzu ausführliche Analyse seines jüngeren Selbst durch den Erzähler, die schon für die Erstpublikation in der *English Review* gestrichen wurde. »Da begann ich wahrzunehmen, wie mein launenhafter Verdruss und Kapitän Giles' allumfassende Güte meine allertiefsten Empfindungen beeinflussten. Ich konnte Kapitän Giles ebenso wenig vergessen wie Mr. Burns den toten Kapitän des Schiffes und meinen außergewöhnlichen Vorgänger. Nicht dass ich Mr. Burns' abergläubische Überzeugungen teilte. Auch fürchtete ich den Toten nicht, den ich ja nie gesehen hatte. Aber ich konnte mich nicht wehren gegen ein gewisses Schaudern bei dem Gedanken, wie die selbstgefällige Liebenswürdigkeit jenes hervorragenden Mannes mich offenbar, an Händen und Füßen gefesselt, einer anscheinend unvorhersehbaren, unvorstellbaren und schwarzen Katastrophe überantwortet hatte. An Händen und Füßen gefesselt, sage ich, denn so fühlt sich ein Seemann, wenn sein Wille gelähmt wird durch die launenhaften, widersprüchlichen Stimmungen eines linden, tropischen Wetters.«

116 *Jedenfalls dachte ich das:* Im Typoskript für die englische Zeitschriftenfassung folgte hier noch eine lange, erkennbar unfertige Passage darüber, dass es »keinen Grund für besondere Be-

fürchtungen« gebe und der junge Kapitän aufreibenden »Komplikationen« an Land ja auf die offene See entfliehen könnte, wo »ich, dem Schlimmsten, was mir begegnen würde, ins Auge sehend, dennoch zu Hause war. Freilich trifft man das Böse auch zu Hause an, selbst wenn dieses Zuhause auf den großen, azurblauen Wassern liegt. Dort aber war mein Selbstvertrauen nicht zu erschüttern.«

– *einen Beruf ausübt:* »pursuing a calling«. Der englische Wortlaut lässt auch eine emphatischere Deutung zu: einer Berufung folgen.

– *der böse Bann:* »the evil spell«. Im Englischen doppeldeutig, denn »spell« kann auch – wie an anderen Stellen im Roman – eine bloße Zeitspanne meinen.

– *sie versprachen gute Fahrt, die in Abdrift endete:* »promises of advance, ending in lost ground«. Auch hier konnten zeitgenössische englische Leser eine Anspielung auf das Geschehen an den Frontlinien des Weltkriegs erkennen.

– *Koh-ring:* Ein plausibler Name für das Zentrum eines imaginierten Zauberrings im siamesischen Golf (›koh‹ heißt auf Siamesisch ›Insel‹). Schon im »Secret Sharer« bildet der schwarz aus der See aufragende Steilhang von Koh-ring eine ominöse Kulisse für das dramatische Ende der Erzählung. Vielleicht basiert Conrads fiktives Eiland auf Koh Rin, einem massiven Felsbrocken in dem ca. 20 km vor Pattaya an der thailändischen Westküste gelegenen Archipel.

117 *Triton zwischen Gründlingen:* »a triton amongst minnows«. Ein Sprichwort, das sich über einen grotesken Kontrast mokiert. Der Meeresgott Triton, Sohn des Poseidon und der Amphitrite, wird schon bei Shakespeare den kleinen Ellritzen oder Pfrillen gegenübergestellt, nämlich in *Coriolanus* III, i, 89, wo der Titelheld derart einen römischen Volkstribun verspottet (»Hört ihr der Gründlinge Triton?«, nach Dorothea Tieck).

120 *böser Lakai:* »evil attendant«. Frühere Übersetzer deuteten dies als »verhängnisvoller« (McCalman), »übelgesinnter Begleiter« (Wagner) oder »boshafter Gefährte« (Berger).

122 *Probe im glühenden Ofen:* »the ordeal of the fiery furnace«. Anspielung auf die biblische Geschichte von den jüdischen Jünglingen im Feuerofen des Königs Nebukadnezar (Dan 3, 6–26).

– *das Licht der Sterne atemlos:* »the breathless starlight«. Ein typisches Beispiel für Conrads eigenartige, oft (wie hier) synästhetische Wortverbindungen, die frühere Übersetzer, deutsche wie französische, tendenziell mieden.

– *köstlicher als Gold:* »more precious than gold«. Ironisches Echo aus dem ersten Petrusbrief, wo die Gläubigen »mancherlei Anfechtungen« erdulden, »auf dass euer Glaube rechtschaffen und viel köstlicher erfunden werde, denn das vergängliche Gold« (1, 6f).

123 *Vorahnung:* Im unrevidierten Typoskript folgte noch ein etwas pathetischer Vergleich: »eine Vorahnung, als hätte die Schwinge flatternder Furcht meine Wange gestreift. Ja, das Gewicht (lächerlich leicht) hatte mich alarmiert.«

125 *einsam und grimmig:* »lonely and fierce«. Im Typoskript ist der feuerrote Bart noch »bedrohlich«, und der Erzähler ergänzt: »Er sah wirklich schrecklich aus. Mir fiel sogar auf, dass er so wirkte, also schreckte er mich persönlich nicht. Solche Eindrücke konnten mir jetzt nichts mehr anhaben.«

126 *»Was haben Sie?«:* In der amerikanischen Erstfassung ergänzt der Erzähler entsetzt: »Einen Toten?« Und Ransome antwortet: »Keineswegs, Sir. Er hat nur versucht, sich den Bart zu trimmen.«

– *mit einer toten Mannschaft:* Dieses Motiv, Stoff für Seemannsgarn wie für hohe Kunst, konnte Conrad z. B. aus Samuel Taylor Coleridges berühmter Ballade vom »Ancient Mariner« (1798), Fredrik Marryats Abenteuerroman *The Phantom Ship* (1839) oder Wagners *Fliegendem Holländer* (1841) kennen.

128 *starrte ich ihn bloß an:* Das Typoskript hatte noch ergänzt: »Ich kann mir meinen Gesichtsausdruck vorstellen, und ich bin froh, dass da kein Spiegel hing, in dem ich mich, mit solchen Augen, hätte sehen können.«

129 *Tonkin:* Der Name eines Verwaltungsbezirks im französischen Indochina, also im Norden des heutigen Vietnam. Sogar dort interessierte man sich bald für Conrads Werke. Der Kommandant einer in Bac Lé stationierten Einheit namens Lebouc hatte 1910 ohne Kenntnis des Autors seinen zweiten Roman, *The Outcast of the Islands* (1896), übersetzt.

– *Monsun aus Nordost:* Von November bis März bläst der Monsun in Ostasien aus Nordost, von April bis September aus Südwest. Das war schon den Seekarten und nautischen Handbüchern im 19. Jh. zu entnehmen. Die Handlung spielt also im Winter, und die Route des Schiffes entlang der in Luv liegenden Ostküste des Golfs von Siam ist jedenfalls die sichere.

– *Fliegender Holländer:* Wagner, *en vogue* auch in England, gehörte nicht zu Conrads Göttern. Das zeigt ein Brief an den Journalisten Christoper Sandeman im Juni 1917. Dieser hatte ihm seinen zweisprachigen Prachtband mit dem Titel *Die Hohenzollerndämmerung: eine Welt-Tragödie* geschickt, in dem er Wagners Libretto auf den erhofften Untergang der deutschen Dynastie münzt. Sandeman, der im Krieg als Nachrichtenoffizier diente, hatte auf eine Rezension durch Conrad gehofft. Dieser gestand ihm freilich seine »abgrundtiefe Unkenntnis der germanischen Mythologie« und fuhr fort: »Ich weiß absolut nichts über die Sagen, die Wagner *a mis en musique*. Ich kenne sie noch nicht einmal aus Opernführern, denn die einzige Wagneraufführung, die ich je gesehen habe, ist sein Tristan – vor 24 Jahren in Brüssel. […] Und ich kann kein Deutsch – jedenfalls nicht genug, um den Text zu verstehen.« Als Schüler des Annengymnasiums in Krakau dürfte Conrad freilich Deutsch gelernt haben. Sein Sohn Borys erinnerte sich später, dass der Vater »lange und sehr flüssig« auf die deutschsprechenden Soldaten eingeredet hatte, als diese die Familie im Herbst 1914 an der österreichisch-italienischen Front festhielten. Auf Conrads Deutschkenntnisse deuten sprachliche Einsprengsel in der Erzählung »Falk« hin, in der auch auf Wagner angespielt wird. Gegen die haarsträubende Geschichte eines skandinavischen Schlepperkapitäns, der – ein naturalistischer Kraftmensch – einem verzweifelt geliebten, walkürenhaft aussehenden deutschen Mädchen am Ende gesteht, dass er nach einem Schiffbruch zum Kannibalen wurde, verblasse, so der Erzähler, »die Sage vom Fliegenden Holländer mit ihrer konventionellen Abfolge von Verbrechen und sentimentaler Vergeltung wie eine hübsche Girlande, wie ein weißes Fähnchen Dunst«.

130 *dass der so was macht:* Das unrevidierte Typoskript ergänzte hier eine distanziertere Überleitung: »Es hatte keinen Zweck, mit ihm zu streiten. Und zudem war es zweifellos nur natürlich, dass meine Empörung keine Grenzen kannte.«

131 *unbewegt:* »blankly«. Conrads Wort für Ransomes erste Reaktion ist mehrdeutig. In früheren Übersetzungen sieht er »bestürzt« (McCalman) oder »verblüfft« (Wagner, Berger) drein. In »Heart of Darkness« und anderen Erzählungen verwendet Conrad das Wort aber als Bezeichnung für etwas Leeres, Ausdrucksloses. Das passt zu Ransomes äußerst kontrolliertem Auftreten.

– *Nichts:* Auch hier hatte Conrad eine wohl allzu explizite Fortsetzung des Typoskripts gestrichen, die von der Unmittelbarkeit des Erlebten in die Distanz des Erzählens führt: »Der Golf von Siam war in jenen Tagen eine ziemlich einsame Wasserfläche. Seitdem wir aufgebrochen waren, hatten wir nichts gesehen, das sich bewegt hätte. Das gab einem das sonderbare Gefühl, von der ganzen Menschheit gemieden zu werden, als hätte uns ein unerklärlicher Fluch mit einem Zeichen markiert für unsere Absonderung. Die erste geistige Unordnung, in die mich die verhängnisvolle Entdeckung versetzt hatte, wich nun einer ständig wachsenden Furcht. Die das Schiff umgebende Stille schien in meiner Wahrnehmung eine tragische Intensität angenommen zu haben, eine düstere Farbe, das Aroma des Todes.«

132 *schreckliche Momente:* Die im Typoskript folgende Erklärung strich Conrad wieder: »Ich war noch zu neu im Geschäft, noch zu jung und unerfahren, um mein aufgewühltes Gewissen im Zaum zu halten.«

– *mein Gesicht versteinert:* »my face was set hard«. Ein leises, ironisches Echo auf das glaubensstarke Prophetenwort: »I have set my face like a flint, and I know I shall not be shamed« (Jes 50, 7); bei Luther: »Darum habe ich mein Angesicht dargeboten als einen Kieselstein; denn ich weiß, daß ich nicht zu Schanden werde.«

133 *Das ist das albernste, das zweckloseste – …:* »It is the pettiest, the most aimless! …« Wie manche anderen rätselhaften Wendungen des Erzählers verlockt auch dieser fragmentarische Ausbruch seines jüngeren Ich manche Übersetzer zum Rätseln und Erfinden: »Es ist alles so zwecklos und aussichtslos!« (McCalman); »Es ist das Kleinlichste und Aussichtsloseste, das ich je erlebt habe …« (Wagner); »Alles ist höchst sinn- und zwecklos!« (Berger)

134 *Werk der sieben Tage:* die Schöpfung der Welt, nach dem ersten (entstehungsgeschichtlich jüngeren) Bericht in Gen 1, der

freilich – das unterschlägt der junge Kapitän in seinem Weltekel – in Gottes bewusster Erschaffung von Frau und Mann gipfelt.

136 *Alles steht back:* Das ist eine gefährliche Lage. Der Wind fällt direkt von vorn ein und drückt die Rahsegel an den Mast; das Schiff bewegt sich rückwärts und reagiert nicht aufs Steuer.

137 *Die grundsätzlichen Mängel seines Gesichts:* »the fundamental defects of his face«. In den ersten Textfassungen bis zur amerikanischen Buchausgabe folgte noch der Zusatz: »Die Krankheit enthüllte auf erschreckende Weise seinen gemeinen Typus.« Im Unterschied zu früheren Werken Conrads erscheint hier die fast schon physiognomische Lesart der Gesichter nach Typen seltsam vorurteilsbeladen und konventionell. Es handelt sich freilich um Vorurteile des rückblickenden Ich-Erzählers. Schon auf den ersten Blick wirken ja beide Offiziere, die sich als nicht verlässlich erweisen, auf ihn grotesk. Der überaus ansehnliche, wenn auch schwerkranke Ransome dagegen bewährt sich als Koch und Steward, als Krankenpfleger und Matrose, sogar als stiller Teilhaber der Sorgen seines Kapitäns.

– *Punch:* Mr. Punch ist (abgeleitet vom Punchinello der Commedia dell'Arte) die männliche Hauptfigur im traditionellen britischen Puppenspiel um »Punch and Judy«, das noch im viktorianischen Zeitalter zum Unterhaltungsrepertoire von Straßenfesten und Seebädern gehörte. Er ist ein buckliger Zwerg, dessen riesige Hakennase fast sein vorkragendes Kinn berührt.

– *Dungaree:* (Hindi) Stoff aus minderwertiger Baumwolle.

138 *Gambril:* Ein älterer, kranker Seemann dieses Namens taucht auch in »Falk« auf.

– *irres Gekreisch:* »insane shriek«. Ein Beispiel für Conrads Technik der leitmotivischen Verknüpfung, denn damit ähnelt der Erzähler dem »kreischenden« Steward zu Beginn. In den früheren Übersetzungen, in denen der Erzähler sich vor einem »unsinnigen Schrei« fürchtet, ist auch dieses ironische Detail nicht mehr erkennbar.

139 *König von Jerusalem:* Wohl keine Anspielung auf das nach dem ersten Kreuzzug begründete Königreich in Palästina, sondern auf eine lokale Tradition Südenglands. In Conrads Wahlheimat Kent war nämlich 1832 ein offenbar geistig verwirrter Mann aus Cornwall namens John Nichols Thom aufgetreten, der dort

vergeblich für die Parlamentswahl kandidiert hatte. Nach einigen Jahren im Irrenhaus trat »Mad Tom« unter dem Namen »Sir William Courtenay« erneut auf, proklamierte sich zum König von Jerusalem, scharte im Oktober 1837 einige Dutzend Bewaffnete um sich und tötete einen Wachtmeister, der ihn arretieren sollte. Die örtliche Miliz und eine Kompanie von just aus Indien zurückgekehrten Infanteriesoldaten machten dem Spuk im Mai 1838 bei Bossenden Wood ein Ende. »Mad Tom« und einige seiner Mitstreiter wurden dabei getötet, zwei andere Rädelsführer später nach Australien deportiert.

– *brütende Stille der Welt:* »brooding stillness of the world«. McCalman und Wagner machen daraus die »Stille des Weltalls«; im Typoskript ist hier noch vom »Golf« die Rede.

– *Flüstergalerie:* z.B. die in der Kuppel der St. Paul's Cathedral in London.

142 *Wie besessen:* Im Typoskript fragt sich der Erzähler, ob seine »eigene Vorstellung einer Verschwörung aller Naturkräfte«, gegen die er sich nicht »verteidigen« konnte, so viel »vernünftiger sei als Mr. Burns' Glaube an die wirksame Arglist eines Toten, der in 200 Faden Wassertiefe liegt?«

– *problematischen Dampfer:* »problematical steamer«. Der Sinn der Stelle ist unklar. Ist es Conrads Kurzschrift – in sozusagen freier flottierender ›polnischer‹ Syntax – für das Problem, in der Weite des windstillen Golfs auf einen Dampfer zu hoffen, der unabhängig vom Wind seinen Kurs beibehalten kann? Oder äußert sich hier wieder die Skepsis des nostalgischen Erzählers, der einem modernen Dampfer nicht »jene blinde Loyalität« (S. 12) entgegenbringen kann, die ein zünftiges Vollschiff verdient? In jedem Fall zeigt sich hier erneut die Fremdartigkeit von Conrads Prosa. Frühere Übersetzer haben das Wort ausgelassen.

143 *seine Hand:* Nur als sprachliche Reminiszenz steht hier Hiob im Hintergrund, der Streitfall zwischen Gott und Teufel: »Und der Herr sprach zum Satan: Siehe, alles, was er hat, sei in deiner Hand; nur an ihn selbst lege deine Hand nicht« (Hiob 1, 12).

145 *Tagebuch:* Persönliche Notizen Conrads von der Fahrt der *Otago* nach Singapur sind nicht erhalten. Zwei Jahre später, zu Beginn seines folgenreichen Aufenthalts in Zentralafrika vom Juni bis Dezember 1890, führte er freilich auf seinem mehr als einmo-

natigen Fußmarsch von Matadi nach Kinshasa ein Tagebuch. Mit seinen Notizen über die Navigation auf dem Kongo verarbeitete er es später in »Heart of Darkness«. Conrads Aufzeichnungen von 1890 belegen seine »seelische Absonderung« von der korrupten belgischen Kolonialbürokratie. Sie gehören zu seinen frühesten englischen Texten. Seine dort erkennbaren Schwierigkeiten bei der Wortwahl, Rechtschreibung und Grammatik spiegeln die Tatsache, dass er noch 1890 seine Briefe meist auf Polnisch abfasste und im Kongo natürlich Französisch sprach.

146 *meine Sünden gefunden:* »as if all my sins had found me out«. Ein geflügeltes Wort, das auch andere zeitgenössische Autoren wie Stevenson und Conan Doyle verwendeten und auf Moses Mahnung an sein Volk zurückgeht: »ye have sinned against the LORD: and be sure your sin will find you out« (Num 32, 23). In der Lutherbibel um 1900 heißt es: »so werdet ihr euch an dem HErrn versündigen, und werdet eurer Sünde innewerden, wenn sie euch finden wird«. In Unkenntnis der Bibelstelle fühlten sich die früheren Übersetzer zu gewagten Deutungen veranlasst. Bei McCalman, die den Roman ja als »Beichte« interpretiert, ist dem jungen Kapitän »zumute, als müßte ich jetzt alle meine Sünden büßen«. Bei Wagner ist ihm zumute, als »kämen alle meine Sünden an den Tag und verfolgten mich«, bei Berger, »als stünden alle Sünden vor mir«. Conrad betont freilich weniger ein bußfertiges Schuldgefühl, als vielmehr eine Selbsterkenntnis: Der junge Kapitän fühlt sich ertappt, gestellt, in die Enge getrieben von der »Unsicherheit« seines früheren Lebens – und dem schrecklichen Verdacht, dass er nichts taugt.

147 *einen neuen Satz:* nämlich Ersatz für die zerfetzten Segel.

149 *in Ruß verwandelt:* »turned to soot«. Conrads anschaulichere Verschärfung des ursprünglich gewählten »darkness«.

150 *das Großsegel aufzugeien:* »haul this mainsail close up«. Um das größte Segel des Schiffs zu »bergen« (so McCalman und Berger), also hochzuziehen, einzurollen und an der Rah festzubinden oder gar abzunehmen, müssten die entkräfteten Männer eigentlich aufentern. Stattdessen geht es dem Kapitän darum, das Segel ganz dicht an die Rah zu ziehen, um einer drohenden Bö möglichst wenig Widerstand zu bieten. Mehr kann er nicht tun.

– *Titanen:* in der griechischen Mythologie die zwölf Söhne und Töchter von Himmel (Uranus) und Erde (Gaia).

151 *Wertlosigkeit:* »unworthiness«. Conrads Wortwahl erinnert hier von fern an die römisch-katholische Liturgie des *Ecce Agnus Dei* in der Eucharistie, in der die Kommunikanten den demütigen Satz des Hauptmanns zu Kapernaum zitieren: »Lord, I am not worthy« (»Herr, ich bin nicht wert, dass du unter mein Dach gehest«, Mt 8, 8). Conrad hegte seit seinem 14. Lebensjahr eine tief sitzende Abneigung gegenüber der »christlichen Religion, ihren Dogmen, ihren Zeremonien und Festen«, wie er seinem Freund Edward Garnett zu Weihnachten 1902 gestand: »Und das ärgerlichste an ihr ist die Tatsache, dass niemand – nicht ein einziger Bischof – daran glaubt. Die Sache im Stall ist einfach nicht überzeugend.« Dennoch wusste Conrad um die Bedeutung religiöser Sprache, und von der römisch-katholischen Kirche, in die er als Kind hineingetauft worden war, sagte er sich offiziell nie los.

151 *bodenlosen, schwarzen Abgrund:* »bottomless black pit«. In der *King James Bible* die Bezeichnung des endzeitlichen »Abgrunds« (so Luther) in der Apokalypse des Johannes (z. B. Offb 20, 1–3).

152 *alle Fallen zu klarieren und an Deck aufzuschießen:* »all the halyards laid down on deck clear for running«. Alle Taue und Leinen des sog. laufenden Guts, mit denen die Segel gestellt werden, liegen dann in lockeren Schlaufen an Deck bereit.

153 *achteraus laufen:* also mit dem Heck in Fahrtrichtung, ein hochgefährlicher Moment, den Conrad am Beispiel eines schwer beschädigten, führerlosen Dampfers in »Falk« beschreibt.

155 *die Finsternis vor Erschaffung der Welt:* »Am Anfang schuf Gott Himmel und Erde … und es war finster auf der Tiefe.« (Gen 1, 1–2).

157 *unter einem bösen Stern:* »ill-starred«. Frühere Übersetzer sprechen von dem »zum Unglück bestimmten« (McCalman), »unheilvollen« (Wagner) oder gar »glücklosen« Schiff (Berger). Im Hintergrund steht aber die alte Vorstellung, dass das Schicksal in den Sternen stehe. Vielleicht hatte Conrad hier Shakespeares Othello im Ohr. Der nennt Desdemona nämlich, nachdem er sie erdrosselt hat, »ill-starred wench!« (was Wolf Graf Baudissin zu einem »Kind des Jammers« verniedlicht). Zu spät erkennt der lange verblendete Mohr hier, dass er selbst sein Schicksal nicht in

der Hand hat, und er sagt es mit einer nautischen Metapher: »Hier ist mein Reiseziel, mein Ankerplatz, / Die fernste Seemark für mein ruhend Schiff.« Kein Wunder, wenn Conrad an diese Stelle dachte.

160 *Reue:* »remorse«. Die religiös gefärbte Sprache des Erzählers suggeriert an dieser Stelle ein peinigendes Schuldbewusstsein, das aber keine Erlösung durch Beichte, Buße und Lossprechung findet. Auch Conrad glaubte nicht an Vergebung oder Entsühnung. »Das Dogma (oder die Theorie) von der Buße durch das Leiden« sei, schrieb er an Marguerite Poradowska schon 1891, »ganz einfach nur ein schäbiges Greuel, wenn es gebildete Leute verkünden. Es ist ein Dogma, das einerseits geradewegs in die Inquisition führt und andererseits die Möglichkeit eröffnet, mit dem Allmächtigen zu feilschen.« Auch die Idee von Sühne und Wiedergutmachung lehnte er ab: »Alles Handeln im Leben ist endgültig und bringt unweigerlich seine Konsequenzen hervor, trotz allem Heulen und Zähneklappern und dem Kummer schwacher Seelen.«

162 *Gerippe:* »carcass«; das Wort könnte auch »Kadaver« bedeuten. Conrads Figurenrede dient immer auch der Charakterdarstellung. Der erregte Burns spricht hier nicht pietätvoll von der »Leiche« (McCalman, Berger) oder gar dem »Leichnam« (Wagner) seines verhassten früheren Kapitäns, sondern ganz anschaulich davon, was jetzt von ihm übrig ist.

163 *dahingeschiedenen Bruder:* »our departed brother«. Burns echot die Agende für den anglikanischen Trauergottesdienst im *Book of Common Prayer*. Die spricht von »our dear brother here departed«, und zwar just in dem Moment, da ein Toter der See übergeben wird.

– *kehrt sie sich auf dem Absatz um:* »swinging on her heel«. Wieder bedient sich Conrads enttäuschter Kapitän der seemännischen Idee vom Schiff als wetterwendischer Frau, die sich schnöde abwendet und in die Irre geht – eine vielsagende Bildsprache, die alle früheren Übersetzungen (auch die französischen) meiden.

170 *sein Hirn:* »his brain began to go«. Der von seinem Wahn geheilte Burns vermutet offenbar so etwas wie progressive Paralyse, also Syphilis, was zu der Affäre mit dem »Weibsbild« in Haiphong passen würde. Bei McCalman und Wagner ist der alte

Kapitän nur »nicht mehr zurechnungsfähig«, bei Berger »nicht mehr recht bei Verstand«.

171 *Borddisziplin:* Die erhöhte Poop auf dem Achterdeck war traditionell dem Kapitän, den Offizieren und dem Rudergänger vorbehalten.

173 *Luvruder:* »put the helm down«. Das Schiff dreht sich in den Wind und verliert Fahrt.

174 *Abtransport der Mannschaft:* Als Conrad am 1. März 1888 in Singapur einlief, lagen neben einem britischen und einem deutschen drei holländische Kriegsschiffe dort. Es ist aber unwahrscheinlich, dass drei Barkassen und fünf Ärzte der *Otago* zu Hilfe eilten. Nach der *Singapore Free Press* ließ der Chefarzt der Kolonie nur drei Männer der Crew ins Krankenhaus verlegen.

176 *dem Wert und der Schönheit:* »the worth and the comeliness«. Dem jungen Kapitän, der auf seinem ersten Kommando seinen eigenen »Wert beweisen musste« (S. 71), fällt im Moment des Abschieds von seinem wertvollsten Gefährten das alte Wort von der »comeliness« ein. In der englischen Bibel taucht es in der alttestamentlichen Liebeslyrik des Hohelieds (»deine Gestalt ist lieblich«) oder im berühmten Gottesknechtslied des Propheten Jesaja auf: »Er hatte keine Gestalt noch Schöne [...]. Er war der Allerverachtetste und Unwerteste, voller Schmerzen und Krankheit« (Jes 53, 2–3). In früheren Übersetzungen spricht der Erzähler, weniger riskant, von Ransomes »Vortrefflichkeit und Liebenswürdigkeit« (McCalman, Wagner), seiner »Würde« und seinem »Anstand« (Berger).

178 *Mannschaft eines havarierten Schiffes:* Nur einer der fünf am 1. März 1888 neu angeheuerten Seeleute kam von der kurz zuvor havarierten *Ann Millicent.* Vom »Kapitän Korzeniowski« abgesehen, verzeichnete die Musterrolle der *Otago* für die schon zwei Tage darauf am 3. März angetretene Fahrt nach Sydney nun drei Engländer, zwei Deutsche und je einen Schotten, Schweden, Dänen und Kanadier.

179 *leichtlebiger Jüngelchen:* »skittish youngsters«. Im Englischen mit der Nebenbedeutung von ausgelassenen, sprunghaften oder scheuen Fohlen.

180 *hasenherzig:* »faint-hearted«. Damit stellt Conrad das vielleicht verzagte Herz des Erzählers neben das todkranke seines tap-

feren Gefährten Ransome. Im Vorwurf, »kleinmütig« (McCalman, Wagner), »découragé« (Hoppenot), »peureux« (Herbulot) oder »timoré« (Lamolle) zu sein oder zu »verzagen« (Berger), ist dieser im Original deutliche Hinweis nicht mehr erkennbar.

182 *Mordsschiss:* »blue funk«. Schon Kapitän Ellis bediente sich eines ähnlichen Slangausdrucks (S. 48). Hier bezeichnet die noch verstärkte Wendung so etwas wie nackte Panik. Sie zeigt an, dass der bisher so gelassene Ransome, aus dem Dienst entlassen und ganz allein mit seiner Angst, jetzt auch sprachlich aus der Rolle fällt.

– *sein Herz, sein grausames Herz:* »his heart, his cruel heart«. Diese in Conrads korrigiertem Typoskript und in der *English Review* noch vorhandene Wendung fehlt in allen Buchausgaben vor der historisch-kritischen Cambridge Edition (2013). Diese sucht alle nicht autorisierten Eingriffe in den Text auszuschließen und benutzt daher das Typoskript als primäre Textgrundlage. Ob Conrad selbst die Streichung dieser Wendung für die beiden Buchausgaben von 1917 autorisierte, ist unbekannt. Man kann darüber streiten, welche Fassung des Schlusses wirkungsvoller ist. Im Brief an Sidney Colvin vom 27. Februar 1917 betonte Conrad, wie sehr das Buch hinter der Intensität seiner eigenen Erfahrungen zurückfiel: »Mein letzter Auftritt mit Ransome ist nur andeutungsweise skizziert. Es gibt Dinge, Momente, die überantwortet man nicht der Verständnislosigkeit des Publikums, der Häme von Journalisten. Nein. Das war kein Erlebnis, das man ›auf der Straße‹ zur Schau stellt.«

ANMERKUNG DES AUTORS

183 *Rezensent:* Conrad schrieb seine Vorbemerkung drei Jahre nach dem Erstdruck für die 1920 bei Doubleday in New York erschienene Neuausgabe. Zu seiner Überraschung hatten mehrere Kritiker auf die angeblich »übernatürlichen« Aspekte seines Romans hingewiesen. Offenbar wurden sie durch die Verlagswerbung am Ende der ersten englischen Buchausgabe von 1917 dazu verführt. Dort pries man das Werk als »eine Geschichte aus dem Fernen Osten über ein von einem Spuk verfolgtes Schiff« und ein

»Gegenstück in Prosa« zu Samuel Taylor Coleridges berühmter Schauerballade vom »Ancient Mariner« (1798). Einer Freundin gestand Conrad im Frühjahr 1917: »Es ist eigenartig, aber ich habe beim Schreiben der Geschichte ihren übernatürlichen Aspekt weder beabsichtigt noch ›gefühlt‹. Er kam irgendwie zustande, und erst meine Leser haben mich darauf aufmerksam gemacht.«

184 *Erstes Kommando:* »First Command«. Conrad erwähnt diesen Arbeitstitel schon im Brief an den Verleger William Blackwood im Februar 1899, dem er auch eine mit »A Seaman« betitelte Skizze angeboten hatte. Beide Projekte, so Conrad, »kriechen mir im Kopf herum, müssen aber noch eingefangen und in irgendeine Form gezwungen werden. Ich glaube – ich glaube, sie werden so gut wie (so sagen manche) ›Youth‹ geworden ist.« Die Niederschrift der beiden Geschichten wurde freilich verhindert durch die schwierige Arbeit an dem Roman *The Rescue.* Im März 1915 ersetzte Conrad den ersten, einfachen Arbeitstitel »First Command« durch den ungleich suggestiveren Titel.

185 *Prüfung einer ganzen Generation:* Der Erste Weltkrieg kostete mehr als einer Million meist junger Briten das Leben; über zwei Millionen wurden verwundet.

– *1916:* In Wirklichkeit entstand der Roman schon 1915, und seine Niederschrift dauerte nicht drei, sondern mehr als zehn Monate. Conrads spätere Datierung im Vorwort bildet also eine Parallele zu der besonders verlustreichen Schlacht an der Somme von Juli bis Mitte November 1916, die für mehr als eine Million verwundeter oder gefallener Soldaten auf beiden Seiten der Frontlinie zur »höchsten Prüfung« geworden war.

186 *Ausdrucksfehlern:* »mistakes in speech«. Wohl nicht bloß missverständliche Äußerungen, sondern peinliche sprachliche Missgriffe, die Conrad auch nach Jahrzehnten in England noch immer fürchtete.

– *aus der Fernsicht:* »seen in perspective«. Gemeint ist hier ein »Perspektiv« oder Fernglas. Conrad spricht also von der Macht der selektiven Erinnerung aus zeitlichem Abstand.

187 *Plazierung:* Auf dem Titelblatt der engl. Erstausgabe stand unter dem Motto, wie der Rezensent der *Saturday Review* vom 24. März 1917 bemerkte, nicht der »Name eines Menschen, sondern ein Schiff mit gesetzten Segeln«.

189 *Der geheime Teilhaber:* »The Secret Sharer«. Die Anfang Dezember 1909 in knapp zwei Wochen niedergeschriebene Erzählung wurde zuerst im August und September 1910 im New Yorker *Harper's Monthly Magazine* gedruckt. Zwei Jahre später erschien sie neben »A Smile of Fortune« und »Freya of the Seven Isles« in *'Twixt Land and Sea* (1912) in London und New York. Conrad war mit der unerwartet erfolgreichen Sammlung teilweise unzufrieden. Das galt nicht für »The Secret Sharer«, wie er Garnett im November 1912 schrieb: »Freya ist ziemlich mies. Andererseits, mal unter uns, der geheime Teilhaber – das ist es! Oder? Da gibt's keine dieser verdammten Tricks mit Mädchen. Oder? Jedes Wort sitzt, kein Ton ist irgendwie wackelig oder unsicher. Glück, alter Junge! Pures Glück.« Anfangs hatte Conrad freilich nicht recht gewusst, welchen Titel er wählen sollte. Mitte Dezember 1910 hatte er seinem Agenten Pinker mehrere Varianten vorgeschlagen: »The Secret Self«, »The Other Self« und »The Secret Sharer«; Letzteres sei aber »vielleicht allzu enigmatisch«. Pinker möge entscheiden. Der am Ende gewählte Titel ist auch deshalb rätselhaft, weil er grammatisch mehrdeutig ist. Entweder versteht man »secret« als Adjektiv oder aber als (betonten) Teil eines Kompositums, nämlich als Ausdruck für einen Mitwisser »von Geheimnissen«. Die Erzählung legt die erstere Deutung nahe. Ungefähr in ihrer Mitte empfindet der Erzähler seinen geheimen Gefährten als den »secret sharer of my life«. Zweimal verwendet er später die Formulierung vom »secret sharer of my cabin«, und im allerletzten Satz nimmt er Abschied vom »secret sharer of my cabin and my thoughts«. Die Übersetzung des Titels sollte also mit diesen fünf Wendungen übereinstimmen. Conrads Freund, Übersetzer und Biograph George Jean-Aubry wählte 1924 für seine frz. Fassung den Titel »L'hôte secret«. Die Rede vom »heimlichen Gast« passt freilich nicht für alle Stellen im Text. Die für die Bibliothèque de la Pléiade revidierte Übersetzung Jean-Aubrys (1987) ist daher wie andere frz. Versionen mit *Le compagnon secret* betitelt. Die Übersetzer betonten damit wie ihre italienischen Kollegen (*Il compagno segreto*) den Aspekt der Vertrautheit zwischen dem Erzähler und seinem »geheimen Gefährten«. In Analogie zu Conrads erstem

Titelvorschlag (etwa: »Das geheime Selbst« oder »Ich«) haben die meisten Kritiker und alle deutschen Übersetzungen das Wort »secret« als Eigenschaftswort gedeutet. Elsie McCalmans gekürzte Fassung der »Novelle« (so der deutsche Untertitel) erschien 1927 als »Der geheime Teilhaber« in der *Neuen Rundschau*, der Zeitschrift des S. Fischer Verlags, der zu dem Zeitpunkt bereits sechs Bände seiner Conrad-Ausgabe publiziert hatte. Eine Generation später legte Maria von Schweinitz eine vollständige Übersetzung unter dem Titel *Der heimliche Teilhaber* als Teil einer zweisprachigen Ausgabe vor (Ebenhausen: Langewiesche-Brandt, 1955). Gunter Riedels »Der geheime Teilhaber« schließlich wurde zuerst 1980 in der Ausgabe der *Erzählungen* der Dieterichschen Verlagsbuchhandlung in Leipzig gedruckt. Der mittlerweile eingebürgerte deutsche Titel ist leider nicht ganz stimmig. Das engl. Verbalsubstantiv »sharer« bezeichnete schon bei Scott oder Dickens jemanden, der Tisch und Bett oder die Sorgen und das Glück eines anderen teilt. Im Deutschen suggeriert das Substantiv »Teilhaber« dagegen seit der Goethezeit meist eine Geschäftsbeziehung (engl. »partner«), selten auch den Teilnehmer an einer Verschwörung, einer Regierung oder einer besonderen Unternehmung.

191 *Barre:* Die große, tückische Untiefe vor der Flussmündung, die auch in der *Shadow-Line* beschrieben wird.

– *Stoß an Stoß gefügt:* »joined … edge to edge«. Ein anschauliches Bild aus der Welt der Zimmermannskunst, wie das der aus Land und See zusammengefügten »ebenen Bodenfläche« (»levelled floor«), mit der Flussmündung als »einziger Lücke« (»fault« ist zugleich »Falte« und »Fehler«) in der makellosen Fügung (»impeccable joint«).

192 *Meinam:* Der breite, seichte Strom, der für größere Schiffe nur mithilfe von Lotsen navigierbar war, mündet in die Bucht von Bangkok.

– *Pagode von Paknam:* Dieser buddhistische Tempel, breit an der Basis, aber mit einer hohen Spitze, lag drei Meilen von der Mündung flussaufwärts auf einer schlammigen Insel vor dem Dorf Paknam. Eigentlich konnte man die Pagode vom Ankerplatz vor der Barre aus nicht sehen. Conrad plaziert sie hier näher an die Küste, damit der junge Kapitän einen letzten Blick auf dieses erhabene Zeichen einer alten orientalischen Zivilisation werfen kann, hinter dem der Rauch des modernen Dampfschleppers verschwindet.

– *Mitra:* die hohe, zugespitzte, in der Mitte geteilte Kopfbedeckung von Bischöfen der anglikanischen und der römisch-katholischen Kirche.

193 *tropischer Plötzlichkeit:* Am Äquator sinkt die Sonne schneller und steiler. Für Seeleute endet die Dämmerung, wenn die Sonne zwölf Grad unter dem Horizont ist und der Mann am Sextanten keine Trennlinie mehr ausmachen kann zwischen Himmel und See.

– *Menge der himmlischen Körper:* »multitude of celestial bodies«. Vielleicht ein ironisches Echo der Menge der himmlischen Heerscharen (»multitude of heavenly hosts«) aus der Weihnachtsgeschichte des Lukas (2,13).

194 *Matrosen im Vorschiff:* Die einfachen Seeleute waren in der Back auf dem Vorschiff, die Offiziere, der Steward und der Kapitän unter der Poop achtern untergebracht.

195 *endlos beschäftigt:* Der folgende, vielleicht allzu jokose Satz aus dem Manuskript und der Zeitschriftenfassung wurde für die erste englische Buchausgabe gestrichen: »Wir bekamen zu jeder Mahlzeit Skorpion, und die Lippe des Zweiten zuckte die ganze Zeit.«

196 *Ankerwache:* Um auszuschließen, dass sich auf der Reede die Anker lösten und das Schiff driftete, war meist ein Offizier an Deck, der die Küste im Auge behielt und im Zweifelsfall einigen Matrosen an den Ankerwinden Anweisungen geben konnte.

197 *Gefühl meiner Fremdheit:* »my strangeness«. Das engl. Substantiv kann neben dem Fremdheits- oder Entfremdungsgefühl auch einfach etwas Neues, Seltsames, Ausländisches bedeuten. In der Erzählung taucht die Wurzel »strange« fast 20-mal auf. Wie in der *Shadow-Line* verarbeitete Conrad hier die Erfahrungen, die er im Januar 1888 auf seinem ersten Kommando machte. In beiden Texten blendete er das autobiographische Faktum seiner für die Mannschaft erkennbaren Fremdartigkeit aus. Dadurch konnte er die allgemeine Empfindung von innerer Befremdung und sozialer Fremdheit so anschaulich darstellen.

– *Kuhl:* »waist«; eigtl. die Taille, in der Seemannssprache aber auch das Oberdeck zwischen der Poop achtern und der Back im Vorschiff.

– *die bevorstehende Fahrt:* Die Heimreise nach England um die Südspitze Afrikas wird später auf mindestens drei Monate veranschlagt; die *Sephora* brauchte in umgekehrter Richtung für die Fahrt von Cardiff nach Bangkok über vier.

199 *Flächenblitzes:* »summer lightning«. Wetterleuchten, meist ohne Donner, eine häufige Erscheinung in heißen, tropischen Nächten.

200 *Reservespiere:* Rundhölzer, die als Ersatz für beschädigte Mastbäume oder Rahen am Rand des Vor- oder Achterdecks festgelascht waren.

202 *Leggatt:* Die Figur des geheimen Teilhabers basiert zum Teil, wie Conrad in seinem Vorwort zu *'Twixt Land and Sea* schrieb, auf einem gewissen Sydney Smith, dem strengen, jähzornigen Ersten Offizier auf dem berühmten Clipper *Cutty Sark*. Smith hatte im August 1880 im Indischen Ozean einen vermeintlich arbeitsscheuen schwarzen Matrosen namens John Francis erschlagen und war dann mithilfe des Kapitäns geflohen. Später wurde er verhaftet und eingesperrt, konnte sich jedoch nach seiner Entlassung bis zum Tankerkapitän emporarbeiten und starb 1922 im Alter von 73 Jahren. Conrad hatte von dem notorischen Fall schon Mitte der 1880er Jahre durch Hörensagen und später durch Zeitungsberichte erfahren. In seiner Erzählung von 1910 weicht er freilich stark von dem realen Sachverhalt ab: Die Erzählperspektive privilegiert die Sicht des Täters, die Tat geschieht in der extremen Krisensituation des Sturms, eine möglicherweise rassistische Färbung fehlt und der Kapitän der *Sephora*, kein Teilhaber an der Schuld des Täters, verfolgt diesen, um ihn festzusetzen.

– *damals:* Die nicht nur zeitliche Distanz zwischen dem älteren Erzähler und seinem jüngeren Ich bleibt, wie in der *Shadow-Line*, unbestimmt – und damit Gegenstand der Spekulation.

203 *Doppelgänger:* »double«. Die semantische Bandbreite des engl. Worts reicht von Pendant, Gegen- oder Seitenstück, Kopie, Duplikat oder Dublette bis zu Ebenbild oder der romantischen Vorstellung des Doppelgängers. Nach dem *Deutschen Wörterbuch* der Brüder Grimm bezeichnet das Wort »jemand von dem man wähnt er könne sich zu gleicher zeit an zwei verschiedenen or-

ten zeigen«. Conrads Erzähler versteht darunter freilich eher die scheinbare Verdoppelung seiner eigenen Person. Er greift fast 20-mal auf das Wort zurück, ohne damit jedoch eine übernatürliche Macht zu verbinden.

204 *Neununddreißig südliche Breite:* also irgendwo südöstlich des Kaps der Guten Hoffnung.

– *schlug ich zuversichtlich vor:* »I suggested confidently«. Die eilfertige Einhilfe des jungen Kapitäns ist auffällig, das engl. Adverb, das seine innere Motivation ausdrückt, mehrdeutig. Die Bedeutung von »confidently« reicht von »vertrauensvoll«, »überzeugt« oder »einer Sache sicher« und »zuversichtlich« bis zu »keck« oder »anmaßend«. In der Sprechsituation hat jede dieser Schattierungen etwas für sich; Übersetzer müssen sich entscheiden. Bei McCalman (1927) und Riedel (1980) zeigt sich der Kapitän »überzeugt«, bei von Schweinitz (1955) sogar »verständnisvoll«. Ein Blick auf den Kontext mag helfen. Das Wort wird nämlich vorbereitet durch das »zuversichtliche« (»confident«) Licht der Ankerlaterne kurz zuvor. Hier soll das Wort also die instinktive Hoffnung des Kapitäns ausdrücken, sein »Doppelgänger«, der junge Mann mit dem guten Mund, den hellen Augen und der nachdenklichen Miene, möge sich als starker Charakter, nicht aber als gemeiner Mörder entpuppen.

– *Conway:* Die ehemalige Korvette HMS *Conway* wurde seit 1859 bei Liverpool als Segelschulschiff eingesetzt. Wie seine unter gleichem Namen firmierenden Nachfolger diente der Dreimaster als eine Art schwimmendes Internat für gut 100 Jungen zwischen 15 und 17 Jahren, die dort auf eine Laufbahn als Offiziere der britischen Handelsmarine vorbereitet wurden. Ähnlich wie bei den sog. »public schools« auf der Insel ergab sich aus der engen Gemeinschaft ein ganz besonderer Korpsgeist. Die *Conway* überlebte den Zweiten Weltkrieg, lief aber im April 1953 bei schwerem Wetter vor Nordwales auf Grund und musste verloren gegeben werden.

205 *Norfolk:* Grafschaft im Osten Englands. Admiral Horatio Nelsons Vater war dort Landpfarrer gewesen, und im Jahr 1868, also ungefähr zu Leggatts Ausbildungszeit, waren 27 der 123 Kadetten auf der *Conway* Pastorensöhne.

– *Der Kerl:* Anders als Leggatts Opfer wurde John Francis, der schwarze Seemann der *Cutty Sark*, von seinem bei der Crew verhassten Ersten Offizier mit einer Handspake niedergeschlagen, und dies geschah nicht im Sturm, sondern bei gutem Wetter. Francis erlitt einen Schädelbruch und starb drei Tage später.

– *Focksegel:* das größte Segel am vordersten Mast, das wie alle Vorsegel keine untere Spiere hat und (anders als die oberen Vorsegel) beim Setzen nur von der Rah heruntergezogen wird. Eigentlich setzte man bei schwerem Wetter, um manövrierfähig zu bleiben, nur das halbseitig gereffte, also an der Rah aufgerollte Marssegel am Großmast. Auf der *Sephora* war dieses jedoch, wie man später erfährt, vom Sturm weggerissen worden. Daher der Befehl, das gereffte Focksegel zu setzen. Um es auf der einen Seite an der Rah einzurollen und ordentlich festzubändseln, hätten eigentlich ein paar Matrosen aufentern müssen. War das vorher schon geschehen? Oder war das Segel längst aufgegeit worden, so dass man es nur vorschoten musste? Das berichtet Leggatt nicht. Auch bleibt unklar, wann genau sich der angeblich unwillige Seemann seinem Befehl widersetzt haben soll. Das könnte nur passiert sein, als das dicht aufgegeite Segel vom Deck aus sehr schnell an den Schoten heruntergezogen werden sollte, damit es nicht in Fetzen geht. In diesem überaus gefährlichen Moment ist es aber viel wichtiger, das Segel unter Kontrolle zu bekommen, als einen unbotmäßigen Matrosen zu züchtigen. War die Attacke des Ersten Offiziers auf den angeblich »frechen«, doch offenbar auch vor Panik halb »verrückten« Matrosen gerechtfertigt? Leggatts Bericht ist fragwürdig; der Erzähler fragt nicht nach.

209 *eines großen L:* Wie eine erhaltene Skizze Conrads zeigt, befand sich die Kajüte des Kapitäns, die doppelt so groß war wie die gegenüber, also jenseits der Messe gelegenen Kammern der Offiziere, auf der Steuerbordseite des Schiffs. Die lange Seite des L bildete sozusagen die Vertikale des Rumpfes.

– *Chronometer:* Präzisionsuhren waren bis zur Einführung von Funksignalen und Satellitensystemen unabdingbar für die Navigation. Die eine Uhr zeigte die Zeit an Bord, die andere das nach dem 1884 international festgelegten Zeitmaß des Observatoriums in Greenwich, wo der Nullmeridian als Basis des weltweit gültigen Koordinatensystems verläuft. Für die Berechnung des Längengrads, auf dem das Schiff sich befindet, ist der Abgleich beider

Zeiten in Verbindung mit der Höhenmessung, dem Schießen der Gestirne mit einem Sextanten, erforderlich.

210 *Java Head:* die nordwestliche Spitze von Java.

211 *Angier Point:* der westlichste Punkt Javas, am Ostufer der 15 Seemeilen breiten »Sunda Straits«, also der Meerenge zwischen Sumatra und Java, gelegen.

212 *Er hat abgelehnt:* nicht so James S. Wallace, der kompetente und bei der Crew durchaus beliebte Kapitän der *Cutty Sark*. Er hatte seinem Ersten zur Flucht auf ein amerikanisches Schiff verholfen. Als darauf seine eigene Crew die Arbeit verweigerte und er die juristischen Folgen seines Verhaltens erkannte, nahm er sich das Leben, indem er während einer quälenden Flaute in der Javasee über Bord sprang. Anders als Conrads Kapitän Archbold hatte Wallace seine junge Frau nicht an Bord; sie lebte mit seiner Mutter in Schottland.

– *unstet und flüchtig zu sein auf Erden:* Als ihn Gott für den Mord an seinem unschuldigen Bruder verflucht hat, erwidert Kain: »Meine Sünde ist größer, denn dass sie mir vergeben werden möge. Siehe, du treibest mich heute aus dem Lande, und muß mich vor deinem Angesicht verbergen, und muß unstet und flüchtig sein auf Erden. So wird mir's gehen, daß mich totschlage, wer mich findet. Aber der HErr sprach zu ihm: Nein; sondern wer Kain totschlägt, das soll siebenfältig gerochen werden. Und der HErr machte ein Zeichen an Kain, daß ihn niemand erschlüge, wer ihn fände.« (Gen 4, 13–15). Später interpretierte man dieses Zeichen als Brandmal, das Verbrechern mit einem glühenden Eisen in die Stirn gedrückt wurde, um sie zu ächten und aus der menschlichen Gemeinschaft zu verstoßen.

213 *Ich vertrete hier das Gesetz:* Archbold meint nicht das Seerecht, das nur professionelles Fehlverhalten betraf, welches letztlich vom High Court of Admiralty beurteilt wurde. Bei Diebstahl oder Totschlag auf einem Schiff der britischen Handelsmarine galt das auch zu Lande gültige Gesetz. Seit dem Merchant Shipping Act von 1854 durfte der Kapitän einen Totschläger daher nur festsetzen, nicht aber verurteilen. Das Verfahren blieb einem britischen Gericht an Land vorbehalten.

– *Karimata:* eine 40 Meilen vor der Westküste Borneos gelegene Insel.

217 *Ruderketten:* die Ketten, die vom Steuer beidseitig zum Ruderblatt führen, hätten einem Schwimmer unter dem vorkragenden Heck des Schiffes guten Halt geboten.

219 *verzweifacht:* »I felt dual«. Eine kuriose Formulierung, schwer zu übersetzen. Bei McCalman fühlt sich der Erzähler »dualistisch«, bei Schweinitz »zweigeteilter denn je«, bei Riedel »zwiefach vorhanden«, in der frz. Übersetzung verdoppelt (»je me sentais double«).

221 *Kernschussweite:* » point-blank range«. Ausdruck aus der Jäger- oder Soldatensprache für die kürzeste Entfernung zum Ziel.

– *mein zwiefach arbeitendes Hirn:* »the dual working of my mind«.

223 *schrubb, peng, klapper:* »whisk, bang, clatter«. Fast wie in einem Comic imitiert Conrad hier die geräuschvollen Handgriffe und hastigen Gedanken des eilfertigen Stewards – eine damals höchst ungewöhnliche Suggestion von Unmittelbarkeit, die in allen früheren Übersetzungen normalisiert wird (»Wir hörten, wie der Steward [...] wischte, lärmte, klapperte«).

224 *Archbold:* ein ironisch sprechender, noch dazu doppeldeutiger Name, deutsch entweder »Erzkühn« oder »Schlaudreist«. Vielleicht hat der junge Kapitän jedoch nur den durchaus häufigen Namen Archibald missverstanden.

226 *die Zunge:* Archbold mimt offenbar den Gesichtsausdruck eines Strangulierten.

227 *anständige Seebestattung:* Der volle Trauergottesdienst auf See dauerte nach dem *Book of Common Prayer* von 1853 etwa eine gute halbe Stunde.

231 *gottlosen Anläufen:* »unrighteous wiles«. Ein ironisches Echo der »listigen Anläufe« (oder Anschläge) des Teufels, vor denen der Epheserbrief warnt (Eph 6, 11).

233 *Yankeeschiffen:* Tatsächlich war die Disziplin auf amerikanischen Clippern damals besonders streng. Man erzählte sich von zahlreichen Grausamkeiten, vor allem nach dem kalifornischen Goldrausch der Jahrhundertmitte. Dieser hatte den Wettbewerb mit britischen Handelsschiffen im Fernen Osten praktisch beendet; die Versorgung der amerikanischen Westküste über die Route rund um Kap Hoorn hatte Vorrang. Viele der großen kalifornischen Clipper waren gezwungen, auch Trinker und notorische

Raufbolde anzuheuern. Ihre Offiziere waren bei der Unterdrückung von Meutereien alles andere als zimperlich. In einem Fall hatte ein Kapitän mehrere Seeleute von der Rah geschossen, um die anderen zu »schnellerer Arbeit« anzuhalten.

234 *die Menschen waren gegen uns:* »the men were against us«. Wer genau gemeint ist, bleibt unklar: die Männer an Bord oder, als Pathosformel, die gesamte Menschheit? Die frz. Übersetzung in der Pléiade (»les hommes«) bewahrt diese Mehrdeutigkeit; deutsche Übersetzer müssen sich entscheiden. Bei McCalman fehlt die Stelle; bei Schweinitz meint der Erzähler alle »Menschen«, bei Riedel »die Männer«, also die Mannschaft.

– *Partnerschaft:* »partnership«. Dieses Wort, im Englischen seit dem 17. Jh. für geschäftliche, seit dem späten 19. Jh. auch für erotische Beziehungen geläufig, fällt in der Erzählung nur hier. Schweinitz und Riedel sprechen auch von »Partnerschaft«, die frz. Übersetzung von »notre secrète association«.

235 *Großmarssegel:* das zweitunterste Segel des Großmastes, etwa in der Mitte des Schiffs, entscheidend für die Manövrierfähigkeit bei schwerem Wetter. Höhere Segel wurden bei herannahendem Sturm ganz abgeschlagen oder wenigstens an der Rah eingerollt und festgebändselt, um dem Wind möglichst wenig Widerstand zu bieten und das Rigg nicht zu überlasten.

– *Jedenfalls nicht das:* nämlich mitten im schweren Sturm das Focksegel zu setzen.

– *Bootsmann:* »boss'en« (phonetische Schreibung für »boatswain«). Auf Handelsschiffen ein direkt dem wachhabenden Offizier zugeordneter unterstellter Seemann, der besonders für das Rigg und die Segel zuständig war und die Mannschaft bei der Arbeit an Deck beaufsichtigte.

236 *Kohlekarren:* »coal-waggon«. Verächtliche Bezeichnung für einen Kohlefrachter, denn diese Fracht war, wie Conrad in »Youth« zeigt, schmutzig und gefährlich.

236 *gut zwei Dutzend Männern:* Die *Sephora*, wiewohl kleiner als ihr historisches Vorbild, die *Cutty Sark*, war offenbar ein großes Schiff. Conrads elegante *Otago* benötigte neben dem Kapitän und den beiden Offizieren nur sechs Matrosen.

237 *Er scheute:* »he shied«. Nämlich instinktiv, wie ein Pferd bei Gefahr.

239 *Pâté de foie gras:* (frz.) Gänseleberpastete.

240 *Schlag auf Schlag:* Bei Gegenwind kann ein Segelschiff sein Ziel nur auf einem indirekten Zickzackkurs erreichen. Bei jedem Schlag, also der Strecke zwischen zwei Wenden, fällt der Wind entweder auf der Back- oder Steuerbordseite schräg ein. Das Schiff mag zwar schnell segeln, kommt seinem eigentlichen Ziel aber nur langsam näher. Im günstigsten Fall beträgt die Abweichung vom direkten, idealen Kurs bei einer großen, rahgetakelten Bark etwa 70 Grad.

– *Ostseite des Golfes von Siam:* gemeint ist hier der kleine, obere Golf von Siam, auch die Bucht von Bangkok genannt.

241 *keine Katze schwingen:* »not big enough to swing a cat in«. Dieses Sprichwort aus dem 17. Jh. bezog man auch auf das Schwingen der Peitsche, mit der unbotmäßige Matrosen gezüchtigt wurden.

243 *ihre Positionen:* Beim Wendemanöver einer Bark stehen die Matrosen an den Brassen bereit, um genau im richtigen Moment die schwere Groß- und die Fockrah herumzuschwingen. Dies geschieht, nachdem der Rudergänger das Schiff nach Luv steuert, also durch den Wind. Sobald das Vorschiff in den Wind dreht, verliert sich der Segeldruck und die Segel flattern. Dann laufen jeweils mehrere Männer mit den Brassen der großen Rahen an Deck entlang und passen so die Segel dem neuen Einfallswinkel des Winds an. Die Segel können sich wieder füllen, und ein neuer Schlag folgt, sobald auch die Schoner- oder Gaffelsegel des Besanmasts neu getrimmt sind. Die präzise Abfolge von Befehl und Ausführung ist für das erfolgreiche Kreuzen eines Vollschiffs entscheidend.

244 *kambodschanischen Küste:* Kambodscha war seit 1863 französisches Protektorat. Seine Küste begann eigentlich erst weit südlich der Stelle, an der sich Leggatt später von Bord lässt. Auf zeitgenössischen Karten wurde jedoch das ganze Land am Ostufer des Golfs häufig Kambodscha genannt.

245 *einem alten Burschen in Perücke und zwölf ehrbaren Krämern:* »an old fellow in a wig and twelve respectable tradesmen«. Englische Richter trugen schon damals Perücken aus Wolle. Die zwölf Geschworenen bestanden aus unbescholtenen Bürgern, nicht notwendigerweise nur braven Händlern oder »Krämern«, die nach

Napoleon oder Marx das Rückgrat der englischen Gesellschaft bildeten.

– *unstet und flüchtig:* Wieder zitiert Leggatt aus der Verfluchung Kains in Gen 4,14 (s. S. 212).

– *an diesen Schlafanzug klammern:* »freeze on to this sleeping suit«. Leggatts spöttische Bemerkung macht sich einen Slangausdruck zunutze.

247 *Ostseite des Golfs:* Detaillierte Karten dieses Küstenstreifens gab es schon 1856, und die von Conrad 1888 benutzte Seekarte ist erhalten. Wie in der *Shadow-Line* entwirft er hier aber eine eher impressionistische Skizze der Küste, die – öde, einsam, zerklüftet und fast menschenleer – einen starken Kontrast bildet zur flachen Kulturlandschaft der Flussmündung am Beginn des »Secret Sharer«.

248 *ablandigen Winden:* Abendwinde, die seewärts blasen, wenn die Temperatur über dem Land stärker sinkt als die über der See.

– *Koh-ring:* s. Anm. zu S. 116.

249 *Kotschinchina:* der Süden Vietnams mit der Hauptstadt Saigon, seit 1867 eine französische Kolonie. Allein bis dorthin hätte Leggatt knapp 700 km wandern müssen.

– *Achterdecksluken öffnen:* Der Zweite ist zu Recht entgeistert, denn man öffnete diese Öffnungen im Schanzkleid auf beiden Seiten des Achterdecks nur beim Beladen des Hauptdecks oder bei schwerem Wetter, damit das Wasser von den Decks ablaufen konnte. Eine Belüftung brauchte das außerhalb der Poop nach oben offene Achterdeck nicht.

251 *die sternklare Nacht funkelte dunkel:* »The night, clear and starry, sparkled darkly«. Am Ende der Erzählung verdichtet sich das Textgewebe besonders stark. Mit diesem prächtig klingenden Paradox wiederholt Conrad in zwei kurzen Sätzen drei Signalwörter (»opaque«, »darkling«, »shadowily«) aus der anfänglichen Schilderung jener Nacht, da der junge Kapitän seinen rätselhaften Gast am Fallreep entdeckt, im »schemenhaften Schattengürtel« der »dunkelglasig schimmernden See« (S. 199).

252 *Sovereigns:* Der Sovereign war eine bis 1917 im Zahlungsverkehr gültige Goldmünze, um 1889 im Wert eines britischen Pfunds.

– *Sunda-Straße:* die Meerenge zwischen Java und Sumatra, auf dem Kurs des Schiffes also der Zugang zum Indischen Ozean.

253 *Mit großem Eifer:* »in the greatness of his zeal«. Ein spöttisches Echo auf die Sprache des Alten Testaments, z. B. in Ps 69, 10 (Luther: »Denn der Eifer für dein Haus hat mich gefressen«). Hier freilich wienert der eifrige Steward nur einen versilberten Tafelaufsatz für Essig, Öl und Gewürze.

254 *hinüber nach Lee:* auf die windabgewandte Seite, hier nach Backbord, denn das Schiff segelt bei auflandigem Südwind mit südöstlichem Kurs direkt auf die Insel zu.

– *Sie kommt in Luv vorbei:* »she will weather«. Das Schiff wird also auf der Wetter- oder Windseite dicht an der Insel vorbeisegeln. Der Kapitän teilt seinem Zweiten nicht mit, was er eigentlich vorhat: so dicht wie möglich mit dem Heck an die Insel heranzukommen, damit Leggatt über Bord gehen und an Land schwimmen kann – ein bei unberechenbaren Windverhältnissen tollkühnes Manöver.

255 *Segel schliefen:* »sails slept«. Die Segel killen und flattern nicht, da der sanfte, aber noch stetige Winddruck sie bläht. Bei so einem Am-Wind-Kurs muss der Rudergänger gut aufpassen. Das Schiff darf keine Fahrt verlieren.

– *paukte mir:* »started my heart with a thump«. Schon im Original ein expressives Bild, in dem der plötzlich wieder einsetzende Herzschlag fast hörbar scheint. Conrad, der die letzten Seiten der Erzählung im Typoskript noch einmal besonders stark überarbeitete, imitiert mit seinem Sekundenstil hier die Dramatik der Handlung und die psychische Anspannung des erlebenden, aber auch des retrospektiv erzählenden Ich.

256 *Erebus:* In der antiken Mythologie der Gott der Unterwelt, wo die von seinem Sohn Charon über den Grenzfluss des Styx geruderten Seelen ihr wesenloses Schattendasein fristen. Noch bei Shakespeare und Milton steht der Name für das finstere Totenreich, dessen Eingang man seit der Antike an verschiedenen unwirtlichen Küsten lokalisierte. Im Jahr 1841 taufte der auf der HMS *Erebus* segelnde britische Entdecker James Ross einen riesigen Vulkankegel in der Antarktis auf diesen Namen. Die *Erebus* war 1826 vom Stapel gelaufen, wurde 1844 mit einem zusätzlichen Dampfantrieb ausgerüstet und nahm 1845 an der Suche nach der

Nordwestpassage unter Sir John Franklin teil. Von der Expedition kehrte niemand zurück. Conrad erwähnt dieses lange verschollene moderne Totenschiff als Beispiel der »heldenhaften« Geschichte der britischen Seefahrt zu Beginn von »Heart of Darkness«. Erst 2014 wurde das Wrack der *Erebus* dank der mündlichen Überlieferung der Inuit vor der Adelaide-Halbinsel im hohen Norden Kanadas entdeckt.

257 *Vorschoten klariert:* »head-sheets overhauled«. Die Taue oder Ketten an den vor dem Mast gesetzten Klüver- und Focksegeln sollen so dichtgeholt oder aufgeschossen sein, dass es beim Wenden kein Wuling gibt, das laufende Gut und die Segel sich also nicht verheddern.

– »Ree!«: Befehl an den Rudergänger, das Steuerrad so zu drehen, dass der Bug durch den Wind geht, bis die Rahen gebrasst werden können und sich die Segel auf dem neuen Kurs wieder füllen.

258 *Großrah:* Mit der untersten Rah am Großmast wird das größte Segel so gedreht, dass es zusammen mit dem Ruder den noch fühlbaren Vortrieb der anderen Segel bremst und das Herumschwingen der anderen Rahen ermöglicht. Der Zeitpunkt dieses Manövers ist entscheidend, um zu verhindern, dass das Schiff wieder auf den gleichen Kurs zurückfällt und in diesem Fall an der nahen Küste auf Grund läuft. Der Kapitän weiß ja nicht, wie das für ihn neue Schiff reagiert, und er hat in der Finsternis keinen externen Bezugspunkt, um seine Bewegungen genau einzuschätzen.

259 *Rund vorne:* Der übliche Befehl, wenn der Bug eines rahgetakelten Schiffs durch den Wind gekommen ist und auf neuem Kurs wieder Fahrt aufnehmen kann. Dabei fieren die Männer die Brassen auf der Windseite (Luv) der Rahen und holen gleichzeitig die Brassen in Lee dicht, so dass die Segel gleichmäßig herumschwingen.

GLOSSAR NAUTISCHER BEGRIFFE
UND WENDUNGEN

abfallen: den Kurs leewärts so ändern, dass der Wind achterlicher einfällt

Achterkammer: der hintere Teil eines offenen Bootes, oft mit Sitzbänken für Passagiere ausgestattet

Achterluk: hintere Luke zum Laderaum, zwischen Groß- und Besanmast

Achterspill: hinteres Gangspill

Anker-auf gehen: Anker hieven und lossegeln

Anker hieven: seemännisch für Anker lichten

anliegen (nach West): auf einem Kurs westwärts steuern, ohne dass man kreuzen muss

anluven: näher an den Wind gehen

anpreien: anrufen

auf den anderen Bug gehen: das Schiff wenden, d. h. durch den Wind oder über Stag gehen

aufgeien: ein Rahsegel mit Geitauen oder Gordings hochziehen

aufschießen: eine Leine ohne Kinken (Verdrehungen) in Schlaufen bereitlegen

aufsingen: beim Holen, Brassen oder einer ähnlichen Gruppenarbeit ein Lied anstimmen

Back: niedriger Aufbau vorn auf dem Oberdeck, traditionell für die Kojen der Mannschaft

back kommen: die Segel stehen so, dass der Wind von vorn einfällt und das Schiff zum Stehen kommt

Bark: ein mindestens dreimastiges Segelschiff, bei dem nur die ersten beiden Masten Rahsegel tragen

Barre: Sandbank oder Sedimentablage vor der Mündung eines Flusses oder Hafens

belegen: die Enden von Tauen oder Leinen festmachen

Belegnagel: oben abgerundeter, nach unten verjüngter Holzstab in einer sog. Nagelbank, an dem Taue und Leinen belegt werden

Besanwanten: Taue oder Seile zur seitlichen Verspannung des hintersten Masts

beschlagen: ein aufgerolltes Segel mit Bändseln an der Rah festmachen

Betinge: senkrechter Doppelpoller zur Befestigung der Ankertrossen

Blaujacken: Matrosen

Block: Rolle in einer Winde oder einem Flaschenzug

Brasse: Tau (laufendes Gut) zum waagerechten Schwenken einer Rah

brassen: die Rahsegel mit der Brasse zum Wind schwenken

Chronometer: Präzisionsuhr

dwars: quer zum Kiel, seitlich zur Fahrtrichtung

eintörnen: Eindrehen eines vor Anker liegenden Schiffes in die Richtung des Windes und des Stroms

Fahrtmoment: die Bewegungsenergie eines Schiffes, also das Produkt aus Verdrängung und Fahrt

Fall: Tau oder Leine, mit dem Rahen oder Segel hochgezogen oder gelöst werden

Fallreep: Seitentreppe, bei kleineren Booten oder auf See eine Strickleiter

Festmacher: Leinen oder Taue, mit denen ein Schiff seitwärts am Kai gesichert wird

Fieren, abfieren: ein belastetes Tau oder eine Leine nachlassen, auch: etwas niederholen oder absenken

Fittings: Beschläge, Lampen- und Bullaugenfassungen

Flaggenknopf: hölzerne Scheiben am obersten Ende des Mastes, an dem das Fall befestigt ist

Fock: das unterste Rahsegel am Vormast

Fockrah: Spiere am vordersten Mast

Gangspill: Ankerwinde (Spindel) mit senkrechter Achse, bei größeren Schiffen im Bug und achtern und bedient durch umlaufende Matrosen mit Handspaken

Gangway: Lücke im Schanzkleid, für Fallreep oder (im Hafen) Laufplanke

Glas: Fernrohr, Teleskop

Glasen: halbstündige Zeiteinteilung durch das Schlagen der Schiffsglocke (der Tag hat 48, jede vierstündige Wache acht Glasen)

Gording: Tau zum Aufgeien der Rahsegel

Großluk: mittlere Luke zum Laderaum, zwischen Groß- und Fockmast

Großrah: unterste Rah am Großmast

Großsegel: das unterste, größte Segel des Großmastes

Handspake: Holz- oder Eisenstab zum Bedienen von Spills

Hecksgräting: vergitterte Abdeckung einer Luke im Heck

Hellegat: Vorratsraum unter Deck

Heuerbaas: im Hafenamt zuständig für die Vermittler von Stellen für Seeleute

Heuerkontor: staatlich überwachtes Schiffsmaklerbüro, wo Seeleute anmustern können

holen: ziehen (an-, auf-, dicht-, durch- oder einholen); das Gegenteil von fieren

Kajütsniedergang: Treppe zur Kapitänskajüte unter Deck, verschlossen mit einem Schieber nach oben und zwei Klapptüren nach vorn

Kettenkneifer: auch Ketten- oder Unterdeckstopper, ein Mechanismus, der das Auslaufen der Ankerkette reguliert

killen: leicht flattern

klarieren: eine Leine o. Ä. ordnen, entwirren, einsatzbereit machen

Klüse: Loch im Schanzkleid, z. B. zum Durchführen der Ankerkette

Kohlenkasten: eine Kiste, meist in der Mitte des Hauptdecks, in dem die Kohle für die Kombüse gelagert ist

Kompasshäuschen: kleiner Verschlag zum Schutz des Kompasses und seiner Beleuchtung

kreuzen: im Zickzack gegen den Wind segeln, um einen Punkt in Windrichtung anzusteuern

Kreuzmast: der dritte vollgetakelte Mast bei Schiffen mit drei oder mehr Masten

Kuhl: der tieferliegende Mittelteil des Oberdecks zwischen Poop und Back

kurzstag hieven: die Ankerkette so weit einholen, so dass der Anker gerade noch hält

Laufplanke: flache, treppenartige Gangway vom Schiff an Land

Leeruder: die Pinne nach Luv, also das Steuer und Ruderblatt nach Lee bewegen, damit das Schiff vom Wind abfällt

Luvruder: Steuer und Ruderblatt nach Luv bewegen, damit das Schiff dichter an den Wind geht oder wendet

Marssegel: zweites Segel von unten am Fock- und Großmast von Vollschiff, Bark oder Brigg

Marsstenge: Toppmast, also die erste Verlängerung des Masts, unterhalb der Bramstenge

Messe: Speise- und Aufenthaltsraum der Offiziere, Salon

Niedergang: schmale, steile Treppe, die unter Deck führt

Oberlicht: ins Deck eingebaute, wasserdicht verschließbare Fensterklappe für Tageslicht und Lüftung

Pantry: Speise- und Anrichtekammer

Pinasse: größeres Beiboot eines Kriegsschiffs

Poop: Aufbau auf dem hinteren Teil des Achterdecks, in dem sich die Kapitänskajüte befand

Pützenbord: Gestell für die Eimer (Pützen) zur Brandbekämpfung, meist auf der Poop angebracht

pullen: ziehen

Rah: lange, kräftige Spiere, waagerecht am Mast aufgehängt und seitlich schwenkbar

Ree!: Befehl bei der Wende, das Ruderblatt nach Lee zu legen

Reede: Ankerplatz für größere Schiffe außerhalb eines Hafens oder in einer Bucht

Rigg: die gesamte Takelung eines Segelschiffs

rollen: Drehbewegung eines Schiffes um die Längsachse bei achterlichem Wind

Ruderketten: tiefliegende Ketten, mit denen das Ruder seitwärts bewegt wird

Ruderschacht: Gehäuse der Ruderanlage, das hier senkrecht durch die Kajüte geht

Rund achtern! bzw. *Rund vorn!:* Befehl zum Drehen der Rahen

Salon: große Kajüte, Messe oder Gesellschaftsraum mit Esstisch

Schapp: Lade, Spind, Schrank

Schlag: die Strecke beim Kreuzen zwischen zwei Wenden, also solange der Wind entweder von Back- oder Steuerbord einkommt

Schot: Tau oder Leine zum Dichtholen oder Fieren des Segels

Schothornkette: kurze Kette am unteren Eck eines Rahsegels, die an Geitauen (zum Hochziehen des Segels) oder Schoten (zum Herunterziehen) befestigt ist

Schott: eiserne oder hölzerne Scheidewand zwischen verschiedenen Schiffsräumen

Schrick: plötzliches Ablaufenlassen eines Taus

Segellast: Kammer zur Aufbewahrung der Segel

Seestiefel: hüfthohe, wasserdichte Stiefel

Skipper: Kapitän eines Handelsschiffs

Spaken: die über den Ring des Steuerrads hinausragenden Speichen, die dem Rudergänger als Handgriff dienen

Speigatten: Löcher auf Deckshöhe in der Bordwand, durch die Wasser ablaufen kann

Spiere: allgemeine Bezeichnung für Rundhölzer wie Masten, Stengen oder Rahen

stampfen: ein Schiff stampft, wenn es sich um die Querachse auf und nieder bewegt

Staumeister: Güterpacker, Vormann der Schauerleute, die die Fracht laden

Südwester: wasserdichter Hut mit breiter, nach hinten verlängerter Krempe, so genannt wegen der südwestlichen Stürme vor Britanniens Küsten

Talje: Winde- oder Hebevorrichtung aus Blöcken und Tauen

Tampen: Endstück eines Taus

Topp: Mastspitze

über Stag gehen: auf den anderen Bug gehen, das Schiff durch den Wind wenden

vierkant brassen und trimmen: die Rahen waagerecht und rechtwinklig zum Kiel stellen

voll halten: das Schiff so steuern, dass die Segel gut voll stehen

Vollzeug: alle Segel, die sich setzen lassen

vor Topp und Takel laufen: bei Sturm ohne jedes Segel und nur mit Winddruck in der Takelage vor dem Wind treiben

Wahrschau!: Warnruf auf See, etwa Vorsicht, Achtung!

Webeleinen: Stricktaue zwischen den Wanten, zum Erklimmen der Masten

INHALT

GROSSE
ABENTEUERROMANE

Daniel Defoe, Robinson Crusoe

Alexandre Dumas, Der Graf von Monte Christo

Jack London, Der Ruf der Wildnis

James Fenimore Cooper, Der letzte Mohikaner